HAYMON taschenbuch **259**

AF202064

Auflage:
4   3   2
2021 2020 2019 2018

HAYMON tb **259**

Originalausgabe
© Haymon Taschenbuch, Innsbruck-Wien 2018
www.haymonverlag.at

ISBN 978-3-7099-7907-5

Umschlag- und Buchgestaltung nach Entwürfen von
himmel. Studio für Design und Kommunikation, Innsbruck / Scheffau –
www.himmel.co.at
Umschlag: Eisele Grafik · Design, München, unter Verwendung eines
Löwenzahns: mauritius images / Flowerphotos / Paul Tomlins
Satz: Da-TeX Gerd Blumenstein, Leipzig
Autorenfoto: Watzek Photografie

Gedruckt auf umweltfreundlichem,
chlor- und säurefrei gebleichtem Papier.

Joe Fischler

Veilchens Show

Ein Fall für Valerie Mauser

Alpenkrimi

Joe Fischler
Veilchens Show

Hollywood ist ein Ort,
an dem sie dir tausend Dollar für einen Kuss bezahlen
und fünfzig Cents für deine Seele.

Norma Jeane Baker
alias Marilyn Monroe

PROLOG

„Willkommen bei der Bauerlorette! Wir melden uns live mit dem Früheinstieg um sieben Uhr. Natürlich befinden wir uns wieder im Innsbrucker Flötzlerhof, wo es vor wenigen Stunden zu einer unerwartet heißen Szene zwischen unserer Bauerlorette und dem Kandidaten Hans gekommen ist. In der alten Bauernstube ging es zur Sache, nachdem der Hans unsere Jackie mit einem romantischen Abendessen verwöhnt und zum Dessert vor den knisternden Kamin gebeten hat. Was für eine spektakuläre Wendung nach dem Stalldienst von vorgestern. Unsere Jackie in Gummistiefeln, über und über besudelt mit Mist, nachdem sie von einer Milchkuh umgestoßen wurde. Zum Schießen! Aber dann hat der Hans ja noch einmal die Kurve gekriegt. Und zwar mit Romantik pur. Risotto, Rotwein, Kerzenschein in der Stube und Robbie Williams im Radio. Robbie Williams! Wer wäre da nicht schwach geworden. Ein Prachtexemplar ist er zudem, der Hans. Der weiß halt, wie man eine Frau verführt. Und so wurden wir Zeugen ihres allerersten Kusses. Aber dabei blieb es nicht. Schnell gingen die beiden auf Tuchfühlung. Oder sollte man Nahkampf dazu sagen? Die Bewegungen unter der Kuscheldecke boten Stoff für wilde Fantasien. Zum ersten Mal ließ die Bauerlorette einen unserer feschen Kandidaten ganz nah an sich heran, und das bescherte unserer Show eine Rekordquote und ein fantastisches Echo in den sozialen Medien. Wir freuen uns sehr – und wir wollen mehr!

Aber wie wird sich das Erwachen nach der ersten gemeinsamen Nacht gestalten? Nicht selten graut einem da ja nicht nur der Morgen, sondern auch das Gegenüber. Aber jetzt pst! Wir müssen ganz leise sein, denn gleich kommen wir ins Schlafzimmer unserer beiden Turteltauben unter dem Dach des Erbhofs. Hier in diesen vier

Wänden haben schon zahlreiche Generationen geschlafen, viele Kinder wurden hier gezeugt. Ein Raum der Liebe, ein Love Room sozusagen.

Ein guter Fang wäre der Hans für unsere Bauerlorette allemal. Sein Anwesen mit erhabenem Blick auf die Tiroler Landeshauptstadt, hundert Stück Rind, ein beliebter Gastronomiebetrieb obendrein. Wird der Flötzenhans Jackie am Ende bekommen und damit auch den EINE MILLION Euro schweren Geldkoffer, oder wird es doch einer der anderen Kandidaten? Die nächsten Tage werden es uns zeigen.

So, jetzt aber zurück ins Hier und Jetzt. Wir haben uns eine kleine Überraschung ausgedacht, die möglicherweise das eine oder andere pikante Detail offenbaren wird. Ein Erweckungserlebnis der besonderen Art. Wir sehen den großen Eimer, den der Kameraassistent trägt. Ich sage nur: Ice Bucket Challenge trifft auf Wet-T-Shirt-Contest. Gleich werden wir unsere Verliebten aus dem Land der Träume reißen. Für nur zehntausend Anrufe machen wir es wahr. Also ran an die Telefone, Handys und Münzfernsprecher. Die Leitungen sollen glühen! Die Zeit läuft ... ab ... jetzt! Und da geht der Zähler hinauf, schon zwei..., nein dreihundert! Gleich tausend! Es geht immer schneller nach oben. BUMM, dreitausend! Sitzt denn das ganze Land hinter den Bildschirmen? Sie-ben-tau-send! Jeder kann mitmachen. Also rufen Sie schnell an. NEUNTAUSEND! Sie hören, ich muss mich bremsen, um die beiden vor lauter Begeisterung nicht aufzuwecken, bevor es das Eiswasser tut ... Wasserträger, hol schon mal Schwung ... und zehntausend! Feuer frei! Der Assistent geht in die Knie, nimmt Anlauf – ich sage eins ... zwei ... und DREI, Wasser marsch!

Jackie springt auf und schreit – köstlich, wie sie sich bewegt, als wolle sie fliehen, leider in alle Richtungen zu-

gleich. Also SO möchte ich wirklich niemals geweckt werden. Aber, oh, là, là, äußerst figurbetont, das Negligé, das nass an Jackies Körper ... aber was ist mit unserem Kandidaten Hans los? Hat ihn der Schwall etwa verfehlt? Unsere Kameras sind besser als das menschliche Auge, aber ich sehe nicht einmal das leiseste Räkeln unter der Decke. Was hat die Bauerlorette bloß mit dem armen Hans angestellt? Hat sie ihn etwa so ausgelaugt in ihrer ersten gemeinsamen Liebesnacht? Respekt, Respekt. Wirklich, eine großartige Frau. Aber jetzt Licht an! Holen wir den Hans aus den Federn ... Es blendet. Aber die Kamera passt sich ja schneller an ihre Umgebung an als das menschliche Auge ... Da liegt er, der Hans, als könnte er kein Wässerchen trüben, mit der Bettdecke über dem Kopf. Schüttelt ihn! Immer noch nichts? Also so ein Morgenmuffel – der schläft ja wie ein Murmeltier! Nehmt ihm die Decke weg! TAGWACHE, HANS! Aber ... oh ... äh ... Moment, was ist das denn ... äh ... ich höre gerade von der Regie, dass wir ... auf Werbung gehen. Äh ... also bis ... äh ... dann."

SONNTAG, 31. Oktober

1.

Der Tag hätte so schön werden können. Geradezu perfekt. Es hieß, der Bilderbuchherbst würde in die Verlängerung gehen, und schon im ersten Morgenlicht bestätigten sich alle Prognosen.

Valerie Mauser stand am Schlafzimmerfenster und schaute zur Nordkette hoch, die in der klaren Luft zum Greifen nahe schien. Sie legte ihren Zeigefinger und Daumen an die Frau Hitt, jene markante Felsnadel, bei der es sich der Sage nach um eine versteinerte Frau hoch zu Pferd handelte. Valerie brach sie in ihrer Vorstellung ab und führte sie wie einen Tobleronezacken an den Mund. Dann fuhr sie beidhändig in ihre Lockenmähne, schüttelte ihr Haar durch, streckte sich und gähnte herzhaft. Zweimal schmatzend sah sie wieder hinaus. Im Innenhof, an den bewaldeten Berghängen, einfach überall überboten sich die Laubbäume und Sträucher mit ihrer Farbenpracht. Keine Wolke am Himmel. Wirklich, ein wunderbarer Morgen. Zudem hieß es, dass es windstill bleiben würde. Die Sonnenstrahlen würden wärmen, mehr noch, die Temperaturen würden zur Mittagszeit beinahe sommerliche Werte erreichen. Wer konnte, würde den Tag im Freien verbringen und den letzten Gruß des Sommers mit allen Sinnen aufsaugen, wissend, dass die dunkle und kalte Zeit des Jahres unmittelbar bevorstand.

Valerie und Sandro mussten bald aufbrechen, wenn sie den Kolonnen von Bergwanderern entgehen wollten, die für diesen Tag erwartet wurden. Sie hatten sich die Serles vorgenommen, diesen markanten, aber nicht sonderlich anspruchsvollen Ausflugsberg, der aufgrund seiner unverwechselbaren Ansicht auch *Hochaltar Tirols* genannt wurde und die Menschen in Scharen anzog. Nach dem Abstieg dann ein eleganter Einkehrschwung in den Klostergasthof Maria Waldrast, Schnitzel, Weizenbier und Sonne. Viel besser als Bratapfel, Glühwein und Schnee, womit man zu dieser Jahreszeit genauso hätte rechnen können.

Die verlockenden Aussichten rissen Valerie aus der morgendlichen Trägheit. Sie trat ans Bett, bückte sich und weckte Sandro mit einem dicken Kuss auf die Wange. Dann zog sie ihm die Bettdecke weg und flüchtete vor dem Polster, den er ihr nachwarf – Sandro war im Unterschied zu ihr überhaupt kein Morgenmensch. Sie hastete in die Küche, wo sie die Kaffeemaschine aktivierte, und weiter zum Vorraum, um die Zeitung zu holen. Wieder zurück, schmierte sie sich ein Brot.

„Sandro!", rief sie energisch und musste grinsen, als er Minuten später und scheinbar noch immer im Tiefschlaf, jedenfalls aber ferngesteuert an den Tisch schlurfte, sich auf den Stuhl fallen ließ und seinen doppelten Espresso auf ex trank. „Nutellabrot?", fragte sie mit vollem Mund und hielt ihm ihres hin. Er schob ihre Hand weg und brummte etwas, das sich furchterregend anhörte. Je grummeliger er sich gab, umso wacher und neckischer wurde sie. Valerie wusste genau, dass er spätestens nach einer vierfachen Koffeindosis wieder zu dem Menschen wurde, in den sie sich bis über beide Ohren verliebt hatte. Jenen Menschen, mit dem sie einen wunderbaren Tag verbringen würde. Bald schon wären sie auf der Autobahn und nur etwas später auf dem Weg zum Gipfel.

Ja, es wäre ein Traumtag geworden. Wäre nicht dieser unsägliche Fall mitten in ihr Frühstück hineingeplatzt.

2.

„Veilchen, bist da?", rief Manfred Stolwerk und klopfte, nein hämmerte geradezu gegen Valerie Mausers Wohnungstür.

Sie schluckte den großen, noch nicht fertig gekauten Bissen Nutellabrot hinunter, konnte aber nicht sofort antworten, weil das Frühstück nun in ihrem Hals quersaß und mit einem großen Schluck Kaffee hinuntergespült werden wollte.

„Veil-chen! Hal-lo!"

Jetzt hatte sie Schluckauf.

„Pff ... wieso kann er nicht die Klingel benutzen wie jeder normale Mensch?", fragte Sandro und konnte nicht verbergen, dass ihn Stolwerk gerade ziemlich nervte, so sehr sich die beiden Männer auch schätzten.

„Komme!", rief Valerie, hickste laut und erhob sich. Was immer ihren besten Kumpel und seit kurzem auch wieder Ermittlungspartner am Landeskriminalamt beschäftigte, es musste wichtig sein.

„Stolwerk!", grüßte sie halb freundlich, halb verdutzt, denn er trug einen zwar verblichenen, aber immer noch ungemein farbenfrohen Pyjama, der das Licht der Welt noch in den Siebzigern erblickt haben musste. „Shaga-delic!", ergänzte sie in Austin-Powers-Manier, bevor sie sah, wie aufgeregt er wirklich war. „Stolwerk, was ist passiert?", fragte sie nun ernster.

„Veilchen, wir haben einen Fall!", hechelte er. „Wir müssen sofort zum Flötzlerhof."

„Hat Geyer dich angerufen? Wer hat heute Journaldienst?"

„Ich, Veilchen."

„Oh. Dann ... dann ruf doch Geyer an und frag ihn, ob du ... äh ... ob wir uns das ansehen sollen. Und sonst eben den alten Berger. Was sagt die Staatsanwaltschaft?"

„Nichts Geyer oder Staatsanwalt! Wir müssen den ersten Angriff machen! Hör zu, Veilchen, die Bauerlorette ist gerade neben dem Flötzenhans aufgewacht, und der war mausetot! Wir müssen sofort hin! Jetzt!"

„Äh", machte sie. Stolwerk schaute Bauerlorette? Am frühen Sonntagmorgen? Und wieso schlief diese aufgetakelte Fernsehtussi neben einem Toten – einem, wie hieß der, Flötzenhans?

„Los, Veilchen!"

„Willst du nicht erst mal reinkommen? Bist du sicher, dass es dir gut geht, Stolwerk?"

„Hör zu, Veilchen. Ich hab's selbst gesehen. Die wollten sie gerade aufwecken, und dann war er tot, der Flötzenhans. Und das hat ganz sicher nicht zur Show gehört, weil jetzt nur noch Werbung läuft!"

„Die ... äh ... was ist los?" Sie war noch viel zu weit davon entfernt, wach zu sein. Oder träumte sie gar?

„Abfahrt in fünf!", sagte er knapp, drehte sich im Stand und hastete in die untere Wohnung zurück.

3.

Erstaunlicherweise war sie tatsächlich in fünf Minuten startklar. Obwohl sie inzwischen nicht schlauer aus Stolwerks Sätzen geworden war. Auf LiveTV, einem neuen Ableger des staatlichen Fernsehsenders und zugleich der Kanal der Bauerlorette, lief Endloswerbung. Im Teletext stand nichts, und auch die schnelle Überprüfung der wichtigsten Nachrichtenseiten brachte keine

Neuigkeiten. Der oberste Eintrag in der Online-Seite der nationalen Schmuddelzeitung deutete darauf hin, dass es tags zuvor bei der Bauerlorette wohl ziemlich explizit zugegangen sein dürfte – von Toten stand da aber nichts.

Inzwischen hatte Valerie noch ihr unfassbar widerspenstiges Haar in Form gebracht und in Rekordzeit Zähne geputzt – ehrlich gesagt war es nur eine Mundspüllösung, die sie kreuz und quer durch den Mund drückte, während sie sich wie immer in Jeans, T-Shirt und Sneakers warf und dann noch einmal zurückhastete, um die Spülung wieder auszuspucken. Sie einfach hinunterzuschlucken, um Zeit zu sparen, war ihr noch in lebhafter, nicht besonders angenehmer Erinnerung. Und man lernte ja dazu. Beinahe hätte sie vergessen, sich von Sandro zu verabschieden. Dann eilte sie die Treppen hinunter.

„Also, Stolwerk, jetzt bitte noch einmal ganz von vorn", drängte Valerie, als sie im Dienstwagen Platz nahm. „Wozu sollen wir noch mal den nächsten Rüffel riskieren?"

„Wirst schon sehen", gab er knapp von sich, als er mit quietschenden Reifen losstartete.

„Stolwerk!", protestierte sie, während sie etwas zum Festhalten suchte. Es war ja wirklich toll, ja geradezu eine Sensation, mit ihm zusammen wieder ein Ermittlerteam zu bilden, ganz wie in ihren besten gemeinsamen Zeiten in Wien. Aber gerade war er dabei, ihre Nerven überzustrapazieren. „Wieso gibst du nicht einfach den uniformierten Kollegen Bescheid? Wenn wirklich etwas ist, werden sie uns schon ..."

„Ein Blick genügt, Veilchen. Beim Flötzenhans kann die Streife gar nichts mehr machen. Außerdem hat sicher schon wer den Notruf gewählt. Wir müssen schneller sein, sonst versauen die uns wieder alles."

Sie brausten über die Innbrücke und links weiter in die Mariahilfstraße.

„Sag das nicht."

„Was denn, Veilchen?"

„Flötzen... und so weiter. Der hat doch sicher einen richtigen Namen, wie jeder normale Mensch auch, oder?" Unwillkürlich verschränkte sie die Arme vor der Brust. Bei so manchem bäuerlichen Hofnamen, den man statt des eigentlichen Familiennamens führte und auch noch stolz darauf war, stellte es Valerie die Gänsehaut auf.

„Johann Innbrüggler", gab Stolwerk ebenso trotzig zur Seite.

„Hm", antwortete sie, unsicher, ob ihr der richtige Name jetzt wirklich lieber war. Viel eher lag ihre schlechte Laune wohl an der flachgefallenen Bergtour. Sie atmete einmal tief durch, bevor sie fortfuhr: „Und dieser Flötzenjohann ist tot, sagst du?"

„Mausetot, ja. Schau her, die wollten die beiden eiskalt wecken, auf ihr feuriges Zusammenkommen gestern, uiuiui!" Gestenreich fächerte er sich mit der rechten Hand frische Luft zu.

Valerie musste grinsen, obwohl sie es nicht wollte. *Feuriges Zusammenkommen ...* Stolwerk verfügte über beängstigendes Insiderwissen, was diese Show betraf. „Du schaust den Mist? Im Ernst jetzt?"

Er blieb still.

Hatte sie ihn verärgert? Valerie riskierte einen Seitenblick. Er starrte mit undefinierbarem Gesichtsausdruck auf die Straße hinaus. Sollte sie etwas sagen? Ihr Blick glitt an ihm herab. Wieder einmal staunte sie, wie gut ihm die letzten Monate getan hatten. War er in seinen letzten Jahren als selbstständiger Sicherheitstechniker auseinandergegangen wie der sprichwörtliche

Kirchtagskrapfen, hatte er seit seiner Rückkehr in den Polizeidienst nicht nur gut dreißig Kilo abgespeckt, sondern auch an Fitness gewonnen und Muskelmasse zugelegt, sodass er nun wieder viel mehr an den Cobra-Spezialeinheits-Beamten erinnerte, der er ganz zu Beginn seiner Karriere gewesen war. Er trug sein Haar jetzt millimeterkurz, was ihm viel besser stand als der Glatzendeckel. Aber ganz ehrlich gesagt, wusste Valerie nicht, ob ihr der neue Stolwerk gefiel. Es war angenehm, jemanden um sich zu haben, dessen einzige Sorge ihrem Wohlergehen galt, der sie bekochte und umsorgte. *Bequem und egoistisch*, erweiterte sie ihren Gedanken. Stolwerk war auf dem besten Weg, wieder das Leben zu führen, das ihm zustand. Und das war gut so.

„Was hast du?", fragte sie ihn vorsichtig.

„Ach!", begann er, „weißt ja, Veilchen ... manchmal sind die Tage ziemlich lang, und dann ..."

Die Erklärung fiel ernster aus, als sie erwartet hatte. Deutete er da gerade etwas an? Kümmerte sie sich etwa zu wenig um ihn? War er einsam? In den letzten Wochen hatten sie sich kaum noch außerhalb ihres Dienstes gesehen – obwohl sie doch im selben Wohnhaus lebten. Ihr schlechtes Gewissen meldete sich. „Wenn dir fad ist, kannst du jederzeit zu uns hochschauen, Stolwerk."

„Ach was, Veilchen", antwortete er knapp. Dann bremste er scharf, zirkelte den Wagen rechts herum in die Höttinger Auffahrt und gab wieder Gas. Einen haarsträubenden Moment später waren sie auch schon in der Sonnenstraße.

Sie beließ es dabei, musste bei Gelegenheit aber unbedingt noch herausfinden, ob zwischen ihnen alles stimmte. Dann konzentrierte sie sich auf das Bevorstehende. „Erzähl mir bitte, was genau du gesehen hast“, forderte sie ihn auf. Vorne kam die Zufahrtsstraße, die steil auf den Flötzlerhof führte. Valerie wusste natürlich, dass die Fernsehshow diesmal in Tirol spielte und in aller Munde war. Allerdings hätten sie keine zehn Pferde dazu gebracht, diesem entwürdigenden Schmierentheater auch nur fünf Minuten ihrer Zeit zu schenken. Das Bisschen, das sie in den Klatschzeitschriften zu sehen bekam, hatte ihr die Haare zu Berge stehen lassen – mehr noch, als diese es ohnehin schon taten: Eine – zugegeben hübsche – Braut aus Wien-Favoriten ließ sich vor laufenden Kameras von fünf Tiroler Bauernkandidaten bespringen, von denen man höchstens zwei als attraktiv bezeichnen konnte, und sollte sich am Ende ihren Märchenprinzen herauspicken, der nicht nur eine Frau bekam, sondern auch einen Haufen Geld. So lautete Valeries Wissensstand, der mehr auf Hörensagen als auf Fakten basierte.

„Nur, was ich bereits gesagt habe, Veilchen. Ich habe in der Früh eingeschaltet, gerade als sie die Jackie und den Hans aufwecken wollten. Mit einem großen Kübel Eiswasser. Aber gesprungen ist nur einer. Also *eine*. Stell dir vor, Veilchen, der Hans ist einfach liegen geblieben, als wäre nichts gewesen. Dann haben sie das Licht angemacht und ich hab genau gesehen, wie ...“

· „Aufpassen, Stolwerk!“, unterbrach Valerie panisch, weil sie im Unterschied zu ihm den Blick auf der Straße gehalten und gesehen hatte, wie ein riesiger schwarzer Bus mit viel zu hoher Geschwindigkeit ums Eck bog und auf der einspurigen Straße direkt auf sie zuraste. Die Fahrer beider Fahrzeuge sprangen gleichzeitig auf die Bremsen. Valerie hörte Reifenquietschen unter sich, vor sich, überall, während sie mit zusammengepressten Lidern den Einschlag abwartete, begleitet vom

Geräusch zerberstenden Metalls und sich explosionsartig öffnender Airbags. Aber nichts dergleichen geschah.

„Pff", hörte Valerie links von sich. Gleich darauf erscholl ein Truckerhorn, das so gar nichts mit himmlischen Trompeten zu tun hatte. Sie lebte noch. Also riskierte sie einen Blick nach vorne, wo die Vorderseite des Busses die gesamte Frontscheibe des Dienstwagens ausfüllte.

„So ein Volldepp!", schimpfte Stolwerk und machte mit der flachen rechten Hand den Scheibenwischer, um dem anderen seinen Unmut zu zeigen.

Valerie las die formatfüllende Aufschrift unter der Frontverglasung des Busses: *Street Rockers*. „Ein Tourbus", sagte sie halb zu ihrem Partner, halb zu sich selbst. Solche Fahrzeuge beförderten normalerweise Rockbands und andere Stars von Auftrittsort zu Auftrittsort. Zumindest solche, die sich Flugzeuge und teure Hotels nicht leisten konnten. Ein Untersatz, der dafür gebaut war, um tausende Autobahnkilometer mit Stil hinter sich zu bringen und den Insassen für die Wochen auf Achse ein Gefühl von Heimat zu geben. Hier auf der schmalen Zufahrtsstraße wirkte das Fahrzeug völlig deplatziert.

Valerie gab sich einen Ruck und öffnete die Beifahrertür. „Was meinst du, warum der es wohl so eilig hat?", fragte sie Stolwerk mehr rhetorisch als sonst was, als sich die beiden vorne links an der Stoßstange des Dienstwagens trafen. Dann trat sie an die Tür des Busses heran und bedeutete dem Fahrer durch Klopfen und andere Gesten, sofort zu öffnen. „Hat der mir gerade im Ernst den Vogel gezeigt?", stellte sie die nächste rhetorische Frage und zückte mit zitternden Händen ihren Dienstausweis, worauf das süffisante Lächeln des Mannes hinter dem Steuer einfror. Er betätigte eine Taste vor sich, Druckluft entwich und die große Eingangstür schwang auf. Ein Schwall muffiger Luft empfing sie. „Mauser, LKA Tirol. Das ist mein Kollege Stolwerk. Darf ich erfahren, warum Sie hier durch die Gegend bolzen wie vom Affen gebissen? Beinahe hätten Sie uns abgeschossen!"

Einen Moment lang sah der Fahrer sie an wie eine Marienerscheinung. „¿Qué?", antwortete er dann kopfschüttelnd, stirnrunzelnd und schulterzuckend zugleich.

Valerie geriet kurz aus dem Konzept. Wenn sie es richtig mitbekam, gluckste Stolwerk hinter ihr.

„Poliffía! Äh ... qué pasa ... aquí?", bemühte sie eine Sprache, die sie sich eilig aus längst verblichenen Urlauben zusammenreimte. In ihrem Rücken gluckste es ein weiteres Mal. Dafür, dass sie dem Tod gerade so von der Schaufel gesprungen waren, war Stolwerk unangemessen gut gelaunt. Sie überlegte kurz, mit der Ferse nach hinten zu treten.

„What happenend, Ernesto?", fragte jemand im Businneren nach vorne. „Why did you just brake so hard?"

„Landeskriminalamt", übernahm Valerie, ohne die Angesprochene sehen zu können, „sprechen Sie deutsch?"

„Ja", kam als Antwort nach kurzem Zögern.

„Wir haben da ein paar Fragen an Sie", sagte Valerie, während sie den rechten Fuß auf die Eingangstreppe setzte und in den Bus stieg. Dabei intensivierte sich der muffige Geruch sofort.

Die Seitenscheiben waren abgedunkelt. Ohnehin war es hier auf dieser engen, baumumsäumten Straße ziemlich düster, sodass Valerie zunächst niemanden im Inneren des Busses erkennen konnte.

„Hier", meldete sich eine ältere Frau, die kaum zwei Meter vor ihr stand und in ihrer schwarzen Kleidung so gut wie unsichtbar war.

„Wer sind Sie?"

„Ich bin Else Zipplinger", sagte sie so fest wie kurz angebunden, als gehörte ihr Name zur Allgemeinbildung. Und ja, ganz entfernt klingelte tatsächlich etwas in Valeries Kopf.

„Zipplinger", wiederholte Stolwerk, der nun ebenfalls im Bus stand. Valerie schien, als hätte er es ehrfurchtsvoll gesagt.

„Warum beeilen Sie sich so, vom Flötzlerhof zu kommen?" Dass der Tourbus zur Fernsehshow gehörte, war offensichtlich, sonst gab es hier in dieser Gegend wohl keine Stars, die herumgekarrt werden mussten.

„Wir haben einen Termin", antwortete die Frau.

Ihre Stimme klang hart und jedenfalls genervt, und der proletoide Dialekt gab Valerie einen weiteren Hinweis. Sie hätte am liebsten nachgehakt, was für ein Termin das wohl gewesen sein mochte am Sonntag in aller Herrgottsfrüh. Aber ein anderes Detail erschien ihr noch interessanter. „Wer ist WIR?"

„Das muss ich Ihnen nicht sagen", gab sie schnippisch zurück und fügte hinzu: „Oder haben Sie einen Durchsuchungsbefehl? Ermitteln Sie hier gegen irgendwen? Ich kann mich nicht erinnern, dass Sie sich mir gegenüber ausgewiesen hätten, Frau ...?"

Stolwerk flüsterte: „Das ist die Mutter von der Jackie. Jacqueline Zipplinger. Der Bauerlorette."

Valerie hob die Augenbrauen und dann ihren Dienstausweis. „... Mauser. Nein, keine Ermittlungen. Wir haben einen Hinweis erhalten, dass es heute Morgen zu einem Vorfall auf dem Flötzlerhof gekommen sein soll. Wissen Sie etwas davon?"

„Das können Sie alles gerne meinen Anwalt fragen." Else Zipplinger zückte eine Visitenkarte aus ihrem Täschchen, als hätte sie die Frage bereits vorhergesehen, und reichte sie Valerie. „Und jetzt verlassen Sie auf der Stelle diesen Bus und lassen uns passieren!"

Das Verhalten der Frau passte zu Stolwerks Theorie. Auf dem Hof war wohl tatsächlich etwas passiert. Und jetzt wollten sich diese merkwürdige Frau und ihre Tochter eilig aus dem Staub machen. Valerie ging in Gedanken die Dienstvorschriften durch. Es gab keine Ermittlungen. Nicht einmal der Todesfall, den Stolwerk gesehen zu haben glaubte, war irgendwie bestätigt. Mit Fantasie ließ sich vielleicht von Gefahr im Verzug sprechen. Fluchtgefahr bestand allemal. Der Bus musste auf den Hof zurück, bis sie mehr in Erfahrung gebracht hatten.

Valerie legte sich bereits eine entsprechende Aufforderung zurecht, als Stolwerk ihr zuvorkam: „Frau Zipplinger, glauben S' mir, es ist uns genauso unangenehm wie Ihnen und ihrer Tochter, aber ich hab selbst gesehen, was passiert ist, und vermutlich tausende Fernsehzuschauer schon in Innsbruck allein. Die werden nicht lange warten. Es wäre wirklich besser, wenn Sie jetzt ..."

„Wenn wir jetzt von hier verschwinden!", fuhr sie ihm ins Wort. „Was glauben Sie, warum wir es so eilig haben?", gab sich Else Zipplinger keine Mühe mehr, andere Gründe als das Ableben des Bauernkandidaten ins Spiel zu bringen. „In ein paar Minuten wird es hier nur so von Schaulustigen und Reportern wimmeln! Lassen Sie uns endlich vorbei und verschwinden Sie!"

Im selben Moment hörte Valerie das Folgetonhorn eines Rettungswagens, der die Straße hochraste und kurz darauf hinter Stolwerks Dienstwagen zum Stehen kam. Darauf folgte ein kastenförmiges Gefährt mit Antennen und Satellitenschüsseln auf dem Dach, danach ein Kleinwagen, und als hätten sich die Eintreffenden in der Uhrzeit abgesprochen, ergänzte ein Streifenwagen das Quartett, das dem Bus jede Möglichkeit nahm, vom Hof zu kommen. Else Zipplinger starrte mit weit aufgerissenen Augen nach vorne.

Valerie übernahm wieder. „Stolwerk, lass die Einsatzwägen vorbei, aber sorg dafür, dass sonst niemand hochkommt. Die Kollegen sollen gleich das ganze Gebiet absperren", wies sie ihren Partner an, der nickte und aus dem Bus sprang. „Und wir stoßen jetzt zurück", sagte sie in einem Tonfall, der keinen Widerspruch zuließ, und pantomimisch untermalt, sodass es auch der Señor hinterm Steuer verstehen konnte.

4.

Vom Piepen der Rückfahrwarnung begleitet, gelangten sie Minuten später auf den großen Vorplatz des Flötzlerhofs und kamen neben einem Übertragungswagen von LiveTV zum Stehen. Valerie sprang aus dem Bus und wies die ebenfalls eingetroffenen uniformierten Beamten an, ein Auge auf Else Zipplinger und ihre Tochter zu werfen. Sie selbst sah zum Hof hinüber und staunte: Überall wimmelte es von Menschen. Einige trugen die leuchtend roten Anoraks des Fernsehsenders, andere dunkle Arbeitskleidung, manche von ihnen auch Bauhelme. Die meisten waren damit beschäftigt, Metallstangen, Scheinwerfer und anderes Zeug in Kisten und Transporter zu verfrachten. Es krachte hier und da, Befehle flogen durch die Gegend und Unfreundlichkeiten wurden ausgetauscht. Man hatte den Eindruck, auf einer riesigen Baustelle gelandet zu sein.

Und mittendrin erhob sich der mächtige Hof, der über Innsbruck thronte und vor allem seiner Aussicht wegen ein beliebtes Ausflugsziel darstellte.

Zwei Autos kamen die Straße herauf. Vorne Stolwerk, direkt hinter ihm der Krankentransporter. Valeries Ermittlungspartner fuhr dicht an sie heran und sprang aus dem Fahrzeug. „Alles geregelt, Veilchen", sagte er. „Eine weitere Streife ist bereits unten und sperrt alles ab."

„Wird wohl schwierig werden", sagte Valerie und deutete auf die Schaulustigen, die sich bereits eingefunden hatten. Viele von ihnen hielten Smartphones in die Höhe. Weitere Sensationsgierige strömten den Wanderweg herauf. Dass sie in den Hof gelangen und Spuren verwüsten könnten, wollte sich Valerie lieber nicht vorstellen. Sie entschied sich deshalb zu Sofortmaßnahmen und sagte zu den Beamten, die sie gerade mit der Bewachung der Zipplingers beauftragt hatte: „Anderer Plan. Wir brauchen Verstärkung. Alles absperren. Rund um den Hof herum, auch die Wanderwege. Keiner kommt ohne triftigen Grund auf den Vorplatz. Sichtschutz, wo es möglich ist. Die Fernsehleute sollen helfen. Die haben sicher blickdichten Stoff, Aufsteller und so weiter. Verstanden?"

Die beiden Beamten nickten, ließen aber erkennen, dass sie mit der Situation überfordert waren.

„Los, los!", drängte Valerie. „Und dann bringen Sie mir den Verantwortlichen für die Dreharbeiten!", rief sie noch in deren Rücken und stieg wieder in den Bus. „Frau Zipplinger, Sie und Ihre Tochter bleiben zum eigenen Schutz hier. Niemanden reinlassen, okay?" Ein unsicheres Kopfnicken später war Valerie auch schon wieder im Freien und sah, wie Stolwerk den Sanitätern nachlief, die ihre Krankenliege samt Ausrüstung laut scheppernd über den gekiesten Vorplatz schoben – die nächsten, die Spuren vernichten würden. Valerie nahm die Beine unter die Arme. „Sie bleiben hier", rief sie den Leuten von der Rettung zu. „Wir melden uns, wenn wir Sie brauchen."

Mit vorgehaltenen Dienstausweisen passierten Valerie und Stolwerk einen Mann, der an der Eingangstür postiert war und ein Funkgerät trug. Er schloss die Tür hinter ihnen.

Im Hof selbst war es im Vergleich zu draußen herrlich still. *Unheimlich still*, besser gesagt. Sie hielt einen Moment lang inne und konzentrierte sich ganz auf ihr Gehör.

Aber da war nichts.

„Hallo?", rief sie dann, und: „Polizei! Ist jemand hier?"

Es blieb still.

„Wo ist das Schlafzimmer, Stolwerk?", fragte sie ihren Partner, der den Zeigefinger hob und nach links oben wies. Valerie runzelte die Stirn, verzichtete aber auf einen Kommentar und ließ ihn vorausgehen.

Sie näherten sich dem möglichen Tatort, ohne etwas anzufassen. Schuhüberzüge wären noch sinnvoll gewesen, aber im ersten Angriff mussten sie Kompromisse machen. Schließlich wäre es ja – zumindest theoretisch – denkbar gewesen, dass man noch helfen konnte. *Sehr theoretisch*, wenn man Stolwerk glaubte. Oben stand eine Tür offen. Der Raum war gleißend hell ausgeleuchtet. Wie ein Fernsehstudio. Schon aus mehreren Metern Entfernung sah man eine Wasserlache, aus der viele Fußspuren auf den Gang hinaus führten.

„Na bravo", kommentierte Stolwerk das spurentechnische Chaos.

Schließlich waren sie nahe genug, um durch den Türrahmen aufs klatschnasse Bett zu sehen, vor dem ein großer blauer Kübel lag. Dann traten sie ein. Valerie musste blinzeln, so sehr blendete es sie.

„Au", sagte sie, als sie die Szenerie erfasst hatte.

„Dem kannst nur mehr den Holzpyjama anziehen", meinte Stolwerk.

Valerie lachte nicht. Humor war Stolwerks Art, mit Situationen wie dieser umzugehen, aber nicht ihre. Sie bevorzugte Stille – die ihr Gefährte schon in ihrer gemeinsamen Zeit am LKA Wien liebend gerne unterbrach.

„Genau wie er im Fernsehen dagelegen ist. Na, glaubst mir jetzt, Veilchen?"

Valerie nickte nur und bedeutete ihm, ruhig zu sein. Dann näherte sie sich der Leiche, soweit es möglich war. Der Flötzenjohann – sein richtiger Name fiel ihr nicht mehr ein – lag nackt und leichenblass im Bett. Viel zu hell strahlte sein Gesicht, aus dem er mit weit aufgerissenen Augen an die Decke starrte. Unheimlich und jedenfalls leblos, sodass sich jeder Zweifel über den Zustand erübrigte. Er war einer der beiden gut aussehenden Kandidaten, soweit sie sich noch an die Klatschfotos erinnern konnte. Muskulös, kein Härchen an seinem Körper, gepflegt. Ein Mann, der auf sich achtete.

Die Todesursache war oberflächlich nicht festzustellen. *Kein rauchender Colt*, wie es so schön hieß: Keine Male am Hals oder an anderen Stellen, keine oberflächlichen Verfärbungen, kein Blut und keine verdächtigen Gegenstände im Bett oder im Raum – wenn man vom Wasserkübel und dem großen Scheinwerfer im Eck absah. Valerie dachte einen Moment daran, die Sonnenbrille aus ihrer Umhängetasche zu holen.

„Was meinst du, Stolwerk?", fragte sie und war sich sicher, dass er verstand.

„Schwer zu sagen. Die haben gestern gerammelt wie die Ka..."

„Stolwerk!"

„Äh ... ja. Also, ein topfitter Mensch, siehst ja. Stirbt nach einer Liebesnacht mit der Jackie ... also Jacqueline Zipplinger. Ohne irgendwelche Anzeichen. Ich mein, die Jackie hat neben ihm geschlafen. Wenn ihm was gefehlt hätte, hätt ihr doch was auffallen müssen, oder?"

Er hatte Recht. Wäre ihm übel oder eng um die Brust geworden, hätte er sich bemerkbar gemacht. „Er ist still gestorben", vermutete sie.

„Schaut so aus. Sekundenherztod? Kann natürlich mit der Aufregung zu tun haben, den Hormonen oder einer angeborenen Herzschwäche, was weiß ich."

„Wahrscheinlich?"

„Eher nicht. Auch in dem Fall hätt er vermutlich nicht einfach still und heimlich die Patschen aufgestellt."

Sie nickte und hakte die sonntägliche Bergtour mit Sandro endgültig ab. Dann sah sie sich nochmals um und versuchte, sich den Moment des Auffindens vorzustellen. Die Fernsehleute und diese Jackie hatten die Leiche sich selbst überlassen. Jedem hier drin wie auch draußen an den Fernsehgeräten musste unmittelbar klar gewesen sein, dass man dem jungen Mann nicht mehr helfen konnte.

„Dann schauen wir mal, dass wir hier nicht noch mehr versauen", sagte sie und balancierte um die Wasserflecken herum nach draußen, während sie hoffte, dass ihr Partner, der nicht nur zwei Kopf größer, sondern immer noch mindestens einen Menschen breiter war als sie, das ebenfalls hinbekam.

5.

„Ihr Name?", fragte Valerie eine knappe Stunde später einen Mann, der sich als Verantwortlicher für die Fernsehproduktion ausgab. Sie hatte ihn in den Bus gelassen und auf einen Platz in der ledergepolsterten Sitzgruppe hinter dem Fahrerplatz gedeutet.

Draußen hatten die Kollegen alle Hände voll zu tun, die mittlerweile hunderten Schaulustigen im Zaum zu halten. Stolwerk half ihnen. Als ehemaliger Spezialeinsatzbeamter war er unter anderem für solche Einsätze ausgebildet worden. Mehr Verstärkung sollte bald kommen.

Weil man den Flötzlerhof zur Gänze der Spurensicherung überlassen wollte, blieb der Tourbus der einzige Platz, wo Valerie Befragungen durchführen konnte, ohne zusätzliches Aufsehen zu erregen. Mutter und Tochter Zipplinger hatten sich im hinteren Schlafraum des Busses verkrochen. Somit blieb Valerie die weibliche Hauptdarstellerin der Show weiterhin verborgen. Sie würde ihr nur im Beisein ihres Anwalts gegenübertreten, wie sie ausrichten ließ.

„Franz-Xaver Lichtenberg", sagte der mit Trainingsanzug und Sportschuhen recht schlampig gekleidete Mann. Er wirkte nervös. Im selben Moment, als er seinen Namen aussprach, klingelte es in seiner Hosentasche. Er fummelte ein Smartphone heraus und drückte den Anruf mit zittrigen Fingern weg.

„Sie sind also der Verantwortliche hier?"

Er nickte: „Der Regisseur, ja. Aber ich bin nicht für das verantwortlich, was in dem Zimmer da oben passiert ist, nur damit wir uns gleich richtig verstehen." Sein Raucheratem widerstand ihr.

„Was ist denn passiert?", fragte sie schlicht, lehnte sich zurück und sah kurz nach oben, ob es vielleicht eine Luftdüse gab, die sich aktivieren ließe – vergeblich.

„Haben ja alle gesehen, oder nicht? Der Hans ist tot. Eine Katastrophe!" Einen kurzen Moment lang schien er sich in seinen Gedanken zu verlieren. Dann schüttelte er den Kopf, richtete sich wieder auf und sagte mit fester Stimme: „Aber nicht zu ändern. The Show must go on."

Valerie zog die Augenbrauen nach oben. Sie stellte sich die junge Hauptdarstellerin vor, die hinten im Bus irgendwie damit klarkommen musste, neben einem Toten aufgewacht zu sein. Und der Mann vor ihr redete ernsthaft vom Weitermachen. Sie fühlte sich in ihrer Meinung bestätigt: Sendungen wie die Bauerlorette waren erniedrigend und menschenverachtend und beuteten die Teilnehmer aus, die oft gar nicht wussten, wie ihnen geschah. Und jetzt war einer von ihnen tot. „There's no business like show business", murmelte sie nach einer längeren Pause und schrak auf, als Lichtenbergs Handy auf dem Tisch vor ihr zu vibrieren und gleichzeitig zu leuchten begann. *THE BOSS*, las sie verkehrt herum. Der Regisseur fuhr sich durchs Haar, dann tippte er mit den Fingerspitzen an seine Lippen. Mit der anderen Hand drückte er wieder eine Taste, die das Anrufsignal, nicht aber den Anruf selbst unterdrückte.

„Wer ist The Boss?", fragte Valerie neugierig.

Er blieb still.

„Ihre Frau?", stichelte sie. „Oder The Boss persönlich, Bruce Springsteen?"

Der spanische Busfahrer hinter ihm kicherte, als hätte er verstanden.

„Blödsinn", sagte Lichtenberg und spähte über die eigene Schulter. „Können Sie sich doch vorstellen, wer The Boss ist, oder? Der Sender will eine Erklärung haben."

„Genau wie ich. Also?"

„Also was? Was soll ich Ihnen sagen? Sie haben's doch selbst gesehen, und mehr weiß ich auch nicht. Ich war die ganze Zeit im Regieraum des Ü-Wagens."

Ü-Wagen – Überraschungswagen?, versuchte Valerie zunächst, eine Analogie zum *Ü-Ei* herzustellen, reimte sich dann aber *Übertragungswagen* zusammen. „Und dann?"

„Werbung", sagte er eisig. „Wir mussten abbrechen. Können Sie sich vorstellen, was das bedeutet? So etwas kann mich ruinieren!"

„Die Werbung?", gab sie sich provokant begriffsstutzig.

„Nein, der tote Kandidat! Wir sind live auf Sendung. Sonntag in der Früh ist Familienzeit, Herrgott noch mal. Wir dürfen nichts dem Zufall überlassen. Wenn so etwas passiert, mitten in einem Unterhaltungsformat, ist das der Super-GAU."

In der Zwischenzeit hatte sie sich die Szene ansehen können, denn irgendwer hatte sie längst auf YouTube geladen. „Und deshalb begießen Sie das Liebespaar mit Eiswasser und hoffen, dass sich pikante Details offenbaren?"

„Meine Güte, sind wir prüde, oder was? Hier geht's doch nicht um Nacktheit. Nackt ist normal. Aber eine Leiche auf einem morgendlichen Sendeplatz im öffentlich-rechtlichen Fernsehen, da knüpft uns der Publikumsrat den Strick! Ich bin ruiniert!", rief er und legte die rechte Hand an seinen Mund. Das Telefon vor ihm hörte nicht auf zu blinken.

„Das Risiko muss dem Sender doch bewusst sein, oder? Gibt's denn keine Stopptaste ... Verzögerungsdings ... wie heißt das noch mal?"

„Sie meinen eine künstliche Latenz?", schlug er vor. Valerie nickte.

„Nein, wir übertragen eins zu eins. Was wir sehen, sieht auch der Zuschauer. Kein Fake, kein Sicherheitsgurt. Was passiert, passiert. Das ist unser Erfolgsgeheimnis."

Sie ließ sein letztes Wort wirken. Dann hakte sie nach: „Und wenn so etwas passiert wie heute?"

„Wer bitte schön soll denn DAMIT rechnen? Was soll vernünftigerweise passieren, wenn wir das Pärchen mit einem kleinen Spaß aufwecken? Ein Busenblitzer? Darauf warten die Leute doch nur. Etwas politisch völlig Unkorrektes aus dem Mund eines dieser Bauernschädel? Die Lacher hätten wir auf unserer Seite. Wir sind keine politische Sendung und kein Hochrisikosport. Bei uns geht's um Liebe und Leben, um gesunde Menschen in bestem Zustand! Wer rechnet da schon mit einem Todesfall? Im Ernst jetzt, Frau Mauser!" Mit neuer Selbstsicherheit und deutlicher Wut im Bauch fuhr er fort: „Hören Sie, es ist tragisch genug, dass wir die Leiche kurz im Bild hatten. Aber es hilft uns überhaupt nicht, wenn die Spurensicherung vor dem Haus parkt und eine Million Polizisten herumwimmeln. Der Hans ist eines tragischen, aber natürlichen Todes gestorben."

„Behauptet wer?"

„Mein Gott, was sind Sie denn für eine? Egal, schon gut. Ich behaupte das. ICH! Schauen Sie, Ihre Vorsicht ist ja ganz nett, aber völlig übertrieben. Das hat doch jeder gesehen, der zwei Augen im Kopf hat!"

Valerie ließ sich nicht auf seine kleine Gemeinheit ein und sagte in aller Ruhe: „Ein junger Mann – in bester Verfassung, wie Sie selbst gerade gesagt haben – ist tot. Alles ist möglich. Bis zum Beweis des Gegenteils werden wir alles veranlassen, was uns nötig erscheint."

„Das gibt's doch nicht!", tobte er und boxte sich auf die Oberschenkel.

Valerie war kurz davor, sich auf einen körperlichen Angriff gefasst zu machen. Da klopfte schon wieder jemand gegen die Einstiegstür des Busses. Es war der Forensiker Bernd Spängler im weißen Plastikoverall.

„Schauen Sie sich den an!", protestierte Lichtenberg. „Fehlt nur noch, dass er mit Blutspritzern auf seinem Ganzkörperkondom vor den Leuten draußen herumstolziert. Die warten doch nur darauf! Alles nur wegen Ihres Verfolgungswahns, Frau Mauser!"

„Jetzt reicht's aber!", entfuhr es ihr unvermittelt. „Sie bleiben in Innsbruck und halten sich zu meiner Verfügung, klar? Inzwischen können Sie sich schon mal überlegen, wer ein Interesse daran haben könnte, Ihrer Sendung zu schaden. Ich erwarte mir Antworten und keine Vorwürfe. Verstanden?"

Er schnaubte. Sie schnaubte.

Spängler klopfte, jetzt fester. „Fffallerie", hörte sie den aus Deutschland stammenden Spurensicherungsexperten halb singen, halb rufen, was ihre Autorität nicht gerade zu untermauern half.

„Verstanden?", wiederholte sie und starrte ein Loch direkt zwischen die Augen des Regisseurs.

Fünf Sekunden später nickte er, nur einen Moment, bevor es wieder irgendwo zu klingeln begann – dieses Mal war es Valeries Telefon. Sie wies Lichtenberg an, den Bus zu verlassen, bat Spängler herein und ging ans Handy, obwohl sie die Rufnummer nicht erkannte.

„Mauser?"

„Geyer hier."

Valerie erschrak. Sie hätte ihren Vorgesetzten längst informieren müssen, was den Einsatz betraf, den Stolwerk und sie an sich gerissen hatten. Sie hatte es im Eifer des Gefechts völlig vergessen. Valerie drehte sich von Spängler weg, machte ein paar Schritte in den Gang des Busses hinein und suchte nach einer plausiblen Erklärung. Oder lieber die Wahrheit? Andererseits wusste sie ja gar nicht, weshalb er anrief. Es konnte auch völlig harmlos sein. „Herr Geyer! Wie geht es Ihnen?", fragte sie und hätte sich die flache Hand an die Stirn schlagen können, nicht nur wegen des blöden Satzes, sondern weil sie ja eigentlich längst per Du waren.

Sie hörte ihn schnaufen, als würde er gerade joggen. „Valerie, ich steh hier auf dem Golfplatz und muss zu meinem Privathandy greifen, weil ich angenommen hatte, ich könnte mein Dienstgerät einmal, EINMAL nur ausnahmsweise am Sonntag daheim lassen. Offensichtlich war das falsch gedacht. Also, ich höre?"

„Ich äh …" Was nützte es noch, um den heißen Brei herumzureden. „Niki, wir sehen uns gerade den Toten aus dieser Fernsehshow an. Auf dem Flötzlerhof."

„Jaja, ich hab's gesehen."

Geyer auch? „Ach sooo?", fragte Valerie in die Länge gezogen.

„Das war doch alles gestellt! Schon klar, oder? Seid ihr etwa drauf reingefallen? Das war inszeniert! Wegen HALLOWEEN! Heute ist Halloween, werte Frau Kollegin! Und ihr macht den Ground Zero draus! Fliegen gleich noch die Hubschrauber herum? Outen wir uns gerade als die totalen Dummköpfe und Brauchtumsmuffel, oder wie?"

„Was ist los?" Vor lauter Bauklötzen, die sie staunte, fand sie nichts Vernünftiges, das sich erwidern hätte lassen.

„Hör zu, Valerie. Kristo... äh ... Rundfunkintendant Schmollinger hat mich angerufen, ob wir noch ganz bei Trost sind, so einen Zirkus zu machen. Und ich muss mich bei ihm rechtfertigen! Dass ausgerechnet wir darauf einsteigen, geht zu weit. Wir können unsere Ressourcen nicht so leichtfertig verschwenden, Valerie. Überstunden, Kostenstellen, alles wegen eurer Fehlentscheidung. Sonntagszuschlag! Wie schaut denn das aus?"

„Niki, vielleicht wär's besser, wenn du dich in den Wagen setzt und herkommst. Oben im Schlafzimmer liegt nämlich der ..."

„Nichts komm ich! Ihr sorgt jetzt dafür, dass die Aktion eingestellt wird, und zwar plötzlich. Klar?"

Aufgelegt.

Sie drückte sofort die Wahlwiederholung, doch es kam nur das Besetztzeichen. Zehn Sekunden später wählte sie erneut – wieder mit demselben Ergebnis. „Ich glaub, ich spinn", sagte sie schließlich und ging zu Spängler zurück.

6.

„Liiiebe Fffallerie!", grüßte er sie und strahlte übers ganze Gesicht.

„Grüß dich, Bernd. Heute ist Halloween?", fragte sie gedankenverloren.

„Au ja. Meine bessere Hälfte ist schon ganz zappelig wegen des ganzen Gedöns. Ha! Hat einen ganzen Schrank mit Schleckzeug für die kleinen Banditen vollgerammelt. Schade drum, denn es landet ja am Ende sowieso nur im Sondermüll. Besser so, denn da kannst du weiß Gott was reinmischen oder abgelaufenes Zeug loswerden, jaja, die Welt ist schlecht ..."

„Aha", sagte sie, weil sie gar nicht zugehört hatte. Wieder wählte sie Geyers Nummer – jetzt war sein Handy ausgeschaltet.

„Hattest eben das Rhinozerus an der Strippe, ja?"

Sie nickte. Spängler und Geyer verstanden sich ausschließlich dann, wenn sie beide betrunken waren. Im nüchternen Zustand hieß der eine *Piefke* und der andere *Rhinozerus*. „Manchmal könnt ich ihn ... aber so!", murmelte sie mehr zu sich selbst und sah Spängler hoffnungsvoll an. „Sag mir, dass das da oben im Bett keine Halloweenpuppe ist."

„Eine häää? Ach Quatsch. 'ne Leiche, 'ne mausetote, mia cara."

„Und?"

„Tja, und ... und nichts! Niente. Wieso haste mich denn geholt, sag mal?"

Sie schnappte unwillkürlich nach Luft. Der Albtraum jedes Polizisten: die Spurensicherung umsonst eingeschaltet zu haben. Am Wochenende noch dazu. Eine Auffindesituation falsch zu beurteilen, konnte einem Jahre des Spotts einbringen. „Nichts?", fragte sie und sandte ein Stoßgebet zum Himmel.

„Na ja, nichts außer einem Konvolut von Abdrücken von einer Unzahl von Menschen. Kannst dir ja vorstellen bei dem Gewusel dieser Fernseh-Ameisen. Und für meinen Geschmack gehört die Flötzenspelunke hier mal ordentlich durchgesaugt. Sonst nur der begossene Tote, aber der ist allerhöchstens ein Fall für den Rechtsmediziner. Wenn überhaupt."

Valerie hatte Mühe, ihre Gedanken zu ordnen. *Inszeniert*, hatte Geyer gesagt. Wegen Halloween. Aber was sollte denn hier bitte dargestellt werden? Der echte Tod eines Kandidaten? Der wohl kaum freiwillig mitgespielt hatte. Sie glaubte auch nicht, dass der Regisseur ihr etwas vormacht hatte, als er sich so betroffen über das Unglück zeigte. Der Tod des Hofbauern gehörte definitiv nicht zum Plan.

„Hast du irgendeine Vermutung, was die Todesursache betrifft?"

„Wie gesagt: No, purtroppo no."

Seine Liebe zu Italien, die er sprachlich vor sich herzutragen pflegte, nervte gehörig. „Gift? Überdosis? Schlafmittel? Gewalt? Gar nichts?"

„Also, ich hab den werten Verstorbenen jetzt nicht so richtig unter die Lupe genommen, und wie du weißt, ist das auch gar nicht meine Angelegenheit, liebe Fffallerie. Aber natürlich hab ich mal geschnuppert und geguckt – senza risultato. Kein Gift vom lieben Mütterlein, kein Schnee im werten Näschen und auch sonst nicht viel ... mein Häschen." Er grinste über beide Ohren und war sichtlich stolz auf seinen spontanen Reimerguss.

Valerie fand die Situation überhaupt nicht komisch. Sie befand sich in einer Zwickmühle. Ihr Chef hatte befohlen, den Einsatz zu beenden. Freilich aufgrund einer offensichtlichen Fehlinformation. Und Spängler, eine Koryphäe auf seinem Gebiet und selbst halber Rechtsmediziner, deutete an, dass der Nachweis eines Gewaltverbrechens zur harten Nuss, wenn nicht zur *Mission: Impossible* werden könnte. „Aber der stirbt doch nicht einfach so mir nichts, dir nichts", sagte sie, um sich selbst zu beruhigen.

Da klopfte schon der nächste Mann an die Bustür, es war Stolwerk. Er hatte etwas Weißes in der Hand, das aussah wie ...

„Komm rein", sagte sie und gab dem Fahrer ein entsprechendes Zeichen. Durch die aufschwingende Tür drang Lärm ins Innere. Ohne zum Hof zurückzusehen, wusste sie, dass sich die Zahl der Herumstehenden vervielfacht hatte. Menschen riefen durcheinander, einer pfiff, etwas krachte.

Stolwerk wirkte erschöpft. „Servus, Bernd!", grüßte er den Forensiker und wandte sich Valerie zu. „Schau, Veilchen, ich hab uns ein Vogerl gefangen", sagte er stolz und hielt ihr den weißen Gegenstand vor die Nase. Ihre erste Vermutung war richtig gewesen: eine Drohne. Mit Kamera. Ziemlich verbeult.

„Bin ich jetzt im Fernsehen, Stolwerk?", fragte sie und zeigte auf die Kameralinse, die sich an der Unterseite des Flugkörpers befand.

„Glaub ich nicht, schau!" Er kramte in seiner Jackentasche und hielt ihr einen großen, länglichen Akkupack hin. „Drohnenherz, hehe. Aber Wahnsinn, Veilchen, die hat einer von den Zuschauern steigen lassen. Wetten, dass er damit vorm Schlafzimmerfenster herumgeflogen ist? Ich hab mir das Ding gerade noch greifen können."

„Du hast ihm die Drohne abgenommen?"

„Sozusagen", meinte er und deutete auf eine lange Metallstange, die draußen neben der Bustür lag.

„Speerwurf?"

„Mhm", summte er mit breitem Grinsen.

Sie nickte und wurde wieder ernst. „Hör zu, Stolwerk, dein toter Hans macht uns gehörig Kopfweh. Bernd hat nichts gefunden. Und Geyer meint, es sei überhaupt alles ein Halloween-Fake."

Stolwerk formte die letzten beiden Wörter mit seinen Lippen, ohne einen Laut von sich zu geben, und machte ein ungläubiges Gesicht.

„Nicht so wichtig, das klärt sich schon auf. Aber wir sollten schauen, dass wir nicht noch mehr Aufmerksamkeit erregen. Bernd, kannst du den Abtransport in die Gerichtsmedizin so dezent wie möglich organisieren?"

Spängler nickte und verließ den Bus.

„Und wir, Veilchen?"

„Wir, Stolwerk, wir werden die Karawane jetzt wohl oder übel ziehen lassen müssen."

7.

Valerie saß mit Sandro bei einem späten Abendessen, als jemand lautstark das Treppenhaus hochpolterte. Dieser Jemand konnte nur Stolwerk sein. Schon wieder.

„Veil-CHEN!", hörte sie folgerichtig zwei Sekunden darauf, begleitet von seiner Faust, die ihre Wohnungstür zu spüren bekam. Sie eilte in den Gang. Fehlte ihm etwas? Hatte er sich verletzt? Schleppte er sich mit einer Herzattacke zu ihr? Voller Sorge riss sie die Tür auf. Da stand er vor ihr, dieser Sherlock-Holmes-Verschnitt in Übergröße, und zog die Faust ein, mit der er bereits zum nächsten Hammerschlag ausgeholt hatte. Schnell scannte sie sein äußeres Erscheinungsbild. Kein Blut, kein Griff an die Brust, kein totenblasses Gesicht. Sah man von der Alarmstimmung ab, die sich in seinem Gesicht spiegelte, ging es ihm gut.

„Stolwerk?"

„Veilchen, sie sind wieder auf Sendung! Bauerlorette Halloween Live French Kiss Contest!"

Er sprach in Rätseln. „Wie bitte?"

„Halloween! Live! French! Kiss! Contest!"

Es wurde nicht besser. Zwei Sekunden lang starrte sie ihren Kumpel mit offenem Mund an. Dann ging dieser einfach an ihr vorbei, weiter ins Wohnzimmer, wo er sich die Fernbedienung griff und darauf herumdrückte.

„Gleich siehst du's", sagte er ungeduldig. „Ah, hallo, Sandro!"

„Hallo", echote ihr Freund vom Esstisch aus.

Dann hörte man etwas.

„...dtausend! Danke fürs Anrufen. Wir starten gleich – nach dieser kurzen Werbeunterbrechung. Also dranbleiben."

„Ausgerechnet jetzt", klagte Stolwerk und drehte sich zur Seite. „Alles gut bei dir, Sandro?"

„Mhm", kam's aus der Küche. „Und dir geht's auch gut, ja?"

„Ja, danke."

„Fein!"

„Weißt, Sandro, da geht's um den Einsatz heute."

„Mhm", gab dieser hörbar desinteressiert zurück. Dann stand er auf, beförderte seinen Teller in die Spülmaschine, ließ ihn besser gesagt gerade so sanft fallen, dass er nicht zerbrach, schlurfte ins Badezimmer und drehte den Wasserhahn auf.

„Auweh", sagte Stolwerk.

Valerie blieb still und überlegte sich schon mal die Wiedergutmachung. Während die gefühlt quadrillionste Episode der Werbung einer Möbelhauskette lief, die für sich genommen schon viel zu viel im Alltag herumspukte, dachte Valerie an die Stunden auf dem Flötzlerhof zurück. Ihr Chef Nikolaus Geyer war weder dort aufgetaucht noch telefonisch erreichbar gewesen. Die hunderten von Schaulustigen waren geblieben, bis der Fernsehtross, in dessen Konvoi sich auch der Tourbus der Zipplingers befand, mit Polizeieskorte fortgefahren war. Valeries Bitte, doch noch mit Bauerlorette Jackie sprechen zu können, wurde von deren Mutter stoisch mit dem Verweis auf ihren Rechtsanwalt verneint. Dieser weilte praktischerweise in Udine. Also hatte Valerie die Zipplingers für Dienstag ans LKA geladen.

Nach dem Abzug der Bauerlorette-Truppe verschwanden die meisten Schaulustigen recht schnell. Johann Innbrügglers Leiche sollte aber erst in diesen Minuten, im Schutz der Dunkelheit, in die Gerichtsmedizin transportiert werden. Dabei stand noch gar nicht fest, ob man das Einverständnis für eine Obduktion bekommen würde. So oder so verzögerte Geyer die Ermittlungen mit seiner Engstirnigkeit. Sie hätten längst viel weiter sein müssen.

„Hast den Geyer erreicht, Veilchen?", fragte Stolwerk, als könnte er Gedanken lesen.

„Nein."

„Niki und der Fernseh-Schmollinger sind Spezln, weißt? Gleiches Baujahr."

„Woher weißt du denn das?"

„Wikipedia, Veilchen, also was den Schmollinger betrifft. Vom Niki kenn ich das Geburtsdatum ja. Beide stammen aus Gnadenwald. Tät mich überhaupt nicht wundern, wenn die in denselben Sandkasten geschi...."

„Stolwerk!"

„*Hier ist die Bauerlorette. Sicher haben Sie, verehrte Zuseherinnen und Zuseher, bereits von unserem kleinen technischen Zwischenfall am Morgen gehört. Wir möchten uns hiermit in aller Form bei jenen entschuldigen, deren Nerven wir strapaziert haben. Es sind bereits Maßnahmen ergriffen worden, dass sich so etwas nicht wiederholen kann. Aber nun geht es endlich weiter, mit dem Bauerlorette Halloween Live French Kiss Contest.*"

„Ftsch Kss Ctsst!", zischte Valerie als Zeichen des Protests gegen die Anglizismenseuche, die Medienleute besonders häufig befiel. Immerhin klärte sich Stolwerks Gefasel damit langsam auf.

„Pst!", gab dieser zur Seite.

„Heute haben unsere feschen Kandidaten die Chance, sich der einsamen Jackie zu empfehlen, mehr noch ihre Küsserqualitäten unter Beweis zu stellen. Und das vollkommen inkognito. Unsere genialen Visagisten haben ganze Arbeit geleistet, das Material wurde von den Ladurnser Make-up-Artists zur Verfügung gestellt, und sie haben ihren Job großartig gemacht – was auch für die Kulisse gilt, gebaut von Kluckinger Kreativholz. Ich sage nur: Türen auf! Willkommen in unserem Halloween-Gruselkabinett. Rauchschwaden streifen durch die Luft. Wir befinden uns auf einem Friedhof, natürlich keinem richtigen, aber täuschend echt gemacht. Hier gehen sie schon um, unsere Kandidaten, verkleidet als die Untoten. Da! Gerade war der erste kurz im Bild. Nicht zu erkennen, um wen es sich handelt. Aber keine Angst: Wir werden die Namen der jeweiligen Küsser unten einblenden, um Ihnen damit einen echten Wissensvorsprung zu verschaffen. Ein weiterer Zombie streift zwischen den Grabsteinen herum. Ungelenk, wie es sich für einen Verwesenden gehört, absichtlich oder nicht, wer weiß das schon. Ich muss sagen, mich gruselt's ordentlich. Unserer unerschrockenen Jackie im Katzenkostüm nützt das gar nichts, denn ihre Aufgabe lautet: Bring die Untoten wieder unter die Erde – mit einem mindestens zehn Sekunden langen Hollywood French Kiss, einem French-Todes-Kiss!"

„Ftsch Tds-Kss!", konnte Valerie nicht anders, als den Wettbewerb ins Lächerliche zu ziehen.

„Pst!"

Sie warf dem Mann neben ihr einen Seitenblick zu. Er musste in eine Art Trance verfallen sein. Seine Augen klebten förmlich auf dem Bildschirm, dazu lugte die Zungenspitze aus dem Mundwinkel hervor.

„Geht's dir gut, Stolwerk?", fragte Valerie halb neckisch, halb besorgt.

„Mhm", antwortete er auf Automatik und erinnerte sie dabei sehr an ein computerspielendes Kind, wahlweise auch an ihren Teamassistenten und baldigen Schwiegersohn Sven Schmatz, wenn dieser zu Recherchezwecken in die unendlichen Weiten des Internets abgetaucht war und man den Eindruck hatte, mit einem seelenlosen Antwort-Roboter zu sprechen.

Valerie konnte nicht glauben, dass die Bauerlorette nahtlos fortgesetzt wurde, schlimmer noch, dass die junge Frau, die am Morgen noch neben einem Toten aufgewacht war, jetzt – was sollte? Untote per Zungenkuss zu Tode schmusen? Da blieb einem doch das Hirn stehen ...

„Da ist sie, Jackie, die Katze im hautengen Catwoman-Kostüm by Seitenschneider Couturemanufaktur. Sie trägt eine kecke Maske. Ihr knallroter Kussmund darunter wird nicht lange einsam bleiben. Neckisch fährt sie die Krallen aus und faucht. Damit könnte sie am Broadway auftreten. Unsere Bauerlorette macht eben nicht nur im Dirndl eine gute Figur. Gertenschlank und trotzdem alles da, wo ein Mann es sich erwartet. Auf los geht's los. Holen wir uns den ersten Kandidaten und geben ihm die ewige Ruhe!"

„Gott!", flehte Valerie zum Himmel.

„Pst!"

„Stolwerk, jetzt reicht's aber. Wer braucht dieses Geschwafel? Wir haben ja selber Augen im Kopf. Schlimm genug!"

Er blieb auf die Sendung konzentriert. Während Valerie noch protestierte, hatte sich Jackie längst den ersten Lumpenmann gekrallt und war dabei, ihn zu küssen, das Ganze in Großaufnahme. In einer Ecke zählten die Sekunden herunter, daneben stand ein Name: *Wastl*. Valerie, die als Kind an der Seite ihres Vaters keine Musikantenstadl-Folge verpasst hatte, platzte heraus: „Und der Fernsehwastl ist auch dabei. Na bravo!"

„Pst!"

Sie hatte gute Lust, ihren Gefährten kurzerhand aus der Wohnung zu befördern, so gern sie ihn mochte. „Stolwerk, ich schwör dir, wenn du mich noch einmal anpstest, dann schalt ich den Mist aus." Zur Untermauerung ihrer Drohung hob sie die Fernbedienung in Richtung Apparat, was Wirkung zeigte.

„Hm?", machte er, drehte seinen Kopf nach links und sah sie an, wobei sie der Eindruck befiel, dass er nun seine ganze Konzentration auf das rechte Ohr legte und quasi ein drittes, seitliches Auge auf den Fernseher warf, während er ihr mit seinen Augen vorne bloß Kamera-Attrappen präsentierte.

„Hey, du Zombie!"

„Hm?", antwortete er abwesend und drehte sich wieder zur Flimmerkiste zurück.

Valerie drückte den Ausschaltknopf.

„He! Was machst du?"

„Stolwerk, ich schau mir diesen Mist nicht mehr länger an. Wir haben ja gesehen, was ist. Die junge Zipplinger schmust ihre untoten Brunfthirschen ins Grab, und der Sender kassiert übers Televoting fette Anrufgebühren. Was ist so toll daran?"

Er sagte nichts, und das brachte sie erst recht gegen das Unterhaltungsformat auf.

„Da geht's doch nur ums Abkassieren! Als bekämen sie nicht schon genug über die Pflichtgebühren herein, müssen sie noch dieses hirnlose Schmuddelzeug veranstalten. Lassen ein Mädchen, das heute Früh neben einem Toten aufgewacht ist, im Erotikfummel auf dem Friedhof herumturnen und feuchte Küsse austeilen, und hintenrum streifen sie sich einen fetten Bonus ein. Da hört sich doch alles auf!"

Stolwerk ließ die Schultern hängen.

„Womit wir ein Motiv hätten", schloss sie aus dem eben Gesagten.

„Hm, Veilchen?" Endlich war er wieder da. Irgendwie jedenfalls.

„Das Geld, Stolwerk. Es geht doch meistens ums Geld, oder? Dass der Kandidat vom Flötzlerhof jetzt tot ist und das Ganze noch live im Bild, dürfte die Einschaltquote nicht gerade verschlechtert haben. Hunderttausend Anrufe dafür, dass Jackie mit den Kandidaten schmusen muss, als wäre sie ein billiges ..."

„Aber das ist doch alles nur Show", beschwichtigte er. „Schau, natürlich will der Sender Geld verdienen. Aber sie machen das eben sehr geschickt. Denen fallen immer neue Sachen ein, bei denen man nicht wegschauen kann. Wenn da einmal drin bist, willst immer wissen, wie es weitergeht. Das ist einfache Unterhaltung, bei der man nicht viel denken muss."

„Zum Fremdschämen."

Er wich ihrem Blick aus.

Als sie selbst bemerkte, dass sie ihm ins Gewissen redete, als wäre sie seine Mutter, beschloss sie, dass genug gepredigt wurde. „Die Quote wäre doch ein Motiv, findest du nicht?"

„Wenn's überhaupt ein Mord war", antwortete er. Obwohl er ja selbst dafür gewesen war, die Kavallerie auf den Flötzlerhof zu holen. Zudem hatte Stolwerk, ganz von Anfang betrachtet, ihr die Sache überhaupt erst eingebrockt. Er sollte ihr jetzt Argumente liefern, statt zusätzliche Zweifel zu säen!

„Hast du auch für den Kussbewerb mitgevotet?",
provozierte sie ihn.

„Nein, habe ich natürlich nicht, Valerie. So viel An-
stand kannst mir schon noch zutrauen. So, ich glaub,
ich muss dann jetzt wieder", sagte er und erhob sich.

Au, dachte sie. Wenn Stolwerk sie Valerie nannte,
hing der Haussegen ordentlich schief. Aber manche
Dinge musste man in aller Deutlichkeit aussprechen
und stehen lassen, damit sie wirken konnten. Also blieb
sie still auf ihrem Sofa sitzen, hörte, wie er die Wohnungstür zuschlug und dann unten in seiner Wohnung
herumpolterte. Gleich darauf meinte sie, die dumme
Fernsehstimme wiederzuerkennen, gedämpft von der
Zimmerdecke zwischen ihren Wohnungen. Ein paar
Minuten später war sie sich ganz sicher: Stolwerk
schaute Bauerlorette. Da saß sie nun, einsam und verlassen, sie, der letzte Leuchtturm der Moral ...

Retter der Witwen und Waisen, gab die böse Souffleuse hinzu.

Valerie hörte Sandro im Bad plantschen. Sollte sie
zu ihm? Andererseits hatte sie überhaupt keine Lust,
sich für Stolwerks Hereinplatzen zu rechtfertigen.

Bauerlorette schauen?

„Niemals", murmelte sie trotzig, zog eine Decke zu
sich und verkroch sich darunter.

MONTAG, 1. November – Allerheiligen

8.

Ein Feiertag war immer willkommen, Allerheiligen fiel Valerie aber schwer. Besonders seit sie in Innsbruck lebte.

„Isst du das noch?", fragte Sandro, der auf ihre Nutellasemmel schielte.

Er riss Valerie aus den trüben Gedanken, die sich seit Jahrzehnten pünktlich einstellten, wenn der Tag des Totengedenkens kam. Sie schüttelte den Kopf und schob ihm den Rest ihres Brots hin.

„Kann ich ... Nutella?", setzte er wortkarg fort. Mit gezücktem Messer zeigte er aufs Aufstrichglas, das vor ihr stand.

Sie schob ihm die beinahe leere Nutella hin und grinste wieder. Schon wieder mussten sie neue kaufen. Seit ihrem schweren Unfall auf dem Bergisel und dem damit verbundenen Schädel-Hirn-Trauma stand sie plötzlich auf Süßes. Nussnougatcreme gehörte seither unbedingt zu ihrem Alltag dazu.

Der Stoff mochte *ein* Grund sein, warum sie weit seltener an Unterzuckerung litt als früher, Sandro war der andere. Nicht weil er so süß war, sondern weil sie dank ihm mehr auf sich achtete. Weil sie dank ihm wieder Interesse am Privatleben hatte. Weil ... Ihre Laune besserte sich noch mehr, als sie ihm beim konzentrierten Herumstochern zusah. Er hatte etwas von einem Bären, der versuchte, den letzten Tropfen Honig aus einem Baumstamm zu kratzen. Nach einer Minute verzichtete er auf die letzten beiden Nutellaatome im Glas und steckte sich die halbe Semmel auf einmal in den Mund.

„Mmh", brummte er und schmatzte laut. „Lecker!", setzte er nach.

Er hat das Wort gesagt!, protestierte die böse Souffleuse.

Valerie seufzte. *Lecker. Lecker, lecker, lecker.* Bei *lecker* stellte es ihr die Nackenhaare auf, und bei *Leckerschmecker* konnte sie für nichts mehr garantieren. *Lecker* gehörte nicht hierher. Aber seitdem vom Kindergartenkind bis zum zurechnungsfähigen Erwachsenen ganz Tirol fröhlich vor sich hinleckerte, musste sie einsehen, dass sie den Kampf gegen die fiesen kleinen Sprachmigranten hoffnungslos verloren hatte. Sie schaffte es ja nicht einmal, ihrem eigenen Freund das Unwort auszutreiben.

Andererseits gab es an einem Mann immer etwas zu arbeiten, und die Hoffnung starb zuletzt. Also nahm sie den Salzstreuer, holte aus und ... nein, sie bat ihn bloß mit Grabesstimme: „Sag das nie wieder."

„Hm?", summte er mit dunkel verschmierten Mundwinkeln und kaute weiter. „Wasch denn?"

„Das blöde Wort."

„Nutella?"

„Lll..."

„Lecker?"

„Aaah!", stieß sie aus, eilte um den Tisch und würgte ihn theatralisch.

„Hey!", protestierte er, aber – Morgenmuffel hin oder her – zweimal *lecker* in aller Frühe musste angemessen bestraft werden. Sie rangelten spielerisch, aber Sandro hatte es nicht anders verdient. Valerie lachte, Sandro zeterte kurz, aber schließlich kam es, wie es kommen musste.

Hauptsache, nicht an den Nachmittag denken müssen.

9.

Knapp vor zwei Uhr nachmittags war es so weit. Valerie trat ans Grab ihres Vaters, das sich auf dem Höttinger Pfarrfriedhof befand. Es war Hartmut Mausers ausdrücklicher Wunsch gewesen, in seiner Heimatstadt Innsbruck begraben zu werden, obwohl er seine Familie in Wien gegründet und es dort zu einem der gefürchtetsten, aber auch angesehensten Staatsanwälte des Landes gebracht hatte. Tirol hatte ihn trotzdem nie losgelassen – wie nicht nur sein bis in höchste Kreise stur beibehaltener Dialekt, sein Kleidungsstil und bevorzugtes Urlaubsland, sondern auch sein letzter Wille bewiesen. Seit Valerie berufsbedingt nach Innsbruck gezogen war, kümmerte sie sich natürlich auch um seine Grabstätte. Was ihr mehr abverlangte als gedacht, denn in gestalterischen Dingen war sie immer schon hinter ihrer Schwester Lilian, noch mehr aber hinter Mutter Pauline hergehinkt.

Diese stand bereits am Grab, rabenschwarz gekleidet, wie immer an Allerheiligen. Auch der Deko-Hut, der auf die High-Society-Kreise hinwies, denen sie sich zugehörig fühlte, durfte nicht fehlen. Nur der edle Nerz wäre in diesem Jahr wohl doch eine Spur zu nah am Kreislaufkollaps gewesen.

Valerie holte tief Luft und blies sie wieder aus. „Hallo, Mutter", sagte sie schließlich.

„Valerie?", fragte diese mehr, als dass sie grüßte. Die Eiszeit zwischen ihnen war noch immer nicht vorbei. Der Händedruck fiel dementsprechend kurz und frostig aus, und ihre Blicke trafen sich nur eine Zehntelsekunde.

Mir soll's recht sein, dachte Valerie, wusste aber genau, dass sie sich gerade selbst belog. Das Schicksal hat sie mit dieser Familie geschlagen. Aber am Ende blieb es ihre Familie.

So standen Mutter und Tochter mit maximal möglichem Respektabstand Seite an Seite und warteten auf den Beginn der alljährlichen Gräbersegnung. Rundherum sprachen Menschen mit gedämpften Stimmen, manche scherzten gar, lachten und freuten sich über die jährliche Zusammenkunft. Von *Freude* waren die Mausers weit entfernt.

„Ts", kam's aus dem Mund ihrer Mutter. „Jaja ... Pff ..."

Valerie drehte ihre Augäpfel so weit nach links, dass sie sehen konnte, wie ihre Mutter den Grabschmuck begutachtete und dabei immer wieder den Kopf schüttelte, gerade so deutlich, dass es ihre Tochter wahrnehmen musste. Aber Valerie würde sich nicht dazu hinreißen lassen, hier und jetzt einen Streit über die Grabgestaltung vom Zaun zu brechen. Vergangenes Jahr hatte sie sich unfallbedingt nicht um Vaters Ruhestätte kümmern können. Aber dieses Mal hatte sie sich richtig angestrengt und extra ein großes Bouquet besorgt. Papa hätte es bestimmt gefallen. Pauline nicht. Wie hatte Valerie nur hoffen können, dass es anders sein würde? Nichts, was sie tat, würde den Ansprüchen ihrer Mutter jemals genügen.

Valerie hätte Verstärkung gebraucht. Aber zu Allerheiligen verstreute man sich traditionell in alle Windrichtungen. Sandro war kurz vor Mittag nach Meran losgefahren, wo seine Oma begraben lag. Stolwerk besuchte seine Angehörigen in Linz, wobei er die meisten Verwandten von ihnen dreien hatte – sogar einer seiner Großväter lebte noch. Tochter Luna hatte *eigene Sachen zu erledigen*.

Aber auch Pauline Mauser hatte keine Unterstützung nach Innsbruck mitbringen können. Ihre zweite Tochter Lilian war ganz in der Grazer Hoteliersfamilie aufgegangen, in die sie eingeheiratet hatte. Paulines Ex-Lebensgefährte Pascal Foltyn hatte sich aus dem Staub gemacht, nachdem – *ausgerechnet!* – Valerie vor wenigen Monaten einen riesigen Anlagebetrug zum Einsturz gebracht hatte, in dem Pascals gesamtes Vermögen steckte. Dass sie Pascal nicht rechtzeitig vorgewarnt hatte, würde Mutter ihr nie verzeihen – „Familie geht vor Amtsgeheimnis", hatte diese gemeint. Valerie war felsenfest davon überzeugt, richtig gehandelt zu haben. Pauline glaubte, dass ihre missratene Tochter die alleinige Schuld daran trug, ihren schöner Pascal für immer verloren zu haben. Seither herrschte Funkstille zwischen Mutter und Tochter.

Valeries Mutter beugte sich nach vorne und zupfte mit demonstrativem Unmut am Blumenschmuck herum, wobei eine Kerze umfiel und ausging. Ihre Versuche, sie wieder anzuzünden, blieben vergeblich, und ihre Tochter dachte nicht im Traum daran, ihr zu helfen. „Elendes Glumpert", schimpfte sie und kam wieder hoch, um ihr Kostüm zurechtzuzupfen und den imaginären Schmutz loszuwerden.

Valerie atmete auf, als die Glocke endlich zur vollen Stunde läutete. Eine Bläsergruppe begann zu spielen, getragen und würdevoll – schön. Sie starrte schräg zur Grabinschrift hinunter, die sie wieder und wieder las, womit sich die Erinnerung an ihren Vater ganz automatisch in den Vordergrund drängte: *Hier ruht Hofrat Dr. Hartmut Mauser, Oberstaatsanwalt am OLG Wien, geb. 18.05.1940, gest. 03.12.1986.*

Sein Tod war so überraschend gekommen. Ein Herzinfarkt am Schreibtisch, als Valerie dreizehn war. Schwester Lilian, damals schon fast erwachsen, zog 1988 nach Graz und heiratete zwei Jahre später. Für Valerie begann mit Vaters Tod die dunkelste Zeit ihres Lebens, eine Pubertät, die ihresgleichen suchte und ihrer Mutter bestimmt vieles abverlangte. *Im Leben gleicht sich alles aus*, kam es Valerie in den Sinn.

„Amen", sagte Pauline demonstrativ laut.

„Amen", stimmte Valerie in den Chor der Übrigen ein, ohne wirklich mitbekommen zu haben, welcher Gebetsformel sie gerade beipflichtete.

Valerie war immer das Papakind gewesen. Sie konnte viel besser Skifahren als Lilian, zog Papas Tiroler Gröstl Mamas Mehlspeisen vor und hörte seine volkstümliche Musik lieber als die Opernarien, die Mutter nicht nur liebte, sondern auch noch nachzuträllern versuchte. Valerie hatte es sich niemals nehmen lassen, wie eine waschechte Tirolerin daherzureden, obwohl sie den Dialekt nur aus Vaters Mund kannte, während Schwester Lilian seit jeher die Hietzinger Noblesse ihrer Mutter in der Aussprache trug. *Hier ruht Hofrat Dr. Hartmut Mauser.* Valerie seufzte. Es war gut, dass er hier lag, in seinem Land, bei seinem Kind. Ob sein Geist noch irgendwo war, vielleicht gerade hier und jetzt über ihnen schwebte?

Es kümmerte ihn bestimmt nicht, wenn Valerie hie und da etwas mit dem Grabschmuck vermasselte, und wenn, dann lachte er höchstens, wie er es so oft getan hatte. Das war es auch, was ihr am Lebhaftesten in Erinnerung geblieben war: sein uriges, kratziges, schallendes Gelächter, bei dem man einfach mitmachen musste. Und sein himmlisch nach Vanille riechender Tabak beziehungsweise die geübten Handgriffe, mit denen er seine Pfeife stopfte, einen kleinen Flächenbrand entfachte und mächtige Rauchwolken ausstieß, die den ganzen Raum mit Duft erfüllten. In nicht allzu ferner Zukunft würden Eltern dafür verklagt werden, wenn sie im Beisein von Kindern rauchten. Aber Pfeife hin, Tabak her: Valerie fand es einfach wunderbar.

Was wäre gewesen, wenn er damals nicht gestorben wäre? Wenn sie ihn früher gefunden und sein Leben gerettet hätten? Wenn er heute noch lebte? Hätte sie dann genauso rebelliert, hätte sie dieselben Fehler gemacht – hätte sie ihre Tochter Luna jemals bekommen? Wie wäre ihr Leben verlaufen, hätte ... *Hättiwari*, fiel ihr ein Wort ein, das ihr Vater oft benutzt hatte, wenn seine Umgebung in den Konjunktiv verfiel. Für Lilian und sie hatte er das *Hättiwari-Monster* erfunden, um sie zu lehren, nicht in Möglichkeiten, sondern in Absichten zu denken. Genau diese Absichten hatten sie letztlich zum schwarzen Schaf der Familie gemacht. *Ach, Papa!*, schrie sie lautlos, aber mit aller Kraft ihres Bewusstseins, schmetterte ihre Verzweiflung gegen den Marmor über seinem Grab. Was war Valerie denn schon ohne Familie?

Plötzlich spürte sie die Hand ihrer Mutter an ihrem Ellenbogen. Instinktiv zuckte sie zurück, aber Pauline ließ nicht locker. „Ach, Kind!", sagte sie und sah sie mit einer Sanftmut an, die völlig untypisch für sie war.

„Was?", zischte Valerie, viel lauter als angemessen, getragen vom Schmerz, der sich während ihrer Funkstille mit Pauline aufgestaut hatte. Mit der freien rechten Hand versuchte Valerie, die Tränen zu trocknen, die schon die ganze Zeit ihre Wangen hinabliefen.

„Ach, Kind, mir tut das alles ja so leid, komm her", wiederholte Pauline so laut, als wären sie ganz unter sich. Dann legte sie ihren Arm um Valerie herum und drückte sie an sich.

Drei Stunden später sperrte Sandro die Wohnungstür auf. „Hallo, Val!", rief er in den Gang hinein. „Haben wir Besuch?"

Sicher hatte er Paulines Schuhe gesehen, aber nicht erkannt. „Wir sind in der Küche!", antwortete Valerie.

„Dum-tidi-dumm", sang er beim Ausziehen und trommelte gegen einen Schrank. Er war gut gelaunt.

Das würde sich gleich ändern.

Beschwingt schlenderte er durch den Gang und ums Eck. „Ja-wen-haben-wir-denn-WUAAAA!", entfuhr es ihm im Anblick des Drachens. Jetzt hätte er Schauspieler sein müssen, ein sehr guter, am besten oscarverdächtiger Schauspieler, dann wäre die Situation noch zu retten gewesen. Aber Sandro war ein offenes Buch.

„Ich freu mich auch, dich zu sehen, Sandro", sagte Pauline mit gespielter Gelassenheit. Ihre errötenden Wangen bewiesen, dass sie seine Ablehnung registriert hatte. Wobei Mutter ihr in dieser Beziehung überhaupt nicht leidtat. Sie hatte schließlich damit angefangen und sich seine Antipathie redlich verdient.

„Komm, setz dich zu uns, Sandro", sagte Valerie. „Auch einen Schluck Sekt?", schlug sie vor und hob die Flasche, in der nur noch ein kleiner Rest übrig war.

„Äh ... Mhm!", antwortete er und nickte, wie nur jemand nicken konnte, für den aller Sekt der Welt nicht reichte. Und als Valerie den Rest in eine saubere Sektflöte goss und sich ihre Blicke trafen, stand mit Ausrufezeichen in seinem Gesicht: *Zu wenig!*

Also erhob sie sich, holte eine neue Flasche aus dem Kühlschrank und reichte sie ihrem Freund mit der Bitte, sie zu öffnen. Eine mechanische Tätigkeit würde ihm sicher guttun. Dann setzte sie sich wieder und erklärte: „Pauline ist für ein paar Tage hier. Wir haben uns auf dem Friedhof getroffen. Vielleicht unternehmen wir ja was gemeinsam."

„Aha!?", stieß er aus, sah aber nicht auf, sondern hantierte mit höchster Konzentration am Drahtkorb, als ginge es darum, eine Bombe zu entschärfen.

Sie hätte ihn per SMS vorwarnen sollen, anstatt ihn einfach so mit seinem Schwiegerdrachen zu konfrontieren.

„Ich hab das nie gekonnt", sagte Pauline und sah auf Sandros Hand, mit der er den Korken drehte.

Vor Schreck über das indirekte, unerwartete und vermutlich allererste Kompliment aus Mutters Mund musste Sandro heftig husten. Valerie sprang auf, um die schlingernde Sektflasche zu retten.

Genau in dem Moment, als sie sich darüberbeugte, ging der Korken los.

DIENSTAG, 2. November

10.

Nikolaus Geyer betrat das Besprechungszimmer exakt um neun Uhr. *Jour fixe* nannte er die Zusammenkunft, und Valerie fand schon das Wort an sich dämlich. Noch mehr aber war es die Art, wie er sich ihnen, vor allem aber Stolwerk gegenüber als Chef aufpudelte.

„Guten Morgen allerseits", grüßte Geyer seine Abteilung, die – von Valerie abgesehen – immer noch ausschließlich aus männlichen Kollegen bestand, schritt an seinen Platz am vorderen Ende des Tisches und setzte sich. Dann sah er durch die Runde und blieb bei Valerie hängen. „Spät geworden gestern, ja?", konnte er sich die Bemerkung nicht verkneifen, die leider auf der Hand lag.

Valerie runzelte die Stirn, drehte sich zu ihm, legte ihre rechte Hand an die verspiegelte Pilotenbrille – Michael Jackson ließ grüßen – und hob sie kurz in seine Richtung, damit er die Bescherung sehen konnte.

„Holy shit!", meinte Geyer erschrocken.

Sie setzte die Brille wieder an der geschwollenen Nasenwurzel ab, was schmerzte, aber immer noch besser war, als den Zustand ihres Gesichts zu offenbaren.

„Guten Morgen, Veil-CHEN! Äh ... Veil-chen? VEIL-CHEN! – Wieeee-haaaa-haaaaaaa!", war Stolwerks Begrüßung gewesen, als er sie an diesem Morgen gesehen hatte. Er hatte sich am Stiegengeländer festhalten müssen und allerlei besorgniserregende Geräusche von sich gegeben, schließlich sogar zum Asthmaspray gegriffen, um nicht vor lauter Heiterkeit noch draufzugehen. Ein spontaner Gefühlsausbruch, für den es, aus seiner Sicht, natürlich gute Gründe gab. Dabei hatte

Sandro noch gemeint, ihr Auge sehe nach der Behandlung mit Camouflage-Creme gar nicht mehr so schlimm aus. Eine reine Schutzbehauptung. Stolwerks Reaktion hatte Valerie endgültig von ihrem Plan überzeugt, die Michael-Jackson-Brille, die das halbe Gesicht abdeckte und von außen völlig undurchsichtig war, aus den Faschingssachen zu suchen.

Veilchen. Hatte sie dem Spitznamen, den Stolwerk ihr einst in Wien verpasst hatte, wieder einmal alle Ehre gemacht. Wieder ohne auch nur das Geringste dafür zu können. Dieses Mal war Mutter schuld. Also eigentlich Sandro. Wobei – vielmehr die Sektflasche, die just in dem Moment losgehen musste, als sich Valeries rechtes Auge genau in deren Schussbahn befand. Womit man auch das Schicksal verantwortlich machen könnte. Oder doch sich selbst, weil Valerie wie gewöhnlich die Heldin spielen musste, statt einfach in Deckung zu gehen. Dabei hatte sie noch riesiges Glück gehabt, dass die Flasche keinen festen Stand mehr hatte und der Korken zuerst die Nasenwurzel traf, bevor er ins Auge ging. Sekt- und Champagnerkorken, das hatte sie irgendwann mal aufgeschnappt, konnten nicht nur Kerben in Zimmerdecken schlagen, sondern auch erblinden lassen. Einen Zentimeter weiter rechts – und sie säße heute nicht hier, sondern läge in der Klinik und könnte fortan mit Glasauge auf Inspektor Columbo machen. Wobei sie den ganzen Singsang satt hatte: *Fünf Millimeter weiter hier, zwei mehr dort, und Sie wären nicht mehr unter uns.* Wer zwei Narben alter Schusswunden an seinem Oberkörper trug, wusste: Der menschliche Körper war ein ziemlich empfindliches Ding.

„Hat Sven Urlaub?", fragte Geyer in die Runde. Als niemand etwas sagte, sah er zu Valerie.

„Ich hab keine Ahnung", antwortete sie. Sven Schmatz mochte ja mit ihrer Tochter Luna zusammen sein, was aber nicht bedeutete, dass sie ständig über die Pläne und Aufenthaltsorte der beiden Bescheid wusste.

„Na ja, dann führst du Protokoll, Manfred."

Das Abteilungsküken, zumindest an der Zugehörigkeitsdauer zu ihrer Einheit gemessen, nickte. Wenn es ihn kränkte, ließ er es sich jedenfalls nicht anmerken. Manfred Stolwerk, Ex-Cobra-Einsatzbeamter, Rekordquoten-Ermittler am LKA Wien und in Valeries Augen eindeutig der fähigste Mann hier, musste protokollieren. Typisch Geyer.

„Fangen wir doch gleich bei euch zwei an. Was genau hat euch denn da am Sonntag geritten?"

Valerie runzelte die Stirn. Aus den Augenwinkeln registrierte sie genau, wie Kollege Eder unverschämt grinste. Wahrscheinlich wusste schon jeder Dorfpolizist des Landes über ihren Bauerlorette-Einsatz auf dem Flötzlerhof Bescheid.

Stolwerk legte den Kuli ab und holte Luft.

Valerie beeilte sich, ihm zuvorzukommen: „Wir haben Kenntnis vom Todesfall erlangt, sind sofort hingefahren und haben Beweise gesichert." Sie hatte sich die Erklärung bereits zurechtgelegt, weil sie wusste, dass diese Frage kommen würde. Der erste Pressebericht des Senders, dass alles nur ein Halloween-Scherz gewesen sei, war inzwischen widerrufen worden. Blieb also immer noch ein Bauer, der unter ungeklärten Umständen verstorben war. Sollte Geyer weiter nachbohren, würde sie ihn auf ...

„Und wieso IHR zwei?"

„Hat Schmollinger schon wieder interveniert?", platzte ihr der Kragen, „oder einen weiteren Presseartikel veröffentlicht, auf den man sich ermittlungstechnisch stützen könnte?"

Wie Valerie hinter ihren verspiegelten Gläsern zu erkennen glaubte, stieg Geyer die Zornesröte ins Gesicht. Es kostete ihn sichtlich Mühe, ruhig weiterzusprechen: „Ihr wisst aber schon, wie wir arbeiten, oder? Im Auftrag der Staatsanwaltschaft?"

„Es war Gefahr im Verzug", bemühte Stolwerk einen Satz, der immer herhalten musste, wenn man sich für Situationen wie diese zu rechtfertigen hatte.

„Gefahr!", bellte Geyer. „Ein Toter im Bett ist wirklich eine riesengroße Gefahr für die Welt. Wenn's nach dem Gummiparagrafen geht, dann wär ja alles eine Gefahr! Wir rasen auf einem Feuerball aus flüssigem Eisen und zarter Kruste durchs Universum. Gefahr! Ich kann's nicht mehr hören. Wir sind keine Feuerwehrleute, die aufspringen, wenn irgendwo ein Lagerfeuer brennt. Wir sind Spezialisten! Profis! Das Landeskriminalamt Tirol, zum Donnerwetter! Oder ist jemand hier anderer Meinung?"

Den Satz mit dem Feuerball hat er garantiert vom Schmollinger, sprach das kleine Teufelchen auf Valeries Schulter ins Vakuum hinein, das auf Geyers rhetorische Pause folgte.

Dann wurde es laut.

„Guten MORGEN", blökte Schmatz durch die soeben aufgerissene Tür, seinen Asterix-Mopedhelm unter den freien Arm geklemmt.

Niemand wagte es, seinen Gruß zu erwidern.

„Hab ich was verpasst? Jemand gestorben?", fragte er unbeschwert.

„Sie! Sind! Zu! SPÄÄÄT!", keifte Geyer wie ein Diktator und ließ damit deutlich mehr Wut an ihm aus, als Schmatz fürs Zuspätkommen verdient hätte.

„Äh ... echt? Sorry, Leute. Sind wir jetzt per Sie, Niki, oder was los?", fragte Valeries Schwiegersohn in spe, setzte sich schwungvoll auf den freien Stuhl und zerstrubbelte sein blondes Haar.

Valerie wollte das Thema von vorhin so schnell wie möglich beenden: „Niki, ich weiß, wir haben ohne Ermittlungsauftrag gehandelt, aber wir waren die Ersten am Fundort und haben Schlimmeres verhindert, glaub mir. Ein Mann ist gestorben, und in der Medienbranche gibt es immer jemanden, der von so etwas profitiert. Schau dir doch das Spektakel an, das sie in der Nacht auf gestern veranstaltet haben. Ich schlage vor, wir behalten den Fall weiterhin im ... äh ... Auge."

„Grmpf", kam's von Schmatz, der ihr völlig ungeniert ins Gesicht starrte und dann in sein eigenes deutete, speziell die von Sommersprossen gesäumte Augenpartie, als hätte Valerie nicht längst verstanden, was ihn so amüsierte. Sonnenbrille, im Auge behalten, haha.

Geyer blieb ernst und klopfte abwechselnd das eine und dann das andere Ende seines Kulis gegen die Tischoberfläche – eine Angewohnheit, die ihn als Chef noch unsympathischer machte. Schließlich schüttelte er den Kopf, sah auf den Zettel vor sich und fuhr fort: „Warum habt's ihr die Leiche in die Gerichtsmedizin überstellen lassen?"

„Ich glaube, wir sollten Doktor Berger informieren", wich Valerie einer Antwort aus, weil sie wusste, dass es in ihrem und Stolwerks Verhalten noch mehr nachzustochern gab, unter anderem, warum Bauerlorette Jacqueline Zipplinger samt Mutter und Anwalt in einer knappen Stunde hier antanzen mussten, um zum Todesfall befragt zu werden.

„Gute Idee. Dann könnt's ihr ihm gleich das Beschwerdefax des Anwalts der Zipplingers mitnehmen.

Hier!", sagte er spöttisch und ließ ein einzelnes A4-Blatt per Bodeneffekt zu ihr gleiten.

Valerie zog die Augenbrauen hoch, was sie schmerzhaft an den Sektkorkenunfall erinnerte. Sie überflog das Schreiben, das von einer Salzburger Anwaltskanzlei stammte und mit einem majestätischen Briefkopf versehen war. Es richtete sich direkt an LKA-Leiter Doktor Dietmar Berger und konzentrierte sich im Wesentlichen auf die Tatsache, dass man nicht im Traum daran dachte, zum von Valerie benannten Befragungstermin am LKA Tirol zu erscheinen. Der *alte Berger*, wie man die pensionsreife graue Eminenz am LKA hinter vorgehaltener Hand nannte, hatte eigenhändig *Rücksprache* auf das Blatt geschrieben. Oben rechts. Valerie, die die Abteilung bis zu ihrer Degradierung selbst geleitet hatte, wusste nur zu gut, wie unangenehm seine Zurechtweisungen ausfallen konnten.

„Praktisch, der Dienstweg, nicht wahr?", spottete Geyer. „Jetzt darf ICH dem alten Berger erklären, was ihr hier veranstaltet habt. Oder willst doch lieber du? Hm? ... Nein? Nun gut. Wozu hat man schließlich Vorgesetzte, oder?"

Valerie stimmte ihm insgeheim zu, schämte sich aber pflichtschuldigst. Wobei sie immer noch überzeugt davon war, richtig gehandelt zu haben.

Er fuhr fort: „Nur damit das klar ist: Der Befragungstermin mit den Zipplingers wurde bereits abgesagt, Entschuldigung inklusive. Und Johann Innbrügglers sterbliche Überreste werden noch heute an das Bestattungsunternehmen übergeben. Laut dem – übrigens völlig überflüssigen – Bericht aus der Forensik hier gibt es keinerlei Anhaltspunkte für ein unnatürliches Ableben. Was habt ihr euch nur dabei gedacht?"

Jetzt übertrieb er es. Valerie versuchte, sich so gut als möglich zu bremsen, und schloss die Augen. Mit ihren Spiegelgläsern sah es eh keiner. Sie würde diesen Kelch einfach an sich vorübergehen lassen.

Stolwerk, der sie in diese *Rue de la Gack* geritten hatte, fragte: „Und wie geht's jetzt weiter?"

11.

Weiter ging es so: Ihnen beiden wurde die ehrenvolle Aufgabe zuteil, nicht nur einer, auch nicht zwei, sondern gleich fünf Schulklassen eines Oberstufen-Realgymnasiums zugleich Rede und Antwort über ihren Polizeialltag zu stehen. Öffentlichkeitsarbeit, die ursprünglich die Kollegen Eder und Mair erledigen sollten und die jetzt ihnen oblag, während sich die anderen um einen neuen Promi-Fall kümmern durften, der sich in Kitzbühel ereignet hatte. Strafe musste sein.

Als sie an der Schule ankamen, wurden sie bereits von einer älteren Dame erwartet, die sich als Direktorin Ernestine Klapeer vorstellte. Dass Valerie ihre Spiegelbrille auch im Inneren des Gebäudes aufbehielt, irritierte die Schulleiterin sichtlich, doch sie verzichtete zum Glück darauf, Valerie auf das vermeintliche Versehen hinzuweisen. Dann erklärte sie ihnen das Wichtigste zum Ablauf, führte sie zum Turnsaal, zeigte hinein, drehte sich auf dem Absatz um und war davon.

Valerie beschlich eine dunkle Vorahnung.

„Lass mich reden", sagte Stolwerk. Bestimmt, weil auch er befürchtete, dass es für *Valerie Jackson* schwierig werden würde, sich da drin durchzusetzen. Sie nickte und schlich ihrem Partner nach, sorgfältig darum bemüht, möglichst wenige Blicke auf sich zu ziehen.

Das, was sie aus den Augenwinkeln an jugendlichem Gewusel mitbekam, reichte ihr völlig.

Weil keine der anwesenden Lehrpersonen daran dachte, sie vorzustellen, ging Stolwerk direkt zum aufgestellten Mikrofon, bückte sich hinunter und sagte: „Guten Morgen", während Valerie nur versuchte, weiterhin in der Deckung seines mächtigen Körpers zu bleiben.

Der Lautsprecher blieb still.

„Ist das überhaupt an? Hallo?", fragte er, klopfte gegen das kümmerliche Ding vor sich und erntete erste spöttische Lacher aus dem Publikum.

Eine der Professorinnen sprang ihm zu Hilfe, besser gesagt stakste sie eilig auf ihren Storchenbeinen heran, fummelte an den Kabeln und gab Stolwerk mit heißem Seitenblick und englischem Spracheinschlag zu verstehen, dass sie ja absolut und überhaupt nichts davon verstand und der Techniker alles schon gestern vorbereitet habe, weil er heute in Wien auf Fortbildung sei, man ihn aber anrufen könne, wenn es nötig sei – frühestens aber am Nachmittag ab eins, *for God's sake.* Zudem bezweifle sie, dass das Problem überhaupt per Ferndiagnose behoben werden könne, es sei schon mal genau so passiert und da hätte selbst der anwesende Profi lange herumsuchen und probieren müssen. Aber was solle man machen, wenn die Mittel für Neuanschaffungen beschränkt seien und man die Verantwortung für die technischen Lehrmittel an jemanden übertrug, der schon seit einem halben Jahr durch Abwesenheit glänzte, eine reine Scheinschwangerschaft, wenn man sie fragte, *Jesus Christ,* und dann werde eben sie gefragt, weil man offensichtlich meinte, jemand, der aus England stamme, könne *naturally* mit Verstärkeranlagen umgehen, quasi angeboren. Also blieb der geschwätzigen Frau nicht erspart, es zumindest zu versuchen. Sie bückte sich in ihrem Minirock zum Mischpult hinunter, drückte Knöpfe, schob Regler herum und offenbarte so nicht nur ihre rot besohlten Louboutins und makellosen Beine, sondern auch den oberen Abschluss ihrer Netzstrümpfe, wo kecke Mäschchen Hallo sagten, in erster Linie zu Stolwerk, dessen Blick deutlich zu lange auf ihnen einrastete. Dann kam sie wieder hoch, rückte ihr Röcklein zurecht und krähte „Tääääst, one two, one two" ins Mikro, was einige Halbwüchsige zum Nachmachen anstiftete.

Man hörte ein „Täst" hier, ein „Tä-häst! Yo-ey!" da. „Spastis", kam's plötzlich aus der Mitte dieses Mobs, gefolgt von allgemeiner Heiterkeit.

„Soll ich ein paarmal in die Decke schießen?", murmelte Stolwerk über seine Schulter zu Valerie zurück und deutete auf das Holster in seinem Jackett.

Die böse Souffleuse nickte eifrig und gab schon vorsorglich die Däumlein in die Ohren, während sich Valerie bemühte, weiterhin regungslos dazustehen, keine Miene zu verziehen und so nicht nur optisch auf Michael Jackson zu machen.

„So, jetzt geht's", resümierte *Miss Willig* und entfernte sich mit einem gestenreichen „The stage is all yours!", nicht ohne Stolwerk noch einmal zugezwinkert, ihn von oben bis unten gescannt und in ihrer Datenbank abgespeichert zu haben.

„Die Tussi steht ja voll auf dich", sprach Valerie in seinen Rücken.

Währenddessen …
„Hier ist wieder die Bauerlorette. Wir können es kaum noch erwarten, zu sehen, wie es mit Jackie und ihren Männern weitergeht. Nach der gesetzlich vorgeschriebenen Zwangspause zu Allerheiligen ist es höchste Zeit

für den nächsten Höhepunkt. *Heute haben wir ein Schmankerl der ganz besonderen Art für Sie vorbereitet. Wir melden uns live vom Haselerhof in Thaur, wo der wilde Urban zuhause ist. Unser junger Haselerbauer mit dem markanten Zopfbart kämpft heute um die Gunst der holden Maid, die noch keine Ahnung hat, womit er sie gleich überraschen will. Wird er am Ende des Tages in ihrem Herzen landen? Sie, verehrte Zuseherinnen und Zuseher, können mit Ihren Anrufen dafür sorgen, dass er sich gleich für unsere Bauerlorette in die Tiefe stürzt, ja, Sie haben richtig gehört, in die TIEFE STÜRZT! Er wird heute seinem spektakulären Hobby frönen. Für alle, die eine kleine Nachhilfe brauchen, schalten wir ein paar tausend Meter höher ...*

Und da sitzt er schon, unser originaler Haselerbauer, wie immer in der Lederhose, ganz wie es sich für einen richtigen Tiroler gehört, und reckt beide Daumen in die Höhe. Jetzt deutet er zur Seite und will uns etwas zeigen. Ist das etwa eine Zugin? Dieser verrückte Kerl schnallt sich in luftiger Höhe seine Ziehharmonika um und spielt uns einen Boarischen auf, der sich gewaschen hat. Da saust sein gezopfter Kinnbart eine Extrarunde. So ein wilder Hund, der Urban – eine Coolness, als säße er in seiner Bauernstube und nicht in viertausend Meter Seehöhe, an Bord einer Cessna 182, bereit zum Absprung, sponsored by Spechtenheiner Parachuting. Das Kamera-Augerl schaut jetzt nach unten. Gott, wie hoch das ist! Da bleibt einem glatt die Luft weg ... Genau da, der große Hof ganz unten in der Mitte, das ist der Haselerhof in Thaur, die Heimat unseres Urban, wo auch wir uns befinden und gespannt auf ihn warten. Aber selbst wenn wir jetzt winken würden, könnte man uns von da oben nicht sehen. Wir sind kleiner als die kleinste Ameise, und genau da will der Urban hinunter, im freien Fall, zu seiner feschen Jackie.

Wenn das nicht Liebe ist! Da gehen mir die Superlative aus, das ist nicht zu packen, der HÖHEPUNKT der bisherigen Staffel. Wenn das Jackie kaltlässt, dann hat sie kein Herz. Ich sage nur: Heute wird es knistern! ... Aber, aber: Dieses Highlight bekommen wir leider nicht umsonst, da will unser Chef es zuerst klingeln hören. So ein Flug auf viertausend Meter hinauf will ja auch bezahlt werden. Eine Million Anrufer lautet das heutige Ziel. Ja, richtig gehört: eine Million! Aber glauben Sie nicht, eine Million sei viel zu hoch gegriffen, denn ab heute schaut ganz Deutschland zu. Unsere nördlichen Nachbarn sind jetzt auch mit von der Partie, bundesweit und genauso live und ungeschnitten wie in Österreich. Da ist eine solche Zahl doch gar nichts. Also ran an die Geräte, bis die Handymasten glühen, auch unsere deutschen Freundinnen und Freunde. Nullneunhundert, fünffünffünf drei vierviervier. Rufen Sie an und lassen Sie es klingeln, so oft Sie wollen, damit der Urban springt. Und wie er sich schon auf die Jackie freut. Jetzt zeigt er mit dem Finger nach unten, der verwegene Held. Er würde am liebsten gleich los, aber nur Sie, wertes Publikum, können ihm das Startsignal geben. Wir schaffen das. Dabei fragt man sich jetzt schon, was er wohl mit seiner Zugin machen wird. Nimmt er sie etwa direkt mit nach unten und spielt seiner Bauerlorette noch im Flug ein Gstanzl? Das wäre ganz die Romantik, für die unsere unerschrockenen Tiroler Naturburschen bekannt sind. Da wird einem richtig warm ums Herz.

So. Ich höre gerade von der Regie, die Leitungen sind offen, und der Zähler läuft ... ab ... JETZT!"

Eine Stunde, nachdem Stolwerk das erste Wort ans im Turnsaal versammelte Junggemüse gerichtet hatte, war es mucksmäuschenstill geworden. Valerie konnte es kaum glauben, obwohl sie ja direkt hinter Stolwerk stand und alles, was er sagte, mitbekommen hatte. Eine Schülerin stellte die gefühlt dreihundertste Frage, die genau wie die meisten anderen von ehrlichem Interesse an ihrem Arbeitsalltag zeugte. Stolwerk, der erst seit wenigen Monaten wieder im öffentlichen Dienst stand, präsentierte den manchmal ziemlich tristen Aufgabenbereich wie eine Reality-Doku, nicht ohne Valerie ein ums andere Mal in seine Erzählungen miteinzubeziehen und ihre Heldinnentaten anzupreisen. Wer nicht wusste, zu welchen Konsequenzen ihr eigenwilliges Verhalten geführt hatte, musste den Eindruck bekommen, dass sich unter dem Afro und hinter der Spiegelbrille eine Superheldin verbarg, gegen die selbst Bruce Willis als John McClane eher schnell als langsam verblassen würde. Wenn es mit den Lobpreisungen in dieser Tonart weiterging, musste sie gleich noch das T-Shirt heben, ihre Narben vorzeigen und anschließend wie Supergirl eine Runde durch den Saal fliegen.

Valerie bemühte sich trotzdem, nicht aufzufallen. Hin und wieder beobachtete sie, wie Köpfe zusammensteckten und sie dann im Duett anstarrten. Schon klar, die Brille. Oder ihre Frisur? Egal. Diese mitten in ihrer Pubertät steckenden Jugendlichen flößten ihr gehörigen Respekt ein. Also blieb sie im Hintergrund, ließ Stolwerk machen und dachte an den vergangenen Tag zurück: an Sandro, dem das mit ihrem blauen Auge furchtbar peinlich gewesen war, und an ihre Mutter, die sich wie auf Knopfdruck um Valeries Gesundheit bemüht hatte, als habe sich in den Jahrzehnten ein ganzer See mütterlicher Hormone angestaut.

„Hol ein Steak aus dem Kühlschrank, schnell, Sandro! ... Jetzt schau nicht drein wie ein Tooastbrooot, gschwind, wir brauchen was zum Auflegen, heast!"

„Mama, lass ihn."

„Wieso? Seids ihr etwa – VEGAN? Ohgottohgott, Herr, mit welchem Schicksal hast du mich geschlagen ... kein Steak im Haus, na dann halt ... Eis! Eiswürferln habts ihr doch hoffentlich noch, oder ist euch Veganern das auch verboten? Nein? ... Aber wieso habts ihr denn kein Eis im Haus, Sandro? Wie wollts ihr denn jemals einen gscheiten Gin Fizz machen? ... Wuascht, dann hol eben irgendwas Kaltes, einen Tiefkühler gibt's doch wohl, oder verletzt der eure veganistischen Gefühle auch?"

„Wir sind keine Veganer, Mama!"

„Gelobt sei Jesus Christus, in Ewigkeit, Amen."

Valeries Mundwinkel gingen nach oben, als ihr die Tiefkühlpizza einfiel, die ihre Augen- und Nasenpartie mehr schlecht als recht gekühlt und sich bald wie eine Maske über ihr Gesicht zu legen begonnen hatte. Schließlich war ihr das Atmen darunter schwergefallen, aber auf Mutters Befehl hin musste die *Quattro Stagioni* oben bleiben, bis Sandro ein dickes Rindersteak aus dem Bahnhofs-Supermarkt besorgt hatte, der als einziger auch am Feiertag offen hatte. Sandros Beute, so schade es um sie war, hatte dann tatsächlich wunderbar geholfen. An der tiefen Blaufärbung ums rechte Auge herum hatte die Fleischportion aber auch nichts mehr ändern können.

Noch bemerkenswerter als die Folgen des Sektunfalls war die Szene gewesen, die sich Stunden zuvor an Vaters Grab ereignet hatte. Hatte Hartmut, sein Geist oder irgendeine höhere Macht die Hände im Spiel gehabt, dass Valerie sich ihrer Mutter öffnete wie seit Jahrzehnten nicht mehr, Pauline schließlich sogar in ihre Wohnung mitnahm, obwohl sie sich das Gegenteil geschworen hatte? Sie wusste doch genau, was folgte, wenn sie nicht die nötige Distanz zu Pauline Mauser wahrte: Es krachte.

Gekracht hat's ja auch, wurde sie sich der Ironie ihres Mutter-Tochter-Schicksals bewusst.

Valerie hätte gerne noch gründlicher über die Entwicklung ihrer Beziehung zu Pauline Mauser nachgedacht, doch plötzlich war Unruhe im Saal.

Sie ließ das zuletzt Geschehene noch einmal Revue passieren, in etwa so, wie wenn man „Hast du mir nicht zugehört?" gefragt wurde und das Gegenteil zu beweisen versuchte. „Sie sind doch die zwei, die auf dem Flötzlerhof waren!", hatte ein junger Mann gerufen und wie zum Beweis ein Handy in die Höhe gehalten. Offensichtlich hatte der Verräter auf YouTube geschnüffelt und das Video eines Schaulustigen gefunden, der sie gefilmt hatte. Andere holten ihre Geräte hervor und suchten jetzt ebenfalls.

„Wer hat den Flötzenhans abgemurkst?", fragte ein rothaariges Fräulein aus der zweiten Reihe. Andere kicherten unreif, ein Professor machte „Pschschsch!" und „Handys weg, sonst wird eingesammelt!". Aber mit der Ruhe war es vorbei. Weil Stolwerk nichts zu antworten wusste, fragte die junge Ausgeburt von vorhin: „Wieso musste die Polizei zum Tatort, wenn es doch heißt, dass es ein Kreislauf...dings war?"

Valerie glaubte kaum, dass sich das Gemüse hier drin für diese Bauernshow interessierte. Viel eher galt ihre Aufmerksamkeit dem unerwarteten Tod des Kandidaten. Oder schätzte sie die jungen Leute jetzt falsch ein? Weil ihr Partner immer noch still war, entschied sie sich einzugreifen und trat an seine Seite. „Reine Routine", sprach sie beschwichtigend. „Außerdem war es kein Tatort, sondern nur ein Fundort. Es gibt keinen

Grund, etwas anderes als Kreislaufversagen anzunehmen. Deshalb haben wir den Einsatz auch gleich wieder beendet." Es fühlte sich falsch an, Geyer und das LKA zu verteidigen, wenn sowohl Stolwerk als auch sie Zweifel hegten. Aber hier war weder der richtige Ort noch die richtige Zeit, um das Thema durchzukauen. „Okay?", fragte sie völlig unnötig, griff mit Zeigefinger und Daumen an die Spiegelsonnenbrille, rückte diese zurecht, legte den Rückwärtsgang ein und machte zwei Schritte hinter Stolwerk.

„You know I'm bad – I'm bad – You know it – TACCCHHHH!", sang ein soeben Aufgesprungener und griff sich in den Schritt.

Eine Stunde später saßen Valerie, Stolwerk und die frivole Mikro-Dame in einem für die Lehrerschaft reservierten, herrlich stillen Nebenraum der Schulkantine und beendeten ihr Mittagessen. Valerie stocherte lustlos im versalzenen Brei aus Kartoffelpüree und Tiefkühlgemüse herum und versuchte, nicht an das Chaos zu denken, das auf den Michael-Jackson-Imitator gefolgt war. Sie würde nie, nie, nie wieder eine Schule besuchen und schon gar niemals mehr auch nur ein einziges Wort an eine Höllenbrut wie die da unten im Saal richten. Bisher hatte sie immer gedacht, Polizisten hätten den anstrengendsten Beruf. Seit heute wusste sie, dass das nichts im Vergleich zu den Herausforderungen war, denen sich Lehrpersonen täglich zu stellen hatten. Zehnmal, nein hundertmal lieber trat sie Kriminellen gegenüber als dieser erbarmungslosen Meute. Sie legte den Löffel ab und fasste sich unwillkürlich an die Brille, dann lehnte sie sich zurück und warf ihrem Kumpel einen Seitenblick zu. Er hatte seine Essensportion restlos verdrückt, besser gesagt, verdrücken müssen.

„Wollen Sie wirklich nichts mehr, Mister Inspector?", fragte *Miss Willig* – den richtigen Namen der Netzstrumpflady mit englischem Hintergrund hatte Valerie längst wieder vergessen. *Chefinspektor*, kam ihr in den Sinn, was sie den Mund verziehen ließ, als hätte sie in eine Zitrone gebissen. In ihrer gemeinsamen Zeit in Wien war das einer der Standardsprüche, den ihr Gegenüber zu hören bekam. Stolwerk der Herr Chefinspektor, Valerie die Frau Major, damit der gelernte Österreicher auch gleich wusste, mit wem er es zu tun bekam. Da Valerie schon einige Jahre früher als er ans LKA Wien gewechselt war – spätestens aber, seit sie kurz vor dem Wechsel nach Tirol zur Frau Oberstleutnant geworden war –, hatte sie dienstgradtechnisch einen nicht mehr einholbaren Vorsprung. Was sie natürlich in keiner Weise besser machte als ihn und zwischen ihnen auch nie Thema gewesen war. Im Moment fühlte sich Valerie sowieso nicht wie eine Frau Oberstleutnant, sondern wie ein kleines, zerquetschtes Würmchen.

„Uff, nein danke, Fräulein ..."

Die frivole Lady strahlte, klimperte mit ihren künstlichen Wimpern unter dem Kupfer-Flachdach und antwortete: „Matscher. Aber nennen Sie mich doch Priscilla, Herr Inspektor. Ihihihihihi!" Dann leckte sie ihren Tiramisulöffel derart obszön ab, dass es überhaupt nichts mehr an ihren Absichten herumzudeuten gab. „Awesome", hauchte sie in einem Tonfall, der genauso gut in ein seichtes Filmchen gepasst hätte.

Priscilla Matscher, notierte das kleine Teufelchen auf Valeries Schulter in sein Gebetsbuch. Gleich daneben ratterte es in den Gehirnwindungen, wie ein solcher Name wohl zustande kommen konnte, und es gab nur eine rationale Erklärung: die Liebe. Ohne Zweifel hatte sie die Liebe nach Tirol verschlagen und einen *Mister Matscher* heiraten lassen. Aber Priscilla trug keinen Ehering, und da war auch kein ungebräunter Hautstreifen am rechten Ringfinger zu erkennen. Oder ging's in England verkehrt herum? Nein, links auch nichts. Balzverhalten und äußeres Erscheinungsbild deuteten auf Scheidung hin, das Alter auf Torschlusspanik. Armer Stolwerk. „Ich glaube, wir sollten dann wieder Verbrecher jagen", schlug Valerie vor und erntete einen kurzen, aber giftigen Seitenblick der Lehrerin. Schon klar, dass sie gerade das fünfte Rad am Wagen war. Aber wie sie ihren Partner kannte, konnte diese verruchte Lady kaum seinem Geschmack entsprechen. Wenn er schon mal Frauen nachsah, dann waren es vorwiegend kräftiger gebaute Damen mit entsprechend ausgeprägten Rundungen. Höchste Zeit, ihn zu erlösen.

„Leider!", gab sich dieser Schauspieler zu Tode betrübt. Dann machte Stolwerk seinen Mund mit der Serviette sauber, faltete sie zweimal und stand auf.

Valerie verabschiedete sich eilig von der Frau, die Biologie unterrichtete, dazu Geschichte und Sport. Aber ausgerechnet in ihrer eigenen Muttersprache sei sie ein kleiner *Knucklehead*, hatte sie kichernd (Ihihihihihi!) zugegeben.

Die Professorin stöckelte um den Tisch herum und schmiegte sich an Stolwerk, rechter Louboutin-Fuß in die Höhe, Bussi links, Bussi rechts. „Sie riechen – wonderful!", hauchte Matscher etwas zu laut, als dass es Valerie mit gespitzten Lauschern nicht mitbekommen hätte können.

Meinte sie jetzt Stolwerks *Affenshave*, diesen Pferdegestank, den er sich nicht nehmen ließ? *Wonderful?* Nun ja, die Geschmäcker waren bekanntlich verschieden. Aber SO verschieden?

Bevor sie sich wieder von Stolwerk riss, ließ die Lehrerin noch heimlich etwas in die Tasche seines Jacketts gleiten. Nicht heimlich genug.

Währenddessen ...

„Sie haben es tatsächlich geschafft! Ei-ne-Mil-lion-An-ru-fe! Also ehrlich, Skepsis war angebracht. Aber Sie haben uns eines Besseren belehrt. In ganz Österreich und auch in Deutschland haben die Leitungen geglüht und es wahrgemacht. Ihr Himmelhunde dort oben könnt aufhören, euch Sorgen um die Treibstoffvorräte der Cessna zu machen. Das Publikum will euch springen sehen ... Und gerade geht das Signal von der Regie ins Flugzeug ... Aber was ist, will er etwa kneifen? Nein, ich höre, es scheint Probleme mit seiner Funkverbindung zu geben.

Ah, endlich scheint er verstanden zu haben und reckt den Daumen in die Höhe ... Aber was ist jetzt? Er wirkt ein wenig benommen. Könnte ich zu ihm sprechen, würde ich jetzt rufen: Go, Haseler, go! Eine Million hat für dich angerufen, wenn dir das kein Feuer unterm Hintern macht, dann weiß ich auch nicht.

So, die Helmkamera des Begleitspringers zeigt nach unten. Sie sehen den Backsteinvorplatz vorm Hof, das ist der Landeplatz. Dort, wo sonst Traktoren, Anhänger und andere Fahrzeuge am mächtigen Anwesen stehen, hat man alles für unser großes Spektakel freigeräumt. Alles bis auf ... Wir schalten wieder hinunter. Was ist das in der Mitte des Platzes? Ein wunderbar gedecktes, romantisches Tischlein, rotweiße Karodecke, versteht sich, und darauf befindet sich eine zünftige Speckjausn, so wie sich das gehört, mit Almkäse und selbstgebackenem Steinofenbrot, zur Verfügung gestellt von der Bäckerei Huberauer. Huberauer, da weißt halt noch, was d' isst.

Und auch ein Bier darf nicht fehlen, damit sich der Urban gleich nach der Landung stärken kann, der Himmelhund, und da gibt's nur eines auf der Welt, das den Durst eines Tiroler Jungbauern zu stillen vermag: Schössers Premium Pils! Die Zeit ist gekommen, unsere Jackie auf den Vorplatz zu holen.

Und da kommt sie auch schon, unsere Bauerlorette in voller Pracht. Weil der Fallschirmsprung als Überraschung gedacht ist, haben wir ihr die Augen verbunden. Ein Assistent führt sie zum Tischlein. Ich glaube ja, wir hatten überhaupt noch nie ein solches Prachtexemplar in der Sendung. Da dürfte auch unseren deutschen Gästen die Kinnlade nach unten klappen, watt? Sooo schön hat sie sich heute herausgeputzt für den Urban, und was für ein Dekolletee, da würde unser Haseler aber auch ohne Fallschirm weich landen, in diesem Paradies.

So, genug geschwärmt, die Bauerlorette ist ja nicht zum Vergnügen da, sondern für unsere Bauern. Und ach, welchen Schmerz hat sie vor zwei Tagen verarbeiten müssen, unsere arme, süße Jackie. Heute lassen wir sie vergessen, was gewesen ist, denn heute schauen wir nicht mehr zurück, sondern nach oben. Erinnern wir uns kurz an den Halloween French Kiss Contest. Niemand anderer als der verwegene Himmelsstürmer über uns, Urban Volderober alias Haseler, hat Jackie und Sie alle von seiner Zungenfertigkeit überzeugt. Er hat im Anschluss an die Show mit Abstand die häufigsten Stimmen bekommen, und ich bin mir sicher: Auch Jackie ist bei der Schmuserei ganz schwindlig geworden. Die Vorzeichen für einen gelungenen Nachmittag und eine noch gelungenere Nacht könnten also nicht besser sein.

Sitzt unsere Bauerlorette am Tisch? Jawohl, hier sehen wir sie im Bild, und sie ahnt nichts! Der Assistent wird ihr die Augenbinde im richtigen Moment vom Kopf ziehen. Apropos richtiger Moment: Der ist JETZT. Wir schalten wieder nach oben. Ein Kameramann wird Urbans Sprung begleiten, und der ist einer der erfahrensten Basejumper des Landes. Sie kennen ihn alle: Richard Rick Folger, berühmt geworden nicht nur mit dem beinahe schiefgegangenen Sprung vom Ayers Rock in Australien, sondern auch mit seinem sensationellen Raketenritt, der ihn schneller auf Felix Baumgartners Stratosphären-Absprunghöhe gebracht hat, als dieser von dort bis zum Boden hinunter benötigt hat, gleich gefolgt vom nächsten Weltrekord, denn niemand ist jemals höher abgesprungen, und von einer Rakete schon gar nicht. Er wird heute alles mitfilmen und da sein, wenn etwas ist. Wir überlassen nichts dem Zufall. Dabei hat der Haseler schon über 500 Solo-Sprünge absolviert. Er weiß also genau, was er tut.

Es wird ernst. Schon sitzen die beiden auf der Seitenklappe des Passagierraums, lassen ihre Füße über den Rand hinunterbaumeln, an der Schwelle zwischen Himmel und Erde. Tatsächlich hat der Haseler seine Zugin immer noch umgeschnallt – er will mitsamt dem Instrument abspringen. Ein Hammer. Ich bin mir sicher, das hat unser Rick auch noch nicht gesehen, oder? ... So, jetzt hab ich aber genug geplappert. Der Countdown läuft. Fünf! Vier! Drei! Zwei! Eins! Und Go, Urban, go!

Rick fällt als Erster aus der Maschine und dreht sich akrobatisch auf den Rücken, um nach oben zu filmen. Jetzt kommt der Haseler, nimmt eine stabile Haltung ein, der Flieger wird schnell kleiner, verschwindet im tiefblauen Herbsthimmel, und jetzt rasen sie zu zweit auf die Erde zu. Ich glaub, ich seh die beiden schon von hier unten als winzige, schwarze Punkte auf uns zurasen. Es ist alles live, ganz wie versprochen. Die beiden nähern sich in der Luft an ... und, schauen Sie nur,

Urban greift tatsächlich in die Tasten und spielt auf seiner Zugin, im freien Fall! Das GEHT JA GAR NICHT! Verzeihen Sie meine überschlagende Stimme, aber Sie merken, ich kann mich kaum mehr zurückhalten. Rick wirft einen kurzen Blick auf den Höhenmesser an seinem Handgelenk. Ich würde schätzen, sie haben jetzt den halben Weg hinter sich. Zeit, der Jackie die Augenbinde abzunehmen.

Da blinzelt sie mit ihren hübschen Augen, vor lauter ungewohnter Helligkeit, aber jetzt sollte sie besser hinaufschauen. Siehst du die Punkte am Himmel, Bauerlorette? Hier kommt deine Überraschung! Da bleibt ihr der Mund offen stehen.

So, jetzt gebt Acht, ihr zwei Wahnsinnigen, ihr habt nicht mehr weit, ich seh euch immer größer und größer werden, jetzt kann ich sogar schon mit freiem Auge Arme und Beine erkennen. Wir sind wieder bei Ricks Helmkamera, und Urban macht sich endlich bereit, die Reißleine zu ziehen, aber was tut er denn jetzt? Er versucht, nein, er macht ... löst er den Gurt seiner Harmonika? Hat die etwa ihren eigenen Fallschirm? Und wie er in die Kamera grinst, unser Held mit dem fliegenden Kinnbärtchen hat sogar noch Zeit für Späße, obwohl ihn nur noch Sekunden vom Boden trennen. Er zieht und rüttelt an seinem Gurt und ... ja ist der denn wahnsinnig? Hat sein Fallschirm-Gurtschloss geöffnet und ... was hat er bloß vor? Er schlüpft aus den Schultergurten und streift den Rucksack über seine Beine ab ... und fort ist er, der Schirm! Werden wir hier gerade Zeugen eines unglaublichen Stunts? Wollen sie zusammen mit nur einem einzigen Fallschirm landen, Rick und er? Ich versichere Ihnen, ich weiß nichts davon, und auch Rick Folger nicht, denn er gestikuliert wild und versucht, sich den Urban zu greifen, aber der boxt ihn weg. Ja, was ist denn da oben los?

Rick zieht seinen Schirm, gerade noch rechtzeitig. Urban greift in die Tasten seiner Zugin und spielt – ich glaub, ich kann ihn sogar singen hören ..."

„Jackie, ich kann flieeEEEEEEEE…"

12.

„Hallo, Mutter."

„Ich grüße dich, meine Tulpe. Wie geht's dir denn heute?"

„Gut?", fragte Valerie eher, als dass sie es sagte. Wenn Pauline Mauser am Telefon so freundlich war, war Vorsicht angebracht.

„Bist schon zuhaus?"

Valerie sah schnell in die untere rechte Ecke ihres PC-Schirms, um die Uhrzeit zu überprüfen. „Nein, ich hab ja eine Ganztagsstelle, weißt du?", gab sie ihrer Mutter zu bedenken, dass man am LKA um vier Uhr dreißig nachmittags noch nicht ans Heimgehen denken konnte.

„Hab ich mir dacht, weil d' nicht aufgmacht haaast", sprach sie mit ihrer typischen Nasalität.

Frau Doktor hatte also daheim geklingelt. Womöglich stand sie gerade vor dem Haus in der Herzog-Friedrich-Straße und überlegte, wie sie sich Zugang zu Valeries Wohnung verschaffen könnte. Um dort – was zu tun? Putzen vielleicht? Umdekorieren? Kameras installieren? Valerie vertrieb die dummen Gedanken, doch so sehr sie sich ein besseres Verhältnis zu ihrer Mutter wünschte, ahnte sie bereits, dass es beim gestrigen Intermezzo bleiben würde. Eines, das vor allem ihrem ungewollten Gefühlsausbruch am Grab geschuldet war.

Wer ignorierte schon seine heulende Tochter? So kalt war nicht einmal Pauline Mauser.

„Bist noch dran, ja?", fragte diese.

„Ja, Mama. Hör zu, ich hab hier einiges zu tun."

„Ach so, ja dann, wenn ich dir keine zwei Sekunden wert bin ..."

„Doch, bist du, Mama. Also?"

„Tsts ... also ... ich wollt dich jedenfalls für heute Abend zum Essen einladen, gaaanz schick. Ich fahr dann morgen wieder, aber heut hätt ich noch nichts vor."

Valerie überlegte, Pauline an ihr wenig gesellschaftstaugliches blaues Auge zu erinnern, ein Faktum, das diese bestimmt schon wieder ausgeblendet hatte. Andererseits: Was wäre die Alternative gewesen? Sie für den Abend zu sich in die Wohnung einzuladen und zu bekochen? Sandro war aus dem Schneider, denn er war an diesem Abend für die Musik auf irgendeiner Krimilesung zuständig. Aber sie? Sollte sie sich doch auf ihren Gesundheitszustand berufen? Aber was hielt ihre Mutter dann noch davon ab, unbedingt vorbeikommen und sie ... bemuttern zu wollen? Viel, viel Zeit zu reden, und das ging selten gut aus. Valerie schwante Übles, und in all dem Gedankenwirrwarr kam es ihr gerade Recht, dass Stolwerk, der ihr gegenübersaß und ebenfalls mit jemandem telefoniert hatte, plötzlich aufgeregt zu gestikulieren begann.

„Ich ruf dich zurück, Mutter", sagte sie schnell und legte auf.

„Veilchen!", zischte er. „Schon wieder einer!"

„Einer – was?"

„Der Haseler ist tot!"

„Aha – und wer hat ihn auf dem Gewissen? Der ... Jägerler?", scherzte sie drauflos, wohl ahnend, was folgen würde.

„Schmarrn. Du weißt aber auch gar nix. Der Haselerbauer aus Thaur, Urban Volderober, Kandidat bei der Bauerlorette."

„Oh."

„Ja, der Fallschirmspringer, weißt nicht?"

„Der schiache?", meinte sie sich an ein Klatschfoto des Kandidaten in seinem Springeranzug erinnern zu können. Valerie war nicht empfindlich, was Äußerlichkeiten betraf, aber es gab wirklich schönere Männer auf der Welt.

„Genau der!", rief Stolwerk aufgeregt.

„Und?", fragte sie mit gespielter Gleichgültigkeit.

„Matsch."

„Au ... Aber sag jetzt bloß nicht, du willst schon wieder auf der Stelle hin."

„Doch!"

„Stolwerk, geht's dir noch gut? Mir reicht's, wie du mich am Sonntag in die Zwickmühle gebracht hast. Ich hab keine Lust, Geyer gleich ein zweites Mal zu erklären, wieso ausgerechnet wir zwei ..."

„Ich auch nicht, Veilchen."

„Na dann."

„Nein, du verstehst mich nicht. Schau, ich will Geyer ja auch nicht erklären müssen, warum wir seine Anweisungen schon wieder missachten."

„Äh ... aha?", antwortete sie vorsichtig und machte sich langsam Sorgen um seinen mentalen Zustand.

„Nein, nein, noch mal ganz von vorn, Veilchen. Geyer war gerade am Apparat. Wir sollen jetzt sofort nach Thaur fahren und uns die Sache anschauen."

Fünfzehn Minuten, nachdem Stolwerk den erstaunlichen Auftrag ausgesprochen hatte, bog er in die Einfahrt des größten Bauernhofs der Gemeinde Thaur ein. Es war schon fast dunkel, weshalb Valerie auf ihre Michael-Jackson-Sonnenbrille verzichtete. Schon von weitem hatten sie das Scheinwerferlicht gesehen, das die Szenerie ausleuchtete, dazwischen blau funkelnde Signallichter von Einsatzwägen.

An einer provisorischen Absperrung, an der bereits dutzende, wenn nicht hunderte Schaulustige versammelt waren, mussten sie sich ausweisen, bevor sie passieren durften.

„Fahren Sie unten durch", sagte ein junger, uniformierter Kollege und hielt das Absperrband in die Höhe.

„*Matsch* hast du gesagt, Stolwerk?", fragte Valerie, um sich auf das Bild einzustellen, das sie erwartete.

„Mhm", antwortete Stolwerk ernster als zuvor, seufzte, bog ums Eck und hielt hinter dem Caddy der Spurensicherung.

Sie schritten direkt ins Zentrum der Aufmerksamkeit. Scheinwerfer erleuchteten das, was dort auf dem Boden lag und von einer Plane bedeckt war. Rundherum standen einige Menschen in weißen Schutzanzügen und sahen so aus, als seien sie mit ihrer Arbeit fertig.

„Hallo, Bernd, du schon wieder?", grüßte sie den deutschen Spurensicherer von hinten, welcher sich umdrehte, als hätte ihn eine Wespe ins Genick gestochen.

„Ach grüß dich, liebe Fffallerie. Unverhofft kommt oft, was? Aber … was ist denn mit DIR passiert?"

„Nichts. Also?"

„Nichts – na du machst mir Spaß! Erzähl mir jetzt bloß nichts vom berühmten Pfosten, gegen den du gerannt bist, liebe Fffallerie. Wie heißt der Übeltäter? Ist es dieser Musiker, mit dem du gehst? Ich sage dir, dieses Vagabundenvolk führt nichts Gutes im Schilde."

„Wer?", fragte sie zurück, weil sie auf die Plane gestarrt und sich vorzustellen versucht hatte, wie es darunter aussehen mochte. Einen Moment später hatte sie kapiert, dass Spängler glaubte, Sandro habe sie verprügelt. „Blödsinn, Bernd. Ich wurde angeschossen. Von einem ... äh ... Sektkorken. Unabsichtlich", fügte sie noch an, damit auch gleich jeder Zweifel ausgeschlossen war.

Mit einem zerknirschten „Autschie" gab er sich zufrieden. Dann starrte er sie versonnen an, als habe jemand einen Standby-Knopf gedrückt.

„So, Bernd, was haben wir, hm?"

Er erwachte aus der Starre. „Tja, was soll ich sagen. Da hatten der Manni und du wohl ein sensationelles Rüsselchen, was?"

„Wie?"

„Na vorgestern. Dass ihr uns gleich gerufen habt, meine ich. Und siehe da, schon haben wir den nächsten Toten. Ich sage immer: Einmal ist keinmal ..."

Aber zweimal ist einmal zu viel, ergänzte Valerie still. „Bist du schon fertig, lieber Bernd?"

Er nickte. „Selbstverständlich."

„Und?"

„Brei", outete sich Spängler als Stolwerks Seelenverwandter, was Späßchen dieser Art betraf. Er bückte sich und lüftete das, was vom toten Kandidaten Nummer zwei übrig geblieben ist.

Die böse Souffleuse drehte sich um und kotzte über Valeries Schulter.

Spängler fuhr mit Dozentenstimme fort: „Der menschliche Körper fällt, zumindest in der klassischen Fallschirmspringerhaltung, mit knapp 200 Kilometern pro Stunde. Obwohl sich dies, rein physikalisch dargestellt, anders verhält. Das dritte Newtonsche Gesetz besagt nämlich, dass Kraft gleich Gegenkraft ist, also der Fallschirmspringer mit der gleichen Kraft an der

Erde zieht, mit der diese ihn aufgrund der Gravitation an sich zwingen will. Hätte der Springer nun dieselbe Gewichtskraft wie unser Heimatplanet, würden sie sich tatsächlich auf halber Stre..."

„Bernd?", ging Valerie zwischen ihn und seine durchdrehende Physikerseele.

„Ja, meine Liebe?"

„Schon klar. Erde, Springer, Gravitation, bumm."

„Ja, siehst du, so klar ist das eben nicht. Denn der Verstorbene war Füße voraus, ergo deutlich schneller unterwegs, als es der Luftwiderstand in der klassischen Haltung zulassen würde, und so ist er auch auf dem Pflasterboden aufgekommen. Ich sage euch das, um den untypisch schlechten Zustand zu erklären. Also, ganz einfach formuliert: Stellt euch einen Block Gelatine vor, der mit dem Tempo, aber nicht der Überlebenszelle eines Formel-eins-Boliden gegen die Chinesische Mauer donnert. Dass das nicht fleckfrei über die Bühne geht, liegt wohl auf der Hand ... äh ... hier."

Valerie sah zu den Überresten hinunter. Sie wusste, sie musste sich dem Anblick stellen, und durfte sich jetzt nicht abwenden. Normalerweise wurde es gleich besser. Schließlich war der Mensch ein Gewohnheitstier und adaptierte sich schnell an neue Situationen, wenn man ihm nur die Gelegenheit dazu gab. Das Gehirn legte eine Art Filter über Bilder, die sonst nicht zu ertragen wären.

Doch das, was da vor ihr lag, war ja ein einziger ... der Teil dort gehörte eigentlich nicht ... und das da sollte überhaupt niemals auch nur in der Nähe von dem da ... und so etwas tat schon beim Zuschauen ... Nein, es wurde überhaupt nicht besser.

„Hei-liger Blauschimmelk...", murmelte Stolwerk. „Ist das eine Lederhose? Und das da? Eine Zieh..."

„Eine Quetschn", sprach jemand in ihren Rücken. Valerie drehte sich um, dankbar, wegsehen zu können, und erkannte Geyer, der sich ein Taschentuch vor den Mund hielt und auch schon eine bessere Gesichtsfarbe gehabt hatte. Er vermied es sorgfältig, nach unten zu sehen. „Schon gut, Bernd, schon gut, wir haben's jetzt alle gesehen, Brei, Newtonquatsch, wirklich beeindruckend, aber erspar's uns und deck's jetzt wieder zu, ja? Bist du so gut, hm?"

So zart besaitet hatte Valerie ihren Vorgesetzten auch noch nicht erlebt.

„Prinzesschen", murmelte Spängler, gerade so laut, dass es Geyer nicht hören konnte, folgte dann aber dessen Aufforderung.

„Der nächste tote Bauerlorette-Kandidat", entschloss sich Valerie, gleich zum Thema zu kommen. Auch, um sich selbst abzulenken.

Geyer sagte: „Ja. Urban Volderober. Die ganze Sache war live im Fernsehen. Also ganz kurz nur. Ich hab ..."

Jaaaa?, dachte sie, weil die böse Souffleuse immer noch über der Reling hing, und machte ein dementsprechendes Gesicht. *Was hast du während der Dienstzeit? Bauerlorette geschaut?*

„Dein Auge schaut aber auch nicht viel besser aus", meinte Geyer ausweichend. „Das solltest du dir wirklich anschauen lassen."

Valerie überhörte seinen charmanten Vorschlag, denn niemand wusste über Hämatome im Gesicht besser Bescheid als sie. „Geht schon. Also? Live im Fernsehen gesehen?"

„Ja ... ich hab die Sache ... ganz zufällig mitbekommen", berichtete er kleinlaut. „Schlimm war das. Kommt, gehen wir da hinüber, bitte. Ihr könnt euch übrigens euer süffisantes Grinsen sparen. Dass ihr hier seid, heißt nicht, dass ihr vorgestern Recht hattet und ich Unrecht."

Ich habe gar nicht gegrinst, dachte Valerie, sagte aber nichts – und auch Stolwerk sah nicht so aus, als fände er hier etwas lustig.

Geyer fuhr fort: „Ein Schwein hattet ihr mit dem Flötzlerhof. Einen Dusel, einen ganz einen elendigen. Nur, damit das klar ist. Der nächste tote Jungbauer in derselben Show. Und obwohl wieder nichts auf Fremdeinwirkung hindeutet, meint der Herr Staatsanwalt, dass wir uns das jetzt doch anschauen müssen. Nur leider sind Mair und Eder in Kitzbühel beschäftigt. Glaubt bloß nicht, ihr wärt sonst hier, ihr zwei."

„Mhm", machte Stolwerk.

„Und wie geht's jetzt weiter? Wo ist die Bauerlorette? Und was soll der Tisch mit der Jause da drüben? Hat jemand beim Anblick der Überreste spontan Hunger bekommen, oder was?", feuerte Valerie eine Salve von Fragen in Richtung ihres Vorgesetzten ab, damit sich dieser endlich auf das Wesentliche konzentrierte.

„Der Jausentisch, ja. Der war Teil der Sendung. Der Haseler hätte vor Jackie landen sollen, Akkordeon spielend, und sich dann gleich zu ihr an den romanti... äh ... also zu ihr hinsetzen sollen."

„Der ... *Haseler*?", fragte sie zurück, obwohl sie es bereits wusste.

„Sein Hofname. Urban Volderober vulgo Haseler. Sie – also die Bauerlorette – hat alles mitbekommen."

„Ich habe gar keinen Fallschirm bei ihm gesehen", erinnerte sich Valerie an die Überreste. Andererseits hätte der sich ja auch unter ... oder über ... verstecken ... untermischen ... egal.

„Er hat den Schirm in der Luft abgeschnallt und weggeworfen. Wir haben ihn da drüben im Wald gefunden. Ein Springer, der ihn begleitet hat, konnte nichts mehr tun, weil sich der Haseler aktiv gegen den Rettungsversuch zur Wehr gesetzt hat."

„Also Selbstmord vor laufender Kamera?", fragte Valerie bedeutungsschwer.

Geyer antwortete: „So sähe es aus, wenn man's nicht selbst mitangesehen und gehört hätte, ja ...""

Jaaaa?, meinte die böse Souffleuse.

„Er hat offensichtlich geglaubt, fliegen zu können", sagte ihr Chef schließlich. „Seine letzten Worte waren: ‚Ich kann flie...'. Und dann bumm. Eine Psychose, wenn ihr mich fragt", dozierte er hinzu.

Valerie rümpfte die Nase. Nicht über Professor Geyer, aber über die Faktenlage. Sie würden wieder keinen rauchenden Colt finden – keine verknoteten Leinen, kein perforierter Fallschirmgurt, kein technisches Gebrechen, hinter dem sich fremde Absichten verbergen hätten können. Tatsächlich gab die Sache eine ausgezeichnete Gelegenheit ab, sich und das LKA zum zweiten Mal binnen weniger Tage zu blamieren. Sie würden ganz automatisch ins Zentrum des öffentlichen Interesses rücken, egal was sie jetzt taten.

„Wo sind die Zipplingers? Oder die Leute vom Sender?", fragte sie. „Im Hof?"

„Fort. Schon als ich eingetroffen bin."

„Und wohin?"

„Das ... äh ... haben sie uns nicht gesagt."

„Wer hat das veranlasst?"

„Es gab keine rechtliche Grundlage, die Leute gegen ihren Willen hier zu behalten", rechtfertigte er sich.

Valerie nickte, ohne weiter nachzuhaken, weil sie merkte, wie es knapp unter seiner Oberfläche brodelte. „Hast du noch mit Jacqueline Zipplinger reden können, Niki?", fragte sie vorsichtig.

„Nein. Sie war schon weg. Absolut verständlich, wenn ihr mich fragt. Das arme Mädchen ist direkt vor der Absturzstelle gesessen und hat alles mitansehen müssen. Da brauchst du keine Polizeibefragung mehr."

Valerie gab ihm insgeheim Recht, hätte aber liebend gerne endlich mehr über die junge Dame erfahren. „Sonst ist auch keiner mehr hier, der uns weiterhelfen könnte?"

„Doch. Die Fallschirmleute. Ich habe sie gebeten, hierzubleiben, damit ihr mit ihnen reden könnt. Sie warten im Hof auf euch. Hört zu, Valerie, Manni, ich soll ans LKA und Berger Bescheid geben. Also dann, macht ... äh ..."

„Wir sollen uns die Sache ansehen?", wiederholte sie Geyers telefonischen Auftrag an Stolwerk.

Der Abteilungsleiter starrte ihr ins Gesicht, bereit, jedes Zucken, das in Richtung *ich hab's ja gesagt* interpretiert werden könnte, entsprechend zu bestrafen. Mit übermenschlicher Anstrengung behielt sie ihr Pokerface auf.

„Jaaa", sagte Geyer zerknirscht.

Inzwischen war Valerie die nächste Konsequenz bewusst geworden. „Der erste Tote muss an die Gerichtsmedizin zurück."

Geyer nickte verschämt. „Der ist immer noch dort, weil der Bestatter bisher keine Zeit hatte, ihn abzuholen. Wir werden eine Obduktion an ihm vornehmen lassen müssen. Auch an ... dem da", sagte er und zeigte zurück. „Das alles noch heute Nacht, und ich darf versuchen, einen gnädigen Pathologen zu finden. Deshalb hat der alte Berger entschieden, euch zu rufen. Ich war dagegen, nur damit ihr's wisst. Ein Zufallstreffer rechtfertigt kein eigenmächtiges ... also, wie auch immer. Findet so viel heraus wie möglich, und haltet euch aus der Öffentlichkeit. Keine Statements zu irgendwem. Das geht ab sofort alles über die Pressestelle. Wir sprechen uns morgen um neun. Verstanden?" Ohne ihre Reaktion abzuwarten, drehte er sich um, eilte zu seinem Wagen und fuhr mit quietschenden Reifen vom Hof.

Valerie sah ihm nach und war so froh, dass sie die Funktion der Abteilungsleiterin los war. Nicht nur, dass es ohnehin zu wenige Planstellen für ihre Abteilung gab, war auch für Kollegin Prammer, die sich vor knapp einem Jahr für die *dunkle Seite der Macht* entschieden hatte, noch immer kein Ersatz gefunden worden. Klar, dass Geyer Druck von allen Seiten hatte.

„Dann springen wir auch mal, Veilchen", scherzte Stolwerk und zeigte zum VW-Bus, an dessen Seite in großen Buchstaben *Spechtenheiner Parachuting* geschrieben stand.

13.

Fünfzehn Minuten später saßen sie mit den Leuten des Sprungunternehmens um einen Tisch in der Zirbenstube des Haselerhofs herum. Die Altbauern, die den Absturz ihres Sohnes mitangesehen hatten, wurden ein Stockwerk höher vom Kriseninterventionsteam betreut. Eine junge Frau, die sich als *Mädchen für alles am Hof* ausgab und auch auf nähere Nachfrage wortkarg blieb, brachte etwas zu trinken und entfernte sich dann wieder. Valeries Seitenblick zu Stolwerk reichte, um still mit ihm zu vereinbaren, dass sie sich das *Füralles-mädchen* später noch genauer ansehen würden. Dann hatte Valerie noch die unvermeidliche Erklärung für ihr mächtig blaues Auge abgegeben und konnte sich endlich auf das konzentrieren, was sich Stunden zuvor in der Luft über dem Haselerhof zugetragen hatte.

Richard Folger – Valerie kannte den Stuntman natürlich aus Film, Funk, Fernsehen sowie aus den Klatschmagazinen – spielte Stolwerk und ihr seine Aufzeichnungen aus der Helmkamera vor, ab dem Zeitpunkt, wo der Haselerbauer damit begonnen hatte, seinen Schirm abzuschnallen. Weil Folger ihn abhalten wollte, waren die weiteren Aufnahmen verwackelt. Man sah trotzdem deutlich, wie sich sein Gegenüber wehrte, ihn wegboxte und Folger selbst schließlich nichts übrig blieb, als die Reißleine zu ziehen, in *Ameisenkniehöhe*, wie er es ausdrückte. Und obwohl er sich zum Zeitpunkt des Aufschlags von Urban Volderober noch fünfzig Meter über dem Boden befand, hatte seine Helmkamera das Geräusch des Unglücks mehr als deutlich aufgenommen.

Valerie zuckte zusammen. *Wie ein Peitschenknall*, dachte sie und brachte zunächst kein Wort heraus.

Folger erklärte: „Hier steige ich im Schnellverfahren zur Absturzstelle ab, aber Sie können sich vorstellen, dass da überhaupt nichts mehr zu machen war", gab er sich betroffen. „Ich habe jetzt weit über tausend Sprünge und schon einige gute Freunde verloren, aber so etwas hab ich noch nie gesehen ...", sagte er und starrte durch das Monitorbild hindurch ins Nichts.

„Bei aller Tragik möchte ich feststellen, dass wir alle Sicherheitsverfahren eingehalten haben", sprach Firmenchef Arthur Spechtenheiner in den Moment hinein. „Sie haben deutlich gesehen, wie sich Volderober aktiv aus seinem Gurtzeug befreit hat. Selbstverständlich haben wir auch seine Ausrüstung vor dem Sprung kontrolliert. Dabei war er ja selbst ein erfahrener Springer. Ich kannte ihn seit Jahren und habe ihn persönlich ausgebildet. Niemals gab es irgendeinen kritischen Moment mit ihm. So etwas hätte ich nicht vorhersehen können, das müssen Sie mir glauben. Das hätte ...", Spechtenheiner hielt kurz inne und setzte dann neu an: „Das hätte so eine schöne Werbung für uns werden sollen. Ich hatte gehofft, dass wir neue Leute für unseren Sport begeistern können. Stattdessen gibt's diese Horrorshow, und unser Firmenlogo ist überall in den Medien. Ich bin ruiniert!", rief er und knallte seine Faust auf den Tisch.

„Gibt's da nicht so eine Automatik, die den Schirm auslöst, wenn man eine bestimmte Höhe unterschreitet?", meinte Valerie, sich an eine Dokumentation übers Fallschirmspringen erinnern zu können.

„Nicht in diesem Fall", erklärte Folger. „Urban wollte Base-Jumper werden wie ich und hatte schon einige Sprünge hinter sich. Logischerweise ohne Öffnungsautomat. Beim Base-Jumpen ist es essentiell, Routinen zu entwickeln und immer dasselbe Setup zu benützen, und nicht einmal hiermit, einmal damit zu springen, nur weil es von einem Fixpunkt oder aus einem Flugzeug losgeht."

„Aber gab es nicht irgendwelche Anzeichen, dass er so etwas tun könnte? Verhielt er sich heute in irgendeiner Beziehung anders als sonst? Hat es irgendwann einmal Probleme gegeben?"

„Überhaupt nicht", antwortete Rick Folger wie aus der Pistole geschossen. Spechtenheiner neben ihm schüttelte entschieden den Kopf.

Valerie hatte das Gefühl, dass sie die Frage erwartet hatten.

„Zeigen Sie's uns ganz von vorn", forderte Stolwerk. „Die Kamera ist doch sicher schon im Flugzeug mitgelaufen, oder nicht?"

Der Sprungprofi zögerte und warf dem Firmenchef einen Seitenblick zu. Dann sagte er: „Nein, das ... wissen Sie, wir mussten oben ziemlich lange auf den Sprung warten, weil ihn der Fernsehsender von einer Spendenaktion abhängig gemacht hat, und das ... äh ... ist eine Kamera, die immer nur die letzte Minute ...“

„Geben Sie das her", brummte Stolwerk, griff sich den kleinen Monitor und zog ihn an sich.

„Hey!", wehrte sich Folger.

Der Boss der Sprungfirma schien unentschlossen, ob er eingreifen sollte, zuckte kurz, hielt sich aber noch zurück.

„Sie wollen sich doch nicht der Unterdrückung von Beweismitteln schuldig machen, oder?", sagte Valerie, während Stolwerk routiniert auf dem Abspielgerät herumklimperte. Offensichtlich kannte er das Modell.

„Na also", meinte dieser und schob es zwischen Valerie und sich.

Folger und Volderober waren jetzt oben im Flugzeug. Wie der Verunfallte so fröhlich dasaß, in Lederhose und mit Zugin. Wenn sie das Bild darüberlegte, das er wenige Minuten später abgab ... Valerie erfüllte ein dunkles, schweres Gefühl, wie Trauer – wo sie doch wusste, wie wichtig professionelle Distanz war. Aber das sagte sich leicht.

Dann spielte Volderober ein volkstümliches Stück, von mimischen Verrenkungen begleitet, wie man es aus der Musikrichtung kannte, Zwinkern, Schielen und Späßchenmachen inklusive, sodass man schon vom Zusehen alleine schlechte Laune bekam. Sie wollte Stolwerk vorspulen lassen, aber da war das Lied zu Ende. Doch die Späßchen hörten nicht auf. Volderober war unverkennbar aufgedreht, tat so, als könnte er über sein Headset nichts verstehen, verstand vielleicht wirklich nichts, sah den Kameramann schief an, schielte an ihm vorbei und sah einen Moment später seltsam betreten nach draußen. Hinter seinem überspitzten Gehabe verbarg sich aber noch etwas anderes. War er ... war er etwa müde?

„War der in echt immer so ... stoned?", fragte Stolwerk, dem es auch aufgefallen war.

„Nein ... äh ... eigentlich", stammelte Rick Folger herum.

„So, jetzt reicht's aber!", ging Firmenchef Spechtenheiner dazwischen und zog das Gerät an sich. „Ich werde mir hier sicher nichts unterstellen lassen, verstanden? Was sind das überhaupt für Methoden? Von mir bekommen Sie jedenfalls überhaupt nichts mehr ohne richterlichen Befehl." Damit sprang er auf und bedeutete den beiden Herren – Rick Folger und einem weiteren, der sich als Pilot der Cessna ausgegeben hatte, aber unbeteiligt blieb –, mit ihm zu kommen.

„Wir sprechen uns noch", rief Valerie ihnen nach.

Valerie und Stolwerk hörten die Herren davonstampfen, saßen da und sahen sich an.

„Blöd, wenn sich wer damit auskennt, hm, Veilchen?", meinte ihr Partner grinsend. „Ich hatte genau dasselbe Monitor-Modell in meiner Sicherheitsfirma."

„Sie haben's uns ja auch FAST freiwillig gezeigt, oder?"

Er zog die Augenbrauen hoch und nickte.

„Wäre Spechtenheiner früher der Kragen geplatzt, hätten wir gar nichts zu sehen bekommen."

„Hätte, hätte, Fahrradkette", meinte er so trocken wie gestelzt.

Aber er hatte Recht. Wenn jemand derart offensichtlich Informationen zurückhalten wollte, war es besser, die Gelegenheit am Schopf zu packen, anstatt lange über richterliche Befehle, Prozessordnungen und Dienstanweisungen nachzudenken. Es war ein Grenzgang, dessen regelmäßige Überschreitung sie zuletzt aber teuer zu stehen gekommen war.

„Schau, Veilchen, über den Sender bekommen wir das Bildmaterial sowieso. Sonst halt von YouTube. Ich hab mir gedacht, ich locke diese siebengscheiten *Springinkerln* einfach einmal kurz aus der Reserve."

Gut gemacht, lag ihr auf der Zunge, aber dass er in der Beziehung über außerordentliches Geschick verfügte, wusste er selbst. „Glaubst du, Volderober hat vor dem Sprung Drogen zu sich genommen?", griff sie seinen Gedanken von vorhin auf.

„Hm. Wer weiß, Veilchen. Vielleicht war's die Aufregung, die zu einer Psychose geführt hat. Oder er wollt sich als cooler Hund verkaufen. Weißt ja, sobald man auf gewisse Leute eine Kamera richtet, werden die zur Rampensau. Außerdem geht's um eine Million Euro, da würd ich auch den Hampelmann machen, wenn ich mir einen Vorteil davon verspräche."

„Wir sollten das trotzdem Geyer sagen. Wir brauchen das toxikologische Gutachten, so schnell es geht."

„Ich hoff nur, das lässt sich in dem Zustand noch machen", gab Stolwerk zu bedenken.

Wieder tauchten die Bilder von Volderobers Leiche vor Valeries innerem Auge auf. Sie wusste, diese würden sie noch lange Zeit begleiten.

„Kann ich noch etwas für Sie tun?", fragte das *Fürallesmädchen,* das plötzlich im Türstock stand.

„Ja, sich zu uns setzen", forderte Valerie, der die Störung gerade recht kam, und zeigte auf einen freien Platz.

„Ich glaube nicht, dass ich ..."

„Doch, hier, bitte", ließ sie ihr keine andere Wahl.

Widerwillig nahm das *Fürallesmädchen* Platz. Der
altertümliche Begriff *Magd* hätte zu der Frau gepasst.
Sie trug ein Dirndl, aber keines fürs Kirchweihfest –
mehr das robuste Arbeitsmodell für alle Tage. Ihre
Gesichtszüge waren verhärtet, und ihre ganze Gestalt
machte einen ausgezehrten, abgearbeiteten Eindruck.
Dabei schien sie kaum über dreißig zu sein.

„Sie haben vorhin gemeint, Sie seien das Mädchen
für alles. Also eine Art Magd?", griff Valerie ihren Eindruck auf.

Die junge Frau ruckelte nervös auf ihrem Stuhl herum, sah sich um, als müsse sie sich vergewissern, dass
sie unter sich waren, dann schüttelte sie den Kopf.

„Was machen Sie dann hier? Wie heißen Sie überhaupt?"

Als sie nicht antwortete, übernahm Stolwerk. „Sie
sind eine Angehörige des Verstorbenen, nicht wahr?",
fragte er sanft.

Valerie bemühte sich, ihre Überraschung zu verbergen, als die Frau nickte, ganz leicht nur – aber deutlich
genug.

14.

Als Valerie Mauser knapp vor neun ins Besprechungszimmer kam, war etwas anders als gewohnt: Teamleiter Nikolaus Geyer saß bereits am Tisch. Mächtige Augenringe zeugten von mangelndem Schlaf. Ihr kam vor, dass er aufgeschreckt war, als Stolwerk die Tür geöffnet und sie Schmatz und ihr aufgehalten hatte.

Sie saßen kaum, als Geyer grußlos ansetzte: „Dann können wir ja endlich. Also?"

Das *Also* wartete geradezu darauf, hinterfragt zu werden, doch niemand traute sich, nicht einmal Sven Schmatz, der in Situationen wie dieser gerne todesmutig wurde.

„Gibt es schon ein Obduktionsergebnis?", wagte sich Valerie schließlich aus der Deckung.

Nikolaus Geyer ging nicht darauf ein, sondern sagte: „Wegen unseres Telefonats gestern. Mir ist euer Gespräch mit dieser Halbschwester nicht aus dem Kopf gegangen. Wie hieß sie noch mal?"

„Irene Volderober", antwortete sie und hoffte, dass dieses *Fürallesmädchen* am Haselerhof immer noch so hieß – aber sie würde den Teufel tun und Geyer ausgerechnet jetzt mit grammatikalischen Spitzfindigkeiten kommen.

Geyer gähnte so herzhaft wie unhöflich. Dann schmatzte er einmal und sagte: „Ja. Ich habe sie auch bemerkt. Sie war so ... ungerührt ... und irgendwie kalt, findet ihr nicht?"

„Jeder hat seine eigene Art, zu trauern", antwortete Stolwerk, und Valerie stimmte ihm zu. Auch sie hatte Irene Volderobers Gleichgültigkeit zunächst gewundert. Die Halbschwester verhielt sich eher wie eine Gastgeberin als wie ein Familienmitglied, fragte ständig, ob sie etwas bringen könne, schwirrte einmal hier und einmal dort herum und gab sich höchst beschäftigt. Keine Spur von Trauer, zumindest oberflächlich betrachtet.

Sie hätte sogar ein Motiv gehabt – nach dem Ableben des Hof-Erben war sie die nächste in der Erbfolge –, aber wie sollte der Tod des ersten Bauernkandidaten dazu passen? Außerdem, meinte Stolwerk, würde man ihre Betroffenheit sehr wohl sehen können, wenn man seine Antennen weit genug ausfuhr. Er glaubte, erkannt zu haben, dass sie ihre emotionalen Schutzschilder aktiviert hatte, um den Laden zusammenzuhalten. Und dass sie sich gestern Abend deshalb um alles kümmern wollte, weil sie die Ablenkung brauchte.

Valerie vertraute auf sein zwischenmenschliches Gespür. Oder war das zu leichtfertig? Stolwerk und sie bildeten erst seit wenigen Wochen wieder ein Team, und doch lief schon wieder alles genau wie damals in Wien, als sie das Ermittlergespann mit der höchsten Aufklärungsquote gewesen waren, die es am dortigen LKA jemals gegeben hatte. Er war der Cop mit den Antennen, sie der fürs Grobe. Sollten sie ihre alten Verhaltensweisen wirklich eins zu eins hierher übernehmen? Hatte ihr die jüngere Vergangenheit nicht überdeutlich bewiesen, dass es zweier kompletter Polizisten bedurfte, um ein großartiges Team zu bilden – und es kontraproduktiv war, sich ganz auf die Begabungen des jeweils anderen zu verlassen?

„Von Trauer hab ich überhaupt nichts erkennen können", meinte Geyer nach einer längeren Denkpause. „Ihr solltet euch das Fräulein noch mal genauer ansehen."

„Wie schon am Telefon gesagt, glauben wir nicht, dass das eine heiße Spur wird, Niki", sagte sie, jetzt mit leisen Zweifeln in der Stimme.

„Glauben heißt nicht wissen", gab er in Oberlehrermanier zurück. „Also: In die Mangel nehmen! Bericht auf meinen Schreibtisch!"

Wieder herrschte Stille im Raum. Draußen fuhr ein Motorboot über den Inn, etwas, das man auch nicht alle Tage zu Ohren bekam. Ein Feuerwehreinsatz vielleicht. Geyer rieb sich die Schläfen, die Stirn, dann die Augen. „Die brauchen noch etwas Zeit", kam er plötzlich auf ihre erste Frage nach dem Obduktionsergebnis zurück, während er weiterhin versuchte, sich per Gesichtsmassage wachzuhalten. Sein ganzes Gehabe erinnerte sie an einen Waschbären. „Das ist alles nicht so einfach über Nacht zu machen. Die toxikologische Untersuchung allein benötigt schon Tage. Aber immerhin, einen Vorabbericht habe ich erbettelt, weil ja gleich die verd... – weil gleich die Pressekonferenz ansteht", sagte er und schien dann in die Grube versinken zu wollen, die er mit seinen Händen gebildet hatte. Langsam entspannten sich seine Schultern. Schlief er jetzt etwa ein?

Stolwerk, dem es wohl auch gerade auffiel, hustete laut.

Geyer schrak auf. „Äh ... ja. Also?"

„Die Obduktionen", drängte Stolwerk. „Was steht denn in diesem Vorabbericht?"

Geyer seufzte ausgiebig, was ihn wiederum zum Gähnen brachte. Dann endlich setzte er zu einer Antwort an: „Nur das, was wir schon wissen. Beim ersten Verstorbenen sind keine organischen Veränderungen oder Anomalien festzustellen gewesen. Und bei dem von gestern ... Na ja, ihr könnt's euch ja vorstellen, was drinsteht. *In Anbetracht der hochgradigen Fremdein-*

wirkung kann leider nicht zuverlässig festgestellt werden, bla, bla, bla."

„Wir müssen unbedingt wissen, ob unser Fallschirmspringer Drogen genommen hat", forderte Valerie.

Geyer gab einen langgezogenen Klagelaut von sich, während er wieder Waschbär spielte. „Glaub mir, Valerie, genau so hab ich's Frau Doktor Zach auch gesagt. Aber das dauert. Das braucht eben seine Zeit."

„Hat schon jemand von uns mit Jacqueline Zipplinger sprechen können? Oder sie überhaupt mal gesehen?", fragte sie in die Runde.

„Ich nicht", antwortete Geyer. „Aber was soll sie damit zu tun haben?"

„Na ja ...", sagte Valerie und hielt inne, damit er selbst draufkommen konnte.

Geyer fuhr aus der Versenkung hoch. „Und was sollte sie schon davon haben, selbst wenn sie Gelegenheiten gehabt hätte? Die bekommt ihr Geld doch so oder so. Redet noch mal mit dieser Halbschwester in Thaur, ich sage euch, die ist unsere heißeste Spur."

„Zipplinger wacht neben dem einen Toten auf und der andere Kandidat zerschellt direkt vor ihren Augen auf dem Steinpflaster. Vielleicht ist sie gar nicht die Täterin, sondern das Opfer? Wer weiß, vielleicht geht's hier nicht um die Bauern, sondern um sie? Irgendwer muss jedenfalls so bald wie möglich mit ihr sprechen."

„Ich könnte das doch machen", meinte Teamassistent Sven Schmatz und erntete Geyers schamloses Gelächter.

Valerie wurde wütend. Schon klar, dass man ihren vorlauten Schwiegersohn in spe nicht ohne entsprechende polizeiliche Ausbildung ins Feld schicken konnte. Aber verhöhnen musste man ihn für den Vorschlag auch wieder nicht, zumal er es halb im Scherz gemeint hatte. Es war mehr als offensichtlich, dass ihr Chef zu müde und zu gereizt war, um die Ermittlungen voranzubringen.

„Wir sollten wirklich mit ihr reden, Niki", sprang ihr Stolwerk zur Seite. „Wissen wir, wo sie gerade steckt?"

Geyer schüttelte den Kopf.

„Fotoshooting", übernahm Schmatz. Weil ihn alle anstarrten, als sei er nicht mehr ganz bei Trost, erklärte er weiter: „Für die InMaXXXima. Da wird extra die Augusta Chapelle eingeflogen, nur für einen Tag. Nach Salzburg in den Hangar-9 ¾."

„Augusta Chapelle?", fragte Stolwerk interessiert. „DIE können sie sich leisten?"

„Und woher willst ausgerechnet du das alles wissen?", spottete Geyer.

„Instagram", antwortete Schmatz, lehnte sich zurück, verschränkte seine Arme und schwieg. Jetzt schmollte er tatsächlich ein bisschen und hatte Valeries vollstes Verständnis. Aber schon seltsam, wie gut er über die Ereignisse rund um die Bauerlorette informiert war.

Doch ein anderer Aspekt war gerade noch viel seltsamer. „Die wollen allen Ernstes weitermachen?", platzte Valerie heraus. Sie fühlte, sie würde es nicht mehr lange in diesem Besprechungszimmer aushalten. Sie musste hinaus! Geyer suhlte sich in seiner schlechten Laune und traf falsche Entscheidungen, während draußen, direkt vor ihrer Nase, alles drunter und drüber ging. Zeit, dass etwas passierte. „Niki, die Show muss gestoppt werden, das ist doch klar, oder?"

Kurz sah Geyer so aus, als würde er explodieren – doch dann blies er resignierend die Luft aus. „Pff ... klar, klar, was ist schon KLAR? Solange wir nichts haben, das über einen natürlichen Tod auf der einen Seite und Selbstverschulden auf der anderen hinausgeht, ist überhaupt nichts klar."

„Aber ..."

„Nichts ABER! Glaubst du, ich hätte das nicht längst probiert? Der Schmollinger lässt überhaupt nichts aufkommen, was die Bauerlorette angeht. Die feiern die höchsten Einschaltquoten in der Sendergeschichte. Sie liegen sogar vor den Hauptkanälen! Die Übertragungslizenz nach Deutschland wird jede Woche neu verhandelt. Was glaubts ihr, um wie viel Geld es da gerade geht? Da wird euch schwindlig! Das können wir nicht aufhalten, selbst wenn wir hundertmal gegen Unbekannt ermitteln."

Wieder einmal ließ Geyers Insiderwissen auf eine enge persönliche Verbindung zum Rundfunkintendanten Kristof Schmollinger schließen. Valerie überlegte. War das jetzt gut, dass er einen direkten Draht hatte, oder schlecht, weil er emotional mit drin...?

Plötzlich riss jemand die Tür zum Besprechungszimmer auf. LKA-Leiter Doktor Dietmar Berger machte einen Schritt in den Raum. Unwillkürlich richtete sich Valerie auf. Sie glaubte zu bemerken, dass die anderen es genauso machten.

„Herr Major Geyer, es ist Zeit für die Pressekonferenz", sagte der alte Berger und musterte den Abteilungsleiter durchdringend, während er die anderen keines Blickes würdigte.

Der Herr Major erhob sich und folgte gehorsam.

„Niki, wegen Salzburg ...", sprach Stolwerk noch in seinen Rücken.

„Ach, machts doch, was ihr wollts ... Mist verdammter", zischte er gerade so laut, dass der alte Berger ihn nicht hören konnte.

15.

Eine Stunde später

Draußen flog die bajuwarische Idylle vorbei. Sie waren im Großen Deutschen Eck, der schnellsten Straßenverbindung zwischen Innsbruck und Salzburg. Valerie musste sich voll aufs Fahren konzentrieren, da die Autobahn keinen Pannenstreifen hatte und sich wie eine Schlange durch die Hügellandschaft wand. Überraschungen waren auf dieser Strecke an der Tagesordnung.

Sie mussten so schnell wie möglich nach Salzburg, ein Gespräch mit dieser Jackie war überfällig. Womöglich war längst das nächste Unglück im Anmarsch. Die Kulisse des Hangars-9¾ passte jedenfalls perfekt, um sich darin den nächsten Super-GAU vorzustellen.

„Da ...ind wir wieder, live auf ...ndung aus dem ...angar..."

„Stolwerk, dreh lauter. Ich versteh kein Wort."

„Sollst auch nicht, Veilchen. Du konzentrierst dich schön auf die Straße und ich ..."

„...exentrank Nummer eins für ...fliegenden Kisten ... Red ...itch Army ..."

„Red BITCH Army?", staunte Valerie.

„Witch, Veilchen. Witch. *Red Witch lässt dich den Besen reiten.* Schon mal gehört, oder warst die letzten dreißig Jahre leicht auf dem Mond?"

„...orette ...ooting ..."

„Lauter!"

„Jaja, reg dich ab. Da hast's lauter", gab er sich geschlagen und drückte auf seinem Smartphone herum, bis der Live-Stream auch für sie zu verstehen war.

„James Bond lässt grüßen, hier im Hangar-9 ¾ am Airport Salzburg. Wir sind umringt von edlen Flug-

zeugen und Rennwägen, bewacht von großen Männern in dunklen Uniformen und Knöpfen im Ohr. Unter den Ausstellungsstücken befindet sich ein Replikat der Rakete, mit der Rick Folger vor einem Jahr in die Stratosphäre geflogen ist, das Original des Untersatzes ist ja in die ewigen Weiten des Weltraums entschwunden. Bilder, die für immer in unseren Köpfen bleiben werden. Womit wir zu einem Thema kommen, das wir ansprechen müssen, bevor es weitergehen kann: LiveTV ist schwer betroffen vom Ableben des Kandidaten Urban Volderober, der sich am gestrigen Tag vor laufenden Kameras das Leben genommen hat. Wir haben alles getan, das in unserer Macht stand, um die Sicherheit der Sendung zu gewährleisten, doch ein Restrisiko bleibt immer bestehen. Wer könnte die Tat eines geistig Verwirrten vorhersehen? Wer sich selbst schaden will, findet immer eine Gelegenheit. Urban Volderober hat die mediale Plattform der Bauerlorette missbraucht, um die Bilder seines Freitods in alle Welt zu verbreiten. Sein kranker Plan führte zu Eindrücken, von denen wir uns entschieden distanzieren und für die wir jede Verantwortung ablehnen, so leid es uns tut. Es war eine Einzeltat und ein Anschlag auf die freie Medienwelt. Trotzdem entschuldigen wir uns bei Ihnen wie auch unserer Bauerlorette, und bei allen, die den Absturz mitansehen mussten. Wir ersuchen ausdrücklich darum, weder Bilder noch Videomitschnitte aus der Live-Übertragung in den sozialen Medien zu teilen und Verstöße sofort zu melden.

In unseren Gedanken sind wir heute bei den Hinterbliebenen, bei den Altbauern, die nun ohne ihren Stammhalter auskommen müssen. Aus diesem Grund haben wir uns spontan zu einer großen Hilfsaktion entschlossen ..."

„Aufpassen, Veilchen!"

„Jaja. Längst gesehen", kommentierte sie den italienischen Pkw, der ohne zu blinken ausgeschert hatte. Valerie blieb auf dem Gas.

„Und dran vorbeigeschrammt. Hurra, wir leben noch. Weißt aber schon, dass d' fährst, als hätt dir jemand den Bürzel angesengt? Konzentrier dich auf die Straße!"

„Was kann ich dafür, wenn der Spaghetti Tomaten auf den Augen hat?"

„Was kann ich dafür, wenn neben dir mein letztes Stündlein schl..."

„Pschschsch!"

„Also, bitte rufen Sie an, denn noch einmal: ALLE Einnahmen des heutigen Tages gehen zu hundert Prozent an die Hinterbliebenen der Familie Volderober. Nullneunhundert, fünffünffünf drei vierviervier. Die Leitungen sind ab sofort offen, die Rufnummer bleibt die ganze Zeit unten eingeblendet ... So. Nach der Pause mit Verbraucherhinweisen geht's los mit dem Bauerlorette-Fotoshooting mit Augusta Chapelle. RED WITCH! LÄSST DICH DEN BESEN REITEN! ..."

„Leiser, Stolwerk. Leiser."

„Mhm."

„Selbstmord", spuckte sie das Wort fast aus. „Die machen's sich bequem und putzen sich ab."

„Logisch, Veilchen. Täte wohl jeder, oder?"

„Ach!", schimpfte sie und dachte nach. Man konnte ja bekanntlich in niemanden hineinschauen. Aber wieso hätte sich Volderober vor laufenden Kameras umbringen wollen? Wozu diese Aufmerksamkeit auf sich lenken? Selbst oberflächlich analysiert, hätte das eine tiefe psychische Störung vorausgesetzt. Seit sie die Aufnahmen aus dem Flugzeug gesehen hatte, war sie überzeugt, dass er unter Drogeneinfluss stand. Eine vorsätzliche Selbsttötung kam ihr so abwegig vor, dass sie am Vorabend keine Sekunde daran gedacht hatte, nach einem Abschiedsbrief zu suchen.

Stolwerk legte nach: „Selbst wenn er stoned war, hätt er sich die Substanz auch selbst verabreichen können – damit's leichter geht, zum Beispiel."

„Blödsinn", quittierte sie seinen Einwand. Selbst wenn, blieben zwei tote Kandidaten binnen kürzester Zeit. *Zweimal ist einmal zu viel ...*

Stolwerk sagte nichts mehr.

„Was ist?", gab sie nach einer Weile hinüber.

„Du bist gereizt, Veilchen. Hast nix gefrühstückt? Wart, ich hab vielleicht was einstecken in meiner ... hm?" Plötzlich war er wieder still.

„Was hast du da?", fragte sie ihren Gefährten, der mit etwas kleinem Weißen vor sich herumfingerte. Sie sah es aus den Augenwinkeln, hatte aber keine Chance für einen Seitenblick.

„Ach – gar nichts!", brummte er und steckte es in die Tasche seines Jacketts zurück. „Schon komisch, das mit dem Fotoshooting, oder?"

„Willst du gerade ablenken, Stolwerk?"

„Nein, wieso?"

Da fiel es ihr wieder ein. „Oh!", rief sie und lachte.

„Was?"

„Na, deine geheime Verehrerin. *Principessa* Matscher."

„Priscilla", korrigierte er und bestätigte damit ihren Verdacht, dass es sich bei dem kleinen, weißen Ding von eben um die Visitenkarte der Lehrerin handelte. „Wie kommst da jetzt drauf? Hast leicht Chamäleonaugen, oder was?"

„Sie hat's dir reingesteckt, als sie sich gestern Mittag von dir verabschiedet hat. So wie sie sich an dich geschmiegt hat ... oh, là, là ... ob man das noch als Vor-spiel bezeichnen kann?" Wieder platzte ihr das Lachen heraus.

„Schluss! Was kann ich dafür, wenn die sich so an mich ranschmeißt? ... Jetzt hör! Endlich! Auf!"

Nach einer Weile beruhigte sie sich wieder, konn-te aber nicht anders, als nachzulegen: „Heiß wär sie ja schon, die Matscher."

Er sagte nichts.

„Ruf sie doch einfach an, die kannst du garantiert pflücken wie eine Blu..."

„Valerie, Schluss jetzt!"

Oh, oh!, dachte sie. Schon wieder hatte er sie Valerie genannt.

„Entschuldige bitte", sagte sie eine Minute später.

„Passt schon."

„Hör zu, Stolwerk, es tut mir echt leid, wenn ich ge-mein war. Ruf sie an, mach was aus."

„Schmarrn."

„Täte dir sicher gut", legte sie nach. „Im Ernst. Wie oft bekommt man schon so eine Einladung?" *Man* sollte in dem Fall *er* bedeuten. In den letzten Jahren war die Damenwelt bei Stolwerk nicht gerade Schlange gestan-den – klar, denn bis vor wenigen Monaten hatte er noch dutzende Kilos mehr auf den Rippen gehabt. Heute hielt man ihn für athletisch – und *man* bedeutete in dem Fall *sie*, die Damenwelt. Valerie würde sich wohl daran ge-wöhnen müssen, ihren besten Kumpel früher oder spä-ter teilen zu müssen. Die Vorstellung machte sie seufzen.

Da klingelte ihr Handy, das auf der Mittelkonsole lag. Ein kurzer Blick schräg abwärts verriet ihr, dass Sven Schmatz gerade anrief. Leider loggte sich das Gerät nicht automatisch in die Freisprecheinrichtung von Stolwerks Dienstwagen ein. „Geh du ran", forderte sie deshalb.

Ihr Beifahrer griff sich das Telefon, drückte darauf herum und hielt es ans rechte Ohr. „Svennie Sven Sven, was geht? ... Mhm? ... Ja, wir sehen es über den Stream, aber gerade läuft wieder Werbung ... Alter Schwede! Echt jetzt?"

„Was? Stolwerk, lass mich mithören, komm, mach laut! ... Schmatz, wie schaut's aus? Hallo, hörst du mich?"

Stolwerk brauchte zu lange, um den Lautsprecher ihres Smartphones zu aktivieren.

„Cool, oder?", ertönte die Stimme des aufgeweckten Assistenten plötzlich.

„Sag's noch mal, Schmatz, ich hör dich erst jetzt."

„Sechzigtausend Anrufe in den ersten fünf Minuten. Für den Haselerhof. Wahnsinn, oder? Die werden reich!"

Die Benefizaktion, erinnerte sich Valerie an die TV-Stimme. „Was bringt so ein Anruf?", fragte sie ins Blaue – und erntete Schweigen. „Was kostet es denn, einmal beim Sender anzurufen?"

„Fünfzig Cent", wusste Schmatz sofort.

„Und wie viel davon streicht der Netzbetreiber ein?"

„Keine Ahnung", kam's aus dem Gerät. „Aber das meiste wird dann schon beim Haseler landen."

Haseler. Wieder einmal ärgerte sie sich über diese bescheuerten Hofnamen. Wieso konnte man nicht seinen normalen Namen verwenden? Wozu dieses prähistorische, pseudoaristokratische Bauerngehabe? Und weshalb regte sie sich überhaupt so darüber auf?

„Seids ihr noch da?", schepperte Schmatz' Stimme aus ihrem Handy.

Sie antwortete: „Ja. Du hast uns aber nicht angerufen, um uns zu informieren, wie die Spendenaktion läuft, oder Schmatz? Also?"

„Ja ... äh ... du, Frau Mauser, die Oma will mit dir reden."

„Aha?", staunte sie. *Oma* hieß Pauline. Schmatz sagte Oma zu ihr, seit er mit Valeries Tochter verlobt war ... „Oh, Mist!", stieß Valerie aus, weil ihr siedend heiß bewusst wurde, dass sie vergessen hatte, ihre Mutter zurückzurufen. Im ganzen Trubel mit dem Fallschirmspringer, den damit verbundenen schrecklichen Bildern und den Befragungen war es schlichtweg untergegangen. Ausgerechnet jetzt, im Angesicht des neuen Hoffnungsschimmers, passierte ihr, dem schwarzen Schaf der Familie, das nächste Missgeschick!

„Du, Frau Mauser, ich glaub, die Oma ist ziemlich sauer, dass du sie versetzt hast", machte Schmatz ihre Befürchtung sogleich wahr.

„Das stimmt doch überhaupt nicht!", protestierte sie lautstark. „Ich hab sie nicht *versetzt*!"

„Keine Ahnung. Jedenfalls ist sie vorzeitig abgereist. Frau Mauser, vielleicht solltest du sie anrufen, damit sie sich wieder beruhigt."

Eine aberwitzige Anzahl von *Abers* rotierte vor ihrem geistigen Auge. *Aber* es war doch nur ein Versehen. *Aber* gerade haben wir uns noch umarmt. *Aber* es hat so ausgesehen, als ob wir eine neue Basis hätten. *Aber* ...

„Wird sie schon machen, Sven. Noch was?", sprang Stolwerk ihr zu Hilfe.

„Wie, noch was?"

„War's das? – Der Grund deines Anrufs?"

„Ach so. Äh ... seids ihr jetzt schon in Salzburg?"

„Nein, Sven. Valerie meint zwar, den Sebastian Vettel nachmachen zu müssen, aber fliegen können wir noch nicht."

„Ich verzeih euch das ja nie, dass ihr mich nicht mitgenommen habt. NIE!"

„Schmatz, solltest du dich nicht um die Recherche kümmern?", erinnerte Valerie ihn an seinen Auftrag. „Wir brauchen alles, was du über die drei noch lebenden Kandidaten herausfinden kannst", rief sie ihm in Erinnerung.

„Jaja, hab ich längst. Hätt ich auch bei euch auf dem Rücksitz gekonnt."

„Also? Sag's uns", forderte sie und musste grinsen. Ihr baldiger Schwiegersohn verzehrte sich förmlich danach, diese Jackie einmal live erleben zu können. Was, zugegeben, gemischte Gefühle in ihr auslöste.

„Okay", murmelte er. „Also. Die restlichen Kandidaten sind: Sebastian Ebert, der Wietsch aus Mayrhofen, dann Anton Flickenfand vom Puitahof in Matrei und Fritz Branntler aus Mieming, Hofname Knofl. Der letzte taucht als einziger im Strafregister auf."

„Und?", drängte Valerie, weil Schmatz es wie gewöhnlich spannend machte.

„Raufhandel, vor fünf Jahren. Zwei Monate bedingt. Seither nichts."

Valerie glaubte, sich an den Mieminger Kandidaten erinnern zu können. „Das ist doch der mit der Hornbrille – der Intellektuelle, oder?"

„Knofl der Bauernpoet", wusste Stolwerk.

„Genau", bestätigte Schmatz.

„Na servus", kommentierte Valerie. Fehlte nur noch, dass die beiden jetzt zusammen ein Knoflgedicht zitierten und ein Tränchen verdrückten. Fritz Branntler aus Mieming war also vor fünf Jahren in eine Schlägerei verwickelt gewesen, die in Jungbauernkreisen zwar nicht alltäglich, aber doch vorstellbar war. Kein Grund, zum Mörder zu werden. „Was noch, Schmatz? Was sagen die Grundbücher?"

„Nix."

„Was, nix?"

„Ja, nichts halt. Keine Eintragungen."

Valerie glaubte, sich verhört zu haben. Hofherren ohne Hof? Bauern ohne Ländereien? Wo gab es denn so was?

„Der Flötzenhans war der einzige Gstopfte."

„Gstopfte?"

„Genau. Wie die Martinsente!"

„Martinigansl", korrigierte Stolwerk und schmatzte versonnen.

„Das kann ich nicht glauben, Schmatz. Schau noch einmal nach. Und lass dir am Grundbuchsgericht helfen. Vielleicht gibt's einen Zahlendreher oder einen Buchstabierfehler. Hast du die richtigen Namen verwendet? Nicht die Hofnamen, oder?"

„Hältst du mich für dumm, Frau Mauser?"

Sie ließ die Frage offenstehen. „Los, Schmatz."

„Und IHR könnts gleich die Jackie treffen", maulte er und legte auf.

Vorne tauchte der Grenzübergang Walserberg auf, an dem zwar keine Kontrollen mehr stattfanden, es aber oft Kolonnenverkehr gab. Stolwerk machte sein Handy mit dem LiveTV-Stream wieder laut.

„Hier ist unsere Bauerlorette, diese starke, junge Frau, die trotz der großen Trauer und schrecklichen Bilder im Kopf ganz Profi ist. Im edlen, an die goldenen Zeiten der Fliegerei erinnernden Outfit unseres Ausstatters Frizzey-Fashion steht sie an einem herrlich restaurierten Bücker Jungmeister-Doppeldecker der Red Witch Army Flugstaffel bereit, von Augusta Chapelle abgelichtet zu werden. Wer weiß, ob wir heute eine ... ÜBERRASCHUNG erleben?"

„Drück drauf, Veilchen!", rief Stolwerk aufgeregt, kaum einen Moment, nachdem das Wort *Überraschung* gefallen war. „Schnell!"

Valerie drückte, aber nicht aufs Gas, sondern die Bremse, und zwar ordentlich – und brachte den Dienstwagen damit gerade noch vorm Stauende zum Stehen.

„Mist, verdammter!", schimpfte sie.

„Mist, verdammter!", echote Stolwerk, dessen Handy in den Fußraum gefallen war. Als er versuchte, sich vorzubeugen, hielt ihn die Gurtsperre fest. „Lass! Mich! Los!", schimpfte er und ruckelte am Gurt.

„Gaaaanz laaaangsam", riet Valerie und erntete einen giftigen Seitenblick.

Von unten tönte es: *„Welch gute Figur sie macht, die Jackie, die kann eben anziehen, was sie will. Vor Tagen noch im heißen Halloween-Catsuit, dann im Bauerndirndl, mit dem man die Theresienwiese sprengen könnte, und heute tauchen wir in die Dreißigerjahre ab, in die Zeit, in der der Bär steppte."*

„Mhm", kommentierte sie und erinnerte sich an den Bären, der in den Dreißigern tatsächlich gesteppt hatte – aber den, der ihr als Erstes einfiel, konnte der Sender unmöglich gemeint haben. Was schlechten Geschmack betraf, ließ die Bauerlorette eben nichts aus. Fehlte nur noch, dass man Jacqueline Zipplinger in etwas Bräunlichem vors Flugzeug stellte.

„Los, du Schnarchnase!", machte sich Valerie Luft, weil ihr Vordermann viel zu viel Abstand hielt und reagierte, als hätte er eine Packung Valium eingeworfen. Schließlich wurde es ihr zu bunt. „Wir sind schon FAST in Österreich, oder?", fragte sie rhetorisch, aktivierte das Blaulicht des zivilen Dienstwagens und stach in die Rettungsgasse.

16.

Sie hielten direkt vor dem futuristisch anmutenden, riesigen Bauwerk des Hangars-9¾ und sprangen aus dem Fahrzeug. Valerie machte nach zwei Metern wieder kehrt, um ihre Spiegelsonnenbrille zu holen – sich zum dreihundertsten Mal für das Auge rechtfertigen zu müssen, reizte sie überhaupt nicht. Dann lief sie zehn Meter, um Stolwerk wieder einzuholen.

„Hi, Ernesto!", rief sie zum Parkplatz hinüber und winkte dem spanischen Tourbus-Fahrer der Zipplingers, der sich gerade eine Zigarette anzündete. Dieser war kurz verwirrt, musste sie aber schon alleine aufgrund ihrer Haarpracht wiedererkennen.

„¡Hola!", antwortete er und hustete kräftig.

Der schwarze Koloss mit der *Street Rockers*-Aufschrift war nicht das einzige Fahrzeug auf dem Parkplatz. Auf dem Dach eines LiveTV-Lasters, den Valerie für den Regiewagen hielt, ragten zwei mächtige Satellitenschüsseln in den Himmel. Irgendwo brummte ein Dieselgenerator. Arbeiter hatten sich etwas abseits des Geschehens auf einer Wiese niedergelassen und sonnten sich. Zu Valeries Verwunderung entdeckte sie niemanden, auf den die Beschreibung *Schaulustiger* gepasst hätte. Aber das, so ahnte sie schon, würde nur eine Frage der Zeit sein.

Stolwerk hielt ihr die Tür auf. Valerie sprang ins Innere und wollte auf direktem Weg durch den Eingangsbereich in die eigentliche Ausstellungshalle – doch das Drehkreuz blockierte. Eine junge Frau sprach sie von der Seite an. „Sie können hier nicht einfach ..."

„Ich kann", sagte sie und zückte den Dienstausweis, während sie sich mit der linken Hand den schmerzenden Oberschenkel rieb. „Aufmachen."

„Aber da läuft gerade eine ..."

„Wissen wir. Genau deswegen sind wir ja hier. Los!"

Die Dame im Kostüm zögerte noch etwas, schien hin- und hergerissen, dann drückte sie einen Knopf, der die Anzeige neben dem Drehkreuz von Rot auf Grün wechseln ließ.

Valerie und Stolwerk betraten den gigantischen, rundum verglasten Kubus, der mit edlen Flugzeugen aus allen Epochen der Luftfahrt vollgestellt war. Dezentes Raumparfum strich ihr in die Nase. Im dunklen Fliesenboden spiegelten sich die Schwingen der Fluggeräte, zwischen denen schnittige Rennwägen und Kunstskulpturen herumstanden. Eindrücke, die förmlich um Aufmerksamkeit bettelten, doch Valerie interessierte sich nur für eines: die Bauerlorette. Aber keine Spur von ihr ...

„Dort, Veilchen", meinte ihr Partner und wies nach rechts, wo es gerade geblitzt hatte.

Valerie nickte und schritt leise, aber eilig auf das Geschehen zu, duckte sich dann, um unter dem Bauch eines Bombers hindurch nach vorne sehen zu können. „Da!", rief sie zu Stolwerk zurück und zeigte nach vorne. Zum ersten Mal sah sie Jackie Zipplinger in echt, und ihr Verdacht, was den steppenden Bären und den schlechten Geschmack der Sendungsverantwortlichen betraf, bestätigte sich: Die junge Frau trug ein ins Bräunliche gehende Ensemble, dazu ein Halstuch in leuchtendem Ocker, an Wüstensand erinnernd – dabei offenherzig genug, um den Zusehern die gewohnten *Landschaftsbilder* zu bieten.

Mit einem Mal verdunkelte sich der Himmel. „Stopp!", befahl ein Mann in dunklem Anzug, der sich wie aus dem Nichts vor Valerie aufgebaut hatte und nun mit dem Oberkörper immer näher an sie herankam. Glattrasierter Türstehertyp mit Sonnenbrille und Knopf im Ohr. Und hinter ihm schon der nächste, der aussah, als fände hier gerade ein James-Bond-Bösewicht-Casting statt.

Valerie rückte ihre eigene Brille zurecht und musste ihren Kopf ganz in den Nacken legen, um dem Kerl ins Gesicht sehen zu können.

„Don't move!", forderte die Starfotografin die junge Zipplinger zum Stillhalten auf. Gleich darauf blitzte es hinter dem Schrankmann.

„Move!", sagte der Türsteher zu Valerie. Sie schüttelte den Kopf und bog sich zur Seite, um an ihm vorbeisehen zu können, doch er machte ihre Bewegung spiegelgleich mit. „Move!", befahl er wieder und ließ seine Brustmuskeln zucken.

Sie hielt ihren Dienstausweis hoch und entgegnete: „Ich move ja, aber an Ihnen vorbei, und zwar plötzlich. Zack, zack!"

Er musterte sie, dann Stolwerk, der immerhin auf derselben Augenhöhe war, dann ihren Dienstausweis, wobei er den Eindruck machte, dass er erst letzte Woche zu lesen begonnen hatte. Dann trat er zur Seite, sprach aber gleichzeitig etwas in den Ärmel seines Sakkos: mit Sicherheit superwichtiges Türsteherzeug, das jetzt irgendein alter Mann mit weißer Katze auf dem Schoß zu hören bekam.

Endlich konnte Valerie einen unverstellten Blick auf diese Bauerlorette werfen. Jacqueline Zipplinger stand in ihrem sexy Wüstendress an der hellgrauen Maschine. Gerade tat sie so, als wolle sie sich die Piloten-Lederhaube über die perfekt im Stil der Zeit frisierten, pechschwarzen Haare stülpen. Ihre Ellenbogen hielt sie so dicht am Körper, dass ihre Brust gut zur Geltung kam. Dazu schürzte sie ihre knallroten

Lippen, angesichts deren Fülle Valerie sofort ins Zweifeln geriet, ob so etwas noch natürlichen Ursprungs sein konnte. Nichts an Zipplingers laszivem Gesichtsausdruck deutete darauf hin, dass *die Jackie*, wie sie allseits genannt wurde, gerade zwei Todesfälle aus nächster Nähe miterleben hatte müssen. Sie war ein Männertraum auf zwei Beinen, der die beste Zeit seines Lebens genoss.

Wieder und wieder blitzte es. Links und rechts waren Kameraleute des Senders postiert, denen jeweils ein Tonassistent zur Seite stand und sein Mikro über einen riesigen Galgen nach vorne hielt. Aber niemand außer Augusta Chapelle, die mit ihren schneeweißen Haaren und dem bodenlangen, grauen Wollkleid deutlich stilvoller auftrat als die Bauerlorette, sagte etwas. Es war geradezu gespenstig ruhig in der Halle.

„Send me some kisses, pleeeease", unterbrach die Starfotografin die Stille.

Bauerlorette Zipplinger folgte artig. „Mwah! Mwah!", gab sie theatralisch hinzu und zwinkerte mit ihren falschen Wimpern, dass einem schwindlig werden konnte.

„Beautiful!", meinte Chapelle. „More seductive now."

Zipplinger hob die Augenbrauen, schüttelte unsicher den Kopf und sah zur Seite, wo Valerie deren Mutter Else erkannte, die auf einem Regiestuhl saß – aber auch nur mit den Schultern zuckte.

„Tempting!", probierte Augusta Chapelle eine andere Vokabel, gefolgt von: „Beguiling!"

Mit dem letzten Wort schien die Bauerlorette etwas anfangen zu können und bemühte sich, möglichst *geil* aus der Wäsche zu schauen – der bösen Souffleuse wurde schon vom Zuschauen schlecht.

Stolwerk, der neben Valerie stand, schmatzte. Sie drehte ihren Kopf langsam zu ihm und stellte fest, dass er förmlich an Zipplingers Lippen hing, dass er im Anblick, der sich ihm bot, geradezu versank. Männer waren ja so ... so ...

Plötzlich wurde es hektisch. Etwas war umgefallen. Und dieses Etwas war die junge Zipplinger. Sie lag ausgestreckt auf dem Boden und rührte sich nicht mehr.

„Tschackie!", rief ihre Mutter, sprang aus dem Stuhl und eilte nach vorne, aber Valerie war schneller, sprintete drei Meter und ließ sich dann auf die Knie fallen. Wie ein Fußballer, der ein Tor bejubelte, rutschte sie zum leblosen Körper hin und prüfte unverzüglich, ob sich Verletzungen feststellen ließen, eine Schusswunde vielleicht – wobei kein Knall zu hören gewesen war. Und Schalldämpfer hin oder her: Wenn eine Kugel auf einen Körper traf, knallte alleine das schon, wie Valerie aus Erfahrung wusste. Aber da war nichts. Auch kein Blut. Und keine herabgefallenen, jetzt herumliegenden Gegenstände. Puls? Puls ... Valerie spürte ihren eigenen Herzschlag bis zum Hals. Wie sollte sie da einen fremden Herzrhythmus erfühlen? Sie würde sich niemals verzeihen, wenn sie den nächsten Tod nicht verhindert hätte, obwohl sie direkt vor Ort gewesen war. Sie hatte doch nur einen klitzekleinen Moment zu Stolwerk gesehen, amüsiert von seiner Reaktion ... Da! Sie fühlte etwas. Auch Zipplingers Brustkorb hob und senkte sich langsam. Puls okay. Atemwege frei. Aber sie blieb bewusstlos. Valerie fasste sich ein Bein der Bauerlorette und winkelte es an, zog und drehte die Ohnmächtige in die stabile Seitenlage.

„Was machen SIE denn da?", keifte Else Zipplinger von oben.

Valerie riss ihren Kopf hin und hatte gute Lust, dieser Spinatwachtel Bescheid zu sagen, aber zugleich starrte sie in eine Kameralinse, die direkt in Valeries

Gesicht zielte. „Machen Sie das aus, sofort!", verlangte sie, doch der Kameramann zeigte keine Reaktion, im Gegenteil, jetzt schwenkte er wieder zur Bauerlorette hinunter und drehte an einem Ring des Geräts, vermutlich, um näher heranzuzoomen. „Polizei! ... Sie! Sollen! Das! Ausmachen!", platzte ihr der Kragen. Was hier passierte, war ja noch zehnmal schlimmer als Schaulustige bei einem Autobahnunfall. Ziemlich sicher hatte man sie gerade live im ganzen deutschsprachigen Raum sehen können, aber das war ihr egal. Noch im Aufstehen griff sie ans Objektiv, als handelte es sich um den Beißkorb eines Dobermanns, und schob die Kamera samt Bediener kurzerhand nach hinten, immer weiter, bis der Mann einen Flugzeugrumpf im Rücken hatte. „Ausmachen! Und zwar alle!", wiederholte sie und sah beim Umdrehen, dass die zweite Kamera ihre Aktion mitgefilmt hatte und dann wieder auf die junge Zipplinger ging, deren Mutter jetzt an ihrer Seite kauerte. Starfotografin Chapelle war nicht mehr zu sehen.

Jetzt griff Stolwerk ein. Mit einer weit ausholenden Armbewegung umfasste er den Tragegriff der zweiten Fernsehkamera und zog sie nach oben von der Schulter des wesentlich kleineren Mannes weg, der lautstark protestierte, einen Moment später aber seinerseits ins Fernsehen kam, weil Stolwerk auf ihn zielte. Das wiederum schien dem Kerl überhaupt nicht zu schmecken, da er eine Hand vors Gesicht riss und mit einem „Ich verklage Sie!" das Weite suchte.

Valerie war inzwischen schon wieder zur Bewusstlosen gerannt und legte die Hand auf ihre Schulter. „Hat jemand einen Arzt gerufen?", versuchte sie herauszufinden und erntete Kopfschütteln.

„Ich mach das", meinte Stolwerk.

„Nein!", widersprach die Mutter. Dann sah sie sich um, als müsste sie sich zuerst über etwas vergewissern, und wisperte: „Das ist nur ein ... ein ..."

„WAS ZUR HÖLLE BILDEN SIE SICH EIGENT-LICH EIN?", erscholl es aus der Richtung, wo der Eingang lag. Jemand stampfte im Stil einer Dampflok zu ihnen. Als er hinter dem Heck eines Bombers hervorkam, offenbarte er sich als Regisseur Lichtenberg, wie immer im Trainingsanzug. Hektisch schob er seine langen Haare hinter die Ohren, dann blieb er stehen und stemmte seine Fäuste in die Hüften. „SIE SIND WOHL TOTAL ÜBERGESCHNAPPT!", schrie er mit Zornesröte im Gesicht.

Valerie war irritiert. Lichtenberg musste doch auf seinen Monitoren gesehen haben, was passiert war. Als Polizistin, nein, eigentlich auch als normale Staatsbürgerin MUSSTE sie eingreifen und erste Hilfe leisten!

Außer ...

„Du kannst jetzt aufstehen, Jackie", machte er ihre Befürchtung wahr. „Wir sind draußen."

Valerie wurde schwindlig. Sie fühlte, wie sich Zipplingers Körper unter ihrer Hand zu bewegen begann und ihren Arm wegwischte, als wäre *sie* hier die lästige Fliege. Alles verschwamm vor ihren Augen – die Flugzeuge, die Skulpturen, die Wahrheit ...

„Reife Leistung!", spottete Jacqueline Zipplinger, die wieder aufrecht stand, sich imaginären Staub vom Kostüm strich und an diesem herumzupfte.

Auch Valerie erhob sich, unsicher, ob ihre weichen Knie das Gewicht tragen würden. Sie vermied jeden Blickkontakt, sah schräg nach oben, fixierte eine Reihe Scheinwerfer. Dunkle Gedanken drängten an die Oberfläche. Ohne es zu wollen, hatte sie sich schon wieder zum Affen gemacht, und Stolwerk gleich mit. Sie war wirklich eine Katastrophe von Polizistin, in einem fremden Bundesland, hatte also außerhalb ihres Zuständigkeitsbereichs herumgeschnüffelt, bestens dokumentiert, für ihre Vorgesetzten und auch den Rest der Welt. Man würde ihr den Kopf abreißen, und das völlig zu Recht. Die Polizei. Die Öffentlichkeit. Die Mutter.

Die Mutter ...

Angesichts des vielen Unrechts, das wie eine Welle über sie hereinzubrechen schien, fuhr die Wut aus ihr heraus. „Sie sind wohl völlig BESCHEUERT!", ging sie ansatzlos in die Offensive über, wobei sie versuchte, ihr Zittern nicht zu zeigen wie auch halbwegs verständliche Sätze zu bilden, ohne zu hyperventilieren. „Sie! Und Sie mit Ihren verfluchten Kameras! Was bilden Sie sich eigentlich ein? Was geht denn hier ab? Zwei Menschen sind tot, und Sie inszenieren – was? Das Salzburger ... Ohnmachtsdrama? Da frage ich mich doch, was Sie sonst noch so alles inszeniert haben, der Einschaltquoten wegen?" Sie war so aufgewühlt, dass sie gleichzeitig etwas zerreißen und losheulen hätte können. Sie atmete viel schneller, als ihr Körper es benötigt hätte. Ihr Gesichtsfeld wurde eng. Das durfte doch alles nicht wahr sein!

„Ja!", sprang ihr Partner mit autoritärer Stimme ein. „Das fragt man sich tatsächlich. Ich würde sagen, es drängt sich geradezu der Eindruck auf, dass man hier über Leichen geht."

Offensichtlich hatte Stolwerk kapiert, dass Angriff nicht nur die beste, sondern ihre einzige Verteidigungsmöglichkeit war. Dem Regisseur hatte es zum Glück die Sprache verschlagen, den anderen auch. Jetzt musste Valerie nachlegen. „Das wirft ein neues Licht auf die Todesfälle, oder Stolwerk? Pech für Sie, dass Sie den Mund nicht voll genug bekommen können und gleich zwei Menschen binnen drei Tagen haben STERBEN LASSEN. Und jetzt hören Sie mir einmal genau zu. Und zwar SIE", sagte sie und zielte mit ihrem Zeigefinger auf Jacqueline Zipplinger.

Nicht atmen, zwang Valerie sich selbst – sie hatte schon viel zu viel Sauerstoff im Körper.

„Sie sind ja offenbar wichtiger als der Herr Innenminister, wenn man bloß mit Ihnen reden will. Aber ich kaufe Ihnen das nicht mehr ab, dass Sie Ihre Ruhe brauchen, dass Ihnen auch nur irgendetwas hier näher geht als die Einschaltquoten. Also. Wir zwei werden jetzt sofort und unter vier Augen ein kleines Interview führen", sagte sie mit dem letzten Rest Luft, den sie in sich hatte. Nur langsam ließ sie neuen Sauerstoff in ihren Körper strömen und konnte deutlich spüren, wie sie sich beruhigte. Dann sah sie zu Else Zipplinger, die zum Protest ansetzen wollte, und ergänzte mit eisiger Stimme: „Wenn Sie das Wort *Anwalt* noch ein einziges Mal in den Mund nehmen, dann schöpfe ich alle meine Möglichkeiten auf einmal aus. Und zwar auf der Stelle." Sie musste ja nicht dazusagen, dass sie gar keine mehr hatte.

Zum Glück ließ sich Mutter Zipplinger von der leeren Drohung einschüchtern. Der Regisseur auch.

Valerie drehte sich wieder zur Hauptdarstellerin der Show. „Mitkommen!", befahl sie ihr. Ein Blick zu Stolwerk reichte, um sich zu verständigen, dass er sich inzwischen um die anderen kümmern würde.

17.

Valerie hatte Jacqueline Zipplinger für die Befragung in die viermotorige *Super Constellation* gebeten, deren Tür offen stand. Sie wusste, dass ihr nicht viel Zeit blieb. Im besten Fall eine halbe Stunde. Vielleicht auch nur Minuten. Dann würde der Herr Rundfunkintendant seinen Spezl, ihren Vorgesetzten Geyer, angerufen haben und dieser seinerseits einen Interviewtermin haben wollen, aber mit Stolwerk und ihr, in Innsbruck und zwar auf der Stelle, und dort würde er ihnen jede weitere Aktivität im Bauerlorette-Fall verbieten, nächster Rüffel inklusive. Sie musste jetzt schnell etwas aus Jacqueline Zipplinger herausbringen, oder sie hatten verloren.

„Also?", fing sie an.

„Mir ist kalt."

„Das wär mir auch an Ihrer Stelle", meinte Valerie nicht nur auf das knappe Outfit der Bauerlorette bezogen. „Name und Geburtsdatum?", fragte sie und legte ihr Handy mit laufender Tonaufnahme auf den Sitz zwischen ihnen.

Jacqueline Zipplinger antwortete und rieb sich die Arme.

Valerie errechnete das Alter der Bauerlorette. *Achtzehn*, dachte sie nicht ohne Betroffenheit. Unweigerlich erinnerte sie sich an die Zeit, als sie selbst so alt gewesen war. Mit achtzehn wusste man noch nicht, wer oder was man war und wie man seinen Platz finden sollte. Oder verallgemeinerte sie hier? Galt das nur für Leute wie sie selbst, die mit achtzehn noch damit beschäftigt gewesen war, gegen Gott und die Welt zu rebellieren? Offensichtlich, denn der Gegenbeweis saß hier vor ihrer Nase – und schlotterte.

Warm war es in diesem Flugzeug tatsächlich nicht, was auch an der schneeweißen Lederpolsterung liegen mochte. Genau wie der Hangar-9 ¾ wirkte auch das Innere dieses Flugzeugs edel und repräsentativ, aber unterkühlt.

„Hier", sagte sie und reichte Zipplinger ihre Leder-jacke. Die Bauerlorette hatte in etwa Valeries Statur, wobei das Fräulein über deutlich mehr Brustumfang verfügte. Wie schon bei den Lippen drängte sich auch hier der Eindruck auf, dass nachgeholfen worden war.

„Danke", sagte sie und legte sich die Jacke um die Schultern.

„Also?", wiederholte Valerie und hoffte, keine kon-kreten Fragen stellen zu müssen. Achtzig Prozent ihres Verstands waren auf Dinge außerhalb dieser Maschine gerichtet, vor allem auf die Konsequenzen, die ihr wie-der einmal drohten.

„Also ... Sie werden vermutlich wissen wollen, was das hier gerade sollte", fing die junge Frau an. „Es stimmt, die Ohnmacht war vorgetäuscht."

Weiß ich. Valerie bedeutete ihr, weiterzuerzählen.

„Es war alles Franz-Xavers Idee", sagte Zipplinger schnell und klimperte unschuldig mit ihren falschen Wimpern.

„Franz-Xaver?"

„Lichtenberg. Der Regisseur."

„Und Sie haben mitgemacht."

„Ich musste", sagte sie, neigte den Kopf und machte auf Mutter Teresa.

Ihr ganzes Gehabe hatte etwas Einstudiertes, Thea-tralisches. Als spielte sie eine Rolle. Als säße hier nicht die wahre Jacqueline Zipplinger, sondern nur eine ih-rer Figuren. Was so künstlich wirkte, dass es ihr nie-mand abkaufen konnte.

„Sie sind Schauspielerin, oder?", fragte Valerie. „Eine hervorragende noch dazu", flunkerte sie mit Absicht.

Da hellte sich ihr Gesicht auf. „Echt? ... Haben Sie's erkannt? Ja?"

„Mhm."

Zipplingers Mundwinkel gingen nach oben, obwohl sie sich sichtlich mühte, ihren Stolz zu verbergen. Dann bekam sie ihren Ausdruck wieder unter Kontrolle. Sie sah zum Teppichboden der Maschine hinunter, wie Madonna als Evita auf ihr Volk herabsah. Da stand für Valerie fest: Jacqueline Zipplinger war die lausigste, durchschaubarste Mimin, die sie je gesehen hatte.

Sie dachte nach. *Schauspielerin* und nicht das arme Mädchen aus dem Wiener Arbeiterbezirk. Aber was änderte das schon?

„Ich musste mitmachen", sprach Evita.

„Bei allem Respekt, aber Sie müssen gar nichts, Frau Zipplinger. Wir leben in einem freien Land und Sie sind keine Sklavin."

„Ha!", entfuhr es dieser.

„Was heißt *Ha*? Sie sind eine volljährige Staatsbürgerin. Ihnen ist freigestellt, zu leben, wie Sie wollen. Aber wenn Sie sich entscheiden, bei diesem Zirkus weiterhin mitzumachen, wird alles, was dort passiert, auch zu Ihrer persönlichen Verantwortung. Schon die bloße Mitwisserschaft. Also?"

„Was meinen Sie?", fragte sie ganz im Stil der naiven Bauerlorette – eine Rolle, die deutlich besser zu ihr passte.

„Jetzt kommen Sie schon. Im Ernst, Frau Zipplinger. Zwei Menschen sind tot. Zwei junge Männer sind quasi direkt neben Ihnen verstorben. Live. Und Sie müssen die Betroffene MIMEN, statt wirklich betroffen zu sein. Da brauche ich doch nur eins und eins zusammenzuzählen und weiß, was Sache ist. Ihr Marktwert dürfte in den letzten Tagen auch nicht gerade gesunken sein."

„Wollen Sie mir etwa unterstellen, ich hätte etwas DAMIT zu tun?"

Valerie zuckte mit den Schultern. „Ich weiß nicht. Will ich? Oder mache ich Ihnen auch gerade etwas vor?", sagte sie dahin und spiegelte die naive Unschuldsmiene, die Zipplinger aufgesetzt hatte.

„Okay. Jetzt erzähle ich Ihnen etwas, Frau Mauser. Sie brauchen nicht zu glauben, ich sei eine psychopathische Schnalle oder eine Mörderin, oder was auch immer Sie mir gerade unterstellen wollen. Haben Sie eigentlich eine Ahnung davon, wie schwer es ist, in einer seriösen Produktion besetzt zu werden? Da wird zehnmal eher die verrunzelte, alte Staatsschauspielerin genommen und auf jung geschminkt, bevor ich auch nur die Chance auf ein Casting kriege. Und selbst das nur, wenn die Alte krank ist. Oder tot."

Valerie sah auf und musterte Zipplinger mit schmalen Augen.

„Verstehen Sie mich nicht falsch, Frau Mauser. Ich rede nicht von den toten Bauernkandidaten. Aber das Business ist gnadenlos. Wenn Ihnen eine Chance wie die Bauerlorette geboten wird, ist das wie ein Sechser im Lotto."

„Und wie praktisch für Sie, dass jetzt ganz Deutschland mitschaut", sagte Valerie und warf einen schnellen Seitenblick durch ein Fenster nach draußen, wo sich Stolwerk gestenreich mit Regisseur Lichtenberg und Else Zipplinger unterhielt. Er sah aus, als hätte er nicht nur sprichwörtlich alle Hände voll zu tun, ihr die beiden vom Leib zu halten. „Oder?", legte sie nach, weil Jacqueline Zipplinger still geblieben war.

„Ich lasse mir gar nichts von Ihnen unterstellen, Frau Mauser. Ich weiß nichts über die Todesfälle."

Valerie musste die Schauspielerin provozieren, wenn sie weiterkommen wollte. „Es lässt Sie kalt, dem Tod gleich zweimal binnen Tagen ins Auge gesehen zu haben? Erzählen Sie, wie das für Sie war. Wie auf der Bühne? Ein Bühnentod, und danach stehen alle auf und verneigen sich?"

„Sie verstehen das nicht."

„Nein, tu ich nicht, da haben Sie Recht. Also weihen Sie mich ein."

„Ich war NICHT DABEI, OKAY?", schrie sie plötzlich und überraschte Valerie völlig. „Es ist leicht, über den Dingen zu stehen, wenn man nicht anwesend war."

„Aber ... äh ... Sie haben doch mit ... ich meine ...", stammelte Valerie, „beim einen gelegen, und der andere ist direkt neben Ihnen eingeschlagen."

„Nein."

„Wie bitte?" Valerie musste gerade wie jemand wirken, dem man erklärte, dass die Erde nun doch eine Scheibe war.

„Ich habe nicht wirklich auf dem Hof gesessen, wo Urban landen sollte. Sie glauben doch nicht im Ernst, ich setze mich einem solchen Risiko aus und lasse mich von diesem ausgeflippten Affen über den Haufen springen? Das wäre schon rein produktionstechnisch nicht möglich gewesen. Wissen Sie, wie das Gesicht eines Menschen nach einem Fallschirmsprung aussieht? Und dann soll er sich gleich nach der Landung, vollgepumpt mit Adrenalin, mit der Ziehorgel zu mir an den Jausentisch setzen und in Großaufnahme einen auf romantisch machen?"

„Wie ... äh?"

„Ich seh schon, Sie haben keine Ahnung, wie das hier funktioniert. Wie auch. There's no business like showbusiness", zitierte sie und lachte auf. „Okay, ich sag's Ihnen, wenn Sie mir garantieren, dass nichts davon an die Öffentlichkeit kommt – und Sie das Ding da abstellen."

Valerie nickte und drückte die Stopptaste auf dem Display ihres Smartphones.

„Semi-live wäre die richtige Bezeichnung. Das meiste ist wirklich live, wie leider auch dieser Fallschirmsprung, den die Öffentlichkeit im Umkreis ja mitbekommt, wenn sie in den Himmel schaut. Wenn da etwas nicht zusammenstimmt, ist die Produktion geliefert, das verbreitet sich über die sozialen Medien schneller, als Sie schauen können. Aber sobald es in den abgeschirmten Bereich geht, wie zum Beispiel in den Hof mit dem Jausentisch, kann vorproduziert werden – was aus taktischen Gründen auch hier so gemacht wurde. Wie gesagt, Action und gleich darauf Romantik, da täten sich selbst die Profis schwer …"

„Mhm?"

„Ich weiß, das hört sich jetzt irre an, ist aber normal. Live ist live – soweit es geht. Also, schauen Sie. Urban fällt: live. Zwischenschnitt – ich schau nach oben: aufgezeichnet. Hof von oben: live – aus Sicherheitsgründen mit Puppe am Tisch. Hof aus der Totalen, ich schau nach oben: aufgezeichnet. Das war alles bis ins Letzte durchchoreografiert."

Der bösen Souffleuse auf Valeries Schulter stand der Mund offen.

Zipplinger erzählte weiter: „Sehen Sie, wir haben die Szenen am Feiertag abgedreht. Die Landung, übrigens per Kran, das romantische Essen – und so weiter. Den ganzen Abend eigentlich."

„Oh", sagte Valerie so erstaunt wie peinlich berührt. „Haben Sie dann noch mit Volderober …"

„Hab ich mit ihm … was?" Wieder lachte sie auf. „Geschlafen? Oje, Frau Mauser. Nein, hab ich nicht. Genauso wenig wie mit dem anderen Tölpel. Alles unter der Decke war vorgetäuscht. Obwohl die beiden natürlich schon gewollt hätten. Aber da gibt's eine ganz klare Trennlinie. Auch im Vertrag. Kein Sex. Küsse können sein. Außer, sie lassen sich vermeiden."

Valerie hatte Mühe, Zipplingers Andeutungen hinterherzukommen. Küsse vermeiden ... *Ftsch Kss Ctst* ... „Der French Kiss Contest war – FAKE?", fragte sie, erstaunt von der eigenen Erkenntnis.

Zipplinger grinste. „Ich sehe, Sie fangen an zu verstehen, Frau Mauser. Gut. Also, wieder off the record: Das ist korrekt. Man hat ein Kuss-Double in den Catsuit gesteckt. Ich wette, die Kandidaten haben es nicht mal selbst bemerkt, dass sie nicht mit mir geschmust haben."

„Die haben das nicht gewusst?"

„Nein. Wozu auch? Es sollte ja echt wirken. Keiner von ihnen hat je eine Schauspielschule absolviert. Also lässt man auch sie in dem Glauben, sie würden mich küssen."

Jetzt fröstelte es auch Valerie langsam. Nie hätte sie gedacht, dass man das Publikum derart an der Nase herumführen konnte – und es auch tat. Sie überlegte, wie Stolwerk wohl dreinsehen würde, wenn er Bescheid wüsste. Und Schmatz. Und jeder, der fleißig Mehrwertnummern wählte, damit die Bauerlorette mit ihren Kandidaten dieses oder jenes anstellte.

„Es gibt immer jemanden Billigeres", sprach Zipplinger gedankenverloren.

„Wie dieses Kuss-Double?"

Die Bauerlorette-Hauptdarstellerin nickte.

Valerie dachte an den ersten Tag zurück. „Aber das in der Früh auf dem Flötzlerhof, das Erwachen neben dem Toten – das war doch nicht gestellt."

„Die Szene mit dem Eiswasser nicht, nein. Aber ich habe nicht die ganze Nacht neben ihm geschlafen. Ich habe mich kurz vor dem Start der Live-Übertragung ins Bett geschlichen, leise, damit es auch eine Überraschung bleibt. Wie gesagt, es sollte ja alles echt aussehen, also musste es zumindest für Hans ein echtes Erwachen sein ... Es war schrecklich, ihn so leblos daliegen zu sehen, mit all dem Licht. Aber es war nur ganz kurz, dann waren wir raus und ich bin sofort in den Bus zurück", erklärte sie.

Valerie sah wieder hinaus. Wenn man darüber nachdachte, was den Zuschauern vorgemacht wurde, konnte man schon den Glauben an die Welt verlieren. Aber ein anderer Sinneseindruck störte sie noch mehr: Stolwerk hatte sich von den beiden anderen entfernt und telefonierte jetzt mit hochrotem Kopf. Valerie wettete, dass er Geyer dranhatte. Oder gar den alten Berger. Lange würden sie nicht mehr hier sein können.

Zipplinger fing wieder an: „Ich bitte Sie, nicht über mich zu urteilen, nur weil ich hier meinen Job mache, Frau Mauser. Ich bin genauso von den Ereignissen erschüttert wie Sie. Ich will ja auch wissen, was los ist. Schließlich geht es um meine eigene Sicherheit. Aber ich kann meine Karriere nicht riskieren. Außerdem ... was würden meine Follower denken? Ich darf nicht als die große Schwindlerin dastehen. Glauben Sie mir, wenn einer von den Senderbossen die Gelegenheit sieht, sich an mir abzuputzen, wird er es tun."

„Veilchen", rief Stolwerk nach oben, dann hörte Valerie ihn die Fahrgasttreppe heraufkommen. Klar, dass sie jetzt aus Salzburg abschwirren mussten.

Im selben Moment kam ihr die Idee. Besser gesagt: Sie schlug ein wie der Blitz.

DONNERSTAG, 4. November

18.

Im Hintergrund erklang die Titelmelodie der Bauerlorette.

„Achtung ... fertigmachen ... zwanzig Sekunden!",
sprach Regisseur Lichtenberg.

Die Mitarbeiter der Produktion waren an ihren
Plätzen und warteten nur noch auf das Startsignal. Die
Hektik, die bis eben noch allgegenwärtig war, wich konzentrierter Anspannung.

Valerie sah zu Stolwerk und nickte kurz.

„Zehn ... fünf ... drei, zwo ... MAZ ab ... und Kommentar, bitte."

*„Hallo, Welt! Hier ist die Bauerlorette. Heute senden
wir live aus Mieming. Unsere arme Jackie hat gestern
einen schlimmen Schwächeanfall erlitten, beim Star-
Shooting im Hangar-9 3/4, live mit Augusta Chapelle –
aber wie verständlich! Das Schicksal hat unsere süße
Jackie in diesen letzten Tagen schwer gebeutelt, gleich
zwei ihrer lieben Kandidaten hat ein tragisches Schicksal
ereilt, aber die tapfere Bauerlorette wollte es sich nicht
nehmen lassen, Ihnen, liebes Fernsehpublikum, weiterhin die Show zu bieten, die Sie sich verdient haben. Doch
dann, im Rampenlicht an der historischen Flugmaschine,
wollte ihr Körper nicht mehr mitmachen. Deshalb wurde das Treffen mit dem nächsten Kandidaten, unserem
Bauernpoeten Knofl aus Mieming, von gestern Abend auf
heute verschoben. Jackie konnte sich den restlichen Tag
lang erholen, sponsored by ... äh ... the Fünfsterne-Well-
ness-Resort Rosenauer on the Fuschlsee, yes. Ein gründlicher medizinischer Check hat ergeben, dass es sich beim
gestrigen Zwischenfall nur um einen kleinen Kreislauf-*

kollaps gehandelt hat, schlimm genug, aber ohne bleiben-
de Konsequenzen für die Gesundheit dieser bewunderns-
werten jungen Frau. Ihre zahlreichen Postings, Likes und
Kommentare auf unserer Facebook-Senderseite, Hashtag
#bauerlorette, haben sie wieder aufgerichtet und fit ge-
macht ... So, nun aber zurück ins Hier und Jetzt, an den
Knoflhof im Ortsteil Barwies der Gemeinde Mieming."

„Einblenden fünf", sagte der Regisseur.

Valerie, die mit Stolwerk hinter den Monitoren des Ü-Wagens stand, hatte Mühe, mit dem Tempo des Produktionsteams Schritt zu halten. Franz-Xaver Lichtenberg bellte kurze Kommandos, rief Zahlen und kryptische Formeln durch den Raum, welche die Leute an den Pulten dazu veranlassten, mal diesen, mal jenen Knopf oder Regler zu betätigen. Ein Chaos, das man sicherlich irgendwie durchblicken konnte, aber als Neuling verstand sie bloß Bahnhof.

„Da, Veilchen, siehst?", flüsterte ihr Stolwerk ins Ohr und zeigte auf einen der Bildschirme.

„Was?", zischte sie zurück. Sie sah alles und nichts zugleich. Bilder, Szenerien, Leute – ein einziger Ameisenhaufen.

„Pschschsch!", machte der Regisseur. „Kommentar, bitte weiter."

„Hier am Fuße der prachtvollen Mieminger Ket-
te gibt es nicht nur wunderbares Tiroler Grauvieh zu
bestaunen, sondern auch liebliche Lyrik, verfasst vom
wortgewandten Poeten unserer Runde, Ortsbauer Fritz
Branntler, Knofl genannt. Man hat ihm zu Beginn we-
nig Chancen eingeräumt: diesem schüchternen, jungen
Mann, der weder die Athletik noch das sonnige Gemüt
manch anderes Kandidaten mitbringt. Aber sind es nicht
die Außenseiter, für die unser Herz in Wahrheit schlägt?
Die Underdogs, denen nichts geschenkt wird, die sich al-

les erkämpfen müssen? Eines ist sicher: Kämpfen wird der Knofl, und zwar mit spitzer Feder. Schließlich geht es auch für ihn um EINE MILLION EURO! Wir werden sehen, wie unser Künstler bei der Jackie ebenso gut ankommt wie sie bei ihm. Erleben wir heute die ganz große Überraschung? Bleiben Sie dran, denn nach der Werbepause geht's ab in den Wald, an ein ganz romantisches Platzerl am rauschenden Bach, dorthin, wo der Bauernpoet all seine kunstvollen Gedichte schreibt. Bis gleich!"

„Und ... wir sind raus", sprach Lichtenberg.

Valerie fühlte sich so überflüssig wie überfordert. Werbepause, schon klar, darüber hinaus fragte sie sich aber ernsthaft, was sie hier tat.

Wobei sie es ja wusste – und noch froh darüber sein konnte. Geyer hatte ihrer neuen Aufgabe den Titel *Undercover-Öffentlichkeitsarbeit* verpasst. Dass Stolwerk und sie es tatsächlich geschafft hatten, der Bauerlorette-Produktionsfirma zur Seite gestellt zu werden, kam einem Wunder gleich und war jedenfalls besser als die dienstlichen Konsequenzen, die sich Valerie schon ausgemalt hatte. Zwar hatte Geyer ihnen tags zuvor mit seinen Worten „Machts doch, was ihr wollts!" quasi die Generalabsolution erteilt – aber was hätte es ihnen genützt, nach der unnötigen Aktion in Salzburg noch spitzfindig zu werden.

Die Idee hatte sie wie der Blitz getroffen. Sie hatte nur noch die Bauerlorette auf ihre Seite ziehen müssen – wobei dieser ja praktisch nichts anderes übrig geblieben war, ohne sich selbst verdächtig zu machen. „Bei allem, was bisher schon passiert ist, möchte ich nicht in Ihrer Haut stecken. Wissen Sie noch, wem Sie trauen können?", hatte sie der jungen Schauspielerin in Salzburg ins Gewissen geredet, und dann den Vorschlag gemacht: „Verlangen Sie vom Sender, dass Kollege Stolwerk und ich auf Sie aufpassen, Frau Zipplinger."

Der Gedanke hatte sie selbst erschreckt. Schließlich hätte sie bis vor kurzem noch keine Macht der Welt dazu gebracht, dieser schmierigen, sexistischen, erzkapitalistischen, die Intelligenz beleidigenden Fremdschäm-Veranstaltung auch nur den kleinen Finger zu reichen. Aber jetzt hatte sich eine andere, noch viel dunklere Seite der Show offenbart. Eine, die sie faszinierte. Die Sendung war nicht einfach nur schlecht. Sie war abgrundtief böse. Ein Sammelbecken von Träumen, von Gier, von Missgunst und Lügen. Wenn sie herausfinden wollte, was hier los war, musste sie der Bauerlorette so nahe sein wie möglich.

„Ich bin nicht in der Position, dem Sender Forderungen zu stellen, Frau Mauser."

„Sie sind auch nicht in der Position, sich dumm zu stellen, Frau Zipplinger", hatte Valerie trocken entgegnet.

Schließlich hatte diese Jackie selbst eingesehen, dass ohne sie hier gar nichts lief.

Valerie und Stolwerk waren schließlich wieder zurück nach Innsbruck gefahren. Dort musste Geyer bereits den Anruf seines Spezls, des Rundfunkintendanten Schmollinger, erhalten haben, denn von böser Miene war nichts zu sehen gewesen. Im Gegenteil.

„Ich weiß, das hört sich jetzt komisch an, aber wenn die Dinge so drunter und drüber gehen, können immer Missverständnisse passieren", hatte er angefangen und ein herzhaftes Gähnen später fortgesetzt: „Jedenfalls habe ich mir gedacht, es könnte angesichts der vielen Vorkommnisse nicht schaden, ein Auge auf LiveTV zu werfen, und nachdem ihr zwei ja eh schon ermittelts ..."

„... könnten wir uns das Ganze auch gleich in der Nahaufnahme ansehen", hatte Valerie vervollständigt und sich *du falsche Schlange* hinzugedacht. Hatte er also kurzerhand ihre Idee zu seiner Idee gemacht. Umso besser.

Geyer hatte erleichtert genickt. „Ja. Offiziellerweise, sozusagen. Unter dem Titel der Öffentlichkeitsarbeit. Die Landespolizeidirektion steigt uns eh schon drauf, weil wir zu wenig proaktiv auf die Bevölkerung zugehen. Na, die würden sich bedanken, oder? *Ich bin's, die Kriminalpolizei, dein Freund und Helfer.* Na ja, wie auch immer. Machen wir eben mit, oder?"

„Neunzig Sekunden", sagte Regisseur Lichtenberg.

„Was wolltest du mir zeigen, Stolwerk? Irgendwas Verdächtiges?"

„Das schwarze Loch, Veilchen."

„Hm?"

„Der Ort des Übergangs. Das magische Tor. Den ... Ereignishorizont, Veilchen", sprach er ehrfürchtig und zeigte auf einen Monitor, der die Einfahrt in einen dunklen Wald zeigte, keine zweihundert Meter vom Ü-Wagen entfernt.

„Ach so, ja." Valerie zog die Mundwinkel hoch. Als eingefleischter Science-Fiction-Fan schien Stolwerk seine helle Freude mit der zeitversetzten Produktionsweise der Bauerlorette zu haben. Es hatte sich nicht vermeiden lassen – hatte ihr ehrlich gesagt sogar Vergnügen bereitet –, ihm die Illusion zu nehmen, die Bauerlorette sei tatsächlich zu hundert Prozent live. Seit er Bescheid wusste, schwadronierte er über die Fülle an Möglichkeiten, die die Semi-live-Arbeitsweise bot, und hörte nicht mehr damit auf.

„Stell dir vor, Veilchen, man könnte die Jackie auch als virtuelle Zwillinge ..."

„Valerie Mauser auf Position", kam die Erlösung über den Knopf in Valeries linkem Ohr.

„Ich muss dann", sagte sie schnell und verließ den Wagen. „Check eins zwei, Stolwerk, hörst du mich?"

„Lllllloud and clear", hörte sie ihn am zweiten Funkempfänger, dessen Hörstöpsel sich in ihrem rechten Ohr befand. Stolwerk imitierte die Stimme des berühmten Boxkampf-Ansagers. „Let's get ready to rumble!", sang er wie befürchtet in ihr Ohr hinein, so laut, dass sie an die Hüfte fassen und den Funkempfänger leiser drehen musste.

„Stolwerk, du Spinner!", zischte sie und erntete amüsiertes Glucksen.

Da hörte sie übers linke Ohr: „Wir kommen zurück, Konzentration ... zehn ... fünf ... drei, zwo ... MAZ ab ... und bitte kommentieren!"

Valerie nahm die Beine unter die Arme.

„Hier sind wir wieder, zurück auf dem Knoflhof in Mieming. Verehrte Zuseherinnen und Zuseher, Ihr Anruf zählt, und ab sofort gleich doppelt: Sie unterstützen damit ein brandneues Projekt auf LiveTV: Bauern in Not. Mit Ihrem Beitrag helfen wir in Not geratenen Landwirten."

Valerie glaubte, sich verhört zu haben. *Bauern in Not?* War sie soeben durch ein Wurmloch in ein Paralleluniversum gefallen? Hatte sich eines von Stolwerks abenteuerlichen Gedankenmodellen gerade selbst verwirklicht? Sie überlegte, ihrem Partner einen tiefsinnigen Kommentar zu notleidenden Bauern zu funken, ließ es dann aber bleiben und eilte weiter. Noch zweihundert Meter bis zur Position. Hinten hörte sie den alten Traktor schon kommen.

„Rufen Sie an, wann Sie wollen, und tun Sie Gutes, so oft Sie wollen. Mit etwas Glück gewinnen Sie einen

fabrikneuen Fiat 500, sponsored by Landmaschinen Haller. Also rufen Sie schnell an! Für Bauern in Not ... und für unsere Jackie. Hier ist sie!"

„Kamera eins los", kam's links.

Auch im rechten Ohr hörte Valerie etwas: „Veilchen, Tempo! Gleich schwenkt er auf deinen Knacka..."

Im Stil eines Vietnam-Soldaten schlug sie sich ins Unterholz, direkt links neben der Einfahrt und trotzdem vor den Linsen der Kameras geschützt. Die Jackson-Brille verfing sich in irgendeinem Ast und blieb dort hängen. „Aua ... geschafft!", funkte sie Stolwerk und rieb sich das Gesicht.

„Ein Traum, unser Pärchen auf dem alten Steyr-Traktor des Knoflhofs. Wird Fritz Branntler vulgo Knofl der Bauernpoet, dieser hochgewachsene Kerl und intellektuellste unserer Kandidaten, Jackie mit seiner Lyrik vergessen machen, was in den letzten Tagen geschah?"

„Da blinkt was", legte sich die Stimme des Regisseurs über das allgemeine Tonsignal, das automatisch leiser wurde, sobald er sprach. Stolwerk hatte ihr irgendetwas von *ducken* erklärt, sie hatte es aber sofort wieder vergessen, weil: unnützes Wissen. Franz-Xaver Lichtenberg legte nach: „Links neben der Einfahrt. Da ist doch etwas. Irgendwas reflektiert das Sonnenlicht. Das STÖRT! Was ist das? Dort haben wir doch keine Kamera, oder? Ich seh kein Signal."

Valerie spähte umher. Was mochte es sein? Wenn es keine Kamera war, dann – vielleicht die Linse eines Zielfernrohrs?

„Veilchen, ist da ein Scharfschütze?", funkte Stolwerk aufgeregt.

Sie suchte die Gegend ab. Aber links neben der Einfahrt, das musste doch ganz in ihrer Nähe sein, da war doch quasi nur sie selbst ...

„Himmel Herrschaft, ja hängt da ein Spiegel im Wald herum, oder was ist da los?"

Spiegel … die Brille!, fiel es ihr wie Schuppen von den Augen. Sie schoss hoch, riss sie vom Ast herunter und duckte sich wieder hinter den Baumstamm, den man dort extra für sie hingelegt hatte.

„Das war meine Sonnenbrille. Tut mir leid", funkte sie Stolwerk weiter, der es wieder mächtig komisch fand.

„Scho-hon-gu-huut-Veil-chen! Grmpf …" Noch eine solche Aktion, und er würde loswiehern wie ein Pferd, das der Hafer sticht – und das wär's dann mit ihm gewesen.

Regisseur Lichtenberg in ihrem linken Ohr fand es wie erwartet nicht so lustig. „Toll! Wunderbar! Rennt gleich noch jemand nackt durchs Bild? Wer will kurz flitzen?"

„Ich war nicht nackt", sagte sie, ohne es zu funken. Dann zog sie das Fernglas unter dem Baumstamm hervor, stellte scharf und sah den Traktor langsam heranrollen. Das ganze Feld war frei. Sie hatten es zuvor sorgfältig abgesucht, wie auch den Weg und das Waldstück hier, das zum Hof gehörte und extra für diese Szene präpariert worden war.

„Herrrrlich, die Landschaft hinter dem Knoflhof, dieses Panorama, man sieht die Mieminger Kette, die Hohe Munde, bis hinunter ins Tiroler Unterland reicht der Blick, zum Patscherkofel, einfach wunderbar. Wer würde nicht hier an diesem Plätzchen leben wollen. Ich glaube, unsere Jackie denkt genau dasselbe … Und hier sind sie wieder, unsere beiden. Wie liebevoll die Bauerlorette Knofls Oberarm umgreift, wie er ihr Halt gibt, dass sie nicht vom glatten Passagiersitz rutscht. Unser Knofl kann sich überglücklich schätzen, diese Klassefrau heute ganz für sich alleine zu haben. Aber wird er sie, die

in den letzten Tagen so sehr gelitten hat, mit seinen wei-
sen Zeilen trösten und für sich gewinnen können?"

Weise Zeilen ... wie kam man nur auf einen solchen Mist? Valerie machte einen Kontrollgriff ans Holster, während sie mit der linken Hand weiterhin das Fernglas hielt. Dann wechselte sie und drückte die Funktaste. „Bist du noch da?", wollte sie von Stolwerk wissen.

Keine Antwort.

„Stolwerk? Hallo?"

Lag er auf dem Boden und wand sich vor Lachen, immer noch wegen der Sonnenbrille? Wäre es im privaten Umfeld geschehen, hätte sie es ihm schon zugetraut, beruflich riss er sich aber normalerweise zusammen.

„Stolwerk?", funkte sie erneut und drehte ganz auf. Gab es eine Unterbrechung? Befand sie sich außer Reichweite des Funkempfängers? Das konnte doch nicht sein.

Rechts blieb es still. Links hörte sie zunächst weiterhin den üblichen schmalzigen Kommentar, plötzlich aber Lichtenberg, laut und schnell: „Weg mit der eins! Auf die ... äh ... drei! ... Stopp! Korrigiere: Onboard eins!"

Der Regisseur war aus dem Häuschen. Etwas ging schief! Valerie spähte durchs Fernglas und suchte den Ü-Wagen. Da rauschte etwas durchs Bild, ganz kurz nur. Es gelang ihr nicht, es wieder einzufangen. Plötzlich nur noch Staub. Sie senkte die Sehhilfe und erschrak, wie hektisch es hinter dem weiterhin in aller Gemütsruhe herantuckernden Traktor bereits zuging: Ein Auto war aufs Feld gerollt und fuhr westwärts, bockte, als es durch ein Erdloch fuhr, und die Insassen – es waren mindestens drei, die sie hinter den halbgetönten Scheiben des Fahrzeugs auszumachen glaubte – wurden ordentlich durchgeschüttelt. Der silberfarbene Golf fuhr deutlich zu schnell für den Untergrund, auf dem er sich befand. Stolwerk rannte ihnen hinterher, und obwohl er ein beachtliches Tempo an den Tag legte, hatte er natürlich keine Chance, ein Auto einzuholen. Warum zum Geier benutzte er nicht den Wagen?

„Verflixt!", fluchte der Regisseur. „Onboard zwei! Mist. Himmel noch eins. Nein, nicht EINS, verflucht! ZWEI, du Hornochse!"

Der Wagen schlug einen Haken, Stolwerk auch, er versuchte, den Weg abzukürzen, doch ein Bein rutschte ihm weg, und plötzlich lag er da, wand sich und rappelte sich wieder auf, lief. Doch erneut verpasste er den Golf. Als Valerie sah, dass der Wagen jetzt direkt auf den Waldrand und damit sowohl auf sie als auch den nahenden Steyr-Traktor zuholperte, zog sie ihre Glock aus dem Holster, erhob sich und legte an. Aber was sollte sie machen? Schießen? Live im Fernsehen? „Stolwerk, du Esel!", schimpfte sie den Mann, der immer noch wie vom wilden Affen gebissen hinter dem VW her galoppierte.

„Ach, wie romantisch es werden wird, gleich am Bächlein in der Heide", schmalzte es ins linke Ohr, Lichtenberg brüllte seine Regieanweisungen darüber: „Zurück auf eins jetzt! EINS! Was, das ist eins? Ich geb dir gleich ... was schlägt mich das Schicksal mit Praktikanten wie euch? Aufstehen, raus aus dem Sessel! ALLES MUSS MAN SELBER MACHEN!"

Nun bekamen auch die Bauerlorette und ihr Poet den Trubel mit, beide starrten zum Auto hin, Aufregung stand in den Gesichtern, aber Jackie fing sich schnell wieder, fasste den Kandidaten am Kinn und lächelte ihn an, als sei überhaupt nichts passiert. Was blieb ihr auch übrig.

Der Golf war nur noch dreißig Meter entfernt. Zwanzig.

Jetzt war's auch schon egal, ob Valerie wieder ins Fernsehen kam oder nicht. Der Schutz der beiden auf dem Traktor hatte oberste Priorität. Mit angelegter Waffe rannte Valerie aus dem Wald. „Halt! Stehenbleiben!" schrie sie und nahm den Fahrer ins Visier.

Doch der hielt nicht an, sondern blieb auf dem Gas und riss das Lenkrad herum. Er schrammte einen halben Meter an ihr vorbei, dann erst bremste er – und kam direkt vorm Traktor zu stehen, der so abrupt anhielt, dass die Bauerlorette beinahe von ihrem Behelfssitz über dem linken Traktorreifen gefallen wäre.

Valerie sprintete, um sich, falls nötig, zwischen Angreifer und Schutzpersonen zu werfen. „Deckung!", schrie sie Zipplinger und dem Hofherrn zu. „Hinter den Traktor, jetzt!"

Die Türen des Golfs schwangen auf und vier junge Männer sprangen heraus.

„POLIZEI! BLEIBEN SIE IM FAHR..."

Da waren sie schon draußen.

Dann knallte es. Zweimal. Hinter ihr – Stolwerk hatte einen Warnschuss abgegeben –, aber auch vorne. Einer der Männer hielt eine Art Rohr in die Luft, dieses hatte geknallt, und tausende, nein, Millionen von ... Und noch ein Knall, dann noch zwei. „Juhuu!", schrie jemand. Der Traktor, der Kandidat, die Bauerlorette – alles verschwand in einer riesigen Konfettiwolke. „Jööö", johlte ein anderer Mann. „Jackie, yeah!" „Hey Knofltrottel, haha!" „Iiiieeeha!"

Es war kein Attentat, sondern eine halbwüchsige, ziemlich lebensmüde Störaktion. Valerie steckte ihre Waffe eilig wieder ins Holster zurück und zog die Handschellen. „Du die rechten zwei!", gab sie Stolwerk rüber.

„Okay, Veil-chen!", keuchte er.

„Bauerlorette-Entführung!", meinte einer der jungen Männer noch, bevor er sich Gesicht voraus im Acker wiederfand, Stolwerks Faust im Nacken.

„Hey!", protestierte der zweite, für den Valerie zuständig war, hatte aber genauso wenig Chancen, sich gegen ihre routinierten Handgriffe zu wehren.

Keine halbe Minute später bildeten die vier Witzbolde einen Sitzkreis, Rücken an Rücken gelehnt, jeweils zwei und zwei per Handschellen aneinander gekettet. Der vom Quartett aufsteigende Alkoholdunst war Hinweis genug, dass sie sich ordentlich Mut für ihre Aktion angetrunken hatten.

„Ich ... werde ... wahnsinnig", sprach Lichtenberg langgezogen in Valeries linkes Ohr hinein. In seiner Stimme lag etwas Irres – eine Prise Burnout, zwei Prisen Amoklauf – ein Vulkan, der unmittelbar vor seinem Ausbruch stand. Er sprach weiter: „Vielleicht, ja ... tjaja, hm ... Vielleicht könnten wir dann den Traktor doch langsam weiterfahren lassen?" Es klang, als ob er es durch zusammengebissene Zähne presste.

Valerie bedeutete Fritz Branntler und Jacqueline Zipplinger, weiterzufahren, und zeigte zur Einfahrt in den Wald hinüber. Die beiden waren über und über mit Konfetti besudelt. Sie nickten, stiegen wieder auf und knatterten im Bogen um die Verhafteten herum.

„MAZ ab!", überschlug sich die Stimme des Regisseurs, nachdem der Steyr-Traktor im Schwarzen Loch verschwunden war.

19.

Vier reumütige Affenhausener – die Nachbarsgemeinde, aus der die Störenfriede stammten, hieß tatsächlich so – wurden eine halbe Stunde später an die örtliche Polizei übergeben, samt Ersuchen um Identitätsfeststellung und Anhaltung zur Ausnüchterung *zwecks Charakterbildung.* Dass es sich um eine Jux-Aktion handeln sollte, eine *bsoffene Gschicht,* wie einer von ihnen es ausgedrückt hatte, stand ja bereits fest, als ihre Konfetti-Kanonen losgegangen waren. Strafrechtlich würde ihnen wohl kaum etwas blühen. Schließlich hatten sie, sah man einmal vom PR-Desaster für den Sender ab, nichts Verbotenes gemacht. Völlig ohne Konsequenzen wollte Valerie sie dann aber doch nicht ziehen lassen.

Die jungen Burschen hatten mehr Glück als Verstand gehabt, dass die Sicherheitsmaßnahmen auf dem Feld, zugegeben, Verbesserungspotential besaßen. In Zeiten wie diesen, wo man immer damit rechnen musste, von wildgewordenen Attentätern per Auto, Flugzeug oder anderen Alltagsvehikeln attackiert zu werden, hätte die Sache auch ganz anders ausgehen können.

„I tu's niiiie wiiiieda!", heulte einer der vier Affenhausener noch, bevor die Seitentür des VW-Polizeibusses zugeschoben wurde.

Stolwerk und Valerie sahen dem Auto nach.

„Ereignishorizont", sprach sie bedeutungsschwer.

Er blieb still, verstand aber bestimmt, was sie meinte. Die Bauerlorette war aufgeflogen. Besser gesagt, das tolle Semi-live-Konzept. Aufgeflogen, wie nur etwas auffliegen konnte. So begriffsstutzig konnte kein Publikum der Welt sein, dass es dem Sender abkaufte, dass der Traktor, der in den Wald hineinfuhr, derselbe sein sollte, der nur einen Moment später auf der anderen Seite wieder herauskam.

Alles Lug und Trug. Sogar diese Einfahrt in den Wald. Sie wurde eilig ausgeholzt, gerade so weit, dass der Traktor Platz hatte und noch abbremsen konnte, nachdem auf die vorproduzierten Bilder umgeschnitten worden war. Die Fahrt vom Hof in den Wald hinein wäre alles gewesen, das man live zustande bringen hätte müssen – der Rest des Tages kam vom Band, mit dutzenden Werbeunterbrechungen, Rückblenden und Promi-Kommentaren gestreckt.

Stolwerk und sie waren gestern Abend mit dabei gewesen, in einer Halle des Landesstudios, wo es weder Wald noch Bächlein noch sonst etwas gab, das an Mieming erinnert hätte: nur den Traktor vom Knoflhof, den man extra per Tieflader nach Innsbruck gekarrt hatte, und grüne Wände, wohin man sah. *Greenscreen*, hatte Stolwerk gewusst. „Das wird alles hinterher in der *Post Production* eingeblendet. Bach, Lichtung, Himmel, alles", hatte er ihr erklärt.

„Schon klar, aber so was kann doch nicht funktionieren, Stolwerk."

„Was meinst?"

„Die Trickserei erkennt man doch zehn Meter gegen den Wind."

„Wetten?", hatte er nur gesagt, seine Fingernägel betrachtet und selbstsicher gelächelt.

Jacqueline Zipplinger und Fritz Branntler gaben sich wirklich Mühe. Der Bauernpoet feuerte einen Reim nach dem anderen ab und die Bauerlorette brachte ihr ganzes Schauspieltalent auf, um seine lyrischen Ergüsse zu würdigen. Wiederum erhärtete sich Valeries Eindruck, einer selten untalentierten Schauspielerin bei der Arbeit zuzusehen. Mit dem festgefrorenen Lächeln einer Eiskunstläuferin hörte sie zu und versuchte vergeblich, das Zeug gut zu finden. Mehrmals musste Valerie sich das Lachen verhalten, während ausgerechnet Stolwerk von Knofls Zeilen angetan schien. Am

Ende sollte das Pärchen noch eine Nachtszene drehen. „Stellt euch tausend Sterne vor", forderte der Regisseur, und Valerie fand, dass sich der Spruch ausgezeichnet als Schlagertitel machen würde. Dann wurden Knofl und seine weibliche Begleitung aufgefordert, sich unter die Decke zu turteln, was Valerie befürchten ließ, gleich beim Schattenrammeln zusehen zu müssen – aber plötzlich hatte Jacqueline Zipplinger laut „Aus!" gerufen und das Set verlassen, während Knofl der Bauernpoet nicht wusste, wie ihm geschah.

Seit gestern wusste Valerie, dass Fremdschämen keine Grenzen kannte. Genauso wie die Möglichkeiten, die diese *Greenscreen*-Technik bot. Mit ein paar Mausklicks, den richtigen Kamera-Umschnitten und allerlei Naturgeräuschen aus der Dose saßen Jackie und der Poet plötzlich am idyllischsten Tiroler Bächlein, das Valerie je gesehen hatte. Vermutlich hätte ein weiterer Mausklick gereicht, um Zipplinger samt Bauern auf den Todesstern oder an den Rand der Hölle zu verfrachten, zwei wesentlich stimmigere Szenerien, wie Valerie fand.

Wenn sie nun aber das Chaos auf dem Feld vorm Knoflhof mit den Bildern verglich, die direkt daran anschließen sollten, ergab sich eine herrliche, geradezu irrwitzige Bildkomposition: Ein verschrecktes, über und über mit Konfetti besudeltes Pärchen fuhr in den dunklen Wald hinein und kam Sekunden später wie aus dem Ei gepellt am romantischen Bächlein an, um sich dort völlig unbeeindruckt von allem zu zeigen, was gerade geschehen war.

„Haaaa...", leierte Stolwerk neben ihr los, „wiiieeeee-haaaa-haaaaaaaaa!"

Die nächste halbe Stunde musste sie asthmabedingt auf ihren Gefährten verzichten. Valerie versuchte, das

Beste aus der Situation zu machen, und ging zuerst zum Ü-Wagen hinüber. *Ü* wie *Überraschung* hätte nun doch gut zu dem Riesending mit den Satellitenschüsseln auf dem Dach gepasst. Sie wollte mit Lichtenberg reden, wie es weitergehen sollte, doch von diesem fehlte jede Spur. Seine drei Mitarbeiter – zwei von ihnen rauchten vor dem Fahrzeug, der dritte sah dabei zu und kippte einen Dosenespresso hinunter – berichteten, der Regisseur sei wie von Sinnen ins Auto gesprungen und davongebraust, nachdem sie *off* gewesen waren. Valeries Frage, warum ihn denn keiner aufgehalten habe, führte zu allgemeiner Heiterkeit. Sie hatte bereits so einen Verdacht gehabt, aber damit war es bestätigt: Franz-Xaver Lichtenberg war nicht der Sympathieträger in diesem Club.

Dann vergewisserte sie sich, dass Fritz Branntler alias Knofl der Bauernpoet in Sicherheit war. Schließlich waren es ja die männlichen Kandidaten, die der Reihe nach das Zeitliche segneten. Logisch fortgedacht hätte er also als Nächster dran sein müssen. Aber Branntler war bei bester Gesundheit, saß allein in der Wohnküche und genehmigte sich gerade einen Schnaps.

„Einen Brand für Sie, Frau Mauser?", begrüßte er Valerie und deutete auf den Tisch, was wohl so viel bedeuten sollte wie: *Setzen Sie sich.*

Sie schüttelte den Kopf und nahm Platz. Da es völlig lächerlich gewesen wäre, die halb verbeulte Jackson-Brille weiterhin aufzubehalten, nahm sie sie ab.

„HEI-LIGER!", stieß er aus.

„Ich weiß. Aber der hat nichts damit zu tun. Obwohl – wissen tut man's ja nicht", kommentierte sie das Bild, das sie abgab. Sie hatte es so satt, jedes Mal, wenn sie ein dunkles Auge hatte, dessen Ursprung erläutern zu müssen, dass sie lieber drauflos philosophierte.

„Niemand weiß, was ihn erheischt", sprach der Poet. „Wie geht es Jacqueline?" Er sprach ihren Vornamen mit französischer Färbung aus.

„Gut, nehme ich an", antwortete Valerie und interpretierte den verklärten Gesichtsausdruck des jungen Burschen so, dass ihm wohl tatsächlich viel an der Bauerlorette lag. Sehr viel sogar. „Sie mögen sie richtig, oder?"

„Mhm", machte er völlig unpoetisch. „Sie ist ja auch eine wunderhübsche Frau, oder? ... Die allerhübscheste auf dem Erdenrund." Dabei sah er knapp an Valeries Afro vorbei und himmelwärts.

„Mhm", echote sie. *Und obendrein eine bezahlte Schauspielerin. Ob er es wusste?*

„Wo ist sie denn, die Holde?"

„Äh ... wieder im Tourbus, denke ich. Haben Sie sich nicht verabschiedet?"

„Sie ist zu Fuß über das Feld zurückgekehrt. Ich habe das Ackergerät verbracht und dann am Bus geklopft, aber der Fahrer weigerte sich zu öffnen. Hineinschauen konnte ich nicht ... Glauben Sie, sie ist böse auf mich?", fragte er. Dann nahm er seine Hornbrille ab und rieb sich die Augen. Der junge Mann war unsicher. Und sensibel. Und bis über die Ohren verliebt.

„Warum sollte sie denn böse auf Sie sein, Herr Branntler?"

„Ich weiß nicht, es ist nur so ein Gefühl, das mich jüngst beschlich. Möglicherweise liegt der Grund im Gestern, im Studio, im Sturm und Drange meines Blutes? Aber ich ... es war einfach ... ihr Duft, Kirschblüten gleich, die Haut so zart, mein Fleisch so schwach ..."

„Ach!", unterbrach Valerie seinen vorzeitigen Reimerguss, den er sich für die Bauerlorette aufsparen sollte. Trotzdem musste sie tiefer bohren. „Herr Branntler, wie geht es Ihnen mit dieser Show?"

„Was meinen Sie?"

„Mit den anderen Kandidaten. Dieses Wettbalzen. Die ... Dinge ... die da passieren. Die Küsse ..."

Das Fummeln und Schattenrammeln, ergänzte die Souffleuse.

„Ach das. Das war aber doch Teil des Szenischen."

Hä?, machte das kleine Teufelchen auf ihrer Schulter.

„Wie bitte?", drückte Valerie ihr Nichtverstehen vornehmer aus.

„Theaterküsse."

„Der French Kiss Contest? Theaterküsse?"

„Ja, weshalb?"

Theater schien nicht gerade sein Fachgebiet zu sein. Valerie zuckte kurz mit den Schultern und hakte nach: „Keine Eifersucht auf Ihre Mitstreiter?"

„Nein. Ich meine – natürlich tut es weh, jemand anderen zu sehen, der seine Lippen auf ihre Lippen legt. Doch ist das Fleisch auch fern, ist der Geist doch ..." Plötzlich schien ihm ein Licht aufzugehen, denn er wirkte mit einem Schlag zweimal so klar. „Wenn Sie mich so fragen, dann meinen Sie doch bestimmt, ich hätte etwas mit den Toten zu tun, oder nicht?"

„Haben Sie?", warf sie reflexartig zurück.

Er setzte sich aufrecht hin und sprach fester: „Das waren tragische Unglücke, hat man mir gesagt. Stimmt das etwa nicht?"

Valerie zwang sich, nichts zu sagen.

Irgendwo tickte eine Uhr. Draußen rief jemand etwas, man hörte gedämpfte Arbeitsgeräusche.

Tick, tack, tick, tack ...

„Aber wenn das keine Unglücke waren – wer sollte so etwas tun? Und wozu?"

Eine weitere Minute verging.

„Wozu?", wiederholte er nur.

Nein, von selbst würde er ihr nichts erzählen. „Leben Sie alleine hier?", fuhr sie deshalb fort.

Er setzte seine Brille wieder auf. Mit Brille war besser, weil sie dem Gesicht Breite verlieh, die seiner schlaksigen Statur fehlte. Valerie wunderte sich, dass ihr das jetzt auffiel.

„Nein", antwortete er und schüttelte den Kopf. „Wir haben meine Eltern und den älteren Bruder ausquartiert. Der Sender hat gemeint, es schaut besser aus, wenn sie mich als den alleinigen Knoflbauern präsentieren."

Der nächste Betrug, dachte sie. Nicht einmal die Hofherren waren echt. Als jüngerer Bruder, Dichter noch dazu, waren Fritz' Chancen ohnehin gering, jemals Herr dieses Hauses zu werden. Von Lyrik ließ sich nicht leben, so viel wusste Valerie über die Literaturbranche – da käme ihm die Million Euro Siegprämie ganz recht. Was die Frage nach dem *Wozu*, also dem Motiv, beantwortet hätte. Aber was wollte sie von ihm hören? Wo er war, als Johann Innbrüggler und Urban Volderober starben? Wo sie noch nicht einmal wussten, wie genau – beziehungsweise, im Fall des Fallschirmspringers, warum – ein anderer als der Tote selbst für sein Ableben verantwortlich sein sollte? Ein Alibi vom Poeten zu verlangen, wäre zu diesem Zeitpunkt lächerlich gewesen.

„Was sind Ihre weiteren Pläne?", fragte sie stattdessen.

Er hob den Kopf und starrte sie an. „Was meinen Sie?"

„Wie alt sind Sie?", versuchte sie, ihm indirekt auf die Sprünge zu helfen.

Er hob die Mundwinkel, sah aber nicht belustigt aus. „Ich bin fünfundzwanzig. *Schon viel zu alt für den Hof.*" Den letzten Satz sprach er mit verstellter Stimme aus, es hörte sich an, als wollte er seine Mutter imitieren. Vielleicht auch seinen Vater.

„Haben Sie etwas in Aussicht?"

„Ein Stipendium, ja. Drei Monate Schreibaufenthalt in der Schweiz. Ab Anfang März."

„Das ist doch schön."

Er lachte bitter. „Und danach?"

Valerie ließ seine Frage einen Moment lang stehen. Dann machte sie weiter, wobei sie sich bemühte, nicht zu hart zu klingen: „Der Gewinn der Bauerlorette wäre gut für Ihre Zukunft. Sie könnten auf eigenen Beinen stehen."

Stille. Er sah versonnen vor sich hin und drehte das Schnapsglas zwischen Daumen und Zeigefinger.

„Herr Branntler?"

„Eine Million Euro. Natürlich wäre das gut. Stellen Sie sich nur vor, was ich damit machen könnte. Ich könnte mir meinen ganz eigenen Hof kaufen."

Sie rümpfte kurz die Nase und war froh, dass er es nicht gesehen hatte. „Ihren eigenen Hof?"

„Ja. Einen Berghof. Bergbauer sein und schreiben. Mit Jacqueline an meiner Seite", sagte er und sah verträumt zum großen Holzkreuz im gegenüberliegenden Eck. „Jacqueline – nur die und sonst keine ..."

Valerie fürchtete, dass er gleich wieder loszureimen begann, und beeilte sich zu fragen: „Gäbe es denn eine?" Sie hätte sich ohrfeigen können.

„Wie?"

Bevor sie den nächsten Satz aussprach, ging sie ihn still auf unfreiwillige Reime durch. „... ein Herzblatt. Ich meine, es hat sich für mich gerade so angehört, als ob da noch eine Kandidatin wäre."

„Keine, die mein Herz erwärmte."

„Eine Frau interessiert sich für Sie?", staunte Valerie. Aber die Geschmäcker waren bekanntlich verschieden.

„So ist es wohl."

„Ganz aktuell?"

Er nickte.

„Und wer?", fragte sie in einer Art Ermittlerreflex.

Jetzt wirkte er verblüfft. „Wozu wollen Sie das wissen?", erwiderte er und musterte sie aufmerksam, wobei sein Blick einige Momente zu lange an ihrem Haar kleben blieb.

„Äh ..." Valerie realisierte, dass er die Frage als Annäherungsversuch fehlinterpretiert haben könnte. Also kam sie schnell auf seinen Traum mit dem einsamen Berghof zurück. „Liegt Ihnen denn wirklich so viel am Landleben? Ich meine, ohne gezwungen zu werden?" Der Gedanke, einen Stall auszumisten, obwohl man es nicht musste, schien ihr wie aus einer anderen Welt. Niemals Urlaub, ständige Sorgen um Vieh und Feld, die harte Arbeit, auf einem Bergbauernhof noch dazu. Wer tat sich das freiwillig an?

„Das versteht nur, wer selbst Bauer ist", antwortete er. „Bauer zu sein ist so viel mehr als das, was man gewöhnlich dafür hält. Es ist Berufung. Und Auftrag. Mein Pech, dass ich nicht der Erstgeborene bin."

Valerie dachte an dieses *Fürallesmädchen* am Haselerhof in Thaur zurück. Auch sie wäre nicht die Erste in der Erbfolge gewesen – aber nach dem Tod ihres Bruders Urban würde sie wohl der nächste Haseler werden.

„Glauben Sie, Jacqueline ist jetzt verstimmt?", fragte der Bauernpoet nach einer Weile.

„Das weiß ich nicht." Weil er jetzt wie ein Häuflein Elend in sich zusammensank, ergänzte sie schnell: „Manchmal sind die Dinge nicht, wie sie zu sein scheinen."

„Was meinen Sie?", fragte er erschrocken.

„Ich meine nur ... erinnern Sie sich doch nur an die Produktion gestern. Sein und Schein. Wer weiß schon, was echt ist und was nicht? Vielleicht sollten Sie sich nicht zu viele Gedanken um Jacqueline machen, so lange die Bauerlorette läuft. Danach wird sich herausstellen, ob sie wirklich etwas für Sie empfindet ... Also nein, ich glaube nicht, dass sie etwas gegen Sie persönlich hat."

„Persönlich? Was meinen Sie mit persönlich?"

Wieder staunte sie über seine Sensibilität. „Ich bin mir sicher, es liegt nicht an Ihnen, wenn sie jetzt Zeit für sich selbst braucht. Also geben Sie ihr diese Zeit einfach."

„Aber ..."

„Passen Sie auf sich auf", riet sie Branntler, nahm die Spiegelbrille vom Tisch und erhob sich. „Wo finde ich Sie?", fragte sie noch.

„Ich bleibe hier!"

„Vielleicht wäre es vernünftig, wenn Sie sich einen neutraleren Ort suchen, so wie Jackie auch. Einen Platz, an den Sie sich zurückziehen können und von dem niemand weiß. Außer wir natürlich. Bis der ganze Zirkus vorbei ist. Ein Hotel, zum Beispiel."

„Wozu?", fragte er.

Sein Ausdruck sagte ihr, dass er verstanden hatte. „Sie wissen, warum."

„Nein, weiß ich nicht." Jetzt war er wirklich nicht mehr weit vom kleinen Kind entfernt.

„Herr Branntler, noch überprüfen wir, was hier vor sich geht. Aber zwei junge Männer – gesunde Männer wie Sie –, die in ein und derselben Show sterben ... also wenn ich Sie wäre, würde ich vorsichtig sein."

Er nickte, sah weg und nahm die Schnapsflasche in die Hand, um sich erneut einzugießen.

20.

„Geht's wieder?", fragte sie Stolwerk, der sich am Ü-Wagen abstützte, vor dessen schneeweißer Seitenwand sich sein roter Kopf besonders gut abhob. Von Lichtenbergs Assistenten war nichts mehr zu sehen.

„Jaja, Veilchen."

Sie hörte seine Lungen rasseln. „Hast du deinen Asthma-Spray vergessen?"

„Leider."

„Vielleicht würde es helfen, wenn du dich ein wenig einbremst."

„Vielleicht."

„Ist ja nicht so, dass hier irgendetwas lustig wäre."

„Veilchen! Aus!", protestierte er, weil sie ihn gerade über den Rand ihrer Sonnenbrille hinweg anschielte. „Willst leicht, dass ich draufgeh?"

„Und, sonst noch was gewesen?"

„Geyer hat angerufen. Er hat den Obduktionsbericht."

„Ja?", drängte sie ihren Kumpel, zu erzählen.

„Wir sollen zuerst nach Innsbruck kommen. Der Niki macht's spannend."

„Oh. Na dann, Abdampf!"

„Wart, Veilchen. Ich hab noch ... das da, schau!", sagte er und kramte in seiner Hose, um ihr Sekunden später einen USB-Stick vor die Nase zu halten.

Was ist das?, lag ihr schon auf der Zunge, gefolgt von *Es ist wunderschön!* – aber das berühmte Filmzitat hätte Stolwerk wohl den Rest gegeben. So fragte sie nur: „Woher hast du den?"

„Von einem der Tonassistenten. Er hat ihn mir vorhin zugesteckt und gmeint, ich soll mir das anhorchen, aber nicht verraten, von wem ich's hab ... ups."

„Na, mir kannst du's ja sagen." Zur Sicherheit sah sie sich noch einmal um. Niemand in Hörreichweite, und alles wirkte abfahrbereit. So wie sie selbst.

„Dann rauschen wir auch mal los, was, Stolwerk?"

Eine Minute später rauschten sie tatsächlich – durch Affenhausen, zwar nicht mit Affenzahn, aber doch schneller als erlaubt.

„Könntest du den mal reinstecken?", fragte Stolwerk.

„Hä? ... Ach so, den Stick." Sie nahm ihn und führte ihn in die Buchse des Autoradios ein. „Schau, schau", kommentierte sie die selbstständige Arbeitsweise des Geräts, das den Inhalt des Speichermediums automatisch einlas und wiederzugeben begann.

zippl.mp3 stand jetzt am Display.

Zuerst raschelte es nur.

„Hi, Ernesto."

„Ist das die junge Zipplinger?", fragte Valerie.

Stolwerk nickte.

„Ka-tas-tro-phe."

„... säuselte die Alte", formulierte er den passenden Redebegleitsatz.

„Oh, là, là", freute sich Valerie über den sich ankündigenden Einblick in die Mutter-Tochter-Konversation.

„Mach lauter!", forderte Stolwerk.

„Jaja."

„Leiser! Leiser!", flehte er, als ohrenbetäubendes Krachen und Geknirsche aus den Boxen kam. Das Signal musste von Jacquelines Funkmikrofon stammen, das sie unter lautem Getöse abgenommen und irgendwo in den Bus gelegt hatte.

„Lauter, leiser", quittierte Valerie seine widersprüchlichen Ansagen, während er den zivilen Passat mit knapp über hundert Kilometer pro Stunde über die Mieminger Straße lenkte.

„Lauter!", gab er ihr beinahe den Rest, denn jetzt war es wieder zu still, obwohl die Wiedergabe weiterlief. Nur ganz leise konnte man die beiden Damen sprechen hören. „Einen *Compressor* drauflegen hätt geholfen", dozierte Tonsachverständiger Stolwerk, während sie so lange auf den Plus-Knopf der Lautstärkeregelung drückte, bis man die beiden Belauschten wieder halbwegs gut verstehen konnte.

„... sind aufgeflogen."

„Blödsinn. Lass das meine Sorge sein."

„Ich mache nicht mehr mit!"

„Du wirst tun, was ich dir sage. Alles läuft nach Plan."

„Es war nie der Plan, dass Menschen sterben!"

„Und wenn schon. Gut für uns! Schau dir nur die Reichweite an. Du bist berühmt, Jackie. Bald schon sitzt du bei Markus Lanz, und dann ..."

„Was dann? Dann bist du am Ziel, oder was? Hör zu, Mutter, wenn ich herausfinde, dass du irgendwas mit der Sache zu tun hast ..."

„Sagt die große Unschuldige! Ha! Dass ich nicht lach!"

„Was soll denn das jetzt heißen?"

„Na mit den Toten und dem plötzlichen Rambazamba mit Deutschland war's fast ein Kinderspiel, die Gage raufzudrehen."

„WAS hast du gemacht?"

„Ich hab uns die dreifache Gage rausgehandelt. Einfach so!" Ein Finger schnippte.

„Pass auf, Stolwerk", unterbrach Valerie den Mutter-Tochter-Dialog und zeigte auf den Radarkasten an der Telfer Ortseinfahrt. Da waren sie schon dran vorbei – und geblitzt.

„Spinnst du, Mutter? Haben s' dir ins ... weißt du, was das heißt, wenn wir den Produzenten erpressen? Ich bekomm nie wieder einen Vertrag."

„Du hast schon weitaus Schlimmeres gemacht."

„Mutter!"

„Jaja. Du bist jetzt ein Star, Kind. Für einen Star ist das Dreifache noch geschenkt. Was interessiert uns Österreich, wenn wir Deutschland, ja vielleicht sogar HOLLYWOOD haben können? Ich hätt auch HUNDERTMAL mehr verlangen können!"

„Du bist ja größenwahnsinnig."

„Und du naiv."

„Fein!"

„Fein."

Dann Schritte, lauter werdend, am Mikrofon vorbei. Die Bustür schwang auf und wieder zu. Weitere Schritte, jetzt wie von Stöckelschuhen.

Dann eine kurze Pause. Ein Seufzen.

„Do you have kids, Ernesto?"

„¿Qué?"

„Children. Äh ... Niños ... tu?"

„Oh no! No hay niños, no", lachte er.

„They can be so ... oaschdeppat."

„¿Qué?"

Darauf folgte, als kleiner Gruß des Tonassistenten, die Titelmelodie des Fernseh-Kasperltheaters. Dann war die Aufzeichnung vorbei.

„Pff ...", blies Valerie die Luft aus und holte neue. „Da hängt der Haussegen aber ordentlich schief."

„Der Bussegen", berichtigte Stolwerk und sang die Kasperlmelodie: „Ti-ti-tiee, ti-ti-tiee ..."

Die böse Souffleuse hielt sich die Ohren zu, während deren Trägerin zu Recht befürchtete, sich den restlichen Tag mit einem Ohrwurm herumplagen zu müssen.

„Was Jacqueline wohl schon weitaus Schlimmeres gemacht hat?", fragte Valerie und grübelte.

„Schlimmer als Mutters kleine, fiese Gagenerpressung …", steuerte Stolwerk bei und hängte nach einer Weile an: „Da werden wir wohl ein Interview führen müssen."

Valerie gab ihm Recht, stellte es sich aber schwierig vor, die eben gehörte Tonbandaufzeichnung ins Spiel zu bringen. Ging die überhaupt als Beweismittel durch? Sie versuchte, sich an die Verfahrensvorschriften zu erinnern. Der Lauschangriff kam ja nicht von offizieller, sondern von dritter Seite, und das noch dazu unbeabsichtigt. Stolwerk und sie waren aus dem Schneider, auch dienstrechtlich gesehen.

Fest stand: Mutter und Tochter hatten ihre Leichen im Keller. Dass sie sich gegenseitig verdächtigten, die Kandidaten gemeuchelt zu haben, war noch lange kein Beweis. Aber immerhin trauten sie's sich zu und glaubten ebenfalls nicht an bloß zufällige Todesfälle.

Höchste Zeit, das Obduktionsergebnis in Erfahrung zu bringen.

„Drück drauf, Stolwerk!", forderte sie, als er bei Telfs auf die Inntalautobahn einbog.

21.

InMaXXima ONLINE BREAKING NEWS

GEHT DIE BAUERLORETTE FREMD?
Exklusive Bilder +++ Jackie gar nicht Single? +++ Mit wem trifft sie sich da? +++ Verliebte Blicke in der Hotelbar +++ Gemeinsame Liebesnacht?

IST ALLES NUR FAKE? Wir haben Bauerlorette Jacqueline Zipplinger spät am gestrigen Abend auf frischer Tat ertappt. Hoch über den Dächern von Innsbruck traf sie sich mit einem unbekannten Mann. So viel steht fest: Es ist keiner der Kandidaten! Sie begrüßten sich mit Küsschen, dann steckten sie ihre Köpfe zusammen und nippten an ihren Caipirinhas. Dabei wirkten sie sehr (!) vertraut und warfen sich nicht nur einmal verliebte Blicke zu. Die Bauerlorette hatte ihrem Schwarm sichtlich viel zu berichten – und er hörte aufmerksam zu. Zwischendurch wischte er ihr sogar eine Träne von der Wange. Leidet Jackie unter den Dreharbeiten, vor allem dem tragischen Tod der beiden Bauern Hans und Urban? Doch wie passt der neue Mann dazu?

GEMEINSAM VERSCHWUNDEN. Nach der heimlichen Begegnung in der öffentlich zugänglichen Hotelbar sind die beiden einfach verschwunden. Er berührte beim Hinausgehen ihren Rücken (siehe Foto), „äußerst zärtlich", wie unsere Augenzeugin berichtete. Waren sie anschließend im selben Hotelzimmer?

SIE SOLLTE SICH AUSRUHEN. Nach ihrem Schwächeanfall in Salzburg sollte Jackie sich schonen, um für die nächsten Drehs fit zu sein. Stattdessen trifft sie sich mit dem Phantom. Vernachlässigt sie jetzt die Bauerlorette?

UND WER IST DAS ÜBERHAUPT? Der Mann, der ihr da so aufmerksam zuhört, könnte ein Fotomodell sein. Wir schätzen ihn auf mindestens eins neunzig und Mitte zwanzig. Ein heißblütiger, südeuropäisch wirkender junger Mann. Beachten Sie den Designeranzug (Hugo Boss) und die Sneakers (New Balance). Optisch passt er ausgezeichnet zu Jackie, deren verführerisch kleines Schwarzes (Guido Maria Kretschmer) einen Kontrast zu den ländlichen Outfits bildet, die wir sonst von ihr gewohnt sind.

*ABER WAS IST MIT DEINEN BAUERN, JACKIE?
Was wird aus jenen drei Männern, die sich weiterhin
Hoffnungen auf den Jackpot machen, auf dich und die
eine Million Euro? Sind sie dir so wenig wert, dass du
dich noch während der Show mit anderen Männern
treffen musst? Und was kommt danach? Wie glaub-
würdig bist du noch, Jackie?*

*SO VIEL IST SICHER. Die aktuelle Staffel der
Bauerlorette wird in die Geschichte eingehen, und das
gleich in mehrfacher Hinsicht. Noch nie ist jemand bei
den Dreharbeiten gestorben. Noch nie gab es so heiße
Kandidaten. Niemals zuvor gab es am Ende eine Million
Euro zu gewinnen. Und noch nie ging eine Bauerlorette
während der Show fremd.*

*Wie geht es euch damit? Werdet ihr weiterhin ein-
schalten und anrufen? Oder jetzt erst recht?*

…

104 Kommentare – Neueste zuerst

- *Elektromann: Ich schau den Mist normalerweise gar nicht, aber seit es drunter und drüber geht, verpasse ich keine Minute mehr.
  Das ist besser als Kino!*
  - *norgos9: KULTGEFAHR! ;-))*
  - *pkrux: Schwachmatensendung*
    - *Elektromann: Begründung?*
      - *pkrux: Hängt über dem Waschbecken
        in deinem Badezimmer*
        - *Elektromann: (Kommentar entfernt)*
      - *Moderatorenteam: Freunde, bleibt ent-
        spannt! Bitte beachtet unsere Foren-
        regeln zur Netiquette. Danke!*
- *erichwährtamlängsten: Jackie ist SOOO heiß.
  Entgeht einem Konfetti-Anschlag und dann
  sitzt sie mit diesem Knofltrottel in der Wiese.*

Der Mensch hat ein Glück, einfach unfassbar. Von seinen Gedichten kriegt man Ausschlag, aber Jackie erträgt alles. Traumfrau!!!

- *simon1999: vong logischen her tät ich nich zugucken bei dem niveaulimbo*
- *14109wannsee: Jackie ist nicht heiß, sondern untreu. Hast du den Artikel überhaupt gelesen? Ist dir das egal? Echt jetzt?*
- *Blaupause: Ich finde es nicht plausibel. Was ist mit den Angreifern? Warum haben Knofl und Jackie am Bach nicht über die Schnipselattacke geredet? Und wo ist das Konfetti hin? Da muss jemand nachgeholfen haben. Davon abgesehen: Wirklich eine wunderschöne Landschaft. Wir werden unseren nächsten Urlaub in Mieming im schönen Tirol verbringen!*
  - *norgos9: @Blaupause hast du eine Vermutung, wo sie jetzt genau sind? Ich finde diesen Bach nicht auf Google Maps. Koordinaten anyone?*
    - *Blaupause: 47°18'52.3"N 10°58'51.1"E vielleicht?*
      - *norgos9: DANKEEEE!*
  - *galianus: Das ist doch alles gestellt, das sieht man zehn Meter gegen den Wind. Schaut euch den Rand um Jackies Haare an. Das ist Trick!*
    - *norgos9: Welcher Trick? Was meinst du? Erklärung?*

Weitere Kommentare laden.

„Vielleicht hat sie *das* ganz am Anfang des Tonbands gemeint", sprach Valerie noch während des Lesens.

„Was meinst du?", fragte Stolwerk, der links hinter ihr stand.

„Dass sie aufgeflogen sind. Vielleicht hat sie gerade denselben Artikel entdeckt. Man hat sie beim Betrügen erwischt."

Stolwerk pflichtete ihr brummend bei. Aber da steckte noch mehr in seiner Reaktion. Fast, als wäre er sauer. Er murrte: „Der große Unbekannte. Wer hätte das gedacht."

„Eifersüchtig?", neckte sie ihn.

„Schmarrn."

„Und? Was ist dein Eindruck, Schmatz?", fragte Valerie den jungen Assistenten, der neben ihr auf der Tischkante saß, sich zu ihr hinunterbeugte und wartete. Er hatte ihr den Artikel unbedingt zeigen wollen, bevor er ihr das Ergebnis seiner Nachforschungen über die restlichen Kandidaten mitteilte. Als sie ihren Kopf zu Schmatz drehte, kamen sich ihre Gesichter näher als beabsichtigt. Fast berührten sie sich.

Wie ein Grashüpfer sprang er vom Tisch und zur Seite. „Ups ... ojoj, sorry Frau Mauser. Häghäm. Wieso Eindruck? Äh ..."

Sie konnte ihm beim Rotwerden zusehen. Dann sagte sie: „Der Artikel ist typisch für die InMaXXXima, aber was sagen die Leute da draußen? Wie ist die Stimmung im Internet?"

„Nicht so schlecht, würd ich sagen. So ungefähr wie die Kommentare da."

„Nach dem, was heute in Mieming passiert ist? Wie viel davon hat man denn gesehen?"

„DU warst zu sehen", sagte er, fuhr sich durch die Haare und lächelte sie an. Hatte er etwa getrunken?

„Na bravo. Und? War ich schlimm?"

„Nein, du warst ziemlich cool eigentlich, Frau Mauser. Wie du die Spastis aus dem Golf umgelegt und gefesselt hast ... also nicht umgelegt wie umgelegt, ich mein ..." Jetzt rieb er sich verlegen die Arme.

„Jaja, schon kapiert, Schmatz. Umgelegt. Aber das mit dem Umschnitt muss doch extrem peinlich gewirkt haben."

„Nein, NACH dem Schnitt ging's eigentlich wieder."

Sehr charmant, dachte sie. „Aber regt sich niemand darüber auf? Ich meine, wenn ich betrogen werde, dann bin ich doch sauer auf den Betrüger. Oder nicht, Stolwerk?", fragte sie in die andere Richtung.

Er nickte betroffen. Es schien, als stürzte seine heile Bauerlorette-Welt nun endgültig ein.

„Frau Mauser, willst du meine Meinung wissen?

„Raus damit, Schmatz!"

„Das heute war so grottig, dass es den Leuten schon wieder gefällt, verstehst du? Genau wie's in den Kommentaren steht – hier: ‚*KULTGEFAHR!*' Frau Mauser, ich glaub, die Bauerlorette wird vielleicht zur schlechtesten Live-Show aller Zeiten, so wie die Filme von diesem amerikanischen Regisseur, der mit *Plan 9 aus dem Weltall*, wie heißt er noch mal ...?"

„Ed Wood", antwortete Stolwerk und wog seinen Kopf hin und her, als wollte er Schmatz' Argument in Betracht ziehen. Schlagartig hatte sich seine Laune verbessert. Jetzt grinste er fast.

„Nein, der hieß anders", meinte der Abteilungsassistent.

Nein, hieß er nicht!, wusste sie, behielt es aber für sich.

Da ging die Tür zum Besprechungszimmer auf.

„So, meine Herren ... und Damen", fing Geyer an, der eine Mappe in seinen Händen trug. „Es hat länger gedauert, aber ich musste mir erst noch eine Krankengeschichte besorgen." Dann sah er auf den Bildschirm des Laptops und, ach wie typisch: Ausgerechnet in diesem Augenblick legte sich eine aufgeregt blinkende Sonderwerbung über den InMaXXXima-Artikel. „Na, haben wir's lustig, ja? Wie wär's zur Abwechslung mit Arbeiten?"

Niemand sagte etwas. Die miese Laune, die er mitbrachte, suchte ihresgleichen. Wie auch seine Müdigkeit: Geyer sah aus, als hätte er in seinem eigenen Gesicht geschlafen.

Nachdem er saß, rieb er sich zunächst wieder im Waschbärenmodus das Gesicht.

„Immer noch übernächtig?", flüsterte Valerie ihrem Schwiegersohn zu.

„Und ordentlich Sand in der Vagina", nuschelte Schmatz gerade so laut, dass Geyer es nicht mitbekommen konnte, klappte den Laptop zu und setzte sich Valerie und Stolwerk gegenüber hin.

„Grmpf...", kam es von Stolwerk, der den frechen *Southpark*-Spruch natürlich kannte.

Valerie hustete laut und stieß ihrem Kumpel in die Seite. Jetzt ein Lachanfall und er war unten durch.

„Also? Woran sind die Kandidaten gestorben?", fragte sie anschließend, so laut und so ernst es ging.

„Woran, ja. Ich mach's kurz: Eure Glückssträhne geht weiter. Der erste Tote – Johann Innbrüggler – wurde vergiftet."

Stille. Gleichzeitig ein Gefühl des Triumphs, ein *Hab-ich's-doch-Gewusst*, das sie natürlich nicht zeigen durfte.

„Schlafmittel?", fragte Schmatz und outete sich gleich als Unwissender.

Geyer: „Kein Schlafmittel, nein. Sven, vielleicht hältst du mal deine Klappe zu Dingen, von denen du keine Ahnung hast", tadelte er den jungen Mitarbeiter deutlicher als nötig.

Moderne Schlafmittel enthielten seit Jahrzehnten keine Barbitursäure mehr, und das machte es so gut wie unmöglich, einen Menschen damit umzubringen. Außerdem wäre ein solcher Tod derart qualvoll gewesen, dass man ihn hätte bemerken müssen. Selbst wenn die Bauerlorette nicht im selben Raum geschlafen hat, wäre es unvorstellbar, dass Innbrüggler in der Früh so friedlich im Bett gelegen hätte.

„Hat noch jemand einen Tipp?", spottete Geyer, nachdem er wieder gegähnt hatte, und schickte Schmatz einen weiteren, strafenden Blick. „Nein? Also. Es war ein Antihypertensivum. Ein Blutdrucksenker. Auch damit ist es nicht so leicht, den Tod herbeizuführen. Wie ihr vielleicht wisst, war der Flötzenha..., also der Innbrüggler sehr sportlich, womit nicht selten ein niedriger Blutdruck einhergeht. Und siehe da, in den Aufzeichnungen seines Arztes war die Hypotonie mehrfach dokumentiert. Bei einer entsprechenden Dosis ...“

„... wird Sport zum Mord", vervollständigte Stolwerk den Satz.

„Könnte man so sagen. Korrekt!" Dann gähnte Geyer wieder.

„Und die Dosis war entsprechend?", fragte Valerie.

Ihr Vorgesetzter schmatzte und suchte ein Blatt in seinen Unterlagen. „Grenzwertig", sagte er dann. „Ich hätt's ausgehalten", spielte er noch auf seinen eigenen Blutdruck an, der vermutlich dem eines Wasserkessels vorm Pfeifen entsprach.

„Also muss der Mörder über medizinisches Detailwissen verfügt haben", vermutete sie.

„Frau Doktor Zach von der Gerichtsmedizin hat gemeint, es war wahrscheinlich nur ein gewaltiger Dusel. Genau wie bei euch zwei."

„Oral verabreicht?", fragte Stolwerk.

„Ja."

„Irgendein Hinweis, wie?"

„M-mmm", verneinte Geyer und schüttelte mit zusammengepressten Lippen den Kopf, unterdrückte dabei das nächste Gähnen. Dann seufzte er und sagte: „Das wird sowieso schwer festzustellen sein. In der Nacht war ja niemand im Haus. Spängler hat in seinem Bericht kein verdächtiges Glas, Medikamentenblister oder sonstige Indizien erwähnt, die einen Hinweis auf das Medikament ergeben hätten."

„Die sollen sich den Flötzlerhof noch mal genauestens an..."

„Sie sind schon dort, Valerie. Was glaubst du, was ich gleich als Erstes veranlasst habe?"

Sie nickte. Seine Stimmung war wirklich unterirdisch.

Schmatz zeigte auf, als säße er in der Schule.

„Was?"

„Ich ... äh ... was wäre denn, wenn das auch ein Selbstmord gewesen wäre? So wie beim Haseler?"

„Langsam, Mister Siebengscheit. Zu deinem Haseler komm ich jetzt gleich. Ihr könnts euch die Schweinerei in der Gerichtsmedizin wahrscheinlich vorstellen."

Valerie konnte nur allzu gut. Seit dem ersten Anblick hielt ihr Gedächtnis die Bilder der Leiche detailreich bereit. Sie hoffte, sich nie wieder etwas Ähnliches ansehen zu müssen.

„Okay, also der toxikologische Befund weist eine hohe Konzentration von Lysergsäurediethylamid aus."

„LSD!", rief Schmatz wie aus der Pistole geschossen – und erntete verdutzte Gesichter. „Öhm ... ich ... Das hab ich mal irgendwo gelesen."

In Lunas Strafregisterauszug, mutmaßte Valerie still. Was Drogen betraf, war die Vergangenheit ihrer Tochter ziemlich bunt. Man konnte nur hoffen, inständig hoffen, dass Schmatz auf sie abfärbte und nicht umgekehrt.

„Rrrrichtig, Schmatz", lobte Geyer, was sich ziemlich zynisch anhörte. „LSD, genau. Bis zum Rand. Da wundert es mich nicht, dass er geglaubt hat, fliegen zu können."

„Voll fly", sinnierte Schmatz.

Geyer räusperte sich und starrte den jungen Teamassistenten an, der gerade mit seinem Leben spielte – überdeutlich zu merken, für alle mit Ausnahme von Schmatz selbst.

Valerie musste etwas sagen, um Geyer von ihm abzubringen. „Damit haben wir jetzt eine Verbindung. Beide Herren starben an der Wirkung von Substanzen, die sich oral verabreichen lassen. Deshalb keine Einstichstellen. Oder hat man doch welche gefunden?"

Der Abteilungsleiter schüttelte kurz den Kopf.

„Wobei es sich um völlig verschiedene Stoffe handelt. Einmal ein Alltagsmedikament, und dann eines, an das man nicht so leicht rankommt", gab Stolwerk zu bedenken.

Geyer entgegnete: „Aber Volderober könnte es vor dem Sprung auch selbst eingenommen haben."

„Wozu?", fragten Valerie und Stolwerk gleichzeitig. Rick Folger und der Chef von Spechtenheiner Parachuting hatten den Bauern als verantwortungsbewussten Springer charakterisiert, bei dem es nie Probleme gegeben habe. Drogen passten nicht dazu.

„Es gibt eine Million Gründe, wozu", legte Geyer nach.

Valerie erinnerte sich an Volderobers aufgedrehte Art, die Ziehharmonika, das Bestreben, um jeden Preis aufzufallen – zweifellos um seine fehlende Attraktivität wettzumachen. „Aber LSD? Entschuldige Niki, aber wozu sollte er denn ausgerechnet LSD nehmen? Wieso soll er sich selbst gefährden, wenn's eine ganze Reihe anderer Substanzen gibt, an die man leichter rankommt und bei denen man noch zurechnungsfähig bleibt?"

„Sagt die Expertin."

Zuerst verschlug es ihr die Sprache. Was sollte das jetzt heißen? Machte er sich gerade über ihre Tochter lustig? Oder hielt er sie selbst für einen Junkie? Sie wollte protestieren, aber Stolwerk kam ihr zuvor.

„Niki, das bringt uns jetzt ÜBERHAUPT NICHT WEITER", mahnte das Abteilungsküken den Chef – kurz, aber laut.

Geyer, der sich wieder das Gesicht rieb, zuckte kurz. Dann hob er beschwichtigend die Hände. „Schon gut. Schauts, ich versteh das ja alles. LSD ist Schwachsinn in der Situation. Kokain, Amphetamine, alles wäre besser geeignet gewesen. Aber vielleicht hat ihm der Zugang dazu gefehlt. Möglicherweise war LSD seine Haus- und Hofdroge."

„Du hast gesagt, es wurde eine hohe Konzentration festgestellt", erinnerte ihn Stolwerk, während Valerie noch überlegte, ob sie auf das *Expertin* zurückkommen und Geyer ordentlich die Leviten lesen sollte. Ihr Partner fuhr fort: „Hätte der Haseler LSD gekannt, hätte er es erstens niemals vor einem Fallschirmsprung genommen und schon gar nicht in Überdosis."

„Außer, er wollte ein spektakuläres Ende setzen."

„Und wie wahrscheinlich wäre das?", machte Stolwerk klar, dass er weder der Junkie- noch der Selbstmordtheorie etwas abgewinnen konnte. Valerie sah es genauso.

„Was meine Theorie eures Dusels unterstützt. Euer Glück geht in die Verlängerung."

Tolles Glück, dachte Valerie. Geyer war ein Idiot, wenn er nicht geschlafen hatte. Er sollte sich einfach hinlegen und sie machen lassen, dann wäre der Fall vielleicht schon geklärt.

Weil niemand etwas sagte, schloss Geyer an: „Wenn ich mir die Dosierungen ansehe, glaube ich nicht, dass wir es mit einem medizinisch vorgebildeten Täter zu tun haben."

„Oder er kennt sich besser aus, als wir meinen", entgegnete Valerie und konnte zusehen, wie sich Geyers Miene erneut verfinsterte. „Immerhin wissen wir jetzt, dass es einen Täter gibt", legte sie nach.

Dusel, formte er das Wort mit seinen Lippen.

Aber sollte er beleidigt sein, wie er wollte – sie mussten weiterkommen, statt persönliche Befindlichkeiten auszutauschen.

„Habt ihr schon mit Irene Volderober gesprochen?", kam Geyer auf den nächsten Nebenschauplatz zu sprechen.

Sie spürte, wie ihr endgültig der Kragen zu platzen drohte, also hielt sie sich bewusst zurück, als sie fragte: „Was soll das jetzt noch bringen, Niki?"

„Ich habe euch den Auftrag erteilt. Das soll es bringen."

„Aber Aufträge ändern sich, wenn sich die Fakten ändern. Schau, es mag ja sein, dass sie als Hof-Erbin ein Motiv gehabt hätte, ihren Bruder zu töten, aber das gilt nicht für den ersten Toten. Wir haben wohl noch ganz andere Verdächtige. Es MUSS mit der Show selbst zu tun haben." Insgeheim hoffte sie, er würde gleich sein *Machts doch, was ihr wollts* erneuern und sie wieder in Ruhe lassen.

„Ich erwarte mir, dass ihr sie bis morgen vernommen habt. Sonst kracht's."

„Okay, Niki", übernahm Stolwerk, der wohl spürte, dass Valerie nun besser auch kein Wort mehr sagte. „Machen wir. Sonst noch was?"

Geyer tauchte wieder in seine Handflächen ab.

„Niki? Sind wir fertig?"

Der Chef schüttelte den Kopf. Dann gab er einen Laut von sich, der an einen Hund erinnerte, dem man auf den Schwanz getreten hatte, und sagte: „Schmollinger hat mich angerufen und sich bedankt."

„Hä?"

„Was?"

¿Qué?, stimmte die böse Souffleuse ins allgemeine Erstaunen mit ein.

„Ich möge euch seinen persönlichen Dank ausrichten. Die Einschaltquoten sind schon wieder gestiegen. Der Polizeieinsatz in Salzburg und der von heute sind *genau die Action, die wir brauchen.* Hat er gemeint. Jetzt denkt er daran, euch noch stärker einzubinden. Ihr sollt euch mit Lichtenberg in Verbindung setzen." Keiner außer Geyer sagte etwas, also fuhr er fort: „Der Landespolizeidirektor ist bereits einverstanden."

Valerie musste etwas sagen. „Und was wir davon halten, ist egal, oder wie? Was heißt das überhaupt: *stärker einbinden*? Sollen wir jetzt Rollen spielen? Ich meine ... wir haben doch ein Recht am eigenen Bild ... man kann uns doch nicht einfach so einen Fernsehauftritt aufs Auge drücken. Und was sagt überhaupt der alte ... äh ... Doktor Berger dazu?", klammerte sie sich an den letzten Strohhalm.

„Der *alte Berger* hat mir den Fall in der Pressekonferenz vollumfänglich übertragen und möchte keinesfalls mehr damit *behelligt* werden."

Valerie konnte Berger, der knapp vor der Pensionierung stand, nur zu gut verstehen. Dieses Schauerkabinett für Grenzdebile interessierte sie selbst auch nur aus kriminalistischen Gesichtspunkten. Die ganze Begleitmusik muss den LKA-Leiter, der einer völlig anderen Zeit entstammte, verschreckt haben. So wie es aussah, mussten sie sich wohl oder übel an Geyers Auftrag halten.

Schmatz zeigte wieder auf.

„Hm?"

„Äh ... also ich würde mich freiwillig zur Verfügung stellen."

„Schmatz, halt einfach dein Maul", fuhr Geyer ihm über den Mund, erhob sich und verließ das Zimmer.

„Boah, das ist sooo cool", sagte Schmatz, „und sooo unfair. Wieso dürfts ihr in die Show und ich nicht?"

Schmatz tat ihr leid. Geyer hatte den jungen Assistenten unfassbar schlecht behandelt. Selbst wenn er es ihnen gegenüber nicht zeigte, ahnte Valerie, dass es ihn kränkte.

Neben ihr piepste es leise. Stolwerk fasste in seine Hosentasche und zog sein Handy heraus. Dann grinste er und tippte etwas. Als er merkte, dass Valerie auf den Bildschirm spähte, drehte er sich weg. „Was?", gab er dazu.

„Nichts", beeilte sie sich zu antworten und drehte sich zu Schmatz zurück, weil er ihr noch Informationen schuldete. Zuerst wollte sie ihn aber trösten: „Der Niki hat einfach nicht gut geschlafen. Morgen ist er bestimmt besser drauf."

„Sooo unfair", wiederholte Schmatz und schmollte dann.

„Die Zeit kommt noch, Schmatz. Eines nach dem anderen. Schau, es ist noch gar nicht so lang her, da hast du PCs geschleppt. Und jetzt bist du schon Assistent im Ermittlungsbereich eins. Also, was haben deine Nachforschungen zu den Kandidaten ergeben? Es ist doch sicher noch etwas aufgetaucht, oder?"

Schmatz zögerte kurz, dann machte er seinen Laptop wieder auf und fuhr auf dem Trackpad herum. „Da, schau", sagte er trotzig und drehte das Gerät zu ihr hin.

- *Johann Innbrüggler, Innsbruck: 15 Liegenschaften / Keine Belastungen*
- *Urban Volderober, Thaur: Kein Grundbuchseintrag*
- *Fritz Branntler, Mieming: Kein Grundbuchseintrag*
- *Sebastian Ebert, Mayrhofen: Kein Grundbuchseintrag*

Tolle Jungbauern, dachte sie beim Durchlesen. Bis auf Innbrüggler besaß keiner der Kandidaten den Hof, sondern war von Berufs wegen Bauernsohn. *Alles Sein und Sch...* „Schau schau!", entfuhr ihr, als sie die letzte Zeile las.

- *Anton Flickenfand, Matrei: 1 Liegenschaft / Hypotheken € 1.500.000, Zwangsversteigerungsvermerk*

„Zwangsversteigerungsvermerk", las Valerie laut, erhielt aber keine Reaktion. „Sind wir fertig, Stolwerk?", gab sie zur Seite, weil sie aus den Augenwinkeln erkannt hatte, dass er immer noch auf seinem Smartphone herumtippte.

Ihr Partner schrak auf, sperrte den Bildschirm und verstaute das Gerät wieder. „Ja. Ja! Ja ...", stotterte er. „Äh ... was?"

Valerie, die eine vage Ahnung beschlich, wem er da gerade getextet hatte, antwortete: „Der Kandidat aus Matrei. Schulden und Zwangsversteigerung."

„Der Puita? Echt?", staunte er und beugte sich zum Laptop-Bildschirm hin.

„Was?"

„Der Flickenfand Toni vulgo Puita. Der ist verschuldet?"

„Der Puita, ganz genau", wusste Schmatz.

„Können wir bitte die richtigen Namen benutzen? Ich bin schon ganz durcheinander mit dem ganzen Haselerflötzenblödsinn, da brauch ich nicht noch einen PUITA", ärgerte sich Valerie ein weiteres Mal über die Hofnamen. „Also läuft ein Insolvenzverfahren gegen ihn?"

„Äh ... dazu hab ich nichts gefunden, sorry."

„Und wann soll diese Zwangsversteigerung stattfinden, Schmatz?"

„Laut Ediktsdatenbank am 12.12."

„Also hat er noch einen guten Monat. Zeit genug, die Bauerlorette zu gewinnen und mit dem Gewinn seinen Hof zu retten", deutete Valerie ihren Verdacht an.

Stolwerk schüttelte den Kopf. „Eine Million Gewinn, anderthalb Millionen Schulden. Wenn nicht mehr. Das geht sich unterm Strich nicht aus, Veilchen."

„Aber immerhin könnte er Schulden tilgen und den Rest umfinanzieren. Die Bauerlorette-Show könnte ihm den Hals retten. Stolwerk, lass uns diesen Herrn Flickenfand interviewen."

„Zuerst müssen wir unser *Fürallesmädchen* befragen."

„Ach!", tat sie die in ihren Augen völlig überflüssige Vernehmung der Schwester des Fallschirmspringers ab.

22.

Zwei Stunden später

Die Befragung Irene Volderobers hatte wie erwartet nichts Neues gebracht. Jedenfalls nichts, das sie in dem Fall weitergebracht hätte. Die ausgemergelt wirkende junge Frau, deren Augenringe an diesem Tag besorgniserregend dunkel waren, klagte, dass seit Urbans Tod keine Ruhe mehr auf dem Hof einkehrte. Ihre Eltern würden den Tag ohne Psychopharmaka nicht durchstehen. Besonders schlimm sei die *öffentliche Anteilnahme*, ein Begriff, den sie beim Aussprechen ins Lächerliche zog. Sie berichtete von Leuten, die sich allerlei einfallen ließen, um Einlass in den Hof zu finden und sie nach schmutzigen Details auszufragen. Von Schaulustigen, denen jedes Mittel recht gewesen sei, um zum Absturzpunkt zu gelangen und diesen zu fotografieren. Manche von ihnen hätten Selfies von sich und dem großen, dunklen Fleck auf dem Vorplatz geschossen, andere Grablichter aufgestellt oder Blumen niedergelegt. Und egal was sie dagegen unternommen habe, immer wieder hätte sich ein anderer Zugang zum Freigelände verschafft und herumgeschnüffelt. Drohnen seien über den Hof geschwirrt, unzählige Fotos und Videos seien schon im Internet aufgetaucht. Eine Behauptung, die Valerie ungeprüft glaubte. *Was sind das nur für kranke Zeiten?*, hatte sie gedacht und dann die Fragen gestellt, auf die Geyer nicht verzichten wollte: Wo Volderober gewesen war, als der erste Kandidat starb. Wie es um ihr Verhältnis zum eigenen Bruder stand. Ob es sein konnte, dass er Drogen nahm. Ob er psychisch instabil war. Ob sie die anderen Kandidaten kannte. Ob sie eine sonstige Verbindung zur Bauerlorette hatte. Ob sie Schulden hatte. Und so weiter und so fort. Aber nein, natürlich hatte sie nichts und kannte sie niemanden. Alles sei gut gewesen – bis Urban abgestürzt war. Sie zu befragen, war reine Schikane gewesen, für die Frau und für sie.

Valerie war außerdem nur halb bei der Sache gewesen. Sie grübelte die ganze Zeit über dem, was Mutter und Tochter Zipplinger sich im Tourbus vorgeworfen hatten. Vor allem der Satz *„Du hast schon weitaus Schlimmeres gemacht"* wollte ihr nicht aus dem Kopf gehen. Aber ohne handfeste Informationen konnte das alles und auch nichts sein.

Nachdem Valerie und Stolwerk die Befragung Irene Volderobers beendet hatten, wollten sie weiter zum Hof in Matrei am Brenner, der sich im Besitz des Kandidaten Anton Flickenfand befand und heillos überschuldet war. Valerie beschloss, die Zeit am Beifahrersitz zu nutzen, um in Jacqueline Zipplingers Interneteinträgen zu recherchieren. Wie üblich führte die Google-Abfrage einer berühmten Person zuerst zu ihrem Wikipedia-Eintrag.

Jacqueline Zipplinger

Jacqueline Zipplinger (geboren in Wien-Favoriten; auch: Jackie Zipplinger) ist eine österreichische Schauspielerin und Reality-TV-Teilnehmerin.

Leben

Zipplinger stammt aus bürgerlichen Verhältnissen und ist in Wien aufgewachsen. Sie absolvierte ihre schauspielerische Ausbildung in der <u>Akademie Pokorny</u>, welche sie als Jahrgangsbeste mit Auszeichnung abschloss. [1] Ein damit verbundenes Engagement am <u>Staatstheater Wien</u> wurde während der Probearbeiten im beiderseitigen Einvernehmen aufgelöst. Es folgten kleinere Auftritte

in Fernsehwerbungen und auf Firmenevents. Zu größe-
rer Bekanntheit schaffte sie es zuletzt als Darstellerin
der Bauerlorette, einer Live-TV-Kuppelshow, in der fünf
Jungbauern und mutmaßliche Hof-Erben um eine Frau
sowie eine Million Euro rittern. Hierbei kamen zuletzt
zwei der Kandidaten unter unklaren Umständen ums
Leben. Die Show wurde trotz der Vorfälle fortgesetzt. [2]

Fernsehauftritte
TV-Werbung für Hoffmannsthaler Premiumbräu
Die Bauerlorette (aktuell)

Privates
Zipplinger ist nach eigenen Angaben Single. Ein Artikel
im Society-Magazin InMaXXXima wirft Zweifel an diesen
Angaben auf. [3]

„Wie schnell die sind", staunte Valerie.

„Was meinst, Veilchen?"

„Das mit Zipplingers geheimem Hoteltreffen ist jetzt schon in Wikipedia drin."

„Wundert mich nicht. Manche Menschen haben einfach nichts Besseres zu tun, als in fremden Leben herumzustochern und alles, was sie finden, breitzutreten."

„Wie die Aasgeier."

„Du sagst es. Es gibt keine größere Strafe, als populär zu sein."

„Aber gefallen tut sie dir trotzdem."

„Was hat das eine mit dem anderen zu tun? ... Und wenn schon?"

„Sorry."

„Schau, Veilchen, die Jackie ist einfach eine bildhübsche Frau. Weißt, da kann man als Mann irgendwie gar nicht anders, als hinzuschauen."

„Mhm." Sie hätte gern ergänzt, dass sich die Männerwelt in Zipplingers Gegenwart völlig idiotisch aufführte, wusste andererseits aber nicht, wie ihr Kumpel das auffassen würde. Zudem gab es gerade Wichtigeres: „Das Staatstheater klingt interessant."

„Was meinst, Veilchen?"

„Laut Wikipedia war sie Jahrgangsbeste an ihrer Schauspielakademie und hätte damit eine Rolle in einer Theaterproduktion bekommen sollen. Aber vorher hätte man sich *einvernehmlich* getrennt. Klingt irgendwie komisch. Auch, dass sie Jahrgangsbeste gewesen sein soll ... Also jetzt einmal ehrlich, Stolwerk: Wenn du ihre optischen Argumente abziehst, was bleibt dann noch von ihr?"

Stille.

„Hm?"

„Sie ist sicher ganz nett, glaubst nicht?"

„Aber eine Schauspielerin?"

Valerie warf Stolwerk einen Seitenblick zu, konnte aber nichts in seinen Zügen ablesen. Weil er schwieg, fuhr sie fort: „Ich bin keine Expertin, aber sogar ich seh, dass ihr das Talent ausgeht, sobald sie versucht, in eine Rolle zu schlüpfen, die nichts mit ihren *Argumenten* zu tun hat. Wie kann sie da Jahrgangsbeste einer seriösen Schauspielakademie sein?"

„Vielleicht sind die anderen ja noch schlechter gewesen."

„Also gibst du zu, dass sie mies ist?"

Er zog eine Augenbraue hoch.

„Die große Karriere scheint das bisher nicht gewesen zu sein ... Und sag nicht, sie ist noch jung."

„Sie ist ..."

„Ja?"

„Schau Veilchen, da vorn kommt der Hof."

Am Puitahof in Matrei am Brenner schien alles verlassen. In den umliegenden Häusern brannten erste Lichter, vereinzelt sah man schon Hinweise auf die Weihnachtszeit, während anderswo noch die Kürbisse vor den Häusern und auf den Fensterbänken standen. Der Bauernhof vor ihnen aber war dunkel.

„Ich geh schauen", sagte Stolwerk und betrat die Stufen, die zur Eingangstür des Hofes führten.

„Mach das", sagte Valerie und seufzte.

Die Jahreszeit, die sich ankündigte, war vor allem eines: dunkel. Und kalt noch dazu. Sie mochte den Winter nicht. Sie lebte von Sommer zu Sommer. Seit ihrem Unfall auf dem Bergisel, der vieles in ihrem Kopf durcheinandergebracht und neu verkabelt hatte, erst recht. Sie hätte sich gut vorstellen können, den Winter an einem wärmeren Plätzchen auf der Welt zu verbringen. Die Kanaren vielleicht. Oder gleich ab in die Karibik? Oder hasste sie einfach nur den November?

„Schaut nicht gut aus, Veilchen!", bestätigte Stolwerk ihre Befürchtung, niemanden anzutreffen.

„Der nächste Weg umsonst", sagte sie und steckte die Hände trotzig in die Taschen ihrer Jacke. Bald würde sie das gefütterte Modell ausgraben müssen.

„Ich werf meine Visitenkarte in den Schlitz und schreib drauf, dass er sich melden soll."

„Verkehrt herum, sonst wird's schwer", murmelte sie vor sich hin.

„Was?"

„Passt schon. Schmeiß rein. Flickenfand soll sich bei uns melden, so schnell es geht."

„Okay", bestätigte er und kritzelte schon auf der Karte herum.

Ein Pkw näherte sich, wurde langsamer und hielt direkt neben Valerie an. „Suchts ihr vielleicht den Puitntoni?", wollte die Frau wissen. Valerie schätzte sie auf Anfang sechzig. Sie trug eine rote Wollkappe mit dickem Zopfmuster und wirkte dank ihrer dicken Nase wie ein Troll. Vielleicht auch wie eine weibliche Ausgabe des Weihnachtsmanns, wenn man ihren dicken Mantel mitberücksichtigte.

Puitn klang nach Puita, *Toni* war Anton – *Puitntoni* musste also laut großem Lehrbuch der Tiroler Hofnamengrammatik Anton Flickenfand vom Puitahof sein.

„Anton Flickenfand?", fragte Valerie zur Sicherheit.

Die Frau nickte eifrig. „Der Puitntoni, sag ich ja."

„Wissen Sie, wo wir diesen ... Anton finden können?"

„Den Toni. *Mei*, vielleicht bei der Bauerlorette? Wissts, der ist einer von den Kandidaten für ..."

„Wissen wir, ja", kürzte Valerie ab.

„Sonst weiß ich auch nicht, wo er stecken könnte", bedauerte die Autofahrerin und zuckte demonstrativ mit ihren Schultern.

Stolwerk kam zu ihnen.

„Wohnt Herr Flickenfand überhaupt hier?", fragte Valerie, weil der Hof nicht unbedingt einen bewohnten, geschweige denn einen gepflegten Eindruck machte. Das Laub, das in der Einfahrt lag, hatte niemand weggekehrt, die paar Flecken Wiese mussten zuletzt vor Monaten gemäht worden sein. Kein Fahrzeug weit und breit.

„Kann ich nicht sagen. Manchmal sehe ich ihn mit dem Traktor herumfahren. Aber es brennt nie Licht. Und auch sonst ... wissts, ich erzähl das ja nicht jedem Dahergelaufenen, aber es heißt, der Puita sei aufghaust. PLEITE", fügte sie verschwörerisch an, damit sie es auch garantiert verstanden.

„Wo könnte er sonst noch sein?", stocherte Valerie nach.

Wieder zuckte die Frau so fest mit den Schultern, dass man einen spastischen Anfall befürchten konnte. „Weiß ich leider nicht."

Was weißt du denn überhaupt, du neugieriges Luder?, hätte die böse Souffleuse gerne gefragt.

Plötzlich machte die Frau im Auto große Augen, so als sei ihr gerade etwas eingefallen. „Wer seids ihr eigentlich? Seids ihr vielleicht vom Fernsehen? Oder von einem Magazin? Wollts nicht mitkommen? Mein Haus ist da drüben, ich mach uns einen Tee und dazu gibt's leckere Kekse."

Lecker. Valerie spürte, wie es ihr die Gänsehaut aufzog. Kekse in Zungenform erschienen vor ihrem geistigen Auge und begannen, an ihr zu lecken ...

„Wir sind von der Polizei", brummte Stolwerk.

„Oh!", machte die Frau, nickte, ließ die Seitenscheibe wieder hoch – und brauste grußlos davon.

„Wie unhöflich", sagte Stolwerk im Stil einer alten Fernsehserie und grinste Valerie an. Da klingelte ihr Handy.

Wenige Minuten später entdeckten sie den *Street Rockers*-Bus in einer dunklen Ecke des Parkplatzes der Autobahnraststätte Innsbruck-Amras und hielten daneben an. Als Ernesto sie erkannte, winkte er ihnen wie alten Bekannten und ließ sie gleich ins warme Innere.

Else Zipplinger hatte sie schon erwartet. „Bitte", sagte sie und deutete auf die beiden freien Plätze am Tisch, über dem ein einzelnes, schwaches Halogenlicht brannte. Jacqueline saß neben ihrer Mutter. Pizzageruch hatte sich unter die abgestandene Luft gemischt, drei Bierdosen standen auf dem Küchenpult. Else und Jacqueline schienen sich wieder zu vertragen. Valerie ahnte schon, dass das die Befragung nicht einfacher machen würde.

„Wir würden gerne mit Ihrer Tochter unter vier Augen sprechen", versuchte sie, die beiden zu trennen.

„Das kommt nicht in Frage. Entweder zu zweit oder gar nicht. Sie haben die Situation in Salzburg schamlos ausgenutzt, Frau Mauser."

Diese hob die Hände, ähnlich wie Geyer es vor ein paar Stunden getan hatte. „Also gut. Dann eben so ... Sagen Sie, wieso stehen Sie eigentlich ausgerechnet auf diesem Parkplatz?", fing sie an, um nicht gleich mit der Tür ins Haus, besser gesagt in den Bus zu fallen.

„Was bleibt uns denn noch anderes übrig? Vor dem Hotel steht eine Menschentraube, und in der Abendmaschine nach Wien waren keine Plätze mehr frei. Die Busfahrt nach Hause und zurück dauert zu lange, also schlagen wir auf diesem Parkplatz die Zeit tot. Unzumutbar, wenn Sie mich fragen, aber bitte ... Weshalb wollten Sie uns jetzt sprechen? Wir sind ziemlich müde und mitgenommen, also bitte beeilen Sie sich."

Na dann, dachte Valerie, kam aber zunächst auf ein Nebenthema zu sprechen. „Ich habe diesen Artikel in der InMaXXXima gelesen. Was sagen Sie dazu?"

„Alles erstunken und erlogen", antwortete Else Zipplinger, obwohl die Frage an ihre Tochter gerichtet war.

„Das auf dem Foto sind doch eindeutig Sie?", entgegnete Valerie und behielt Jacqueline im Blick.

Wieder antwortete die Mutter für sie. „Was sagt dieses Foto darüber aus, *wann* es aufgenommen wurde? Frau Mauser, Sie haben ja keine Ahnung, wie diese Klatschseiten arbeiten. Es gibt Schubladen voll mit Bildern von Jacqueline in allen Lebenslagen. Die können draus machen, was sie wollen. Die denken sich die Geschichten aus."

„Und selbst wenn es wahr wäre", fing Jacqueline zu sprechen an. „Was würde das ändern?"

Nichts, gab Valerie der Bauerlorette insgeheim Recht. Nichts, soweit es ihre Ermittlungen in den Todesfällen betraf. Es war eben alles nur Show, und was die Bauerlorette in ihrem Privatleben tat, ging niemanden etwas an. Eigentlich. Natürlich hätte es irgendeine verworrene Verbindung zwischen diesem geheimnisvollen Freund und den Todesfällen geben können, vielleicht sogar ein Motiv – Eifersucht ging immer –, aber das wäre zu diesem Zeitpunkt doch allzu weit hergeholt gewesen. Es war ein Nebenthema, nicht mehr.

„Sind Sie fertig?", fragte die Mutter, die ihre Hand auf Jacquelines Arm gelegt hatte. Ein dezenter und doch deutlicher Hinweis an diese, den Mund zu halten.

„Nein, da ist noch etwas ... Frau Zipplinger, wir haben erfahren, dass sich Ihr Marktwert deutlich erhöht hat", spielte Valerie auf die Verdreifachung ihrer Gage an, von der Stolwerk und sie aus der Tonbandaufzeichnung wussten.

„Ich kann mir nicht vorstellen, was Sie meinen", entgegnete Else Zipplinger und streckte ihre Lippen in Donald-Trump-Manier nach vorne, während Jacqueline ihre Fingernägel in Augenschein nahm und damit erneut bestätigte, dass selbst Valerie es besser hinbekäme, Gleichgültigkeit vorzutäuschen.

Stolwerks Handy signalisierte das Eintreffen einer neuen SMS, was Valerie kurz ablenkte. Sie musste sich neu konzentrieren, bevor sie fortfahren konnte: „Ich MEINE, dass die Unglücksfälle den Einschaltquoten nicht geschadet haben, im Gegenteil. Und ich MEINE auch zu wissen, dass die Gage auf Ihren Wunsch hin ein ziemlich arges Wachstum hingelegt hat." Zufrieden stellte sie fest, dass sie die beiden Damen jetzt überrascht hatte.

„Das ist doch absurd", sagte die Mutter und hängte ein gekünsteltes Lachen an, dem ein unsicherer Seitenblick zu ihrer Tochter folgte. „Das ist doch absurd", sagte sie erneut. „Was unterstellen Sie uns da?"

Stolwerk, der kurz auf sein Telefon gesehen hatte, steckte es wieder weg, räusperte sich laut und übernahm: „Sagen wir einfach, wir wissen, dass Sie Situationen wie diese zu Ihrem Vorteil ausnutzen."

„Situationen wie diese?", empörte sich die Mutter.

„Womit Sie zu Profiteuren der Verbrechensserie werden", setzte Valerie nach.

„Was soll das alles heißen?", protestierte sie, während die Bauerlorette weiterhin kein Wort von sich gab. „Was für ein Verbrechen? Das waren doch Unfälle. Und was heißt *Situationen wie diese*? Mir gefällt überhaupt nicht, in welche Richtung das Gespräch geht. Darf ich Sie daran erinnern, dass Sie zu unserem Schutz abgestellt wurden? Und jetzt sitzen wir in einer polizeilichen Vernehmung, oder wie?"

Valerie beschloss, aufs Ganze zu gehen. „Kommen Sie schon, tun Sie nicht so, als hätten Sie keine Ahnung von alldem. Wir wissen genau, was Sache ist. Also rücken Sie endlich mit der Wahrheit heraus."

Zunächst blieben die Damen still. „Das waren keine Unfälle?", fragte die Bauerlorette dann mit oscarreifer Verwunderung. Was hieß: Ihre Verblüffung musste echt sein.

„Wenn dem so ist, verlange ich umgehend weitere Maßnahmen zu unserem Schutz, statt dass Sie uns verdächtigen. Was fällt Ihnen eigentlich ein?", drängte die Mutter.

„Was war damals am Staatstheater?"

Die Zipplingers sahen sich an, einen Moment nur und doch lange genug.

Eindeutig ein wunder Punkt.

„Wieso?", fragte Jacqueline.

„Nun, ich frage mich, wer es auf Ihr Umfeld oder auch auf Sie persönlich abgesehen haben könnte. Gibt es da jemanden, der noch eine Rechnung mit Ihnen offen hat? Vielleicht im Zusammenhang mit damals?"

„Das ist doch ausgemachter Quatsch!", blaffte Else Zipplinger. „Das ist längst erledigt. Und wenn, dann hätten WIR eine Rechnung offen. WIR und sonst niemand!"

„Was war denn damals? Wieso ist es nie zur Aufführung gekommen, obwohl Sie Jahrgangsbeste an der Akademie waren?"

Jacqueline richtete sich auf, unverkennbar geschmeichelt. „Das haben Sie gesehen?"

„Es steht so auf Wikipedia. Es ist doch die Wahrheit, oder?"

„Ja, das stimmt", brüstete sich die Bauerlorette.

„Aber kein Engagement am Staatstheater ... Wieso haben Sie diese Chance sausen lassen?"

„Ich musste." Nun machte sie wieder auf Evita. „Der Regisseur hat mich ... hat mich ..."

„Was? Belästigt?"

Sie nickte nur.

Wieder Stille.

„Das Aussehen meiner Tochter ist Fluch und Segen zugleich", antwortete die Mutter.

„Haben Sie den Vorfall damals angezeigt?", fragte Valerie.

„Ha! Angezeigt ... glauben Sie mir, dann säßen wir heute garantiert nicht hier. Damals war noch keine Rede von MeToo. Wer nicht spurte, flog."

„Sie sind trotzdem geflogen."

„Nein, sind wir nicht. Aber glauben Sie ruhig, was Sie wollen."

Valerie, gereizt von Else Zipplingers Antwort, beschloss, aufs Ganze zu gehen: „Sicher gibt es noch ... *weitaus Schlimmeres* ... das man im Showbusiness tun muss, um nach oben zu kommen, oder?", bezog sie sich auf die geheime Tonbandaufnahme.

„So, jetzt reicht's aber. Offensichtlich habe ich mich in Ihren Absichten grundlegend getäuscht, Frau Mauser. Sonst hätte ich Sie niemals ohne unseren Anwalt empfangen. Ihr Kieberer seids doch überall die gleichen. Keinen Plan haben, aber so tun, als ob. Irgendwer wird schon etwas sagen, wenn man ihm nur genug unterstellt. Aber diese Tricks machen S' gefälligst ohne uns. Wir sagen nichts mehr. Und jetzt lassen Sie uns in Ruhe! Ernesto, our guests will leave the bus now", schmiss sie nach vorne, stand auf und bedeutete ihrer Tochter, es ihr nachzumachen.

Als sich Valerie und Stolwerk mit einem doppelten „Adiós!" bei Ernesto verabschiedeten, waren seine Augen die eines Labradors, der sich nichts sehnlicher wünschte, als aus diesem Käfig mitgenommen zu werden.

Fünf Minuten später waren sie auf der Autobahn. „Ein Satz mit x", sinnierte Stolwerk, und weil Valerie still blieb, vervollständigte er ihn selbst: „War wohl nix."

„Nein. Aber ihr Spruch mit den Kieberern war interessant, oder?"

„Mhm", stimmte er zu.

„Wieso haben wir die alte Zipplinger eigentlich noch nicht überprüft? Würde mich überhaupt nicht wundern, wenn die aktenkundig wär."

Wieder piepste Stolwerks Smartphone. Er kramte es während des Fahrens aus der Hose und summte noch einmal: „Mhm."

„Lass mich, ich les dir vor, wenn du schon nicht warten kannst, bis wir stehen", schlug Valerie vor und griff nach dem Handy.

„Nein, lass das!", wehrte sich ihr Kumpel. „Übernimm du kurz das Steuer, okay?", erdreistete er sich doch tatsächlich.

„Wie bitte?"

„Das Steuer. Lenk mal kurz, Veilchen."

Sie seufzte und griff ins Lenkrad. Aus den Augenwinkeln sah sie, dass Stolwerks Gesicht vom Telefon angestrahlt wurde. Sie meinte sogar, ihn grinsen zu sehen.

Wie man spätestens seit dem Kinofilm *Speed* wusste, war das Lenken eines Fahrzeugs die eine Sache, Bremsen und Gasgeben die andere, und sie kamen gleich aus dem Lärmschutztunnel Amras, hinter dem sie von der Autobahn mussten. Aber noch bevor sie ihren Partner darauf hinweisen hätte können, verbunden mit dem einen oder anderen aufschlussreichen Seitenblick auf seinen Bildschirm, hatte Stolwerk den Blinker schon gesetzt und ging vom Gas. Gleich darauf gluckste er fröhlich, steckte das Gerät weg und übernahm wieder.

„Du, Veilchen?"

„Hm?"

„Wir machen eh Schluss für heute, oder?"

„Ich denk schon", antwortete sie. Auch sie spürte langsam die Müdigkeit in ihren Knochen.

„Kann ich beim Tivoli rausspringen und du fährst den Wagen heim?"

So viel zur Müdigkeit. „Wieso? Ist heute ein Fußballspiel, oder was?"

„Sei nicht so neugierig, Veilchen."

„Ich? Neugierig? Blödsinn."

Als Stolwerk anhielt, ihr zuzwinkerte und noch einen schönen Abend wünschte, hätte sie vor Neugier platzen können.

23.

Zweieinhalb Stunden später

Valerie stand im Erker ihrer Wohnung und spähte in die Altstadt hinunter, die sich langsam mit Nachtschwärmern füllte.

Wie jeden Abend hatte Hubsi seinen Würstlstand auch heute wieder direkt vor dem Stadtturm postiert. In wenigen Tagen musste er den Ständen des Christkindlmarkts Platz machen. Dann kam wieder ein riesiger Nadelbaum vors Goldene Dachl und die Geräusche auf der Straße vermengten sich zu einem beständigen Klangteppich – aus der Altstadt wurde ein kleines, alpenländisches Disneyland, das zigtausende Touristen anzog: aus Italien und vereinzelt auch woandersher.

„November", diagnostizierte sie ihren Zustand und seufzte. Bisher keine Spur von Stolwerk. Hinter ihr erklang die Bauerlorette-Melodie und beendete damit die gefühlt zehnte Werbepause während der letzten Stunde, mit der gefühlt hundertsten Einschaltung für diesen unausstehlichen Möbelvertrieb. Valerie blieb am Fenster stehen.

„Sie haben unsere Nachrufe auf Urban Volderober und Johann Innbrüggler gesehen. Wunderbare junge Menschen. Ihr unglückliches Ableben ist ein riesiger Verlust für uns alle. Nun möchten wir uns für die großartige Spendenaktion zugunsten der Hinterbliebenen des Haseler-

bauern in Thaur bedanken. Dreihundertneunzigtausend Euro sind aus Ihren Anrufen zusammengekommen, nicht nur aus Österreich und Deutschland, sondern weit darüber hinaus. Und nun aufgepasst: Die Tiroler Innbank unter Konsul Kommerzialrat Julius Schaffler wird diesen Betrag nochmals verdoppeln, jawohl: VERDOPPELN!"

Mit anderen Worten: *WIR* werden verdoppeln, dachte Valerie. Jeder, der ein Konto bei der Innbank hatte. Dass Konsul Schaffler die Verdopplung der Fernsehspenden aus seiner Privatkasse zahlen würde, durfte wohl ausgeschlossen werden.

Noch immer kein Stolwerk weit und breit ...

Valerie hatte keine Lust, der Sendung weiter zuzuhören, und schaltete ihr Gehirn auf Durchzug. Weil das nicht wirklich funktionierte, begann sie zu pfeifen, irgendwas. Sie pfiff die Kasperl-Melodie. Und wie sie so pfiff, völlig falsch natürlich, entdeckte sie Sandro, der zu ihr hochwinkte. In der anderen Hand trug er seinen Gitarrenkoffer. Wie lange war er schon da unten und beobachtete sie? Valerie erwiderte seine Geste und lächelte. Dann warf er ihr einen Kuss zu und sie ihm einen zurück. Schließlich ging er aufs Haus zu und verschwand aus ihrem Blickfeld.

Sandro hatte ihr gar nichts von einem Auftritt erzählt. Oder war es eine Probe? Hatte er für jemanden einspringen müssen? Und wie stand es um sein neues CD-Projekt, das er über eine Spendenaktion im Internet finanzieren wollte? Sie musste sich unbedingt mehr dafür interessieren. Vielleicht konnte sie ihn ja irgendwie unterstützen ...

Du könntest Triangel spielen, riet die böse Souffleuse.

Valerie schüttelte sich und gähnte herzhaft.

„... Sie haben es wie immer in der Hand ... So, langsam nähern wir uns dem Ende unserer großen Bauerlorette

Throwback Show mit den besten Rückblenden auf die aktuelle Staffel. Den größten Knaller haben wir uns für zuletzt aufbewahrt. Gentlemen, boys and girls, fasten your seatbelts ..."

„Hallo, Val", sagte Sandro und kam ins Wohnzimmer.

Ausgerechnet jetzt musste es spannend werden. „Pschschsch!", gab sie ihrem Freund statt einer Begrüßung zurück.

„Also echt", protestierte er, aber der Zeigefinger vor ihrem Mund verhinderte, dass er weitersprach.

„Jawohl, ein WILDCARD-Kandidat wird unsere drei verbliebenen Bauern Frastl, Witz ... Pardon ... Wastl, Fritz und Toni verstärken und so ebenfalls die Chance auf eine Million Euro bekommen. Morgen schon haben wir die Gelegenheit, den Glücklichen kennenzulernen. Beim großen Whirlpool Adventure, sponsored by Wonnewannen Bäderparadies, heißt's für ihn gleich ran an die Frau! ... Und das war's auch schon für heute. Wir sehen uns morgen wieder. Die Bauerlorette sagt auf Wiedersehen und gute Nacht."

„Ti-ti-tiee ...", sang Valerie die Kasperltheater-Melodie vor sich hin, während sie sich beeilte, zu Sandro zu kommen, der kopfschüttelnd den Raum verlassen und wieder das Bad aufgesucht hatte, um zu schmollen.

Doch wieder kam etwas dazwischen. Jemand polterte das Treppenhaus hoch. Sie erkannte Stolwerks typischen Gang. Jeden Moment würde er auf seiner Etage sein. Und dann hörte sie noch etwas. „Ihihihi!", kicherte jemand.

Valerie spürte ihr Herz schneller schlagen. Sie hörte Stolwerks fröhliches Gebrumme, schaffte es aber nicht, daraus einen Satz oder wenigstens Wortfetzen abzuleiten. Sie musste unbedingt lauschen! Sie eilte zur Tür, öffnete diese einen Spaltbreit, horchte – da flog schon die untere Wohnungstür zu.

Ti-ti-tiee ..., sang die böse Souffleuse auf ihrer Schulter.

„Ach, halt doch die Klappe!", schimpfte sie das Teufelchen und eilte zu Sandro.

24.

„Er ist in Urlaub."

   „Wie, er ist in Urlaub?"

   „Ja, in Urlaub halt!", blaffte Kollege Eder seinen Vorgesetzten an und schob ihm das Antragsformular zu. Josef Eder und Hannes Mair hatten ihren Einsatz in Kitzbühel beendet und sahen erstaunlich gut erholt aus. Es musste sich um einen Wellness-Einsatz gehandelt haben.

   „Schmatz hat mich gar nicht um Erlaubnis gefragt", murrte Geyer. „Nur damit das jedem hier klar ist: Wer Urlaub will, hat VORHER meine Zustimmung einzuholen und kann nicht einfach so abhauen. Verstanden? ... Na der wird was erleben ... Also gut. Dann führst du eben heute wieder Protokoll, Manfred."

   „Mhm", bejahte der Mann, der ebenfalls außergewöhnlich ausgeschlafen wirkte, wenn Valerie an die vergangene Nacht dachte. Denn sie hatte wegen ihm kein Auge zutun können. Die Geräusche, die bis in ihr Schlafzimmer zu hören gewesen waren, hätten eindeutiger nicht sein können, darunter sogar solche, die man eher dem Regenwald zurechnen würde. Dann hatte es gewummert, als sei irgendwo ein Schornstein eingestürzt, die Wände des Altstadthauses waren in Schwingung geraten. Zwischendurch hatte Sandro geschnarcht und am Morgen gemeint, gar nichts mitbekommen zu haben. Aber wie wollte er *das* denn bitte nicht mitbekommen haben?

   Auf dem morgendlichen Weg hatte sie sich auf Verlegenheitskonversation beschränkt. Um nichts in der Welt wollte sie Stolwerk auf letzte Nacht ansprechen, geschweige denn sich vorstellen, wie er nackt durchs Zimmer schwang, als Tarzan an der Liane – oder einen Kasten erklomm, um Superman-artig auf die Matratze zu springen ... So ähnlich hatte es sich angehört. Und trotz aller Vorsätze ließ sich das Kino in Valeries Kopf nicht mehr stoppen. Manfred Stolwerk, ihr Ermittlungspartner und bester Kumpel seit Menschengedenken, war eine Liebesmaschine. Wer hätte das gedacht.

Geyer sagte etwas – und riss Valerie aus ihren Gedanken. Jetzt herrschte Stille. Valerie unterdrückte ein Gähnen und ahnte, dass sie heute diejenige mit dem größten Schlafdefizit im Raum war. Wie auch die mit dem lebhaftesten Kopfkino.

„Hm?", drängte Geyer und sah sie direkt an.

Sie hatte etwas Wichtiges verpasst. „Was meinst du dazu, Stolwerk?", gab sie reflexartig an ihren Ermittlungspartner weiter.

Eder gackerte, als hätte sie etwas Lustiges gesagt.

„Also, SO ETWAS kann ich jetzt wirklich nicht beurteilen", antwortete Stolwerk und sah versonnen drein.

Dumm, dass sie nichts mitbekommen hatte, und jetzt war es doppelt peinlich, sich danach zu erkundigen. Ging es gerade um eine Frauensache? Oder betraf es sie ganz persönlich? Sie beschloss, weiterhin den Mund zu halten.

Geyer erlöste sie schließlich. „Na ja, jeder, wie er will."

Das ergab keinen Sinn. *Jeder, wie er will* ... im Moment fand sie nur eine Assoziation dazu, und die hatte nichts mit ihr, sondern mit dem Herrn an ihrer Seite zu tun, mit Stolwerk, Priscilla Matscher und – Jurassic Park. Jurassic Park! Das war es. Der T-Rex jagt sein Beutetier quer durchs ganze Schlafzimmer, und wenn man glaubt, er hat's endlich verputzt, entwischt es ihm schon wieder ... Valerie schüttelte den Kopf. Wieso konnte sie nicht aufhören, an letzte Nacht zu denken? Sie musste sich endlich auf die Sitzung konzentrieren!

Schmatz hatte sich den Tag frei genommen, so viel hatte sie noch mitbekommen. Wieso hatte er Eder und nicht ihr seinen Urlaubsantrag gegeben? Wollte er mit Luna wegfahren? Aber wer passte inzwischen auf die Tierpension auf?

„Häghäm", räusperte sich Geyer demonstrativ. „Also, Valerie?"

Alle starrten sie an. Wenn sie jetzt nichts sagte oder tat, wurde es lächerlich. „Ich ... mir ist nicht gut", log sie und sprang aus dem Zimmer, rannte über den Gang, ans Waschbecken im WC, wo sie den Stöpsel hinunterdrückte, das Kaltwasser aufdrehte und mit dem Gesicht so weit untertauchte, wie es ging. Sie ließ alle Luft aus den Lungen sprudeln und blieb still, bis ihr Körper nach Sauerstoff gierte, schoss auf und sah in den Spiegel.

Oh, Shit!, meinte die böse Souffleuse. Und damit war alles gesagt.

„So, geht's wieder?", begrüßte sie Geyer beim Hereinkommen. „Geh dich lieber auskurieren, bevor du uns alle ansteckst."

„Ich bin nicht krank", sagte sie und nahm Platz.

„Na gut, wir haben eh alles. Danke, meine Herren", beendete Geyer die Besprechung, stand auf und verließ den Raum, Mair und Eder folgten ihm, nur Stolwerk und sie blieben sitzen.

„Ihr kuschelt noch ein bisschen?", fragte Eder süffisant und schloss die Tür hinter sich.

„Spinner", gab sie ihm hinterher.

„Alles Roger, Veilchen?", fragte Stolwerk und musterte sie aufmerksam.

Da saß er, *Mister Lovemachine*, der T-Rex im Strei-chelzoo, als könnte er kein Wässerchen trüben. Sie war ja so froh, dass sie nie die Linie überschritten hatten, hinter der die Freundschaft aufhörte und etwas Neues begann. Sie wollte Priscilla Matscher zu gerne sehen, genau jetzt, wie sie vor ihrer Biologieklasse stand, sich mit zerwühltem Haar eine Zigarette anzündete und versuchte, irgendwie gerade zu stehen.

„Du ... du Unschuldslamm!", platzte ihr heraus.

„Hm, Veilchen?"

„Jetzt tu nicht so. Wir wohnen übereinander, Stol-werk, schon vergessen? Hattest du einen feinen Abend, ja?"

„Wieso?", fragte er verwundert, der alte Schauspie-ler. Dann stand er auf. „Komm, Veilchen!"

Sie schüttelte den Kopf und folgte widerwillig. Als sie wieder an ihren Arbeitsplätzen waren, informierte er sie über das, was sie in der Sitzung verpasst hatte.

Zunächst würde Pleitebauer Anton Flickenfand zu ihnen kommen. Er hatte sich bei Stolwerk gemel-det und wurde von ihm ans LKA zitiert. Geyer habe mit ihnen darüber eingestimmt, dass die drohende Versteigerung seines Hofs ein starkes Motiv dafür sei, für den Gewinn der Bauerlorette über Leichen zu gehen.

Dann hatte Nikolaus Geyer berichtet, höchstper-sönlich herausgefunden zu haben, dass Kandidat Sebastian Ebert aus Mayrhofen seit zwei Semestern Pharmazie studierte. Vom Hörensagen glaubte Geyer zu wissen, dass man in Pharmaziestudentenkreisen gerne mit allerlei Substanzen experimentierte und *je-denfalls* Zugang zu Blutdrucksenkern und LSD hätte. Zusätzlich schien Geyer verdächtig, dass Wietsch alias Ebert gar nicht am Erbhof in Mayrhofen, sondern in einer Zweizimmerwohnung in Innsbruck wohnte. Geyer wollte sich persönlich um den Burschen kümmern.

Zu Mittag sollten Stolwerk und Valerie dann zum Bauerlorette-Drehort fahren, um ein Auge auf die Sendungsvorbereitungen zu werfen und später mit dabei zu sein.

„Alles klar?", fragte ihr Partner, nachdem er ihr alles erzählt hatte.

„Passt", antwortete sie.

Zu ihrer Verwunderung schienen sich weder Else noch Jacqueline Zipplinger beim Chef gemeldet zu haben, um sich über die gestrige Vernehmung auf dem Busparkplatz zu beschweren. Die beiden Damen hatten es wohl für besser befunden, den Mund zu halten, als zu riskieren, dass ihre kleine, gemeine Gagen-Erpressung aufflog. Oder *weitaus Schlimmeres.*

Was sie auf die nächste Idee brachte. Valerie klickte sich in die polizeiliche Datenbank und dort in die Personenabfrage. Wenige Sekunden später hatte sie den gewünschten Datensatz: *Name: Elsbeth Zipplinger, Frühere Namen: Hammerschmidt, Geburtsdatum: 05.08.1970.*

„Gar nicht so alt", staunte Valerie. Mit ihrem ergrauenden Haar, der dunklen Kleidung und dem spitzen Gesicht hatte die Bauerlorette-Mutter viel von Fräulein Rottenmeier aus den Heidi-Filmen, und die war in Valeries Vorstellung seit Kindesbeinen an vor allem eines: uralt. Valerie vermied es, weiter darüber nachzudenken oder gar Vergleiche mit ihrem eigenen Geburtsdatum anzustellen.

„Was, Veilchen?", fragte Stolwerk und stand auf, um zu ihr zu kommen.

„Elsbeth Zipplinger. Ich schau sie mir gerade an", sagte sie.

Geburtsort: Münster/Deutschland.

„Und gar keine echte Wienerin", kommentierte er, als er hinter ihr stand und mitlas. „Hört man ihr gar nicht an, oder?"

„Nein", bestätigte Valerie. Die Zipplinger klang, als wohnte sie seit Kaisers Zeiten in der österreichischen Bundeshauptstadt.

Eintragungen: 1994 Rechtshilfeersuchen der Bundesrepublik Deutschland in Zusammenhang mit § 250 Absatz 1 Satz 2 StGB, Aktenzahl ...

„Nötigung eines verfassungsmäßigen Vertretungskörpers?", erinnerte sich Stolwerk an den ziemlich ausgefallenen, selten angewandten Paragrafen.

„Da wird eher das deutsche Strafgesetzbuch gemeint sein, oder?", vermutete Valerie und googelte die entsprechende Zahl. „Bumm!", sagte sie nur, als sie *schwerer Raub* las und gleich zur betreffenden Zeile sprang, in deren Hinsicht gegen Zipplinger ermittelt worden war.

§ 250 Absatz 1 Satz 2: ... wenn der Täter den Raub als Mitglied einer Bande, die sich zur fortgesetzten Begehung von Raub oder Diebstahl verbunden hat, unter Mitwirkung eines anderen Bandenmitglieds begeht.

„Da kannst auch nicht mehr behaupten, dass einen Lutscher hast mitgehen lassen, was, Veilchen?"

„Deshalb ihr Kommentar zu den *Kieberern, die überall gleich sind.* In Tirol wie in Wien ..."

„In Wien wie in Deutschland", vervollständigte Valerie. „Aber es gibt keine Verurteilung."

„Nö", sagte Stolwerk knapp und hob über Valeries Schreibtisch hinweg sein Bürotelefon ab, das schon seit einer Weile klingelte. „Aha ... danke ... Wir holen ihn gleich ab", sagte er, legte auf und informierte Valerie, dass der Pleitebauer aus Matrei unten am Eingang auf sie wartete.

25.

Sie brachten den Puitntoni in einen der Besprechungs-
räume im Kellergeschoß.

„Herr Anton Flickenfand?", eröffnete Valerie das *in-
formelle Gespräch*, wie Stolwerk es auf die Visitenkarte
geschrieben hatte. Diese lag wie ein Passierschein auf
dem Tisch vor ihnen.

Er nickte. Wie die meisten Menschen, die ihr in diesen Tagen begegneten, starrte auch er zunächst auf Valeries Veilchen. Zum Glück verzichtete er auf Weiteres.

Valerie hätte ihn als Durchschnittstypen beschrie-
ben. Durchschnittlich groß, durchschnittlich angezogen, durchschnittlich attraktiv. Braune Haare, braune
Augen, keine Tätowierungen, Piercings oder sonstigen
optischen Besonderheiten. Seine Hände waren die eines Pianisten, nicht die eines Bauern. Ihr kam sogar vor,
dass er dezentes Parfum trug. Seine Fingernägel waren
so sauber wie die Kleidung, die er trug. Ein Typ wie viele andere, die man jeden Tag traf. Hätte er behauptet,
Buchhalter, Beamter oder auch Arzt zu sein, man hätte
es ihm abgekauft.

„Können wir das bitte kurz machen?", fragte er und
sah dabei auf seine Armbanduhr.

Valerie vermutete, dass er bald zum Bauerlorette-
Dreh musste. „Wie denken Sie über die beiden Todesfälle ihrer Mitbewerber, Herr Flickenfand?", eröffnete
sie die Befragung.

„Wie ich darüber denke?" Er sah auf seine Hände
und überlegte ein paar Sekunden, bevor er antwortete.
„Ich denke, das ist schlimm. Aber so ist das Leben eben.
Tragisch."

„Außer für Sie."

„Wie meinen Sie das?"

Stolwerk erklärte: „Wenn die Zahl der Kandidaten sinkt, erhöhen sich natürlich Ihre Chancen, dass Sie die Million Euro gewinnen."

„Ach so. Na und?"

„Und was glauben Sie, dass wir uns dabei überlegen?", übernahm Valerie wieder.

„Können Sie bitte aufhören, mir dumme Fragen zu stellen, und mir sagen, was Sie mir konkret vorwerfen?"

Die resolute Antwort überraschte sie. Aber wenn er Klarheit wollte, konnte ihm geholfen werden. „Herr Flickenfand, Ihr Hof soll in wenigen Tagen versteigert werden. Sie sind insolvent."

„Wieso?"

„Können Sie bitte aufhören, mir dumme Antworten zu geben?"

Stille.

Die Reviere waren abgesteckt.

„Ich habe den Hof schon mit Schulden übernommen", behauptete er.

Stolwerk zog ein Blatt Papier aus dem Akt. „Hm ... die Liegenschaft gehört Ihnen erst seit fünf Jahren, die Hypotheken sind aber noch jüngeren Datums."

Flickenfand wirkte überrascht.

„Sie werden den Hof verlieren", präzisierte Stolwerk.

Flickenfand zögerte kurz, dann antwortete er kleinlaut: „Was kann ich schon dafür, dass mein Vater kurz vor seinem Tod alles mit Immobilienanteilen verspekuliert hat."

Valerie hielt den Atem an. Am Ende gehörten die Flickenfands zu den Geschädigten der Tyrovalue-Geschichte, dieses wildgewordenen Immobilienprojekts, das so viele Menschen weit über Tirol hinaus arm gemacht hat? Nicht nur der Ex-Lebensgefährte von

Valeries Mutter, Pascal Foltyn, hatte Hab und Gut wegen der Geschichte verloren. Die Nachwirkungen würden noch viele Jahre zu spüren sein, in der Wirtschaft, den Gerichtssälen und auf den Bankkonten der Betroffenen. Aber das konnte doch eigentlich nicht sein, rein zeitlich gesehen. Trotzdem spürte Valerie den Drang, sich ganz klein zu machen, denn sie war es, die den Tyrovalue-Betrug aufgedeckt hatte. *Tötet den Boten*, hieß es bei solchen Geschichten gerne.

„Wie lange ist das her?", fragte Stolwerk, und Valerie wollte im Boden versinken.

„Fünf, vielleicht zehn Jahre? So eine Wiener Immobilienaktie, die man im Fernsehen wie ein Sparbuch angepriesen hat."

Valerie atmete auf.

Stolwerk machte eine kurze Pause, bevor er weitersprach. „Herr Flickenfand, wenn Sie die Bauerlorette gewinnen, bekommen Sie eine Million Euro."

„Und? Das weiß doch jeder."

„Damit könnten Sie die Schulden tilgen oder wenigstens die Bank wechseln. Sie würden den Hof behalten."

„Wollen Sie mir DAS jetzt ernsthaft vorwerfen? Dass ich mich seit Jahren abstrample? Ist es ein Verbrechen, sein Familienvermögen retten zu wollen?"

Valerie übernahm wieder. „Nein, das ist natürlich kein Verbrechen, Herr Flickenfand. Darum geht es auch nicht. Mein Kollege und ich gehören zum Ermittlungsbereich Leib und Leben – manche sagen auch Mordgruppe dazu."

„Mord?"

„Mord", betonte Stolwerk.

Flickenfand sah auf die Tischplatte. Nach einer längeren Pause sprach er mit gesenktem Blick weiter:

„Aber Sie haben doch gesehen, wie der Hans und der Urban gestorben sind."

„Was wir sehen, ist manchmal nur das, was wir sehen sollen", wurde Stolwerk plötzlich philosophisch und ließ seinem Gegenüber Zeit, die richtigen Schlüsse zu ziehen.

„Jemand hat die beiden ... ermordet?"

„Wo waren Sie zum Zeitpunkt der Todesfälle, Herr Flickenfand?", bestätigte Valerie seine Frage indirekt – auch, weil sie keine Lust mehr auf die immergleiche Diskussion hatte.

„Ich? Fragen Sie mich das jetzt im Ernst? ICH?"

„Ja, Sie. Wo?"

„Was soll denn das für ein informelles Gespräch sein? Sie verdächtigen mich, einen Menschen umgebracht zu haben?"

Eigentlich zwei, dachte Valerie, blieb aber still.

Seine Augen gingen hin und her, als versuchte er sich zu erinnern. „Ich ... ich habe sie gesehen. Im Fernsehen. Den Hans und dann den Urban. Ich war Zuschauer."

„Kann das jemand bezeugen?"

Valerie kam vor, dass ihn die Frage erschreckte. Er antwortete nicht, sondern schüttelte nur den Kopf. Nicht, als wollte er die Frage verneinen, sondern eher erstaunt. Oder betreten? Nur so viel stand fest: Da war noch mehr.

Wieder Stille. Und Neugier, die einem das schönste Verhör verhageln konnte. Sie durften ihn jetzt bloß nicht drängen. Flickenfand hatte es eilig, also arbeitete die Zeit ohnehin für sie.

„Das ...", fing er an, stoppte aber wieder, atmete aus und wieder ein, schien die Optionen abzuwägen, die ihm noch blieben. „Das ... das kann jemand bezeugen, ja", stammelte er schließlich.

Erneut eine viel zu lange Pause. Flickenfand sah abwechselnd zu Valerie und Stolwerk und dann wieder zurück. Bestimmt konnte er in ihren Gesichtern ablesen, welche Frage jetzt im Raum stand.

„Der Wietsch", murmelte er verschämt.

Valerie riss kurz die Augen auf. Sie spürte, wie ihr ein Schauer über den Nacken lief, ein sicheres Zeichen dafür, dass es sich um eine wichtige, vielleicht sogar entscheidende Information handelte. *Wietsch*. Das klang nicht nur wie einer dieser Hofnamen, es war auch einer – und zwar der des Kandidaten, den Geyer selbst unter die Lupe nehmen wollte. Des Pharmaziestudenten, der in einer Zweizimmerwohnung in Innsbruck wohnte.

„Sebastian Ebert", präzisierte Stolwerk, dem das ganze Namenswirrwarr vertrauter war als ihr.

Flickenfand nickte.

Valerie dachte nach. Urban Volderober stürzte am frühen Nachmittag aus dem Flugzeug in den Tod, Hans Innbrügglers Leiche lag in aller Frühe im Bett – aber wie wollten sie das denn zusammen ... „In beiden Fällen?", fragte sie.

Wieder bejahte er durch ein Kopfnicken. Dann lief er rot an und schien in seinem Stuhl versinken zu wollen. Schließlich schniefte er und flehte: „Bitte, Sie dürfen das niemandem erzählen, okay? Wenn das herauskommt ..."

„Es braucht Ihnen nicht peinlich zu sein, Herr Flickenfand", beruhigte ihn Stolwerk schon, als es auch in Valeries übermüdetem Verstand endlich klick machte: Die zwei, Sebastian Ebert und Anton Flickenfand, waren ein Paar! Und natürlich vertrug sich das überhaupt nicht mit der Absicht, die Bauerlorette erobern zu wollen.

Valerie schaffte es kaum, sich die Konsequenzen dieser Nachricht auszumalen. Die beiden waren geliefert, wenn das herauskam. Aber nicht nur sie. Die ganze Sendung ging baden. Zwei der noch lebenden drei Kandidaten der Bauerlorette waren homosexuell. Nichts dagegen einzuwenden – jeder sollte nach seiner Veranlagung leben –, aber wenn das herauskam, würden die Quoten garantiert einbrechen. Der Regisseur würde seinen Job verlieren und das Image von LiveTV wäre dauerhaft beschädigt. Die Menschen würden sich zu Recht betrogen fühlen, und das ganze schöne Kartenhaus aus Lügen, Schauspiel und Intrigen würde endgültig in sich zusammenstürzen.

Oder täuschte sie sich schon wieder? Kam damit erst recht Öl ins Feuer? Die öffentliche Meinung war unmöglich vorherzusehen, das hatte sich in diesem Fall schon mehrfach bestätigt. Vielleicht funktionierte es tatsächlich wie in Schmatz' Theorie – je schlechter und abgründiger, je mehr Klatschpotential, desto besser war es für die Quoten?

„Sie machen halbe-halbe?", stieß Stolwerk schon in die nächste Dimension vor. Valerie musste versuchen, mit seinen Überlegungen Schritt zu halten.

Halbe-halbe. Wenn zwei von drei Kandidaten verabredeten, die Million zu teilen, ergab das eine sechsundsechzigprozentige Gewinnchance. Jedenfalls dann, wenn man den Überraschungskandidaten nicht berücksichtigte, der für heute Abend angekündigt war. Wenn man noch hinzunahm, dass es sich beim letzten offiziellen Kandidaten um Knofl den Bauernpoeten aus Mieming handelte, der kaum Jacqueline Zipplingers Traumprinz sein konnte, standen die Chancen wohl wirklich nicht schlecht. Und eine geteilte Million war immer noch besser als gar keine. Dass Flickenfand und

Ebert ein Paar waren, machte aus der geteilten wieder eine ganze Million. Das klang doch nach einer runden Geschichte ...

„Bitte, Sie dürfen nichts davon verraten. Geht das? Ich hätte es niemals erzählen dürfen. Niemals! ... Warum sagen Sie denn nichts? Sie müssen mir garantieren, dass nichts davon herauskommt. Für den Wastl und für mich. Ich habe Ihnen geholfen, jetzt müssen Sie uns helfen. Bitte!"

Valerie seufzte und sah Stolwerk an, der bedeutungsschwer seinen Kopf hin- und herwog. Dann sagte sie: „Ich glaube, wir müssen das nicht verwenden, können es aber nicht garantieren. Wir werden Ihr Alibi natürlich überprüfen. Aber wir machen es so, dass niemand außer Ihrem Lebensgefährten es mitbekommt."

„Versprochen?", fragte er wie ein kleiner Bub.

„Versprochen", antwortete Valerie.

„Da schaust, Veilchen, hm?", fragte Stolwerk, als sie die Treppen ins oberste Geschoß des LKA-Gebäudes hochstiegen, um ihre Sachen zu holen. Gleich mussten sie zur Whirlpool-Show. Flickenfand wollte sich nicht von ihnen mitnehmen lassen. Verständlich, wenn man sich überlegte, welches Bild es wohl abgab, wenn man im Polizeiauto an den Drehort gebracht wurde. Irgendwer hatte immer seine Handykamera griffbereit, und was die Klatschpresse aus den Dingen machte, die sie in die Hände bekam, sah man ja bei Zipplinger und ihrem heimlichen Verehrer.

„Selbst wenn das mit der Beziehung der beiden wirklich stimmt, sind sie noch lange nicht aus dem Schneider", entgegnete Valerie.

„Was meinst?"

Sie ahnte, dass Stolwerk die Frage selbst beantworten konnte. Aber weil er beim Stiegensteigen zunehmend ins Schnaufen kam, resümierte sie: „Ebert und Flickenfand könnten sich zum Beispiel gegenseitig decken. Vielleicht ist sogar ihre Beziehung erfunden. Wer weiß schon, was hier überhaupt noch stimmt? Außerdem steht ja gar nicht fest, zu welcher Uhrzeit die eigentliche Tathandlung gesetzt wurde. Das kann weiß der Kuckuck wann passiert sein."

„Fix ist nix."

„Ich würde zu gern wissen, ob Geyer bei Ebert genauso auf die Wahrheit stößt."

Stolwerk musste kurz stehenbleiben. So sehr sich seine Form auch verbessert hatte, für vier Stockwerke im Eiltempo reichte sie immer noch nicht. „Was glaubst? Schafft er's?"

Sie schüttelte den Kopf und musste dabei grinsen. „Sollen wir ihn einweihen?"

„Eilt ja nicht ... oder?", keuchte er.

„Komm, Stolwerk", gab sie ihm lachend zurück.

26.

InMaXXXima ONLINE BREAKING NEWS

IST KNOFL DER BAUERNPOET VERZWEIFELT?
Nach Veröffentlichung der neuesten Wettquoten: Knofl singt auf YouTube für Jackie +++ Dunkle Botschaft +++ Kann er noch bei ihr landen? +++ Kunst oder Verzweiflungstat?

SEINE CHANCEN SIND GERING. Fritz Branntler, besser bekannt als Knofl der Bauernpoet, kann sich keine

Chancen mehr auf den Gewinn der aktuellen Bauerlorette-Staffel ausrechnen. Die Wettbüros listen ihn auf dem letzten Platz, sogar noch hinter den beiden verstorbenen Kandidaten. Was für eine Blamage für den Knofl!

BACHROMANTIK ERFOLGLOS. Vielleicht lag es an der Störaktion auf dem Feld vorm Knoflhof, als mehrere Einheimische das Bauerlorette-Paar aufhielten. Möglicherweise gefallen Jackie die Gedichte nicht. Denn selbst die atemberaubend schönen Bilder aus diesem wunderschönen Fleck Tirols konnten sie nicht von Fritz überzeugen. Kein Kuss für den Poeten!

KUNST ODER VERZWEIFLUNGSTAT? Gestern hat Fritz Branntler alias Knofl dann völlig überraschend ein selbst gedrehtes Handyvideo auf YouTube geladen. Es zeigt ihn vor einer unbekannten Felsformation. Er singt darin ein Lied für Jackie, eines, das auch sehr düstere Zeilen enthält. „Du sagtest, die Hitt ist's, die's Röslein verspricht, / drum steig ich hinauf, morgen im Nachmittagslicht, / oh sehnt mich die Rose, denn find ich sie nicht, / am Fuße der Hitt bin ich's, der zerbricht." Seit Veröffentlichung hat das Video schon über hunderttausend Klicks – und die Reaktionen sind eindeutig: Dissssslike! Manche rätseln gar: Handelt es sich hier um dadaistische Kunst? Macht sich Knofl über die Bauerlorette und ihr Publikum lustig? Oder spricht die pure Verzweiflung aus dem Poeten?

DAS FRAGEZEICHEN: DER ÜBERRASCHUNGSKANDIDAT. Alles deutet darauf hin, dass sich die Bauerlorette für einen der beiden anderen (noch lebenden) Bauern entscheiden wird. Aber für wen? Wird der schöne Wastl „Wietsch" Ebert aus Mayrhofen am Ende die Million bekommen? Oder doch Toni „Puita" Flickenfand, der freundliche Bauer aus Matrei? Die Buchmacher sehen beide gleichauf. Bleibt zu warten, wie sich der Überraschungskandidat schlägt, der uns heute Abend präsentiert werden soll. Trotz größter Anstrengungen ist es uns nicht gelungen, mehr über ihn herauszufinden. Wir raten daher dringend: Einschalten!!!

27.

Sie hielten vor einem eingeschoßigen Hallengebäude im Westen von Hall, an dessen Breitseite in riesigen Lettern *Wonnewannen Bäderparadies* geschrieben stand. Auf dem ebenso beeindruckend dimensionierten Parkplatz standen bereits die üblichen Verdächtigen – die Lkws von LiveTV, der Ü-Wagen, der *Street Rockers*-Bus, an dessen Seite sich Ernesto sonnte und dabei eine seiner filterlosen Zigaretten rauchte.

„¡Hola!", rief sie ihm zu und löste damit seinen nächsten Hustenanfall aus.

„¡Hola!", krächzte er zurück und winkte mit der Zigarettenhand.

Stolwerk gluckste. „Und, fahren Ernesto und du nächstens gemeinsam auf Urlaub?", fragte er süffisant.

„Da redet genau der Richtige", platzte ihr heraus.

„Was?"

Valerie drehte sich um, erschrocken von seiner Lautstärke. Er hatte seine Hände in die Hüften gestemmt und sah sie ernst an.

Oh, oh!, machte die böse Souffleuse, ging in Deckung und hielt sich die Ohren zu.

„Hm?", tat Valerie unschuldig.

„Wieso der Richtige?"

„Nichts", sagte sie schnell, wandte sich ab und ging weiter. Ihr war, als bohrte sich sein Blick geradewegs in ihren Nacken und durch diesen hindurch.

Er war erstaunlich dünnhäutig, was seine neue Liebschaft betraf, seine erste seit – seit ... hatte sie ihn denn je mit einer Frau erlebt? Offensichtlich war er in dieser Beziehung empfindlich. Sie musste vorsichtiger sein.

Als sie durch den großen, mit schwerem schwarzem Stoff verhangenen Eingangsbereich der Halle traten, fiel Valerie zunächst auf, wie dunkel es im Inneren war. Keinerlei Tageslicht drang herein. Man hatte auch die Fensterreihen, die sich wie ein schmales Band unter dem Flachdach entlangzogen, blickdicht verhängt. Vielleicht, weil man neue Drohnenspione abwehren wollte? Oder ging es um etwas anderes?

„Sie können hier nicht einfach hereinspaz...", schimpfte eine Frau und unterbrach sich selbst. „Ach, SIE sind das!", sagte sie dann und zeigte auf ihr rechtes Auge. Es war eine Dame, die Valerie schon einmal in der Nähe Lichtenbergs gesehen, aber nicht wirklich registriert hatte.

„Genau", sagte Valerie und machte auf gute Miene. „Ich bin das."

„Ausgestellt oder niedergschnellt", bellte jemand in ihren Rücken. Valerie drehte sich um und konnte gerade noch einem Rollcontainer ausweichen, den zwei junge Männer im Laufschritt an ihr vorbeischoben. Sie hatte den Eindruck, dass es die Arbeiter heute noch eiliger hatten als sonst und dass der Aufwand der Produktion schon wieder gestiegen war. Mehr Leute, mehr Krimskrams, mehr Kabel – etwas Großes kündigte sich an.

„Ich bin Penny Pe, Sprecherin und manchmal, wenn's drunter und drüber geht, auch Mädchen für alles", sagte die junge Dame, die mit Brille, blütenweißer Bluse, Rossschwanz und Headset wie der Prototyp ihres Berufsstands wirkte, und schüttelte den LKA-

Beamten die Hand. Um ihren Hals baumelte ein folierter Ausweis, dessen Aufschrift aber nicht zu entziffern war, weil die Frau ständig am Herumzappeln war.

Schon das zweite Fürallesmädchen, auf das wir stoßen, dachte Valerie und sagte halb feststellend, halb fragend: „Penny Pe?"

Sie nickte nur.

„Hier geht's ja ordentlich zu", kommentierte Stolwerk die Geschäftigkeit.

Nun lächelte sie ihn seltsam an. Irgendwie – *interessiert?* Valerie staunte. Keine Frau auf dieser Welt hätte vor ein paar Monaten noch Stolwerk mehr als einen flüchtigen Blick geschenkt. Aber Stolwerks Blatt hatte sich gewendet. Wie sie seit dem Aufeinandertreffen mit Priscilla Matscher ja bereits wüsste. Dennoch verwirrte es sie wieder.

Diese Penny kicherte wie ein Schulmädchen, bevor sie endlich antwortete: „Ja, es ist irre, oder? So etwas haben wir bisher noch nicht erlebt. Aber Deutschland will die Produktion aufpeppen, deshalb ist jetzt alles drei Nummern größer. Kommen Sie, Herr Lichtenberg erwartet Sie bereits."

„Alter vor Schönheit", sagte Stolwerk, als er Valerie bedeutete, der Assistentin als Erste zu folgen.

Penny Pes Rückansicht war nicht von schlechten Eltern. Ihr Rossschwanz baumelte angeregt im Takt ihrer Schritte, die schmalen Hüften tanzten Lambada. Lauter Signale, die wohl für Stolwerk bestimmt waren. Aufgrund ihres Fauxpas von vorhin verzichtete Valerie aber darauf, sich im Gehen zu ihm umzudrehen, ihn heimlich darauf hinzuweisen oder sonstige Späßchen zu machen.

Die Luftfeuchtigkeit hier drin war beeindruckend, was sicher an den vielen betriebsbereiten Einbauwannen und freistehenden Pools lag, an denen sie nun vorbeigingen. Im Wonnewannen Bäderparadies konnte man alle Modelle ausprobieren, bevor man sich für eines entschied. Es dampfte hier und blubberte dort – wie herrlich wäre es jetzt gewesen, sich in eines dieser Luxusmodelle setzen zu können, vielleicht noch ein Gläschen Champagner und eine Schüssel Erdbeeren dazu ... Mitten im Sinnieren entdeckte sie Franz-Xaver Lichtenberg von hinten, der bei den Zipplingers stand und aufgeregt gestikulierte.

„...schheitsgürtel anlegen, oder was? Wie soll ich dafür garantie...“

„Pschschsch!“, unterbrach Mutter Zipplinger den Protest und deutete über seine Schulter.

Lichtenberg fuhr herum. „Hm? ... Oh, Frau Mauser, hallo“, stieß er erschrocken aus und streckte ihr seine Hand entgegen.

„Gibt's Probleme?“, fragte sie. „Keuschheitsgürtel?“, legte sie nach. „Garantieren? Was denn?“

Else Zipplinger sah sich zu einer Erklärung veranlasst: „Wir haben gerade die Details der Sendung geklärt.“

„Aha. Wer heute mit wem und wie. Ich verstehe.“

Zu Valeries Erstaunen ließ sich niemand von ihrer kleinen, gemeinen Provokation aus der Reserve locken. Vermutlich, weil sie genau ins Schwarze traf. Beim Badespaß in den Blubberbläschen konnte so manches passieren, vor allem, wenn man die jungbäuerlichen Hormone addierte. Mehr als einen Bikini würde die Bauerlorette in der Show nicht tragen dürfen, und während der Live-Übertragung musste sie in ihrer Rolle bleiben, egal was unter Wasser passierte. Verständlich, dass sie sich sorgte. Ob sie wohl von Eberts und Flickenfands gleichgeschlechtlicher Beziehung wusste?

„Wie gesagt, es ist alles geklärt", sprach Lichtenberg, nickte den Zipplingers zu – in der Art, wie man jemanden zum Gehen aufforderte – und zog Valerie weg. „Wir starten in einer knappen Stunde mit der Vorberichterstattung für heute Abend. Frau Mauser, wir möchten Sie und Ihren Kollegen gerne ins Bild bringen, um zu zeigen, dass wir alles für die Sicherheit tun. Das Publikum kennt Sie ja schon aus Salzburg und Mieming, also sind Sie quasi schon Inventar."

Valerie wollte protestieren, aber Lichtenberg plapperte einfach weiter.

„Wir brauchen nur einen kurzen Auftritt, fünf Minuten maximal. Zwei, drei Fragen, und dann lassen wir Sie Ihre Arbeit machen. Wo haben Sie eigentlich Ihre Brille?"

„Zuhause gelassen."

„Hm ... Sie da! Sagen Sie, haben wir so ein Spiegeldings in der Requisite?", fragte er Penny, die schon wieder zu Stolwerk spähte.

„Spiegeldings?", fragte sie und schüttelte verwirrt den Kopf.

„Ja, so eine Sonnenbrille eben!", präzisierte er und umfuhr zur Illustration beide Augen mit den Zeigefingern.

„Oh ... aber natürlich. Ich schaue nach", antwortete sie und drehte sich um – nicht ohne Stolwerk einen allerletzten, heißen Seitenblick zugeworfen zu haben.

„Sonst soll sich die Maske ... äh ... das da ... gleich ansehen", rief Lichtenberg ihr noch hinterher.

Das da war natürlich das Veilchen, welches nun im Visier seines Zeigefingers stand. Konnte sie ihr ramponiertes Aussehen vor der Sendung bewahren? Wenn ja: Wo waren hier die Türstöcke und Sektflaschen? Vielleicht sollte sie jemanden anstänkern, bis er ihr einmal – so richtig – auf die Zwölf gab?

„Wo ist der Überraschungskandidat?", fragte Stolwerk den Regisseur.

Genau, dachte sie und lobte ihren Ermittlungspartner still.

„Der wird geheim gehalten."

„Was?", platzte Valerie heraus.

„Eine Auflage unseres Intendanten. Niemand erfährt, wer es ist. Niemand darf auch nur in Versuchung geraten, sich zu verplappern. Wir brauchen die maximale Quote zum Zeitpunkt der Enthüllung."

„Da ist die *maximale Sicherheit* dann plötzlich nicht mehr so wichtig, oder?", lästerte Valerie. „Herr Lichtenberg, das kann jetzt aber nicht Ihr Ernst sein. Wir müssen die Person überprüfen. Vielleicht steckt ja genau sie hinter den To..."

„Nein, steckt sie nicht."

„Was macht Sie da so sicher?"

„Frau Mauser, ich garantiere Ihnen, dass der Kandidat ... sauber ist."

Sie fand das Wort *sauber* zwar amüsant, vor allem in Zusammenhang mit dem anstehenden Blubberblasen-Abenteuer, dennoch konnte sie das nicht einfach so hinnehmen ...

„Okay", sagte Stolwerk.

„Okay?", fuhr sie ihren Partner an. Hatte er den Verstand verloren? Gar nichts war okay!

„Wofür sind die Tribünen?", wechselte er einfach das Thema.

Valerie drehte sich in seine Blickrichtung und sah, wie tatsächlich zwei Zuschauertribünen in die Höhe wuchsen, eine links und eine rechts des Bereichs, um den eine Unmenge von Scheinwerfern aufgestellt war.

„Live-Publikum", sagte Lichtenberg, und ihre Blicke reichten, um ihn weiterreden zu lassen: „Wie bei einer Sitcom. Damit wir mehr Atmosphäre haben. Schmollinger wollte das so."

„Was kommen da für Leute?"

„Chef!", rief jemand aus der Arena. „Können Sie mal schauen, wo das hin soll?"

„Alles muss man selber machen", bemühte Lichtenberg die Floskel, schüttelte den Kopf und war davon.

„Hey!", rief Valerie.

„Ihr Kollege Geyer ist schon über alles informiert", warf der Regisseur ihnen im Gehen zurück.

Sie fühlte einen kleinen Stich, als der Name ihres Vorgesetzten fiel, und drehte sich zu Stolwerk, der ebenso ratlos wirkte wie sie. Offensichtlich informierte Geyer sie inzwischen nur noch selektiv. Was er mit seinem Intendantenfreund Schmollinger vereinbarte, gehörte offenbar nicht mehr zu den Dingen, die sie etwas angingen. Hauptsache, Stolwerk und sie sollten hier für Sicherheit sorgen. „Okay? Was hast du mit okay gemeint?", fragte sie ihren Partner.

„Hm, Veilchen?"

„Deiner Meinung nach ist es okay, dass wir den Überraschungskandidaten nicht kennen?"

Er lächelte undefinierbar. „Sagen wir, ich hab da so eine Ahnung, Veilchen. Schauen wir lieber, was die anderen Kandidaten machen", schlug er vor und war schon an ihr vorbei.

„Sollen wir nicht Geyer anru..."

Stolwerk winkte im Gehen ab, bevor sie den Vorschlag fertig aussprechen konnte.

Sie ließ ihre Schultern hängen. Was für eine Ahnung wollte er denn haben, und welche Grundlage bildete eine Ahnung für ihre Arbeit? Wieso war sie die Einzige hier, die das Verhalten ihres direkten Vorgesetzten unmöglich fand? Und was wusste Stolwerk, was ihr entgangen war? Nur so viel stand fest: Dank seines nächtlichen Jurassic-Park-Abenteuers war sie heute völlig ferngesteuert. *Schauen, was die Kandidaten machen ... okay*, maulte sie innerlich, steckte ihre Hände in die Taschen ihrer Jeans und schlurfte ihm nach.

Sie fanden die Kandidaten in einem Lastkraftwagen, auf dem *Maske* stand, eine Art fahrender Frisiersalon, innen hui, außen pfui.

„HEI-liger ...", sagte eine Dame in Weiß, als Valerie das Fahrzeug betrat.

Schon klar, ihr blaues Auge. Valerie zog frustriert die Augenbrauen hoch und sah sich um.

Ebert und Flickenfand saßen Seite an Seite und nickten den Polizisten zu, wobei Flickenfands Ausdruck etwas Flehendes hatte. Hatte er Ebert noch nicht gebeichtet, dass er ihre Beziehung geoutet hatte?

Jeweils eine Dame kümmerte sich um einen Kandidaten. Zwei Spiegelplätze waren noch frei. Die Frau, die sie beim Hereinkommen mit *Heiliger* begrüßt hatte, sah drein, als wartete sie auf weitere Befehle.

„War der neue Kandidat schon da?", fragte Valerie listig.

„Welcher neue Kandidat?", staunten die Visagistinnen im Chor.

Sie seufzte. „Und der dritte, äh ..." Ihr fiel sein Name nicht mehr ein, so sehr sie auch grübelte. *Der Knofltrottel ... irgendwas mit Brand ...*

„Der Knoflfritz?", brachte eine der Bediensteten die nächste Variante ins Spiel und schaute vielsagend, so vielsagend, dass man nicht mehr darüber nachzudenken brauchte, was sie von ihm hielt.

Valerie nickte. *Knoflfritz ...* ja, das konnte sie sich merken.

„Nein, der sollte eigentlich schon längst hier sein, aber er ist noch nicht aufgetaucht. Ich glaub, die suchen schon nach ihm."

„Wer, die?", fragte Stolwerk schnell.

„Äh ... Lichtenberg war fuchsteufelswild, der hat uns zusammengeschissen, als wären wir für die Dramaqueen verantwortlich."

„Wieso Dramaqueen? Ist etwas vorgefallen?", fragte Valerie.

„Na ja, er hat ja gestern dieses Lied auf YouTube gela..."

Da wurde die Tür des Maskenwagens aufgerissen. Zuerst blendete das helle Licht von draußen, dann stand Nikolaus Geyer im Eingang und begann sofort zu sprechen. „Ah, da seid ihr ja. Manfred, komm, wir müssen vor die Kamera."

Irgendetwas war mit Geyers Gesicht. Er wirkte anders. Besser oder schlechter, konnte sie nicht sagen. Jedenfalls anders. War das etwa ...

Lidschatten?, staunte die böse Souffleuse.

„Valerie, Lichtenberg meinte, mit dem Auge kannst du unmöglich in die Sendung, also springe ich für dich ein."

Sie hätte eine Schauspielerin der Extraklasse sein müssen, um ihrem Chef Enttäuschung vorzuheucheln. Also nickte sie nur und kam gleich auf ein anderes Thema zu sprechen: „Die Zuschauer hast du bereits überprüft, Niki?"

Geyer schüttelte den Kopf, als wollte er ihre Frage abtun. Dann winkte er Stolwerk eilig zu sich. Dieser drehte sich noch im Gehen um, warf ihr seinen Autoschlüssel zu und gab Valerie nonverbal zu verstehen, dass sie sich um den Knoflpoeten kümmern sollte, während er das mit dem Publikum erledigte. Jedenfalls glaubte sie, das aus seiner Pantomime herausgelesen zu haben. Dann waren die beiden fort und die Tür wieder zu.

„Welches Lied?", fragte Valerie die Frau von vorhin.

„Was?"

„Knofl? Dramaqueen? Lied? YouTube?"

„Ach so. Er hat so ein Depri-Lied gedichtet, wo er *dort unten werd ich zerfetzen* oder so singt."

„Was? Wo will er zerfetzen?"

„Weiß ich nicht, vielleicht bei sich daheim? Er steht vor so einem voll riesigen Stein und leiert sein Zeug herunter. Ich sag ja, Dramaqueen."

„Zeigen Sie mir das, schnell!", forderte Valerie und spürte, wie ihr das Herz bis zum Hals hoch schlug. Durch die Aufregung fiel ihr das Denken wieder leichter.

„Moment", meinte die Frau etwas genervt und kramte ein riesiges Smartphone hervor, auf dessen virtueller Tastatur sie mit phänomenal langen, schillernden Fingernägeln herumtippselte. Eigentlich nur mit einem: dem rechten Zeigefinger, per Adlersuchsystem.

Ihr dabei zuschauen zu müssen, war zum Mäusemelken, also nahm Valerie ihr eigenes Gerät zu Hilfe, suchte nach *Knofl singt* und landete sofort auf dem Artikel von InMaXXXima, den sie eilig überflog – und die Beine unter die Arme nahm.

28.

Die Live-Übertragung lief auf dem Handy in ihrer Jackentasche, während Valerie einen schmalen Bergpfad nach oben stieg.

„Hier ist die Bauerlorette, live aus dem Wonnewannen Bäderparadies, der Oase am Innsbrucker Stadtrand. Sie suchen nach dem ultimativen Blubberspaß? Hier wird

Ihnen geholfen. Und auch unserer Jackie wird geholfen werden. Jedenfalls wenn es darum geht, mit ihren Kandidaten auf Tuchfühlung zu gehen. Für heute Abend haben wir uns gleich mehrere tolle Aktionen überlegt. Die Präsentation unseres Überraschungskandidaten, Live-Publikum und noch vieles, vieles mehr. Wer wird das Bauerlorette Whirlpool Adventure gewinnen können? Es ist zugleich die letzte Chance, sich der schönen Jackie zu empfehlen, bevor es in unser GREAT FINAL geht. Ganz am Ende winken Jackie und EINE MILLION EURO. Wer würde bei dieser Vorstellung nicht ins Träumen geraten? Liebe Bauern, heute heißt's ran an die Frau, und bald schon an die Million."

Valerie keuchte. Schräg unter ihr lag die Höttinger Alm, und noch waren es einige hundert Höhenmeter bis zum Ziel, das steil in die Höhe ragte.

Am Fuße der Hitt bin ich's, der zerbricht, hatte die InMaXXXima den sensiblen Bauern aus Mieming unter anderem zitiert. Valerie hatte sofort verstanden, dass er nur die Frau Hitt gemeint haben konnte, und da er nicht am Drehort war, vermutete sie ihn am ehesten dort oben, inmitten der Gipfel der Nordkette, voll des Liebeskummers, bereit zur Verzweiflungstat. Also war sie in Stolwerks Dienstwagen gesprungen und auf die Hungerburg hochgerast, wobei die markante Felsnadel immer wieder in ihr Blickfeld gekommen war. Sie hatte hinaufgestarrt, so oft es ging, dort oben aber nichts und niemanden ausmachen können.

Einen dritten toten Kandidaten durfte Valerie nicht zulassen. Ihren Plan, mit Stolwerks Wagen auf die Seegrube zu fahren und von dort über den Grat zur Frau Hitt zu kommen, hatte sie begraben müssen, als sie vor einer Baustelle stand, die sich nur mit einspurigen Fahrzeugen oder zu Fuß passieren ließ. Blieben drei Alternativen: wieder hinunter, um mit der Bahn auf die Seegrube zu gelangen; den Hubschrauber der Flugpolizei anfordern; oder ein kurzes Stück zur Höttinger Alm zurückfahren und von dort aus zu Fuß auf den Gipfel. Die Bahnvariante war ihr zu umständlich erschienen, und so bequem der Helikopter auch geklungen hatte, sie wollte die Kollegen nicht mit einem vielleicht unnötigen Einsatz belasten. Also hatte sie sich für Schusters Rappen entschieden.

„Los jetzt!", feuerte sie sich selbst an und rannte die nächsten Meter.

„Natürlich nehmen wir die Sicherheit unserer Kandidaten und der lieben Jackie ernst. Safety first ist unser Motto. Und genau deshalb stehen nun zwei Herren von der Tiroler Polizei bei unserem Außenreporter. Bitteschön!"

„Ja, danke, und damit gleich ein herzliches Grüß Gott an Major Nikolaus Geyer und Chefinspektor Manfred Stolberg."

„Stolwerk."

„Oh ja, Sie haben Recht, StolWERK, Verzeihung. Sie kommen vom Landeskriminalamt Tirol und sind heute hier, um uns zu beschützen?"

„So ist es in der Tat. Wir freuen uns sehr, diese Gelegenheit nutzen zu dürfen, der Öffentlichkeit unsere Arbeit näherzubringen. Mein Mitarbeiter Stolwerk ist als ehemaliges Mitglied der österreichischen Spezialeinheit Cobra erstklassig für diese Aufgabe qualifiziert."

„Wir können uns also darauf verlassen, dass es heute keine weiteren Zwischenfälle gibt?"

„Wissen Sie, passieren kann immer etwas, das Schicksal hat niemand in der Hand. Aber wir werden mit vereinten Kräften der exekutiven Bereitschaftsdienste dafür sorgen, dass ..."

„Du Dampfplauderer!", keuchte Valerie und hörte weg. Wozu sich Geyer wohl plötzlich dermaßen in den Vordergrund drängte? Welchen Vorteil erwartete er sich davon? Oder vertraute er nicht mehr auf die Fähigkeiten *seiner* Mitarbeiter? Egal.

Wenn sie hinaufsah, wurde das Gelände immer steiler, die Frau Hitt war immer schwerer zu erkennen, und ob sich auf deren Spitze eine Person befand, würde sich tatsächlich erst ganz oben, vom Grat aus, feststellen lassen. Langsam brannten ihre Oberschenkel. Sie war zwar gut in Form und hatte jetzt endlich ihre herbstliche Bergtour, aber unter normalen Umständen würde sie niemals so schnell auf einen Berg hetzen, noch dazu ohne Wasser und feste Schuhe. Und auch ihre Dienstpistole müsste zu Hause bleiben. Sie war unterwegs wie ein bewaffneter Flachlandtiroler. Aber was nützte es. Immerhin hatte sie frische Luft, die sie auch reichlich in Anspruch nahm, ein fantastisches Panorama und bestes Wanderwetter. Es gab wahrlich schlimmere Schicksale.

„... haben es gehört, uns ist kein Aufwand zu groß ..."

„Und kein Gipfel zu hoch ...", dichtete Valerie spontan hinzu.

„... um einen reibungslosen Ablauf unseres Bauerlorette Whirlpool Adventures zu gewährleisten. Und nun wieder zu erfreulicheren Dingen. Auch heute können Sie wieder anrufen und für Ihren Kandidaten voten. Wer wird gewinnen? Nur eines ist fix: Einer von Ihnen da draußen wird am Ende zum glücklichen Besitzer eines Fiat 500, sponsored by Landmaschinen Haller. Alle Anrufer nehmen teil, egal ob für unsere große Bauern-in-Not-Aktion oder die Televotings. Wer öfter anruft, hat auch öfter die Chance. Also ran an die Geräte, gleich jetzt! Wir verabschieden uns bis zum Finale. Schon in wenigen Stunden geht's los!"

„Maaaaann!", maulte Valerie und unterdrückte den Impuls, ihr *Gerät* gegen den nächsten Felsen zu pfeffern.

„RABABABAATTSCHLACHT im MÖMMMÖMM-MÖMMMÖÖÖÖBELHAUS! ... PROZENTEEENTEE-ENTEE jetzt im MÖMMMÖMMMÖMMM..."

„Halt's Maul!", schimpfte sie den Bildschirm. Gab es denn keinen Paragrafen, der diesem ultra-aufdringlichen Unternehmen verbieten konnte, auf allen Kanälen gleichzeitig Gehirnwäsche zu betreiben? Zählten Werbemillionen eines nimmersatten Möbelvertriebs für den öffentlichen Rundfunk mehr als die mentale Gesundheit seiner Zuseher? Aber natürlich war es müßig, darüber zu philosophieren.

Weil sich keine spektakulären Neuigkeiten ankündigten, schloss sie die LiveTV-Seite, sperrte den Bildschirm und steckte das Handy in ihre Umhängetasche.

Schnell wurde das Gelände felsiger, der Anstieg steiler, der Absturz bedrohlicher ... aber irgendwann hatte sie es geschafft.

Mit einem dreifachen „Aua!" begrüßte sie den riesigen Felsbrocken, der direkt vor ihr in die Höhe ragte, hechelte ihn an, nach vorne gebeugt, Hände auf den Knien. Sneakers und Berg waren keine gute Idee. Sneakers ohne Socken und Berg noch viel weniger. Doch sie war oben. Nur ihr Atem brauchte noch länger herauf. Schließlich hob sie ihren Blick, konnte das obere Ende der Frau Hitt aber noch immer nicht sehen.

Aus der Nähe betrachtet, hatte dieses unförmige Felsending vor ihr nicht mehr viel mit der versteinerten Frau auf Pferd zu tun, von der in der Sage die Rede war. Jedenfalls balancierte der riesige Hinkelstein mitten auf dem Grat, und schon das Herumkommen war schwer. Wie sollte sie da jemals an die Spitze gelangen?

Nie im Leben würde sie den Aufstieg wagen, und dieser Knoflfritz bestimmt auch nicht. Wie hatte sie sich nur dazu verleiten lassen können, herzukommen? Hier war niemand. Kein Fritz, kein Franz und kein Bauerlorette-Fan, der wie sie auf die Idee mit der Hitt hätte kommen können.

„Maaann!", schimpfte sie wieder und versuchte, um den Brocken herumzukommen, zu einer Stelle, von der aus sie den Gipfel sehen konnte, der Vollständigkeit halber, wobei ihr mittlerweile klar war, dass wirklich niemand ...

„Frau Mauser?", unterbrach jemand ihre trüben Gedanken. Von oben.

Gott?, sprach die böse Souffleuse ehrfürchtig.

Valerie hielt inne, drehte sich in Zeitlupe um und legte ihren Kopf in den Nacken. Da stand er. Der leibhaftige Knoflfritz. Auf dem Gipfel. Sie hatte Recht gehabt! „Rühren Sie sich nicht!", schrie sie in bester Bergführer-Manier, eine Forderung, die genauso gut ihr selbst hätte gelten können.

„Es gibt alles keinen Sinn mehr!", sinnierte er lautstark vor sich hin.

Dramaqueen, meinte das kleine Teufelchen auf Valeries Schulter, während seine Trägerin nachdachte, was sie entgegnen könnte.

„Frau Mauser, gehen Sie fort!"

Ja, wie denn?, lag ihr auf der Zunge. Sie war erledigt. Dazu wurde ihr kalt, obwohl es so gut wie windstill war und die Sonne sie anstrahlte. Aber mit verschwitztem T-Shirt auf über 2200 Meter Seehöhe, da wurde der kleinste Luftzug zum eisigen Hauch. Sie zog ihre Lederjacke von der Umhängetasche, schlüpfte hinein und schloss den Reißverschluss, soweit es ging. Dann verschränkte sie die Arme, schüttelte sich und sah wieder hinauf, überlegte, was sie sagen könnte, wie sie ihn ansprechen sollte, denn sein Nachname wollte und wollte ihr nicht mehr einfallen, Knoflfritz ging nicht, Knofltrottel schon gar nicht und ihn beim Vornamen zu siezen war auch idiotisch. „Jetzt kommen Sie schon, Knofl ..."

„Branntler ist mein Name!", protestierte er.

Fritz Branntler, genau!, erinnerte sie sich. „Herr Branntler, hier ist niemand außer mir, der Ihre Aktion sehen könnte, und ich kann Ihnen nicht herunterhelfen. Ich kann mir ja nicht mal selbst helfen!"

„Wird Jacqueline nicht mein", schrie er ansatzlos, „dann will auch ich nicht sein."

Und diesem Trottel hatte sie die Blasen ihres Lebens zu verdanken. Die Wut, die in ihr hochkochte, ließ sich nur mit Mühe bändigen. „Keiner kann ihr Reim-Zeug hören!", gab sie zurück.

„Was kümmert es mich?", antwortete er nach einer kurzen Pause – kurz und doch aufschlussreich.

„Jetzt kommen Sie schon herunter!"

Wieder schwieg er einen Moment, bevor er etwas sagte – zu leise, um ihn aus zehn bis fünfzehn Meter Luftlinie verstehen zu können.

„Was?"

„Da war kein Röslein!"

„Welches sch... äh ... welches Röslein?"

„Jacquelines Röslein. Der Schlüssel zu ihrem Herzen. Genau hier sollte er sein."

„Erzählen Sie keinen Blödsinn."

„Aber es stimmt! ... Nun hat alles keinen Sinn mehr ... Ich springe!"

„Und ich soll es für die Nachwelt filmen, oder wie? Jetzt kommen Sie endlich herunter. Sie müssen mir helfen!"

„Ich werde nicht ... äh ... wieso helfen?"

Hab ich dich!, dachte sie. Jetzt musste sie sich schnell etwas ausdenken. „Mir ist schwindlig, und ich habe nichts zu trinken!" Sollte sie einen kleinen Ohnmachtsanfall simulieren? So schmal, wie die Stelle war, an der sie jetzt stand, wäre das ziemlich waghalsig gewesen, also ging sie nur leicht in die Knie.

Der Knoflfritz schritt an den Rand des Gipfels und sah sie an. „Dann setzen Sie sich hin! Ich ... äh ... ich ..." Er sah sich um, als wollte er seine Möglichkeiten abwiegen, ihr zu Hilfe zu kommen. Sie war schon erleichtert, dass sie ihn an der sprichwörtlichen Angel hatte, da hörte sie ein hochfrequentes Geräusch, ein Singen, wie ein Schwarm Moskitos, schnell lauter werdend.

„Aua!", schrie er und rieb sich den Kopf. Dann schlug er um sich, versuchte, sich gegen etwas zu wehren, aber was? Einen Vogel?

Plötzlich erkannte Valerie das Ding, das um ihn schwirrte. Es war eine ferngesteuerte Drohne! Sie ging auf Abstand, holte neuen Schwung und raste wieder auf ihn zu. Wie King Kong auf dem Empire State Building versuchte der Poet auf der Frau Hitt, sich gegen das Flugobjekt zu wehren, einmal, zweimal ...

„Hören Sie auf damit!", schrie Valerie hinauf, „ducken Sie sich lieber!" Sie zog ihre Dienstwaffe aus der Umhängetasche und legte an. Aber auf die Entfernung konnte sie unmöglich treffen – eher noch würde sie ihn erwischen ... „Deckung!"

Er war wie in einen Rausch gefallen, holte wieder und wieder aus und schlug durch die Luft, während die Drohne den nächsten Versuch machte, ihn zu stoßen.

„Runter! Ich schieße jetzt!"

Plötzlich war er wirklich unten. Unfreiwillig. Das Ding hatte ihn so sehr aus der Balance gebracht, dass er ausgerutscht und schwungvoll mit dem Hintern voraus auf dem Felsboden des Gipfels gelandet war. „Auaaau-uaaa! Aaah!", schrie er und untermauerte ihre Befürch-tung, dass er sich gerade verletzt hatte.

Sie steckte die Waffe weg. „Bleiben Sie liegen! Rüh-ren Sie sich nicht! Ich komme!" Sie musste die Kollegen von der Flugpolizei holen. Sie musste die Drohne ab-schießen. Sie musste den Knoflfritz retten. Am besten alles zugleich. Noch während sie um den riesigen Fels-brocken herumlief, um den Aufstieg zu finden, wählte sie die Notrufnummer.

„Ich rutsche!", rief Branntler.

„Mist, verdammter!", schimpfte sie, stellte das Gerät auf maximale Lautstärke, steckte es in die Seitentasche und stieg in den Felsen ein. Linker Fuß, rechte Hand, linke Hand, rechter Fuß ... Im Nu war sie zwei Meter über dem Grat. Sie durfte nicht hinunterschauen und schon gar nicht daran denken, dass sie in etwa so gut freiklettern konnte wie ein Nilpferd.

„Rettung, Grüß Gott?", krähte es aus der Jacken-tasche.

„Ja ... äh ... Mauser hier, ich ... äh ... brauche einen Hubschrauber auf die Frau Hitt!"

„Hallo? Ich versteh Sie ganz schlecht! Bitte wieder-holen Sie."

„MAUSER! FRAU HITT! HUBSCHRAUBER!"

„Hallo? Es raschelt so. Geht es Ihnen gut!"

„NEIIIIN!"

„Wo sind Sie? Ich schicke Ihnen einen Kranken-wagen."

„Das will ich sehen!", murrte sie. Ein Königreich für eine Freisprech-Einrichtung. Sie hatte mit beiden Fü-ßen festen Stand in einer Felsnische und fummelte das

Handy hervor. „Mauser, LKA", japste sie ins Mikrofon, „ein Unfall, auf der ..."

Plötzlich wurde das Drohnensurren lauter, sie drehte sich zur Seite. Da rutschte ihr linker Fuß von der ach so sicheren Standfläche, sie balancierte auf dem anderen, bekam Übergewicht – sie war verloren, wenn sie sich nicht sofort mit beiden Händen festhielt! Sie schrie „FRAU HITT! HUBSCHRAUBER!", und ließ das Handy fallen, welches sich auf den direkten Weg nach unten machte, sie sah ihm nach, und das war ein Fehler, denn es zeigte ihr, was mit ihr selbst passieren würde, wenn sie dasselbe Schicksal ereilte – ihr Smartphone traf auf einen Stein, zerschellte daran, die Trümmer fielen weiter, immer weiter, wurden mehr, wurden kleiner, waren fort.

Sie krallte sich an einem Felsvorsprung fest und zog daran, stand jetzt wieder fest, hatte sich gerade noch einmal in die Balance zurückbringen können. Und plötzlich loderte Zorn, heiliger Zorn, so viel Zorn wie lange nicht mehr. Ohne eine Sekunde darüber nachdenken zu müssen, wusste sie, was sie als Nächstes tun würde. Töten.

Sie steckte die rechte Hand in ihre Umhängetasche, holte ihre Glock wieder heraus, drehte sich, legte an – und schoss. Einmal daneben, zweimal, lautes Knallen, von den umliegenden Felsflanken dutzendfach zurückgeworfen, zu einem Hallteppich verwoben. Auch die dritte Patrone verfehlte die schwarze Drohne noch, die nur wenige Meter vor ihr in der Luft schwebte. Dann kippte diese und flog rückwärts, wollte offenbar fliehen. Doch Valeries vierter Schuss traf endlich sein Ziel und zerstörte zwei der Rotorblätter auf einmal. Laut aufkreischend verlor das Ding sein Gleichgewicht, sank schnell, wurde kleiner und kleiner ...

„Verdammte Idioten!", schrie sie der Drohne aus Leibeskräften hinterher und hoffte, dass der feige Steuermann sie noch hören konnte, bevor sich das Ding am nächsten Hindernis in seine Einzelteile zerlegte. Ein letztes, verzweifeltes Aufheulen, ein dumpfer Schlag, dann nur noch das Kratzen der Überreste, die am glatten, fast senkrechten Fels hinabrutschten, genau wie ihr Handy, gefolgt von herrlich unaufdringlicher Stille. Da waren nur noch ihr Keuchen, das Knarzen ihrer Lederjacke, ein sanfter Windstoß. Und der Knoflfritz.

„Frau Mauser? Hat hier gerade jemand geschossen? Hilfe ... HILFEEE!"

„Ruhe! ICH habe geschossen! Wieso sind Sie denn nicht einfach in Deckung gegangen? Hören Sie, die Drohne ist weg. Alles okay, alles wieder okay! Okay?", brüllte sie nach oben. Sie konnte den Kletterpoeten nicht sehen, aber es war unüberhörbar, wie sehr er doch am Leben hing. Genau wie sie, eigentlich.

„Aaah!", stöhnte er.

Valerie sah sich nochmals um. Der nächste Schritt führte über eine Felsspalte. Für geübte Bergsteiger kein Problem, für ungeübte wie sie aber wohl einer zu viel. Ihre Füße brannten wie Feuer. Sie zitterte. Zurück ging es auch nicht mehr, denn sie fand die Stelle nicht, von der aus sie den letzten Schritt gemacht hatte. Sie würde ins Leere treten und fallen, und davon hatte dann niemand etwas. Einzige Chance: Innehalten und retten lassen, so sehr es ihr auch widerstrebte.

„Können Sie sich festhalten? Ich ... ich stecke hier fest!"

„Ich glaub ... schon! Irgendwie! Aaah ..."

„Der Hubschrauber ist unterwegs!", behauptete sie. Da merkte sie erst, wie schwindlig ihr war.

29.

Fünf Stunden später

„Ein zünftiges Grüß Gott beim großen Bauerlorette
Whirlpool Adventure! ... Liebe Zuseherinnen und Zuseher an den Geräten in Deutschland und Österreich und
darüber hinaus: Sie haben uns einen neuen Anrufrekord
beschert. Wir freuen uns sehr, und mit uns die vielen, vielen armen Bauern in Not. Nun endlich ist es so weit, live
aus dem Wonnewannen Bäderparadies in Innsbruck präsentieren wir Ihnen den letzten Contest vor dem großen
Finale. Heute wird es heiß, und zwar richtig, denn hier ist
sie, unsere Bauerlorette JACKIE! ... Oh Mann, Jackie, da
weiß man ja gar nicht, wo man bei ihr hinschauen soll,
am besten überallhin zugleich. Eines, meine Damen und
Herren, eines kann man unserer Kostümabteilung wirklich nicht vorwerfen, nämlich, dass sie den Stoff nicht
sparsamst eingesetzt hätte. Da schnalzen die Zungen, da
steppt der Bär, da tanzt der Affe Tango! ... WAS für eine
Oberweite, WAS für eine Figur, WAS für eine Wahnsinns-
frau, unser heißer Hauptgewinn. Sie dreht sich einmal
im Kreis herum, und noch einmal, damit sie alle sehen
können. Und wie sie strahlt, unsere Jackie ... So, wir müssen kurz Werbung machen, aber bleiben Sie bitte dran,
UNBEDINGT dranbleiben, denn heute geht es Schlag
auf Schlag. Gleich folgt schon der nächste Höhepunkt,
die Enthüllung unseres Überraschungskandidaten. Wer
wird es sein? Nur so viel ist sicher: Sie erfahren es zuerst.
Wir melden uns sofort wieder."

„Dein *sofort* kenn ich schon!", ärgerte sich Valerie,
die unter einer der beiden Zuschauertribünen kauerte,
einem stockdunklen Bereich, von dem aus sie zwischen
dutzenden Zuschauerfüßen hindurch das Geschehen
überblicken und bei Bedarf eingreifen konnte.

Eigentlich war die Bauerlorette Endlosreklame mit gelegentlichen Showunterbrechungen, und auch der öffentlich-rechtliche Sender kassierte kräftig mit. Wie schamlos man das Publikum belog, hinhielt und ausnahm, hätte Verachtung verdient und nicht Rekordquoten. Aber offensichtlich stand Valerie mit ihrem Gerechtigkeitsempfinden allein auf weiter Flur.

Sie versuchte, sich auf die Lage zu konzentrieren. Die Leute auf der Tribüne über ihr tratschten, ansonsten wirkte alles ruhig, aufgeräumt und professionell. In der Mitte der Arena, in der vier Whirlpools standen, reichte man der Bauerlorette einen weißen Bademantel, den sie anzog und dann schnell hinter eine Trennwand huschte.

Valerie hätte sich niemals getraut, in diesem Bikini vor Leute zu treten, mehr nackt als sonst was, kaum zehn Quadratzentimeter rotweiß karierter Dirndlstoff. Bestimmt steckten die männlichen Kandidaten in Badeshorts in Lederhosen-Optik, ein modischer Gag, den man in Tiroler Schwimmbädern erstaunlich oft zu Gesicht bekam.

Jemand trat an ihre Zuschauertribüne heran und wiederholte seine Hinweise: auf welche Signale hin zu klatschen, wann zu ooohen, zu buhen, zu lachen und wann ausgelassen zu klatschen war. Offenbar wollte man dem Publikum nicht zumuten, mitdenken zu müssen. Aber Valerie musste weder ooohen noch buhen noch lachen noch klatschen. Hier unter den Zuschauerreihen konnte sie sich auf ihre Aufgabe konzentrieren. Bisher war nichts gewesen. Na ja, fast nichts. Vorhin war eine Geldtasche zu ihr heruntergefallen. Man hätte sie in ihrem Versteck entdecken können, hätte sie das Ding nicht pflichtbewusst nach oben gehalten, wo eine behaarte Männerhand bereits aufgeregt am Herumtasten war.

Hätte, hätte, Fahrradkette, fiel ihr Stolwerks be-
scheuerter Spruch, aber auch das *Hättiwari-Monster*
ihres Vaters wieder ein. Ihr ganzer Tag *hätte* völlig
anders ausgehen können ... Knofl der Bauernpoet alias Fritz Branntler lag mit gebrochenem Steißbein im
Krankenhaus, während es Valerie wieder gut ging –
sah man von kleineren Abschürfungen, der Erschöp-
fung und den eindrucksvollsten Blasen ihres Lebens
ab ...

Es hatte eine Ewigkeit gedauert, bis der Hubschrauber endlich hochgekommen war. Tatsächlich war es
Valerie schwergefallen, bei Sinnen zu bleiben, dehyd-
riert, überanstrengt und unterzuckert, wie sie gewesen
war. Sie wusste, sie musste reden, musste gegen das
Wegdriften ankämpfen – einen Sturz hätte sie genauso
wenig überlebt wie Drohne und Handy.

„Was machen Sie überhaupt hier?", hatte sie nach
oben geschrien. Sie konnte ihn von ihrer Position aus
nicht sehen, hoffte nur, dass er nicht unmittelbar ab-
sturzgefährdet war.

„Hallo? Herr Branntler! Welches Röslein wollten
Sie holen?", versuchte sie, ihn und sich zugleich bei
Bewusstsein zu halten.

„Ich ... aaaah ... das Röslein meiner Holden ..."

Die Ausdrucksweise dieses Kerls ging ihr ja so was
von auf die Nerven, aber sie musste zuhören, musste
sich konzentrieren, ob es weh tat oder nicht. *Röslein
der Holden,* zwang sie sich zum Nachdenken. „Jackie
hat von Ihnen gefordert, eine Rose zu holen? Von der
Frau Hitt?"

„So ist es, in der Tat!"

„Wann hat sie das denn zu Ihnen gesagt?"

„Es war eine Botschaft – in einem Brief."

Zu früh gefreut, dachte Valerie. „Ein Brief, okay! ... Und was ist dringestanden?"

„Hat!"

„Was?"

„Was HAT dringestanden? Drinstehen ist ein starkes Verb, es wird mit aaah! ... es wird mit HABEN konjugiert!"

Da dachte Valerie kurz an die elf Patronen, die sie noch in ihrer Dienstwaffe *hatte*.

Zum Glück sprach er weiter, ohne ihn dazu auffordern zu müssen: „Aauaah ... im Briefe meiner Holden stand, das Röslein sei gar schön und zart, und brächte ich es ihr, so bliebe auch ihr Herz nicht haaaa... Aua."

„Geht's?", fragte sie rhetorisch, während sie ihm heimlich alle Plagen dieser Welt an den Hals wünschte.

Sein Stöhnen wurde leiser, ging jetzt in Wimmern über. Wurde er schwächer? Was fehlte ihm eigentlich? Sie erinnerte sich an seinen Sturz. Wer so schwungvoll auf seinem Hintern landete, beleidigte damit gerne sein Steißbein. Eine Prellung desselben lag, zumindest soweit sie sich noch erinnern konnte, schmerztechnisch auf einer Ebene mit dem Kinderkriegen.

„Das war nicht Jackie! Jemand hat Sie heraufgelockt", rief sie, „um Sie dann mit der Drohne zu attackieren!"

Keine Antwort.

„Wahrscheinlich ist es derselbe, der Ihre beiden Kollegen umgebracht hat!"

Wieder nichts.

„Hallo? He! ... KNOFL!"

Tatsächlich war er vor Schmerzen ohnmächtig geworden, aber – Glück im Unglück – auf der einzigen flachen Stelle des Gipfels zu liegen gekommen. Dann war der

Hubschrauber gekommen, hatte sie zusammen mit der Bergrettung aus ihrer misslichen Lage befreit und ins Tal geflogen. Erst auf einer Liege in der Notaufnahme des Universitätskrankenhauses Innsbruck – eine Infusionsnadel im Arm und ein leerer Beutel über ihr – hatte sich Valerie langsam wieder als Herrin über ihre Sinne gefühlt.

Und jetzt war sie hier, wieder verkabelt, nicht mit einem Infusionsbeutel, sondern einem Funkgerät, und wartete auf das Ende dieser überlangen Werbepause. Besser gesagt wartete sie weniger, als dass sie langsam, aber sicher ins Land der Träume abdriftete. Unter der Tribüne war es warm, die Luftfeuchtigkeit hoch, die Umgebung dunkel, die Whirlpools blubberten, alles wirkte beruhigend, obwohl nur wenige Meter von ihr entfernt demnächst die Post ... abgehen ... wür... „Hm?", fuhr sie auf, gähnte und schüttelte den Kopf. Sie musste einen Weg finden, sich wachzuhalten. Sie durfte den entscheidenden Moment nicht verpassen. Sie ahnte, dass der Täter unter den Anwesenden sein musste. Wo wenn nicht hier, im Epizentrum des Geschehens, sollte er stecken? Sie zwickte sich in den Unterarm, biss sich in die Lippen, aber die Lider waren schon wieder auf Halbmast, chancenlos verlor sie den Kampf gegen die bleierne Schwere, die in ihren Gliedern steckte ...

„Okay, die Kollegen schauen, ob sie die Überreste der Drohne finden", funkte Geyer sie an.

Valerie schrak wieder hoch. *Kollegen ... Drohne ... Überreste ...*, musste sie peinlich lange überlegen, dann endlich verstand sie und funkte zurück: „Niki, hast du ihnen gesagt, dass wir die Spuren brauchen?"

„Sowieso. Hältst du mich für dumm?"

Mit lautem Räuspern klinkte sich Stolwerk in die Unterhaltung ein, bevor Valerie etwas Falsches antworten konnte. „Der Niki hat dem Bernd alles genau gesagt, Veilchen."

Das klang gut. Sie mussten wissen, wem die Drohne gehörte. Zum ersten Mal hatte sie einen Gegenstand, der mit einem Tatversuch in Verbindung stand. Und am ehesten traute sie dem Forensiker Bernd Spängler zu, einen Hinweis auf den Überresten zu entdecken.

Der Knoflfritz hätte der nächste Tote dieser Show sein sollen. Wieder wäre es schwer bis unmöglich gewesen, die absichtliche Tötung zu beweisen. Aber Valerie glaubte felsenfest daran, dass es dem Piloten genau darum gegangen war und dass genau der auch die anderen beiden Bauern auf dem Gewissen hatte. Einen Hobbyfilmer schloss sie aus, einen Trittbrettfahrer auch, einen militanten Lyrikhasser sowieso. Man konnte von Fritz Branntlers kreativen Ergüssen halten, was man wollte, töten musste man ihn nicht dafür. Zumindest nicht unbedingt.

Aber wie konnte er überhaupt so dumm sein, in diese Falle zu tappen? Eine Rose auf der Frau Hitt, die ihm die Gunst der Holden einbringen sollte – einen größeren Blödsinn hatte sie selten gehört. War der Bauernpoet nach der missglückten Szene am virtuellen Bächlein so verzweifelt, dass er nach jedem Grashalm, besser gesagt nach jedem Blümlein griff, das ihm noch Hoffnung versprach? Dabei war er doch der intellektuellste Kandidat von allen ... Da wurde es vorne wieder laut.

„Meine hochverehrten Damen und Herren, jetzt kommen wir zu unseren Kandidaten. Aber zuerst, Ladies first, wird Jackie in den Whirlpool steigen, der uns heute als Warmhaltebecken dient. Oh mein Gott, diese Pracht. Sie erklimmt die Stufen, streckt die Zehen ins Bad ... na, es fühlt sich wohl gut an, das aufgewühlte Wellnesswasser

im Wonnewannen Bäderparadies? Sie senkt ihren Luxus-
körper Zentimeter für Zentimeter hinein. Bloß nicht zu
schnell, lass dir Zeit ... So. Und hier, liebe Bauerlorette,
hier sind deine Kandidaten!"

Valerie war wieder hellwach. Sie öffnete ihre Tasche und machte den Kontrollgriff zur Dienstwaffe.
Dann legte sie den rechten Daumen an die Sprechtaste
des Funkgeräts, um die anderen sofort verständigen zu
können, wenn ihr etwas auffiel.

„Wastl Ebert vulgo Wietsch aus Mayrhofen im schö-
nen Zillertal! ... Was für ein Körperbau, oder? An dir ist
ein Topmodel verlorengegangen, Wietsch, weißt du das?
Tja, so eine Bauernschaft hält eben fit ... Da steigt er schon
zu seiner Jackie, sehen Sie nur, wie sich die beiden anlä-
cheln. Aber sie werden nicht lang alleine bleiben. Hier
kommt auch schon Kandidat Nummer zwei, der stets gut
gelaunte Toni Flickenfand aus Matrei am Brenner, unser
Puitntoni! ... Auch sein Darunter ist nicht schlecht, Herr
Specht, Respekt! Ab in den Pool!"

Die Leute auf den Tribünen klatschten, was das Zeug
hielt. Ob sie auch so toben würden, wenn sie wüssten,
dass sich Freizeitbauer Ebert und der verschuldete
Flickenfand weniger für den Bikini der Bauerlorette
interessierten als für die Lederhosen-Shorts, in denen
der jeweils andere steckte? Ja, sie hatte richtig vermu-
tet, sie trugen tatsächlich Lederhosen-Shorts.

Aber jetzt wurde es wirklich spannend. Wer zum
Geier war dieser Geheimkandidat?

„Unsere Dreierrunde komplettiert der Mann von der
Ersatzbank. Der Zusatz- oder, wie man so schön sagt,
der Wildcard-Kandidat ist unsere Garantie dafür, dass es
weiterhin spannend bleibt. Denn leider hat Fritz Brannt-
ler, auch bekannt als Knofl der Bauernpoet, die Show
heute verlassen!"

„Buuuuh! Buuuuuuuuh!", machte das Publikum auf Anweisung des Einsagers von vorhin, der die Buh-Tafel in die Höhe hielt.

Hatte man also beschlossen, den Vorfall auf der Frau Hitt zu verschweigen. Valerie konnte nur hoffen, dass Branntler nichts von der Schmach mitbekam, die ihm hier gerade widerfuhr. Aber er hatte vermutlich ganz andere Sorgen. So oder so, er war raus. Und auch wenn er weder seine *holde Jackie* noch die Million Euro bekommen würde, hatten sich seine Überlebenschancen drastisch verbessert. Was man von dem armen Kerl, der den Überraschungskandidaten geben würde, nicht behaupten konnte.

„Und jetzt – Ladies and Gentlemen – hier ist er, unser neuer Kandidat fürs Bauerlorette Whirlpool Adventure und später auch für das große Finale ..."

Im selben Moment erkannte Valerie jemanden im Publikum. Jemanden, der überhaupt nicht hierher passte. Einen, der Ärger garantierte. *Was tut SIE denn hier?*, rätselte sie.

Stolwerk funkte sie beinahe zeitgleich an: „Veilchen, siehst sie? Gegenüber von dir, zweite Reihe von oben, im Halbschatten?"

Sie konnte ihm nicht antworten, denn erstens hatte es ihr völlig die Sprache verschlagen, und zweitens ging es schon weiter.

„Wir präsentieren Ihnen einen jungen Mann, dem es nicht an Verwegenheit mangelt und der Ihre Herzen im Sturm erobern wird. Aber wird er auch bei Jackie landen können? ... Lassen Sie sich bloß nicht täuschen, wenn Sie ihn gleich sehen ..."

Oh Shit!, dachte Valerie nur. Dafür, dass sie an diesem Tag überhaupt nichts schnallte, kapierte sie jetzt erstaunlich schnell. Sie wusste, was kam. WER kam.

Es wurde dunkel. Nur noch eine Papierwand leuchtete, hinter der eine menschliche Silhouette größer und größer wurde. Keine besonders athletische Silhouette. Eine Silhouette, die sie kannte.

„Sven Schmatz, der Schmatzerbauer aus Natters bei Innsbruck!"

Was folgte, sollte sich später in Valeries Erinnerung in Zeitlupe abspielen, wieder und immer wieder.

Der Applaus des Publikums schwoll an, erreichte fast hysterische Dimensionen. Dann boxte Schmatz zuerst eine, dann die andere Hand durch die Papierwand und spreizte die Finger, als wollte er nicht ins Fernsehstudio kommen, sondern in die Handschuhe einer supersteril abgeschirmten, virenverseuchten Untersuchungsbox schlüpfen.

Da lachten die ersten.

Dann folgten der linke und der rechte Fuß, nicht aber der Körper. Der Rest war nur logisch: Sein Torso bekam Übergewicht und fiel nach hinten. Schmatz landete auf dem Allerwertesten, weniger schwungvoll als beim Poetenbauern auf der Frau Hitt, aber ungleich peinlicher – und während das Publikum schon grölte, war alles, was Valerie noch zu denken vermochte: *Wieso kannst du nicht durch die verflixte Papierwand springen wie jeder vernünftige Mensch?*

Die Silhouette rappelte sich auf, wich zurück, um Anlauf zu nehmen, bremste aber wieder ein paar Zentimeter vor dem entscheidenden Durchbruch und riss in aller Gemütsruhe einen vertikalen Streifen aus der Wand heraus, steckte ihren Kopf hindurch und spähte mit einem schüchternen Grinsen in die Arena.

Ja, der Kerl mit den Wuschelhaaren und den vielen Sommersprossen im Gesicht war eindeutig Sven Schmatz. Den Rest von ihm zu sehen, war eigentlich gar nicht mehr nötig, sie ahnte aber, dass ihr sein Anblick in Lederhosen-Badeshorts nicht erspart bleiben würde. Und so war es auch. Schmatz zwängte sein Klappergestell durch die Papierwand, als wollte er so wenig wie möglich davon kaputtmachen, und stand schließlich im Rampenlicht – nicht gerade wie Gott ihn schuf, aber doch viel nackter, als Valerie ihn zu sehen wünschte. Man konnte überdeutlich erkennen, dass er während des Sommers hauptsächlich T-Shirts mit V-Ausschnitt getragen hatte. Der schneeweiße Oberkörper, die Oberarme und Schultern strahlten mit den Scheinwerfern um die Wette. Die Shorts hatten kaum Hüftknochen zum Festhalten und hingen daher tiefer, viel tiefer als nötig. Schmatz war ein dünner, greller Strich – ein Kevin, aber nicht allein zu Haus, sondern in einem Raubtierkäfig.

Der Einsager hielt ein Schild hoch, auf dem *Wooohooo!* geschrieben stand, aber niemand wollte einstimmen, im Gegenteil, das Publikum lachte sich schief, und Valerie verstand es nur zu gut, so gern sie den jungen Mann im Rampenlicht auch hatte.

„Valerie, ist das auf deinem Mist gewachsen?", fragte Geyer tadelnd.

Sie drückte die Sprechtaste, konnte aber nicht antworten. Sie schaffte es ja nicht einmal, zu atmen. Erst als sie knapp vorm Kollabieren war, holte sie wieder Luft – doch da ging es schon wieder weiter.

„*Meine Damen und Herren, hier ist Sven Schmatz, der Schmatzerbauer aus Natters bei Innsbruck. Unser verwegener Überraschungskandidat betreibt eine Tierpension, in der Haus- und Hoftiere ihren Lebensabend genießen können.*"

Das Lachen im Publikum verhallte wie auf Knopfdruck.

„*Ja, Sie haben richtig gehört: Eine Tierpension!*"

Nun *ooohte* das Publikum, ganz ohne darauf hingewiesen werden zu müssen. Klar, kaum etwas ging in der öffentlichen Meinung über ein Herz für Tiere.

„Lassen wir uns bloß nicht von den ersten Eindrücken täuschen. Manchmal steckt mehr in den Menschen drin, als man ihrem Äußeren zutrauen würde. Wir danken Sven Schmatz für den großartigen Einsatz, den er für die lieben, armen Mitbewohner unseres Planeten leistet. Aber nun kommt der Moment, den er sich bestimmt schon herbeigesehnt hat. Jetzt darf er endlich zu Jackie in den Pool steigen. Na los! Rein mit dir, Schmatzerbauer!"

Zuerst war er wie festgefroren, rieb sich die Arme, als würde er frieren. Garantiert zitterte er wie Espenlaub. Da hatte er den Einsatz, den er sich so sehr gewünscht hatte. Er hatte ihn sich einfach selbst besorgt. Und das war auch Geyers Schuld. Wieso musste er Schmatz ständig abkanzeln, wenn sich dieser konstruktiv in die Ermittlungsarbeit einzubringen versuchte?

Schmatz setzte die ersten, zögerlichen Schritte in die Arena. Als dann mehr und mehr Leute zu klatschen begannen und einige sogar für ihn aufstanden – die militanten Tierfreunde vermutlich –, gewann er zusehends an Selbstvertrauen und erklomm im Reinhold-Messner-Stil den Pool, blieb oben am Rand stehen, sah drein, als hätte er soeben tatsächlich den Everest bezwungen – und stieg unfallfrei in die blubbernden Fluten hinab. Jackie, die sich zeitgleich aus selbigen erhoben hatte, drückte dem Neuankömmling links und rechts einen dicken Kuss auf die Wangen und umarmte ihn sogar kurz. Unnötig zu erwähnen, dass Schmatz' Gesicht zu leuchten begann wie Rentier Rudolfs rote Nase.

Womit sich für Valerie die nächste Dimension auftat: Schmatz und die Bauerlorette, das ging ja gar nicht –

er war doch mit Luna verlobt! Und logisch fortgedacht, konnte diese doch niemals damit einverstanden sein, dass er an der Kuppelshow teilnahm. Dabei saß sie im Studio. Jetzt, mit all den Scheinwerfern, konnte Valerie sie aber nicht mehr sehen.

„Danke! Ich sehe schon, wir haben Ihnen nicht zu viel versprochen. Großartig, dieser Sven Schmatz! Na, wie fühlt es sich an, die Bauerlorette in die Arme zu nehmen? Gut, hm? Wie er grinst, unser lieber Tierfreund. So. Gönnen wir unseren süßen Turteltauben einen Moment, in dem sie sich aufwärmen können. Nach der Werbung lassen wir die Spiele beginnen, und so viel sei verraten: Es geht zur Sache. Bis gleich."

30.

Viel ging dann aber nicht zur Sache. Man hätte ganz im Gegenteil behaupten können: Die weiteren Ereignisse des Abends waren nicht der Rede wert. Außer vielleicht, dass sich Valeries Theorie zum Fremdschämen bestätigt hatte, nämlich, dass es keine Grenzen kannte. Und was hatte sie sich für Schmatz geschämt. Wie er nach einem *kostbaren Schatz* tauchen musste, während die Bauerlorette im selben Pool saß und ausgelassen kicherte, als würde er sie kitzeln – oder so. Wie er mit verbundenen Augen erraten musste, in wessen Pool er wohl gerade saß. Wie er mit einer Riesenschwimmnudel gegen die anderen Kandidaten kämpfte und dabei versehentlich Jacqueline Zipplinger eine überbriet, dass es schon beim Zusehen wehtat. Wie er von seinem Blubberbecken in jenes der Bauerlorette kommen musste, ohne den Boden zu berühren, und zwischen Liane und

Slackline wählen konnte. Klar, dass Schmatz der einzige war, der auf Tarzan machte – und loszulassen vergaß, unter Beifallsstürmen des Publikums dreimal durchs Studio schwang, dabei um Haaresbreite seine Badehose nicht verlor und eine perfekte Arschbombe in den falschen Pool setzte, in jenen nämlich, in dem der schöne Wietsch aus Mayrhofen saß, für den Schmatz mit Sicherheit eine unverhoffte Überraschung darstellte, die unter anderen Umständen vielleicht Potential gehabt hätte. Wie er ... Ach, sie wollte nicht daran denken, aber es ging ja nicht anders: Wie er das *Bauerlorette Whirlpool Adventure* am Ende mit Rekordvorsprung gewann.

Womit sich ihre Theorie erweiterte: Fremdschämen war gut. Zumindest, wenn man das Publikum auf seine Seite bringen wollte. Je fremder sich dieses für einen Kandidaten schämen konnte, desto besser für ihn. Vielleicht ging es ja genau darum, vor Augen geführt zu bekommen, dass es immer jemanden auf dieser Welt gab, der sich zehnmal mehr zum Affen machte als man selbst?

Schmatz war der perfekte Affe für diese Show.

„Aua!"

„Tschuldige, Val. Geht's?"

Sandro saß am Bettende und kümmerte sich um ihre geschundenen Füße. Sie nickte, bekam aber kaum Luft, als er die Blase, die er vorhin aufgestochen hatte, langsam ausdrückte. Dann tupfte er die Stelle ab, nahm das letzte Pflaster aus der Packung, klebte es auf die Wunde und hielt seinen Handballen darauf, um es durch Erwärmung besser anhaften zu lassen.

Sie hätte sich ja selbst verarztet. Na ja, hätte sie eigentlich nicht. Nicht jetzt. Sie hätte sich ins Bett plumpsen lassen und die Sache auf den nächsten Morgen verschoben. Aber Sandro hatte ein Blick auf ihre Füße gereicht, um überzeugt zu sein, dass sie sofortiger Zuwendung bedurften.

„Grmpf!", prustete sie, als es kitzelte. Sie zog ihre Füße zum Körper und begutachtete sein Werk. „Es müsste so ein Pflaster geben, das aussieht wie ein Socken!", philosophierte sie über sein Werk. Kaum eine Stelle, die er nicht mit der zweiten Haut beklebt hatte. Sohlen, Ferse, Spann und Zehen – nichts war verschont geblieben.

Zum Glück verzichtete Sandro darauf, ihr Vorwürfe zu machen oder ein Loch in den Bauch zu fragen, gab ihr nur einen Kuss und räumte Pflasterschachteln und Schutzpapier weg. Sie kannten sich mittlerweile so gut, dass er wusste, wann sie Ruhe brauchte. So wie jetzt. Nicht, weil sie zu müde gewesen wäre. Die Müdigkeit war in dem Moment verflogen, als man Schmatz als neuen Kandidaten präsentiert hatte. In der Folge war das Adrenalin nur so durch ihren Körper gerauscht. Jetzt kehrte die Schwere langsam zurück, aber einschlafen konnte sie noch nicht.

Ihre Gedanken drifteten immer wieder zu den vergangenen Stunden ab ...

Sie war dazu verdammt gewesen, unter der Tribüne auszuharren, bis die Show zu Ende war oder etwas anderes passierte, das ihren Eingriff erforderte. Im Falle des Falles wollten sie das Überraschungsmoment auf ihrer Seite haben. Und so hatten sich Stolwerk, Geyer und sie gleich zu Beginn in ihren Verstecken postiert, noch bevor das Publikum und die Kandidaten in die Halle gelassen wurden.

Nachdem der Wettbewerb vorübergegangen war, ohne dass sich auch nur der geringste Zwischenfall ereignet hätte; nachdem Schmatz im Glitzerregen sein Zepter verliehen bekommen hatte und sich fortan *Bauerlorette Whirlpool King* nennen durfte; nachdem das große Finale der Bauerlorette angekündigt worden war, das in Ischgl über die Bühne gehen sollte; und nachdem mit dem Erklingen der unvermeidlichen Mömmmömmm-mömmmöbelhaus-Werbung das endgültige Ende der letzten Bauerlorette-Motto-Show festgestanden hatte, konnte sie endlich unter der Tribüne hervorkriechen.

Besser gesagt: hätte sie können. Wenn es denn möglich gewesen wäre. War es aber nicht, weil ihre Beine den Dienst versagten. Sie waren schon vor einer ganzen Weile eingeschlafen. Einerseits praktisch, so taten die Füße wenigstens nicht mehr weh, andererseits hinderlich, wenn man sich von der Stelle bewegen wollte. Valerie zog sich an einer Metallstange der Tribünenkonstruktion hoch und lehnte sich darüber, schüttelte ihre Glieder aus und konnte nur hoffen, nicht auch noch eine Lähmung davonzutragen. Diese Frau Hitt hatte sie das letzte Mal gesehen. Sie musste in die Arena, Schmatz schnappen und ihn fragen, ob er völlig übergeschnappt sei und überhaupt ahne, dass er sich gerade zur Zielscheibe Nummer eins gemacht hatte, sie musste von Tochter Luna erfahren, was sie jetzt wieder geraucht hatte, dass sie Schmatz auch noch dabei unterstützte – sie musste, musste, musste. Aber sie konnte nicht.

Dann endlich spürte sie eine Regung. Zuerst nur ein unterschwelliges, mulmiges Kitzeln, doch bald schon stellte sich in beiden Beinen gleichzeitig das Gefühl ein, dass es schrecklich wehtun würde, wenn sie sich jetzt auch nur einen Millimeter bewegte. Dann das bekannte Ameisenlaufen, besser gesagt Nadelstiche, zuerst einzelne, noch leicht auszuhalten, dann millionenfach verstärkt. Sie verbot sich zu schreien, obwohl es im allgemeinen Lärm, der jetzt in der Halle herrschte, ohnehin untergegangen wäre. Sie versuchte sich abzulenken, sah, wie Schmatz, jetzt im weißen Bademantel, von einer Menschentraube umringt im Rampenlicht stand und eine Unmenge von Autogrammen gab: er, der neue Star der Show. Sie musste zu ihm! Aber sie hatte keine Chance. Sie stampfte einen Fuß auf den Boden, sah kurz die Sterne, die Ameisen liefen von den Füßen über den Körper direkt in ihren Kopf hinein und wieder heraus, aber ihre Beine wollten sie immer noch nicht tragen.

Sie überlegte, sich der Länge nach auf den Boden fallen zu lassen, um ans Funkgerät heranzukommen und die anderen zu verständigen. Da entdeckte sie Stolwerk, der direkt bei Schmatz stand und dessen Umgebung beobachtete. *Guter Stolwerk!*, lobte sie ihn. Und als sie schließlich doch wieder gehen konnte, von unsäglichen Fußschmerzen geplagt, war auch das Nachgeplänkel der Bauerlorette zu Ende. Schmatz, Stolwerk und Geyer verließen die Halle, mussten glauben, dass sie auch schon gegangen war.

„Stolwerk, bitte kommen?", funkte sie – ohne eine Antwort zu bekommen.

Sie hatten sie vergessen.

Also wankte sie wie Frankenstein durch die Kulissen, die bereits wieder abgebaut wurden, verließ das Wonnewannen Bäderparadies, humpelte weiter zum Parkplatz, aber da war niemand mehr, kein Schmatz, kein Geyer, kein Stolwerk, kein Ernesto und auch sonst keiner.

Als sie schon fast vom Gelände war, näherte sich ein Fahrzeug. Von hinten. Sie versuchte noch, sich umzudrehen, aber da war es längst da, war bei ihr, neben ihr, vor ihr – und hielt an.

„Bist leicht in Reißnägel getreten, Veilchen?", fragte Stolwerk durchs offene Beifahrerfenster.

Valerie juckte kurz der Mittelfinger.

Aber so war sie schließlich nach Hause gekommen, mit Stolwerk, zu Sandro, der schon Bescheid gewusst hatte und keine andere Sorge kannte, als ihr zu helfen.

„Gute Nacht!", sagte Sandro und löschte das Licht.

„Gute Nacht." *Was wär ich nur ohne dich?*, fragte sie still in sich hinein. Ihre Füße brannten wie Feuer. Sie spürte, wie das Blut in ihnen pulsierte. Sie hatte zwei Schmerztabletten genommen und hoffte, diese würden endlich zu wirken beginnen.

Doch sie lag noch Stunden wach. Draußen blies der Wind, es hieß, es sollte föhnig werden.

Sandro schnarchte bereits leise.

Da donnerte etwas im Raum unter ihr. *Stolwerk?* Als sie ein dumpfes Kichern hörte, spürte sie, wie ihr Herz schneller schlug. Dann quietschten Federn. Wieder und wieder und wieder und ...

„Schon wieder!", sprach sie laut und konnte es nicht fassen. Nach allem, was passiert war, nach diesem ungemein kräftezehrenden Tag und den vielen Überraschungen ging Stolwerks Jurassic-Park-Abenteuer mit Priscilla Matscher in die Verlängerung? Ernsthaft jetzt? Das war doch ... das war doch ... KRANK!

„Pst, hörst du?", fragte sie zur Seite. „Das Quietschen? Da!"

Aber Sandro dachte nicht ans Aufwachen, murmelte nur schnell etwas und war schon wieder auf dem Weg ins Land der Träume.

Jemand lachte in dieser typischen Priscilla-Art, *Ihihihi!*, Gott alleine wusste, was Stolwerk an der Lehrerin fand. War er denn wirklich so einfach gestrickt, dass man ihn mit ein paar weiblichen Schlüsselreizen herumkriegen konnte? Und wieder quietschte es und quietschte und quietschte und quietschte und quietschte – war es am Ende gar Priscilla, die quietschte, und nicht das Bett? Valerie kam nicht dazu, den Gedanken zu Ende zu führen, denn nun polterte es erneut. So laut, als sei soeben ein ganzer Schrank zu Boden gedonnert, ihr eigenes Bett wackelte, ein Erdbeben war nichts dagegen.

Jetzt reicht's!, beschloss sie. Was zu weit ging, ging zu weit. Stolwerk hatte ihr schon die vergangene Nacht verhagelt, eine weitere war einfach nicht drin. Wie sollte sie am nächsten Tag vernünftig arbeiten? Sie musste aufstehen und sein krankes Urwald-Liebesabenteuer beenden, musste ihm klarmachen, dass sie ja wirklich Verständnis für ihn und Priscilla und T-Rex und Ihihi-hi und Bienchen und Blümchen aufbrachte, aber dass auch alles seine Grenzen hatte.

Wenn sie das erledigt hatte, musste sie Schmatz anrufen und sich vergewissern, dass es ihm gut ging.

Und dann musste sie ...

... musste sie ...

31.

Vogelschreie und Wassertropfen, Dauerzirpen und Hintergrundrauschen. Erdrückende Schwüle. Weit entfernte Trommelklänge. Und Valerie, die versuchte, sich zu orientieren, aber nicht weiter sah als bis zum nächsten Blättervorhang. Die Kleidung klebte wie Frischhaltefolie an ihrem Körper. Es roch nach Erde, nach Süße, nach Moschus, nach Mist, nach Regenwasser, nach Blüten, nach Rinde, nach Verwesung, nach Leben und nach Tod, nach allem und nach nichts zugleich. Sie stand inmitten großer, kreisrunder Pfützen, in deren Oberfläche sich der blaue Himmel spiegelte, der in tausend Puzzleteilen durchs Blätterdach funkelte. Sie hatte Lumpen an den Füßen, Klumpen, Klumpfüße, hässlich, aber ungemein standfest. Sie hob den linken, schaffte es aber gerade ein paar Zentimeter weit, dann ließ sie ihn wieder ins Erdreich krachen, ein Stampfen, das die ganze Umgebung erschütterte und sich in Wellenform in der Oberfläche der Lachen abzeichnete. Rechts über ihr flog ein Vogelschwarm davon. Blätter fielen von den Bäumen. Ihre Schuld. Sie musste eine Tonne wiegen. Die Trommelklänge wurden lauter. Oder war das eine Sinnestäuschung, jetzt, wo sie ihre Aufmerksamkeit darauf richtete? Jedenfalls mussten sie menschlichen Ursprungs sein. Ein Fest vielleicht? Oder, schlimmer, eine Jagd? Ja, sie wurden lauter, und eindeutig auch schneller. Da fühlte sie, wie die Erde zu vibrieren begann, hörte ein Brummen, ein Getöse, das sich aus dem Hintergrundlärm herausarbeitete, zuerst ganz dumpf, dann klarer, jemand schrie, klang wie Cheeta aus den Tarzanfilmen, musste ein Schimpanse sein – nein, es war – hä? Ja, es war eindeutig Schmatz, der sich an

Lianen durchs Blätterdach schwang und dabei panische Laute ausstieß, als sei der Teufel hinter ihm her. „Hey, Schmatz, hallo?", rief sie hinauf, er landete auf einem Ast und sah zu ihr hinunter, kratzte sich am Kopf, verlor dabei die Balance, fiel, fiel, fiel, gleich würde er vor ihren Augen zerschellen, aber nein, er tauchte in eine der Wasserpfützen vor ihr und verschwand darin wie in einem Sprungbecken, ein Bauchfleck par excellence. Gleich darauf kam er hoch, prustete und rieb sich das Gesicht. „Äh ... Schmatz?", fragte sie vorsichtig. Er antwortete nicht. „Geht's dir gut?" Er rappelte sich aus dem Loch, näherte sich ihr, aber er schien nicht sprechen zu können. Oder verstand er sie nicht? Sie sprach doch klar und deutlich. Dann riss er den Kopf herum und stellte seine Nasenlöcher in den Wind, schnupperte – und fauchte, bevor er sich umdrehte und aus dem Staub machte. Jetzt war das Trommeln ohrenbetäubend, kam direkt auf sie zu. Egal, was es war, sie musste weg, weg, weg! Am besten Schmatz nach. Sie hob den linken Fuß und setzte ihn nach vorne, dann den rechten, schaffte aber kaum einen halben Meter pro Schritt, sie hatte wirklich Elefantenfüße. Wieder und wieder hob sie die Dinger in die Luft und wuchtete sie nach vorn, ohne wirklich weiterzukommen. „Macht schon!", befahl sie nach unten. Hinter ihr raschelten Blätter, jetzt hörte sie auch das Trommeln von Hufen, vielen Hufen, sie drehte ihren Kopf, realisierte aber nur, wie Blätter und Sträucher zu Boden gedrückt wurden, rasend schnell, ohne den Verursacher erkennen zu können, Jurassic Park war nichts dagegen. Da flog etwas dicht über ihren Kopf, ein schillernder Papagei, der „Aaaaawesome!" krähte und „Ihihihihi!" dransetzte, und wenn sie genau hinsah, flatterte seinem Federkleid ein Victoria's-Secret-Etikett hinterher. Dumm-dumm-dumm-dumm, bebte die Erde unter ihren Füßen, oder hinter ihr? Ne-

ben ihr? Da schob sich etwas Riesiges, Dunkles durchs Bild und überholte sie, es war ein dicker Elefant. „Komm, Veilchen, halt dich hinten fest!", meinte er und trötete. Hinten, da wirbelte nur sein Elefantenschwanz, igittigitt – egal, sie griff ihn sich und wurde in die Luft gerissen, flatterte hinter ihm her und hämmerte gegen den Boden, wieder und wieder und wieder und wieder, aber es tat nicht weh, denn das Erdreich war weich wie eine Matratze, die quietschte und quietschte und quietschte und ...

„Val? Hallo!"

Wo war sie? Bleischwer kehrte die Realität zurück ... Was für ein Albtraum!

Draußen war es noch dunkel. Der Wind blies. Sandro neben ihr.

„Hm?", machte sie und schmatzte.

„Du hast ganz komisch geschnauft, ich wollt nur wissen, ob's dir gut geht."

„Geht gut", antwortete sie, gähnte und wunderte sich, dass ihm ihr Atmen auffiel, Stolwerks Liebestollerei aber nicht. Immerhin war es unten jetzt wieder still. Wollte sie ihm auch geraten haben. „Wie spät ist es?", brabbelte sie, nachdem sie erfolglos versucht hatte, die Anzeige des Radioweckers ins Blickfeld zu bekommen.

„Gleich sechs."

„Jetzt nicht", murmelte sie und driftete wieder davon.

32.

Drei Stunden später

Valerie saß mit Sandro am Frühstückstisch, als ihr Handy das Eintreffen einer SMS signalisierte.

Sven Schmatz: *Cool, oder?*

„Mit unserem Superstar scheint alles in Ordnung zu sein", antwortete sie Sandro, dem die Frage überdeutlich ins Gesicht geschrieben stand.

Er nickte nur und griff sich die nächste Semmel, um sie aufzuschneiden und das Weiße herauszuessen.

„Er ist völlig übergeschnappt", sagte sie.

„Erzähl mir was Neues."

„Wenn du ihn gestern gesehen hättest ..."

„Hab ich ja. Im Fernsehen."

Sie wusste, dass Sandro zugeschaut hatte, zog aber trotzdem eine Augenbraue hoch.

„Weil ich dich sehen wollte."

Pluspunkt, notierte die Souffleuse.

„Stattdessen siehst du unseren Sohnemann."

Schweigen.

Oh, oh!, dachte Valerie, der die Implikation ihrer Aussage erst nach und nach bewusst wurde.

War das jetzt ein Heiratsantrag?, wollte das kleine Teufelchen wissen.

Valerie sah auf und konnte nur hoffen, dass er jetzt nicht – nein, Sandro war völlig ins Planieren der Marillenmarmelade vertieft, Nutella war ja aus.

„Wie geht's deinen Füßen?", fragte er beiläufig.

„Besser als erwartet."

„Deinem Auge auch. Ich mein, es klart sich langsam wieder auf, rundherum ... äh ..."

„Dann kann ich ja bald wieder ohne Sonnenbrille unter die Leute gehen, oder?", fragte sie mit einem Anflug von Frustration in der Stimme. Wer verdammte sie nur dazu, wieder und wieder einstecken zu müssen, wenn es in einem Fall vorwärts ging? Wieso konnte nichts einfach ... *einfach* gehen? Augenringe, Knochenbrüche, Riss-, Quetsch- und Schusswunden, jetzt noch

Monsterblasen ... wer dachte sich das alles bloß aus? Es war, als läge ein Fluch auf ihr.

„Hast du was von Pauli...", Sandro unterbrach seine Frage, verhielt sich, den Rest auszusprechen, hustete lieber einmal trocken durch.

„Von Pauli? ... *von Pauline gehört*, wolltest du sagen?" Er sah weg.

„Wie kommst du jetzt darauf?"

„Ich mein ja nur", antwortete er kleinlaut.

„Nein, hab ich nicht. Nur, dass sie sauer ist, weil sie meint, dass ich sie versetzt hätte. Aber da war der Unfall mit dem Fallschirmspringer. Was soll ich machen?"

„Hm."

„Was hm?"

„Vielleicht solltest du sie anrufen."

„Ich? Sie?"

„Val, vergiss es einfach. Ich hätte nicht damit anfangen sollen."

„Wieso soll ich sie anrufen?"

Der Türgong erlöste ihn. Schneller als nötig erhob er sich und eilte zur Wohnungstür. „Es ist Stolwerk!"

„Sag ihm, er soll reinkommen."

„Er meint, du sollst mit ihm mitkommen."

Das würde euch so passen, dachte sie. Samstag war Freizeit. In ihrem Fall Erholungszeit. Und die hatte sie auch bitter nötig. „Ich kann nicht!"

„Sitzt d' leicht aufm Klo, oder was?", blökte ihr Ermittlungspartner in den Gang hinein.

Sie seufzte. Weder Sandro noch er hatten ihre Garstigkeit verdient. Aber zusätzlich zu den geschundenen Füßen kündigte sich ein riesiger Muskelkater an, und der wurde, wie sie aus Erfahrung wusste, zwei Tage lang schlimmer, bevor es langsam wieder aufwärts ging. Ihr graute vor der unmittelbaren Zukunft. Sie wollte den Tag nutzen, um sich zu pflegen, nur gesunde Sachen zu sich zu nehmen, herunterzukommen, abzuschalten – und ganz sicher nicht, um an diesem dämlichen Fall weiter zu ermitteln. So lange es Schmatz gut ging, konnte ihr der Rest der Bauerlorette bis zum Finale am Allerwertesten vorbei.

„Geyer hat doch eine Besprechung angesetzt, um zehn!"

Und wieder seufzte sie, bevor sie möglichst neutral sagte: „Wieso weiß ich nichts davon?"

Weil sie dich unter der Tribüne vergessen haben, mutmaßte die Souffleuse.

Stolwerk blieb still.

Wie sollte sie sich entscheiden? Krank feiern oder nachgeben? Nichts wäre nachvollziehbarer gewesen, als jetzt nein zu sagen. Wer ihr böse sein wollte, sollte nur einmal auf ihre Füße schauen, wenn ihm das grünblaugelbviolette Auge noch nicht reichte. Sie war nicht dienstfähig. Sie musste sich erholen. Sie brauchte Ru...

„Spängler hat etwas entdeckt."

„Komme!"

33.

Stolwerk und sie warteten zu zweit im Gemeinschaftsbüro. Noch war niemand hier. Eine günstige Gelegenheit, *das* Thema endlich aufs Tapet zu bringen, wenn er sie schon aus ihrem freien Samstag holte.

„Stolwerk, findest du das eigentlich gut?"

„Hm, Veilchen?"

„Ich mein ja nur, so Hals über Kopf."

„Was denn, Veilchen?"

„Jetzt komm. Stell dich nicht blöd."

Er sah sie an, als hätte sie ihn soeben nach der siebzehnten Nachkommastelle der Kreiszahl gefragt.

Sie senkte ihren Kopf und runzelte die Stirn. „Bungabunga? – Ihihihi?"

„Redest du von Sven?"

Nicht zu fassen. „Du Scheinheiliger!", rief sie, schnappte sich den nächstbesten Gegenstand und warf ihm die Klammermaschine an den Kopf, nein, hätte sie fast, so wurde es nur die Packung Taschentücher.

„Aua! Spinnst, Veilchen?"

„Na, haben wir's lustig?", fragte Geyer, der – wie sollte es anders sein – zum unmöglichsten Zeitpunkt das Büro betreten hatte. Eine Eigenschaft, die irgendwie typisch für Vorgesetzte war. In Geyers Schlepptau kamen Mair und Eder. Fehlte nur noch Schmatz.

Spängler musste etwas wirklich Wichtiges gefunden haben …

„Kommts, auf geht's!", sagte Geyer und deutete in Richtung Besprechungszimmer.

Valerie erhob sich schwerfällig. Tatsächlich hatte sie an diesem Samstag das Gefühl, eine Tonne zu wiegen, und ihre Hüftgelenke stimmten zu. Sie balancierte auf dem Berg- und Wellental aus Blasenpflastern, die ihre Schmerzen tatsächlich lindern konnten. Es sah nur komisch aus, wie sie in Sandros Sandalen watschelte, die um drei Nummern größer waren als die eigenen Sneakers. Aber groß war gut. Je mehr Platz ihre Elefantenfüße heute bekamen, desto besser.

Valerie schlurfte aus dem Büro ins Besprechungszimmer, Stolwerk, der ihr folgte, kicherte verhalten. Er hatte sich vorhin schon ein paar Späßchen zu ihrem Schuhwerk erlaubt.

Als alle saßen, sah Valerie erwartungsvoll zu Geyer, der wie immer am Tischende Platz genommen hatte. Auch die anderen musterten ihn.

Aber der Abteilungsleiter sagte nichts, lehnte sich nur zurück und überprüfte hin und wieder die Uhrzeit auf seiner Zwiebel. Die geschlossene Akte, die vor ihm lag, bekam mehr und mehr Aufmerksamkeit.

Schließlich konnte Valerie nicht anders, als „Und?" zu sagen.

Geyer blickte auf. Dann zog er die Augenbrauen hoch – und versank wieder.

Stolwerk räusperte sich.

Wieder nichts.

„Na, wo ist wohl unser Badewannenkaiser?", fragte Abteilungsgigolo und Abwesenheitsspezialist Eder rhetorisch.

Schmatz sollte also tatsächlich kommen? Hatte Geyer dessen Urlaub kurzerhand abgebrochen? Geschah ihrem Schwiegersohn ganz recht. Immer noch rätselte Valerie, was sich Luna dabei dachte, sein Verhalten auch noch zu unterstützen.

Da hörte sie eilige Schritte, lauter werdend ...

Mit einem schüchternen „Tschuldigung!" kam Schmatz ins Zimmer. Er hatte eine Sonnenbrille auf, den Mopedhelm unter den rechten Arm geklemmt. Er setzte sich an seinen Platz, legte den Helm auf den Boden, behielt aber die Brille auf.

„Dann können wir ja anfangen", sagte Geyer und griff nach der Akte.

Valerie räusperte sich und winkte Schmatz so dezent wie möglich, bis er sie ansah. Dann zeichnete sie mit den Zeigefingern Kreise um die eigenen Augen. Es sah echt dämlich aus, in Innenräumen Sonnenbrillen zu tragen, vor allem, wenn es keinen Grund dafür gab. Sie wollte nicht, dass er sich vor den anderen blamierte.

Aber er schüttelte nur den Kopf.

Nach einem tiefen Luftzug fing Geyer zu reden an. „Ich werde jetzt nicht noch einmal darauf eingehen, was ich von Alleingängen irgendwelcher Art halte, nämlich nichts ... Sven? Hallo! Du bist gemeint! Könntest du bitte die dämliche Brille abnehmen? Hm? ... Hier drin bist du kein Bauerlorette-Habschi mehr, und auch kein Superstar, sondern unser ASSISTENT, ZUM DONNER-WETTER NOCH EINMAL! JA HIMMEL, HERRGOTT, SAKRAMENT, HABEN S' DIR INS HIRN GSCHISSEN, DU SELTEN ..." Er holte Luft und blies sie wieder aus, dann von vorne. „Gut ... Gut. Alles gut. Schmatz, ich kann nur hoffen, du hast Glück, denn zu hoffen, dass du weißt, was du tust, wäre vergeblich gehofft."

Weißt, was du tust, was du hoffst ... hä?, staunte die Souffleuse über Geyers rhetorische Anwandlungen.

Dann sprach der Abteilungsleiter so ruhig, wie ein Vulkan vor dem Ausbruch nur sein konnte: „Jetzt nimm ... bitte ... deine Brille ab, ja?"

Schmatz zögerte immer noch. Lebensmüde, eindeutig. Aber dann fasste er mit Daumen und Zeigefinger ans Gestell, zog – zog doch nicht – zog – ja, was hatte er denn? Wollte er es jetzt noch spannend machen? Was war ihm wichtiger: Starallüren oder sein Leben?

Da schlug Geyer auf den Tisch, Schmatz riss die Sonnenbrille herunter – und ein weiteres Veilchen war im Raum. Seines.

„Grmpf", kam's von Stolwerk.

„Oh!", meinte Geyer.

„Ich bin ... gegen einen ... äääh ... Türstock gelaufen", griff Schmatz zur Standard-Rechtfertigung verprügelter Hausfrauen.

Der Türstock heißt nicht zufällig Luna?, lag ihr auf der Zunge. War es wohl doch nicht so gut um den Haussegen des Schmatzerbauern bestellt. Gut so. Sein Hämatom war nicht zu verachten, hatte aber längst nicht die Ausmaße ihres eigenen. Trotzdem: Es sah so aus, als seien seine Chancen auf den Gewinn der Bauerlorette über Nacht drastisch gesunken. Ein Matschauge wie seines machte sich schlecht neben Jacqueline Zipplinger. Wobei Schmatz der einzige noch lebende Kandidat war, der sich etwas aus Frauen machte. Hieß es nicht, dass der Teufel in der Not Fliegen fraß?

„Wie dem auch sei ... Spängler hat die Drohne untersucht", kam Geyer zum Punkt, „beziehungsweise das, was noch von ihr übrig ist. Und dabei hat er etwas gefunden." Weil sich niemand bitten ließ, fuhr er fort: „Eine Zulassungsnummer, die wir zurückverfolgen konnten. Josef, bitte."

Josef Eder setzte sich auf. Er und sein Partner Hannes Mair gehörten nun offensichtlich ganz offiziell dem Bauerlorette-Ermittlerteam an. „Ich habe mich zum Hersteller durchgefragt, noch während ihr bei der Show wart. Es handelt sich um eine schwere Kameradrohne aus dem professionellen Bereich. Valerie, du hast gestern fünfzigtausend Euro vom Himmel geballert."

Die böse Souffleuse reckte ihre Fäustchen in die Höhe.

„Das Gerät wird eingesetzt, um Außenaufnahmen mit hoher Auflösung und Bildstabilität zu machen."

„Oder um Leute von Felsen zu stürzen", fiel ihm Valerie ins Wort. Sie hatte das Geschehen noch detailreich vor Augen. So schwer hatte dieses Ding gar nicht gewirkt. Musste es aber wohl sein, wenn man einen wirkungsvollen Angriff damit fliegen wollte.

„Jedenfalls lassen es Empfänger und Akku zu, das Gerät aus bis zu zehn Kilometer Entfernung zu steuern. Und weil es aufgrund des Gewichts und der technischen Spezifikationen als ... Moment, hier steht's ... unbemanntes Luftfahrzeug Klasse eins gilt, sind diverse Zulassungserfordernisse einzuhalten."

„Josef, kannst du's bitte etwas straffen?", drängte Geyer und kämpfte ein Gähnen zurück. „So faszinierend dein Spielzeug auch sein mag."

„Das ist kein Spielzeug", protestierte er. „Na gut. Normalerweise darf es nicht ohne Sichtkontakt geflogen werden, was in dem Fall aber geschehen ist, richtig?"

Valerie nickte. Sie hatte weit und breit niemanden mit Fernsteuerung herumstehen gesehen. Außer dem Poetenbauern und ihr war gestern niemand so dumm gewesen, zur Frau Hitt hochzusteigen.

„Bei der Austro Control ging keine Verständigung wegen eines Drohnenflugs ein. Auch die Auswertung der Radardaten vom Flughafen ergab keine Rückschlüsse. Ich habe mich extra mit dem Leiter ...""

„Josef!", schimpfte Geyer.

Auch Valerie verlor langsam die Geduld.

„Schon klar, illegaler Flug, der Flughafen weiß nichts und so weiter – erzähl das mit der Zulassungsnummer."

„Okay, okay. Hier die wichtigste Erkenntnis meiner Nachforschungen. Dazu möchte ich vorausschicken, dass ...""

„Die Drohne gehört LiveTV", kürzte Geyer ab und schickte Eder einen weiteren, bösen Blick. „Genau gesagt ist die Genehmigungsnummer auf eine Filmproduktionsfirma registriert, die fast ausschließlich Projekte für LiveTV abwickelt. Unter anderem die Flugaufnahmen der Bauerlorette. Also habe ich heute Früh den Verant-wortlichen der Firma aus dem Bett geklingelt, während ihr vermutlich noch eine Runde am Rüsseln wart. Der Produzent hat mich an seinen Piloten weiterverwiesen, aber der wusste natürlich von nichts. Alibi hat er al-lerdings auch keins. Also sitzt er jetzt unten im Keller und wartet auf euch. Valerie und Manfred, ihr beide werdet ihn gleich in die Mangel nehmen. Holt alles aus ihm heraus, das ihr erfahren könnt. Josef und Hannes schauen sich inzwischen die beiden Originalkandidaten an. Wir müssen einfach etwas finden! – Ich rede mit Schmollinger."

„Und ich?", fragte Schmatz.

„Duuu, lieber Sven ...", sprach Geyer mit sich über-schlagender Stimme.

Wieso kannst du nicht EINMAL den Mund halten?, dachte Valerie.

„DU SCHREIBST DAS PROTOKOLL, WIE ES DEINE AUFGABE IST!", brüllte Geyer ansatzlos und schlug den Aktendeckel zu. „Noch Fragen?"

Valerie hätte schon gerne noch gefragt, warum aus-gerechnet Stolwerk und sie mit diesem Drohnenheini sprechen sollten. Dass dieser Pilot nicht seine eigene, zur Fernsehproduktion gehörende Drohne gesteuert haben dürfte, lag doch auf der Hand, so blöd konnte ja niemand sein. Aber Valerie tat gut daran, Geyer nicht noch weiter zu reizen. Die pulsierende Ader an seinem Hals verriet, dass der nächste seiner Mitarbeiter, der auch nur einen Mucks von sich gab, das Donnerwetter seines Lebens erleben würde. Wenn Geyer nicht vorher einen Herzkasperl hatte.

„Dann ist ja ALLES GEKLÄRT!", brüllte er, sprang auf und stampfte aus dem Zimmer.

Schmatz setzte seine Sonnenbrille auf.

Stolwerk gluckste.

Und Valerie stöhnte, als sie ihren geschundenen Körper in die Höhe wuchtete.

Man musste Geyer gar nicht fragen, wenn man den aktuellen Stand im Fall erfahren wollte. Man brauchte sich nur an seinen Dienst-PC zu setzen. Alle Ergebnisse waren im elektronischen Akt gespeichert, den Valerie jetzt aufrief, weil sie sich weitere Erkenntnisse und Spurenbeurteilungen aus der Forensik erhoffte.

Aber weder die kriminaltechnische Untersuchung am Flötzlerhof noch jene im Bauernhof der Familie Volderober in Thaur hatten irgendwelche Hinweise auf die Quelle der Substanzen ergeben, die den ersten beiden Opfern verabreicht wurden. Keine schlampig entsorgte Medikamentenpackung, keine Restflüssigkeit in einem Trinkglas, keine Rückstände im Biomüll. Kurz: kein rauchender Colt.

„Schmatz, kann ich mal mit dir reden?", rief sie in Richtung seines Schreibtischs.

„Ich muss das Protokoll tippen, Frau Mauser. Außerdem sollst du doch mit dem Piloten von dem Dingsda reden."

„Schmatz? Ich setz dir gleich was auf, wenn du nicht sofort bei mir antanzt. Stolwerk, lässt du uns allein, bitte?"

Ihr Partner stand auf, näherte sich und flüsterte: „Sei nicht zu streng, Veilchen."

Valerie reagierte nicht. Abgesehen von einer kurzen, horizontalen Verschmälerung des Schlitzes, durch den sie ihn gerade ansah.

„Dann ... äh ... geh ich mal vor, den ... äh ... Piloten vernehmen", stammelte Stolwerk und zog sich zurück.

„Gute Idee."

Schmatz stand auf und stellte sich schmalschultrig wie ein armer Sünder an ihre Seite und erwartete seine Standpauke. Die Sonnenbrille hielt er schon vorsorglich in der Hand.

„Sag mir, warum."

„Was meinst du, Frau Mauser?"

Wie dumm konnte man sich stellen? „Was in Dreiteufelsnamen hat dich dazu geritten, dich in die Sendung hineinzuschleichen?"

„Schleichen?"

Valerie atmete einmal tief durch und zählte langsam bis zehn, bevor sie weitersprach. „Du weißt, was ich meine. Du nimmst Urlaub, ohne darum anzusuchen. Und dann steht der Schmatzerbauer plötzlich im Rampenlicht der Sendung. Sag, wie hast du's gemacht? Hast du Lichtenberg kontaktiert?"

Schmatz hob den rechten Zeigefinger und deutete nach oben.

„Hm? Höher, meinst du? Schmollinger?"

Er nickte. Intendant Schmollinger also. Womit auch klar war, warum Geyer sich seinen Sandkastenfreund vornehmen wollte. Offensichtlich hatte der ihm nämlich verschwiegen, dass einer seiner Mitarbeiter den Überraschungskandidaten in der Show gab. Der Show, die ihnen ohnehin schon genug Arbeit eingebrockt hatte. Logisch, dass Geyer sich übergangen fühlte.

„Und, bist du stolz drauf?"

Schmatz sah nicht so drein, aber vielleicht gehörte das zu seiner Taktik.

„Wirklich super, deine Gewinnchancen, Schmatz. Gratuliere! Was glaubst du wohl, wen sich der Täter als Nächstes vorknöpfen wird, hm?"

Er zuckte bloß einmal mit den Schultern.

„Luna hat dir eine geknallt, richtig?"

Wieder Schulterzucken, dieses Mal mit verträumtem Blick.

„Schmatz? Hallo! Huhu!", rief sie und wischte das imaginäre Fenster zwischen ihnen.

Plötzlich war er wieder da, als hätte sich sein Betriebssystem neu gestartet. „Hm, Frau Mauser?"

„Dein Veilchen! Das war Luna, oder?"

„Wieso?"

„Jetzt komm schon. Ich kann eins und eins zusammenzählen. Du schleppst sie mit in die Show und bist plötzlich ein Teil davon. Traraaa! Nur findet sie es weniger lustig, dass du mit der Jackie im Pool flirtest. Also betoniert sie dir eine. So war's doch, oder?"

„Aber nein, Frau Mauser." Schmatz sah sie an, als hätte sie den Verstand verloren. „Im Gegenteil. Sie hat mich sogar zum Mitmachen ... animiert!"

„Hä?"

„Ja weißt du, ich hab ihr doch immer schon vorgeraunzt, dass ich mich im Team beweisen will, aber nicht darf. Also hat sie meine Idee mit dem Geheimeinsatz sofort aufgegriffen und ... ausgebaut."

„Sie hat dich ÜBERREDET?"

„Mhm."

Valerie sandte ein stilles Flehen zu allen Heiligen da oben. Dann realisierte sie, dass es ihr nicht erspart bleiben würde, ihrer Tochter eine ordentliche Standpauke zu halten. Was diese vermutlich ähnlich interessieren würde wie der berühmte Sack Reis in China. Valerie seufzte, und seufzte gleich noch mal, bevor sie weitersprach: „Woher kommt das Veilchen dann?"

Schulterzucken, was sonst.

„Du bestehst also auf den Türstock?"

„Ich ... äh ... nein, ehrlich gesagt hatten wir einen kleinen Schlafzimmerunfall."

„Oh."

„Mhm." Schmatz kratzte sich verlegen hinterm rechten Ohr. „Luna ist manchmal ein bisschen ... wild, weißt du? Wenn die erst mal in Fahrt kommt, und gestern nach meinem Auftritt war sie besonders g..."

„Schon gut, Schmatz. Ich will's nicht wissen."

„Manchmal klettert sie dann auf ..."

„Kein Wort mehr!", rief sie lauter als beabsichtigt. Bilder von Stolwerk tauchten vor ihrem geistigen Auge auf. Was taten die Leute bitte schön in ihren Schlafzimmern? Konnte man nicht ganz normal – so miteinander, wie das Bienchen auf dem Blümchen?

Schmatz sah betreten drein. „Aber sonst glaubst du mir's ja nicht. Also, wenn sie so richtig ..."

„Aus! Schluss! Klappe zu!", rief sie und sprang in die Höhe, verbot sich dabei, vor Schmerzen aufzustöhnen. „Los! Schreib deinen Bericht!" Weil ihr das doch ziemlich gemein vorkam, drehte sie sich im Gehen noch einmal um, sah freundlicher drein und sagte: „Und geh Geyer aus dem Weg, Schmatz."

34.

Als sie durch die Gänge des LKA wankte, so schnell es eben ging, und den Aufzug ins Kellergeschoss benutzte, geisterhaft aus der Liftkabine schlich und dabei ihre Fingerspitzen an der Wand entlangstreichen lassen musste, um die Balance zu halten, kam sie sich ziemlich ferngesteuert vor. Wie diese Drohne gestern.

Was sollte sie sich von der Vernehmung des Piloten erhoffen? Als sie zur Tür des Vernehmungsraums kam, blieb sie stehen, legte ihr Ohr an und lauschte – hörte aber nichts.

Mit finsterem Gesicht trat sie ein. Sie sah den Kerl und dachte sofort: *Den kenn ich.* Gefolgt von: *Keine Ahnung, woher.*

„Das ist Frau Oberstleutnant Mauser", stellte Stolwerk sie vor.

„Maximilian Falkensteiner", sagte der junge Mann, noch bevor er aufrecht stehen und ihr seine Hand entgegenstrecken konnte. Er wirkte, als hätte er ein Bewerbungsgespräch vor sich. Ihr schillerndes Auge schien ihm gar nicht aufzufallen, was Valerie sehr erfrischend fand.

Falkensteiner war beeindruckend groß, wie Stolwerk, vielleicht sogar noch größer. Er trug seine pechschwarzen Haare zurückgegelt wie dieser österreichische Tennisspieler, der damit in Wimbledon fast mehr Furore machte als mit seiner ebenso beachtenswerten sportlichen Leistung. Valerie grübelte, kam aber nicht drauf, wo sie diesen Kerl schon einmal gesehen haben konnte. Im Fernsehen vielleicht? War er prominent? Ein Schauspieler? Aber was sollte er dann mit Kameradrohnen am Hut haben?

„Wir haben noch auf dich gewartet", sagte Stolwerk.

Sie nickte und setzte sich neben ihren Partner, vor dem eine offene Akte auf dem Tisch lag. Ganz oben erkannte sie ein handschriftliches Protokoll Geyers, konnte die Schrift aber nicht entziffern. Egal. „Herr Falkensteiner, woher kenne ich Sie?", beschloss Valerie, nicht lange um den heißen Brei herumzureden.

„Ich weiß nicht?", antwortete er und lächelte verschmitzt. Eines musste man ihm lassen: Wie er so vor sich hingrinste, war er schon ziemlich attraktiv. Sehr, eigentlich.

„Sie steuern also die Drohnen von LiveTV", übernahm Stolwerk, weil Valerie ein, zwei Momente zu lang eine Pause machte.

„Ja?"

„Nur Sie?"

„Ja, das ... äh ... ist aber nur so ein altes Hobby von mir. Ist ja nicht jeden Tag was zu drehen, und der Produzent ist ein alter Bekannter unserer Familie. So ist das entstanden."

„Lichtenberg?"

„Nein, nein, Lukas Fender, der hat so eine Klitschenfirma, spezialisiert auf Luftaufnahmen. Dem helf ich hin und wieder aus."

Stolwerk räusperte sich. „Und was machen Sie sonst so?"

„Ich studiere noch."

Sport, riet Valerie.

„Sport", bestätigte Falkensteiner, wand sich Valerie zu und grinste sie an. Augen, in die man eintauchen wollte ...

Die böse Souffleuse schmolz über ihre Schulter dahin.

„Haben Sie gestern die Drohne auf die Nordkette hinauf gesteuert?", unterbrach Stolwerk den verzückten Moment und versetzte Valerie unterm Tisch einen Tritt.

Sie musste sich zusammenreißen.

„Nein, habe ich nicht!", protestierte der junge Mann nach einer kurzen Pause. „Das hat mich doch Ihr Kollege schon alles gefragt. Was ist denn passiert? Wieso sagt mir keiner etwas?"

„Unser Kollege hat Sie nach dem Alibi gefragt", fand Valerie endlich ins Gespräch zurück. „Gestern Nachmittag, so gegen halb vier. Sie haben keines."

Plötzlich verfremdete sich sein Grinsen, wurde künstlich, als trüge er eine Maske. Dann senkte er den Blick und starrte seine Hände an.

„Stimmt doch, oder?", hakte Valerie nach.

Er nickte. Aber da war ein Zögern, eine Unbestimmtheit, die ihr zu erkennen gab, dass da noch mehr zu holen war. Genau wie bei Flickenfand. Sie musste ihn aus der Reserve locken. „Sicher nicht einfach, so ein Ding zu steuern, oder? Ich meine, das muss man doch können."

„Ja?", sprach er dahin und zuckte mit den Schultern.

„Das bedeutet: Niemand außer Ihnen hätte die Drohne steuern können. Dazu noch das fehlende Alibi ..."

„JEDER kann die Dinger fliegen", unterbrach Falkensteiner.

Valerie sah ihn schief an und brachte ihn so wortlos zum Weitererklären: „Gyroskop, GPS, computerunterstütztes *Fly by wire*, Frau Mauser. Sie lassen die Steuerknüppel aus, und die Drohne steht bombensicher in der Luft. Sie drücken nach vorne, und die Drohne schwebt nach vorne, bis Sie wieder loslassen. Wenn Sie über die Kamera steuern, unterscheidet es sich kaum von einem Computerspiel."

„Dann bräuchte man Sie also gar nicht, sondern könnte jeden Affen hinters Pult setzen, oder?"

Falkensteiner schluckte den Ärger, der in seinem Gesicht aufblitzte, gleich wieder hinunter. „Ganz so einfach ist es auch wieder nicht, gute Aufnahmen zu bekommen", schwächte er seine Aussage ab.

Stolwerk übernahm. „Wer hatte Zugang zum Fluggerät?"

„Wollen Sie mir nicht endlich sagen, was überhaupt vorgefallen ist?"

Sie dachte nicht daran. Auch Stolwerk blieb still.

„Die ... die Kameradrohne gehört zwar der Produktionsfirma, wird aber zusammen mit dem anderen Equipment transportiert. Sie muss sich in einem der Lkws von LiveTV befinden."

„Nicht mehr", meinte Stolwerk trocken.

„Wieso?"

„Was glauben Sie?"

Wieder zuckte sein Gesicht, aber er riss sich zusammen und sagte: „Sie haben behauptet, jemand sei damit auf die Nordkette geflogen."

„Sind Sie?", reizte Valerie ihn weiter.

„Nein, bin ich nicht", sagte er ruhig. Er wusste, wie man seine Nerven unter Kontrolle behielt.

Stille. Sie waren in einer Pattsituation gelandet. Sie wollten Falkensteiner zum Erzählen bringen, indem sie ihm möglichst viele Einzelheiten vorenthielten und gezielt stichelten – aber der Drohnenpilot spielte nicht mit. Blieben zwei Möglichkeiten: Fakten auf den Tisch oder Themenwechsel.

„Wie ist Ihre Beziehung zur Bauerlorette?", entschied Valerie sich für Variante zwei, und noch während sie die Frage stellte, die eigentlich nur eine weitere, gezielte Provokation sein sollte, merkte sie, dass sie gerade so sehr ins Schwarze getroffen hatte, wie man nur treffen konnte. Denn natürlich hatte sie Falkensteiner schon einmal gesehen: auf der Webseite von InMaXXXima, zusammen mit Jacqueline Zipplinger, in vertrauter Pose, in der Hotelbar! Er war dieser mysteriöse Verehrer!

Es machte klick, klick und nochmals klick, und Valerie hatte Mühe, ihre Gesichtsmuskeln halbwegs unter Kontrolle zu behalten. Falkensteiner und Zipplinger, das ging natürlich nicht, das passte nicht in die Show, das hätte die Verantwortlichen düpiert und das Publikum vor den Kopf gestoßen. Natürlich musste er da schweigen wie ein Grab.

Oder gehörte das zu seiner Taktik? War er in Wahrheit schon eine Ecke weiter und versuchte, sie zu täuschen?

„Was grinsen Sie so komisch?", fragte Falkensteiner.

Auch Stolwerk warf ihr jetzt einen Seitenblick zu, das spürte sie genau.

Valerie holte langsam, fast genüsslich Luft und wiederholte die Frage: „Wie ist Ihre *Beziehung* zur Bauerlorette?"

„Wie meinen Sie das?"

Die böse Souffleuse machte obszöne Gesten, deren Beschreibung nicht jugendfrei wäre.

Er zögerte.

Valerie zwang sich, still zu bleiben. Aber was hätte Falkensteiner von den toten Kandidaten gehabt? Eifersucht konnte immer ein Motiv sein, passte aber überhaupt nicht zu ihm. Wie er so dasaß, attraktiv und selbstsicher, bis vor kurzem jedenfalls, kam enttäuschte Liebe kaum als Motiv in Frage. Ihre ach so spannende Erkenntnis war kaum besser als jede beliebige Klatschnachricht. Er und Zipplinger, ein Paar – hurra! Aber wen schert's, abgesehen von der InMaXXima, deren Leserinnen und den Bauerlorette-Fans? Oder gab es einen weiteren Zusammenhang, den man nur durchschauen musste, und plötzlich war der Fall geklärt?

Stolwerk räusperte sich. Bei ihm hatte es offensichtlich noch nicht klick gemacht.

„Wie haben Sie Jackie kennengelernt, Herr Falkensteiner?", setzte Valerie nach.

Seine Gesichtsmuskeln erschlafften. Ihm fiel das *Ladele* herunter, wie man in Tirol so schön sagte. Zweifel überflüssig: Er war aufgeflogen.

Stolwerk schnappte nach Luft.

Valerie genoss den Moment, denn meistens war er ihr im Aufspüren zwischenmenschlicher Beziehungen um Lichtjahre voraus. Endlich hatte sie einmal die Nase vorn. „Könnte es sein, dass Sie doch ein Alibi für den Nachmittag haben, Herr Falkensteiner?" Vorhin hatte er bei dem Thema gezögert, jetzt brauchte sie nur noch eins und eins zusammenzuzählen.

„Bitte", flehte er ansatzlos, „Sie müssen mir garantieren, dass Sie nichts verraten!"

„An uns soll's nicht liegen", sagte sie dahin.

Er senkte den Blick. „Ja, es stimmt. Jacqueline und ich sind ein Paar. Seit den ersten Aufnahmen schon. Ich war gestern bei ihr, vor dem Dreh, im Bus. Die ganze Zeit. Jedenfalls bis ihre Mutter kam. Ich kann die Drohne also nicht gesteuert haben."

Stille.

„Dumm, dass Sie keinen Bauernhof haben", sagte Valerie schließlich. „So, wie die Kandidaten der Show wegsterben oder im Krankenhaus landen, wären Sie sonst längst mit von der Partie und könnten um die Million rittern. Jackie haben Sie ja schon." Valerie musste sich zwingen, nicht an den Ersatzkandidaten Schmatz zu denken. Und an Tochter Luna und die merkwürdige Beziehung der beiden. Und an das, was sie in ihrem Schlafzimmer anstellten …

„Jacqueline."

„Hm?"

„Jacqueline. Sie mag es nicht, wenn man Jackie sagt. Ich finde es auch unmöglich."

„So unmöglich wie die ganze Show."

Falkensteiner nickte.

„Was glauben Sie, wer es auf die Kandidaten abgesehen hat?"

Er schüttelte den Kopf. Sie konnte nicht deuten, was er damit signalisieren wollte.

„Sie haben doch sicher einen Verdacht? Immerhin geht es um die Sicherheit Ihrer Freundin."

Wieder Kopfschütteln. Eher fassungslos als verneinend.

„Treffen Sie sich heute noch mit Jack...queline?"

Nach kurzem Zögern nickte er wieder.

„Was machen Sie zwei bis zum Finale? Gibt's überhaupt schon ein Datum?"

„Samstag."

„Heute?"

Ihre Rückfrage brachte ihn kurz, aber doch zum Lachen. „Nein, nicht heute. In einer Woche. Sie wollen die Sache in einem Eisschloss in Ischgl abdrehen, und ich soll die Flugaufnahmen machen."

Valerie grübelte. Ischgl und die Bauerlorette, das passte natürlich wie die Faust aufs Auge – ein Eisschloss mitten im schönsten und wärmsten Spätherbst, den sie je erlebt hatte, schon sehr viel weniger.

„Ein Eisschloss, nächste Woche?", fand Stolwerk endlich ins Gespräch zurück. „In ... Ischgl?"

Falkensteiner zog einen Mundwinkel hoch. „Offensichtlich wollen sie Eisblöcke aus Italien holen, ein riesiges Schloss draus bauen und die ganze Umgebung beschneien. Es soll so aussehen wie eines dieser skandinavischen Schneehotels."

„Schneehotels", echote Stolwerk fassungslos.

„Wieso Ischgl?", fragte Valerie, obwohl sie es längst ahnte. Am Ende ging's doch immer nur ums ...

„Ein paar Hoteliers dort haben zusammengelegt – und noch einen kräftigen Batzen obendrauf."

Bingo.

„Ein paar Hotels wollen eine Art Pre-Pre-Saisonopening machen."

„Opening", staunte Stolwerk weiter.

Falkensteiner nickte. „Die denken: je früher, desto besser. Weil die Bauerlorette überall ins Hauptabendprogramm soll, bis hinauf an die Nordseeküste. Den Werbewert kann sich jeder vorstellen."

Den Toten sei Dank, dachte Valerie. „Eine große Sache für Jacquelines Karriere", sagte sie und starrte Falkensteiner an.

Er wich ihrem Blick sofort aus.

„Ihr großer Durchbruch", legte Valerie nach. „Alles, was passiert ist, spielt ihr direkt in die Arme."

„Glauben Sie vielleicht, sie legt es drauf an, oder was?", wurde er laut. Kurz blitzte ein neuer Ausdruck in seinem Gesicht auf. Aggressiv und ungehalten. Unverstellt? War der Charme seine Maske, und darunter war dieser Model-Typ von Mann auch nur ein gewöhnlicher Affe? „Glauben Sie vielleicht, uns ist das recht? Wenn um einen herum nur mehr so die Fetzen fliegen?"

„Wie verstehen Sie sich eigentlich mit Jacquelines Mutter?", versetzte sie ihm den nächsten Stich.

Sein Gesicht verdunkelte sich noch weiter, aber er antwortete nicht.

„Die können einen ganz schön auf die Palme bringen", sprach sie dahin und dachte an Pauline, die nichts mehr von sich hören hatte lassen. Weil sie darauf wartete, dass Valerie sich rührte.

„Wem sagen Sie das."

„Else Zipplinger hält nichts von Ihrer Beziehung, richtig?", übernahm Stolwerk mit einfühlsamer Stimme.

Falkensteiner nickte. „Kennen Sie diese ... wie sagt man ... *Eislaufprinzessinnenmütter*?"

Helikoptereltern, lag Valerie das Wort auf der Zunge. Etwas mehr Helikopter hätte ihrer eigenen Mutter damals gut getan. Besser gesagt ihr. Aber was nützte es. Einmal war es zu viel, einmal zu wenig, genau richtig schaffte es offensichtlich keiner.

„Sie können sich ja gar nicht vorstellen, was für einen Zirkus die veranstaltet. Jacqueline tu dies, Jacqueline tu das – sie steht leider voll unter der Fuchtel. Ich kann schon froh sein, wenn ich sie überhaupt sehen darf."

„Sie sind erwachsen", gab Valerie zu bedenken. „Beide."

„Das sagt sich so leicht."

Womit er auch wieder Recht hatte – Kind blieb man schließlich immer. „Und jetzt?", fragte sie.

„Was meinen Sie?"

„Sie spielen bei diesem Zirkus mit?"

Er zögerte. Dann sagte er schlicht: „Was bleibt mir schon anderes übrig."

Wieder hatte Valerie das Gefühl, dass er ihr etwas vorenthielt. „Sorgen Sie sich denn gar nicht?"

Er überlegte, setzte an, verhielt es sich aber wieder.

„Ja? Nein? Vielleicht?"

„Frau Mauser, ich glaube, ich habe schon viel zu viel gesagt."

Aus seiner Perspektive stimmte das wohl. Aber es gehörte zu Valeries Job, jetzt erst recht dranzubleiben und nachzustochern. „Was verheimlichen Sie uns, Herr Falkensteiner?"

Schweigen.

„Sie wollen abhauen", sagte Stolwerk dann. „Durchbrennen. Ist doch so, oder?"

Erschrocken ruckelte Falkensteiner auf seinem Sessel hin und her und stammelte: „Ich ... ich ... Muss ich hier sitzen, kann ich ... kann ich nicht ... gehen?"

Stolwerk hatte lange gebraucht, seine offensichtliche Enttäuschung zu verarbeiten, aber jetzt war er wieder in Hochform. Wie auch immer er es anstellte, in Situationen wie dieser konnte man fast glauben, er könne Gedanken lesen.

Falkensteiner und Zipplinger wollten fliehen. Das Gehabe des Drohnenpiloten vor ihr war eindeutig das eines Ertappten. Stolwerk hatte Recht! Aber das hieße ja, dass ...

„Sie können nicht einfach so gehen. Das wissen Sie, oder?", sagte Stolwerk, bevor sie ihren Gedanken zu Ende führen konnte.

Genau!, dachte sie. Dass die Kandidaten einer nach dem anderen ausfielen, gehörte schließlich zum Show-konzept – irgendwie jedenfalls. So lange zwei, drei von ihnen übrig blieben, konnte es weitergehen. Aber war die Bauerlorette fort, war auch die Show zu Ende. Und damit ihre Chance, den Mörder zu fassen. Was hatten sie schon in der Hand? Von den bisherigen Vorfällen war der Drohnenangriff auf den Poetenheini noch die eindeutigste Tathandlung, die einzige Offenbarung, und das auch nur per Fernsteuerung. Sie hatten nichts, gar nichts. Am Ende wären sie die Angeschmierten und müssten mit akribischer Spurensuche, mit Befragungen und Indizien weiterarbeiten. Unter medialer Beobach-tung vervielfachte sich die Chance, sich lächerlich zu machen. Zudem graute ihr vor einem Schubladenfall. Einem, den Geyer garantiert ein ums andere Mal her-ausholen lassen würde, wenn es sonst nichts zu tun gab.

Ein Murmeltierfall.

Nicht nur LiveTV, nicht nur Ischgl, nicht nur das Publikum, auch sie – und ganz *besonders* sie – brauch-ten dieses Finale, wenn sie den Täter schnappen woll-ten. Sie hatten es hier mit einem besonderen Kaliber zu tun. Einem, das keine Forderungen stellte, sondern den Paukenschlag suchte – oder in der Versenkung ver-schwand. Kein Finale, kein Täter.

„Wir müssen Sie und Jacqueline Zipplinger auffor-dern, das Land nicht zu verlassen", sagte Valerie mit fester Stimme. Sie wusste, dass das angesichts der Sachlage nicht über eine freundliche Bitte hinausging. Aber sie drückte es so aus, wie man es aus den Filmen kannte, und konnte nur hoffen, dass er drauf reinfiel.

„Aber ...“

„Bis zur Klärung dieses Falls ersuchen wir Sie um größtmögliche Kooperation", sagte Stolwerk untypisch gestelzt. „Wir werden für Ihre Sicherheit garantieren."

Als sie ins Büro zurückkamen und dort auf Josef Eder trafen, der sich gerade angeregt mit Sven Schmatz unterhielt, konnte man den beiden förmlich ansehen, dass sie sich über Schmatz' verbliebene Mitbewerber in der Bauerlorette unterhielten.

Eder holte Luft, garantiert, um einen seiner Machosprüche abzulassen, aber Valerie fuhr ihm über den Mund: „Josef, ihr habt doch sicher noch etwas anderes herausgefunden, als dass die beiden aufeinander stehen, oder?"

Die Blicke, die sie erntete, waren unbezahlbar.

„Klappe zu, Schmatz, es zieht! ... Also, Josef, was noch?"

„Äh ...“ Dass es dem Abteilungsgigolo derart die Sprache verschlug, hatte Seltenheitswert.

„Wo ist Mair überhaupt?"

„Der musste dringend nach Hause."

„Mhm ... und, was noch?"

„Äh ... wir ... wir sind zu Eberts Wohnung gefahren, und er wollte uns zuerst nicht reinlassen, aber dann haben wir Flickenfand entdeckt, also ...“

Das Gestammel wurde ihr zu dumm. „Schon klar, die zwei sind ein Paar. Aber habt ihr sie denn nicht befragt?"

„Mair musste gleich weg, und ich ...“

„Du?"

Plötzlich plusterte sich Eder auf. „Ich habe sie nach allem gefragt, was ich über den Fall weiß, ich bin ja nicht blöd. Die beiden haben mir aber nichts sagen können. Jedenfalls nichts Neues. Außer, dass ... aber selbst das weißt du ja selber schon. Woher überhaupt? Und wieso sagst du es uns nicht vorher?"

Die Rückfrage war berechtigt. Wieso nicht? Nun, weil es danach drunter und drüber gegangen war, mit Frau Hitt, Whirlpool-Abenteuer und so weiter. Aber das hätte eine schwache Ausrede abgegeben – am Morgen, in der Sitzung, hätte sie es sagen müssen. *Hätte, hätte, Fahrradkette ...*

„Was ist denn das für eine Kommunikation?", fragte er völlig zu Recht.

„Wir fanden es nicht der Rede wert", ging Stolwerk dazwischen. „Es ist nicht fallrelevant. Außerdem haben wir Flickenfand Diskretion zugesichert, soweit möglich."

„Diskretion? Nicht fallrelevant? Die beiden ..." Eder riss die Augen auf, als hätte er den Fall soeben gelöst. „Die beiden könnten sich verabredet haben, die Million zu teilen, schon einmal überlegt? Und dazu müssen sie nur die anderen Kandidaten aus dem Weg räumen."

Schmatz wurde plötzlich blass.

„Darauf sind wir auch schon gekommen."

„Nur, gesagt habt ihr's uns nicht."

Jetzt schwieg auch Stolwerk. Einige Sekunden herrschte drückende Stille. Valerie musste sich rechtfertigen. Entschuldigen? Aber das machte es auch nicht besser. Kommunikation war eben immer ein schwieriges Thema, besonders zwischen den Ermittlerteams.

„Dann bin ich jetzt weg", sagte Eder mit beleidigter Stimme. „Ist ja nicht so, dass nur Familienmenschen am Wochenende etwas anderes vorhaben, als zu buckeln", setzte er nach und verschwand. Freundlicherweise hatte er darauf verzichtet, die Tür knallen zu lassen. Gepasst hätte es.

Schmatz starrte auf den Boden. Zitterte er? Sie glaubte es, an einzelnen, freistehenden Haaren seines Wuschelkopfes zu erkennen. Ging ihm endlich ein Licht auf, in welche Gefahr er sich selbst gebracht hatte? Aber er war doch sonst so unerschrocken, und ein richtiger Einsatz war sein großer Traum – alles nur Fassade?

Unerwartet wallten mütterliche Gefühle in ihr auf. „Geht's, Schmatz?"

„Ich ..."

„Hm? Komm, setz dich. Ein Glas Wasser?"

Er wirkte wie knapp vorm Zusammenbruch.

„Was ist los, Schmatz?", wollte jetzt auch Stolwerk wissen.

„Ich ..."

„Ja? ... Du?"

„Ich bin beim Wietsch im Pool gelandet!", sagte er in einer Grabesstimme, als sei er nur um Haaresbreite dem Weißen Hai entkommen.

35.

Drei Stunden später

„Dein Herr Eidam ist aber auch nicht ganz huhu", meinte Stolwerk, als sie von Mayrhofen nach Hause fuhren.

„Was ist?"

„Na Schmatz. Eidam. Kennst nicht?"

„Ei... – wie bitte?"

„...dam. Schwiegersohn. Hat man früher so gesagt."

„Wie, früher?"

„Viel. Nicht ganz huhu, der. Oder findest?"

„Hast du den Radler nicht vertragen, Stolwerk? Soll ich fahren?"

Er lachte. „Nein, Veilchen. Ich versteh nur nicht, was in Svennies Kopf vorgeht."

„Wieso?", fragte sie, obwohl es ihr genauso ging. Den Herrn Schwiegersohn schien es einerseits kaum zu kümmern, sein Leben zu riskieren, andererseits wurde er bei der Vorstellung blass, ein anderer Mann könnte ein Auge zu viel auf ihn geworfen haben. Ein Kindheits- oder Jugendtrauma? Berührungsängste?

„Eigentlich ganz süß, die zwei", kam Valerie auf Ebert und Flickenfand vulgo Wietsch und Puita zu sprechen. Nachdem Kollege Eder sie untertags noch in Innsbruck erwischt hatte, hatten sie sich gleich anschließend zu Eberts Eltern nach Mayrhofen zurückgezogen. Also mussten Valerie und Stolwerk einen Umweg in Kauf nehmen, um Versäumtes nachzuholen. Klar hätten sie die LKA-Kollegen einweihen müssen, was die Beziehung der beiden betraf. Dann hätten sich diese auf das Wesentliche konzentrieren können und ihnen den Umweg ins Zillertal erspart.

Am Hof schien man wie selbstverständlich mit der Beziehung der beiden Jungbauern umzugehen. Wobei sich Valerie nicht sicher war, ob der Vater Bescheid wusste. Die Mutter aber bestimmt. Der Blick, den sie Flickenfand während des Gesprächs immer wieder zugeworfen hatte, barg etwas Vertrautes, Fürsorgliches, Wissendes, während Papa Hubert, ein Alm-Öhi ersten Ranges, vor allem damit beschäftigt gewesen war, seine Tabakpfeife in Gang zu bringen.

„Aber leicht haben Sie's nicht."

„Nein, Veilchen. Es ist wohl nie leicht, wenn man anders ist, als die Leute es gerne von einem hätten."

„Und gewesen sind sie's auch nicht."

„Nein", stimmte er zu.

Sie hatten Mühe gehabt, die beiden ungestört zu befragen. Mutter Ebert hatte sie nicht allein lassen wollen. Mit sanftem Druck und Stolwerks Charme hatten sie es dann aber doch geschafft.

Sah man von Flickenfands finanziellem Ruin ab, für den er nichts konnte, waren die beiden bisher unauffällig geblieben. Dazu hatten sie für alle drei Vorfälle im Rahmen dieser Show ein Alibi. Natürlich konnten sie sich verabredet haben und sich gegenseitig schützen, aber Valeries kriminalistischer Instinkt sagte etwas anderes. Stolwerks wohl auch.

Valerie dachte noch einmal an ihr Gespräch zurück, grübelte, ob sie vielleicht etwas übersehen hatten. Nicht selten waren es ja die kleinen Dinge, die einen weiterbrachten, und nicht das Offensichtliche. War ihnen etwas entgangen?

„Wie geht es Ihnen mit dem Betrug?", hatte Stolwerk die beiden gefragt, nachdem die Alibis geklärt waren.

Valerie hatte geglaubt, eine gewisse Kränkung aus seinem Tonfall herauszuhören.

„Betrug?"

„Na ja, Ihre Absichten sind ja nicht – wenn man so sagen will – untadelig, oder? ... Also?"

„Wir ... ja, es stimmt, wir brauchen das Geld. Über meine Finanzen wissen Sie ja schon Bescheid. Ich krieg hier in Österreich keinen Fuß mehr auf den Boden ... Der Wastl und ich wollen weg. Neu anfangen."

„Was ist mit dem Hof hier? Wer übernimmt den eines Tages? Doch Sie, oder?"

„Ha!"

„Etwa nicht, Herr Ebert?"

„Mag schon sein. Aber meinem Vater geht's prächtig, der wird noch hundert, genau wie die Ahnen. Sei ihm vergönnt, aber mit ihm unter einem Dach, das geht nicht. Ich kann auch nicht ... wir wollen nicht in der Wohnung in Innsbruck versauern und auf irgendein Leben in der Zukunft warten. Wir möchten jetzt leben. Also wollen wir weg."

„Ins Ausland?"

„So weit weg wie möglich."

„Die Bauerlorette kommt Ihnen da gerade recht."

„Also ehrlich, so wie Sie das sagen, Herr Stolwerk, könnte man glauben, die Jackie sei ein armes Hascherl."

Ist sie tatsächlich, dachte Valerie, blieb aber still.

„Ich hab's nicht nur auf Jacqueline Zipplinger bezogen", antwortete Stolwerk.

„Was tun wir schon groß? Wir halten uns an alle Regeln. Sie können gern unseren Vertrag lesen. Da steht überhaupt nichts von wegen hetero oder Heiratsverpflichtung."

Valerie verbot sich zu seufzen. Es hätte sie überhaupt nicht gewundert, hätte man für die Teilnahme an dieser Show seine Seele verkaufen müssen.

Stolwerk nickte, sichtlich enttäuscht, wie seine heile Bauerlorette-Welt weiter den Bach hinunterging.

Dann platzte Eberts Mutter ins Zimmer. Mit ihr kamen verführerische Düfte aus der Küche. Die Frau hatte offensichtlich beschlossen, die beiden Polizisten aus Innsbruck mit ihrem Essen zu bestechen, und duldete keinen Widerspruch. Zillertaler Mütter konnten ziemliche Naturgewalten sein.

Vor ihnen wand sich die Autobahn Richtung Innsbruck. Eine langgestreckte Föhnwolke schillerte in der Abenddämmerung. An Tagen wie diesen schien einem die Natur sagen zu wollen: *Schau her, wie schön ich bin!* Damit man sich daran erinnerte, wenn der Winter ins Land zog.

Valerie seufzte. Egal, wie schlimm es kam, es blieb immer die Hoffnung auf einen Neubeginn. Sie dachte an Mutter Pauline und sich.

„Was los, Veilchen?", fragte Stolwerk nach einer Weile.

„Ach, nichts. Oder ... ich weiß auch nicht."

„Sag an ... Depri?"

„Ach!"

„Unterzucker?"

„Nach *dem* Essen?" Bei Eberts waren Zillertaler Krapfen aufgetischt worden. Zuerst pikant – mit Graukäse – und dann als süßer Nachtisch. Keiner verließ mit leerem Magen den Wietsch, hatte die Hofherrin gemeint – und Recht behalten.

„Köstlich!", erinnerte sich Stolwerk zurück und schmatzte laut.

Valerie war ja so froh, dass es bei Stolwerk nicht auch schon leckerte. Aber es stimmte. Köstlich! Und so kräftig, wie er zugelangt hatte, hätte sie fast glauben können, sie hätte den alten Stolwerk vor sich gehabt.

Sie wusste, dass ihr Zustand keine körperlichen Ursachen hatte. Es war die Ungewissheit, die in ihr Leben zurückgefunden hatte. Was würde die kommende Woche bringen? Was geschah mit Schmatz? Würden sie ihn beschützen können? Was war mit ihrer eigenen Mutter? Sollte sie Pauline anrufen oder sich damit abfinden, das schwarze Schaf der Familie zu bleiben? Sollte sie sich für die Arbeit rechtfertigen? Auch Sandro hatte bestimmt unter ihrem Job zu leiden ...

„Jetzt hör auf Trübsal zu blasen", rief Stolwerk und rempelte sie an.

Sie grinste höflichkeitshalber und starrte hinaus. Schon schön, die Nordkette, wie sie majestätisch das Inntal schützte. Die Frau Hitt grinste zu ihr herunter, die alte He...

„Was machst'n heut Abend, Veilchen?"

Sie horchte auf. „Wieso?"

„Ich hab mir gedacht, wir könnten alle zusammen ... äh ... weggehen?"

Valerie hielt den Atem an. Schlug Stolwerk ihr einen Pärchenabend vor? Das fehlte ihr gerade noch. Er, Priscilla, Sandro und sie zusammen in einem Lokal? Erneut tauchten Bilder vor ihrem geistigen Auge auf, die dort nichts verloren hatten. Stolwerk im Tarzan-Lendenschurz, Priscilla ebenso spärlich bekleidet, wie sie diesmal an Lianen über Tische flogen, auf dem Nachspeisenbuffet landeten und übereinander herfielen, sich in einem Akt roher Fleischeslust mit Schoko-desserts beschmierten und dann ...

„Ich glaub, ich brauch Ruhe – vor allem meine Füße", versuchte sie, das Kopfkino zu ersticken. Gleich darauf zwang sie sich, die dämliche Schillerwolke zu bestaunen, die über dem Inntal stand und noch prächtiger leuchtete als zuvor.

„Na wie d' meinst. Ich hab gedacht, ich frag mal. Sie kann ja nicht so oft kommen."

„Mhm", machte sie, obwohl sie keine Ahnung hatte, wovon er sprach. Priscilla konnte kommen, so oft sie wollte, sie hatte es mit eigenen Ohren gehört. Aber wieso setzte Stolwerk das in Zusammenhang mit gemeinsamen Abendaktivitäten? Wollte er sie und Sandro etwa in irgendwelche Dinge – Spielereien – hineinziehen? Wo war der *alte* Stolwerk bloß? Der hier gefiel ihr nicht mehr!

Andererseits ... *Vielleicht kapier ich da etwas nicht ganz*, dämmerte ihr. Aber sie verbot sich, nachzufragen.

In Situationen wie dieser war es das Beste, zu schweigen – oder das Thema zu wechseln.

„Na gut. Und mit der Bauerlorette, was machen wir da jetzt?", tat Stolwerk ihr den Gefallen. „Du hast dir meinen Vorschlag überlegen wollen. Also?"

„Es wird wohl das Beste sein."

Es war zwar hundsgemein und tat ihr von dem Moment an leid, als Stolwerk die Idee präsentiert hatte, aber Valerie gab ihm Recht: Mutter Zipplinger musste von Jacquelines Fluchtplänen erfahren. Hätten sie sie in dem Glauben gelassen, die Polizei wolle ihnen allen die Pässe abnehmen, hätte ihnen die Alte garantiert ihren Anwalt auf den Hals gehetzt. Indem sie sie zur Verbündeten machten, stellten sie sicher, dass es keine Flucht geben würde und das Finale stattfinden konnte.

Wenn der Täter so blöd war, noch einmal aufzutauchen …

„Jetzt hör schon auf mit dem Trübsalblasen, Veilchen. Wir schaffen das schon. Schau, die schöne Wolke!"

„Mhm."

„Magst nicht doch noch mit reinkommen und wenigstens Hallo sagen, Veilchen?", fragte Stolwerk, als sie auf seiner Etage ankamen. „Ich glaub, sie würd sich freuen."

„Was? Sie ist … hier?"

„Na ja, wo soll sie denn sonst sein?"

Priscilla war also bereits fix eingezogen? Genauso überstürzt wie die Beziehung zwischen Luna und Schmatz. Was kam als Nächstes? Die Verlobung?

„Ich bin heute keine gute Gesellschaft mehr, Stolwerk."

„Na wenn d' meinst, Veilchen", antwortete er enttäuscht, drehte sich um und steckte seinen Schlüssel ins Schloss.

Keine Sekunde darauf polterte es im Inneren seiner Wohnung, gefolgt von eiligem Getrippel. Valerie hastete die letzten Stufen hinauf und wollte in die Wohnung flüchten, um nur ja nichts von dem mitbekommen zu müssen, was nun gleich folgen wür...

„Onkel Manni!"

Valerie erstarrte. In ihrem Kopf dämmerte es, dämmerte weiter ...

„Onkel Manni! Endlich! Gehen wir Eis essen? Oh ja, bitte? Papa sagt ..."

„Papa sagt, es ist jetzt leider schon zu spät für Eis", erklang die Stimme eines Mannes.

„Aber er hat es mir versprochen!"

„Ab jetzt ins Bett, Laura."

„Mmmm ..."

„Na, jetzt komm erst einmal zum Onkel", unterbrach Stolwerk das Wehklagen der Kleinen. „Bist kitzlig, was?"

„Ihihihihi!"

Valerie linste ums Eck. Erstaunlich, wie ähnlich Stimmen klingen konnten. Das Lachen der Kleinen war mit jenem von Priscilla Matscher ident. Laura wand sich vergnügt in Stolwerks Armen. Gleich darauf verschwanden sie im Wohnungsflur.

„So, jetzt hast du ihn noch einmal sehen können, wie versprochen. Ab in die Falle jetzt!"

„Darf ich wieder im Onkelbett heian?"

„Damit du dich wieder im Zimmer einsperren und wüten kannst wie ein Berserker? Junges Fräulein, auf den Zirkus können wir verzichten. Woher du das nur hast! Du schläfst bei mir."

„Aber Papa! Dein Bett springt ja überhaupt nicht."

„Betten sind zum Schlafen da und nicht zum Springen. Und jetzt ab! Wir müssen morgen früh raus, damit wir den Zug schaffen. Du weißt ja, wie Mama ist, wenn ich dich zu spät zurückbringe."

„Mmmmm ..."

Stolwerks Wohnungstür flog zu.

„Ich will nicht zur Mama", hörte Valerie noch dumpf. Dann kreischte das Mädchen wie am Spieß.

„Kommst du?"

Valerie erschrak. „Was? Wer? Oh, hallo Sandro", sagte sie und stieg ihm entgegen. Dabei spürte sie das Blut in ihre Wangen steigen, vor Scham, beim Schnüffeln ertappt worden zu sein, aber auch wegen des Unrechts, das sie ihrem besten Kumpel getan hatte.

„Spionierst du ihm hinterher?"

„Äh ... nein?"

„Benjamin ist mit Laura zu Besuch. Weißt du das nicht mehr?"

„Äh ... doch?"

Ja, da war etwas. Dunkel, ganz dunkel, vor Wochen schon. Patenkind und Bruder, ein paar Tage, sicher lustig, was Gemeinsames machen, hmhm. Eine jener Sachen, die beim einen Ohr hinein- und beim anderen hinausgingen.

„SIE hat in der Nacht den ganzen Lärm gemacht!", staunte Valerie.

„Jetzt lass sie doch. Ist ja noch ein Kind."

„Nein, das mein ich ja gar nicht. Ich mein ... mmm!"

Sie meinte nichts mehr, denn Sandros Lippen waren im Weg.

SAMSTAG, 13. November –
eine Woche später

36.

„Willkommen beim BAUERLORETTE GREAT FINAL aus dem wundervollen Ischgl. Es fühlt sich großartig an, endlich wieder bei Ihnen sein zu können, denn glauben Sie mir, verehrtes Publikum an den Fernsehern, Smartphones und Tablets dieser Welt: Lange Zeit stand es Spitz auf Knopf, ob dieses Finale überhaupt stattfinden wird."

Wohl wahr, dachte Valerie, die hinterm Regiepult stand. Ihr Mund war trocken, ihr Puls dreistellig, und das hatte einen guten Grund.

„Denn was passiert ist, hat natürlich Spuren hinterlassen. Unser allergrößtes Mitgefühl gilt den Hinterbliebenen von Hans Innbrüggler und Urban Volderober. Eine beispiellose Welle des Mitgefühls ist über ihre Angehörigen gekommen, und wir sagen danke. Auch unseren Freunden und Helfern der Polizei, namentlich Valerie Mauser und ihrem Team vom Landeskriminalamt Tirol. Dank ihnen können wir uns darauf verlassen, dass nichts unseren Höhepunkt stören wird. Da ist sie auch schon im Bild ... Frau Mauser, hören Sie uns?"

Sie nickte in die Kamera. Aus den Augenwinkeln erahnte sie ihr eigenes Bild auf mehreren Monitoren über dem Regiepult.

„Haben wir Ihr Go, Frau Oberstleutnant?"

Sie streckte den rechten Daumen in die Kamera und hoffte, dass man im Fernsehen nicht erkennen konnte, wie sehr dieser zitterte.

„Jawohl, dann kann's losgehen, Ladies und Gentlemen. Llllive aus Ischgl, hier ist das Bauerlorette Great Final!"

„Und Werbung", bellte Regisseur Lichtenberg. „Machen Sie mal das Bild frei, Frau Mauser."

Sie wand sich um. „Was?"

Lichtenberg sagte etwas, das sie nicht verstand, weil zugleich die Monitorlautsprecher dröhnten: „*RABA-BABAATTSCHLACHT im MÖMMMÖMMMÖMM-MÖÖÖÖBELHAUS! ... PROZENTEEEENTEEEENTEEE jetzt im MÖMMMÖMMMÖMMM...*"

Er probierte es noch mal, jetzt schreiend: „Sie sollen zur Seite gehen, Mauser. Ich will was sehen. Zur Seite! Alle raus hier, die nichts verloren haben, und stellt den Scheiß leiser, da wird einem ja das Hirn weich! ... Gut. Wo ist die Drohne? Hm? Die Drohne? Ich seh sie nicht."

„Da!", zeigte ein junges Fräulein am Regiepult auf einen der Monitore.

„Ach so, ja. Aufzeichnen und bereithalten. Tempo, Tempo!"

Valerie fühlte sich an einen Hühnerstall erinnert. Im Ü-Wagen blieb kaum Platz für irgendwen, aber sie hatte sich ausbedungen, während der Show hier sein zu dürfen. Hier hatte man den besten Überblick. Wenn der Täter kam – und sie hätte gewettet, dass er sich diese Chance nicht entgehen ließ –, wollte sie die Erste sein, die es erfuhr.

Sie starrte auf das Kamerabild der Drohne. Bauerlorette-Freund Maximilian Falkensteiner steuerte ein Ersatzmodell, das sich gerade hoch über dem Drehort befand. Für alle Fälle behielt ihn Kollege Mair im Auge. Valerie erkannte Ischgl, etwas außerhalb das künstlich beschneite Gelände und den Eispalast, umringt von Scheinwerfern, die kilometerhoch in den Himmel strahlten. Gleich daneben, im Schutz der Dunkelheit, stand der ganze Tross, inklusive des Wagens, in dem sie sich gerade befand.

„Achtung, Funkcheck", hörte sie Geyer im Ohr. „Stol-werk?"

„Check."

„Mair?"

Es folgte Knistern, aber nichts weiter. Valerie griff an den Empfänger und drehte die Lautstärke hinauf.

„Hallo?", funkte sie ins Nirwana. „Mair?"

Nichts. Ihr Herz schlug wieder schneller. Passierte da gerade etwas?

Es knackte.

„Mair?", wiederholte Geyer jetzt lauter.

„Check."

„Was ist das wieder für ein verflixtes Glumpert, sagt's einmal ... Eder? ... EDER!"

„Jaja. Anwesend."

„Cobra?"

„Check."

„Mauser?"

„Check", funkte sie zurück und entspannte sich etwas.

Der ganze Abend war minutiös durchgeplant. Sie hatten getan, was sie konnten. Weiträumige Abriege-lung des Geländes. Scharfschützen. Verzicht auf Live-Publikum. Fluchtpläne. Sogar ein Hubschrauber stand bereit. Um jegliche Überraschung zu vermeiden, durfte nichts auch nur in die Nähe dieses Eispalasts gelangen, wenn das LKA nicht vorher seine Zustimmung gege-ben hatte. Kein Mensch, keine Flüssigkeiten, keine Nahrung, keine Schaulustigen, kein gar nichts. Aber trotz aller Vorsichtsmaßnahmen fiel es Valerie schwer, den Überblick zu bewahren. Die Selbstsicherheit, die sie noch vor wenigen Stunden hatte, war mit Einbruch der Dunkelheit verschwunden.

Es war ein Grenzgang, das wusste sie. Einerseits trug man die Verantwortung für Jacqueline Zipplinger und ihre Kandidaten – für Schmatz im Besonderen –, andererseits brauchten sie endlich den Durchbruch. Sie hetzten einem Phantom hinterher, das bisher nicht den geringsten Hinweis hinterlassen hatte. Auch in den sozialen Medien mehrten sich die kritischen Stimmen. Manche warfen der Polizei schlicht Unfähigkeit vor. Dabei war die gesamte Maschinerie bis hin zur renommierten Gerichtsmedizin auf Hochtouren gelaufen. Ohne den geringsten Fortschritt. Der Täter legte keinen Wert darauf, ihnen sein Geschick unter die Nase zu reiben. Worum es hier ging, würde sich erst offenbaren, wenn er sein Ziel direkt vor Augen hatte. Hoffte sie jedenfalls.

„Achtung, wir sind zurück in zehn ... fünf, vier, drei ... kommentieren, bitte."

„Hier ist das Bauerlorette Great Final, aus Ischgl, der funkelnden Perle in den Alpen. Schon vor Jahrzehnten hat man hier die Zeichen der Zeit erkannt. Konzerte mit Weltstars. Attraktionen, die ihresgleichen suchen, spektakuläre Events, Installationen und gigantische Freiluft-Happenings. What a great place to be!"

Alles an der Bauerlorette nervte, aber dieser Kommentar für grenzdebile Anglophile tat es ganz besonders. Oder war Valerie einfach nur alt? Hatte sie die Jugend, der sie sich doch zugehörig fühlte, heimlich verlassen? Valerie Mauser, das Auslaufmodell?

„Schmarrn!", rügte sie sich selbst und hustete, um den Ausruf zu überspielen.

„Pschsch!", fauchte Lichtenberg in ihre Richtung.

„Tschuldigung", sagte sie kleinlaut, doch der Regisseur war längst wieder mit anderen Dingen beschäftigt. Else Zipplinger, die ebenfalls darauf bestanden hatte, im Regiewagen sein zu dürfen, stand direkt hinter ihm. Auch sie starrte Valerie an. Ihre Augen waren schmale Schlitze, die Geringschätzung war überdeutlich.

„Auf die elf! ... Zwei! Close-up!", dirigierte Lichtenberg sein Kameraorchester. Mochte er im Alltag noch so verloren wirken, verwahrlost gar, im Jogger, mit strähnigen Haaren und unrasiert – hier im Regiewagen ging er in seiner Rolle auf. Das, was für Valerie wie ein Ameisenhaufen aussah, schien sein Gehirn erstaunlich schnell ordnen zu können.

Valerie fragte sich, ob sie sich ausreichend mit ihm beschäftigt hatten. Er gehörte neben den Zipplingers und dem siegreichen Kandidaten zu den Hauptprofiteuren der Vorfälle und würde wohl bald in noch größeren Shows Regie führen dürfen. Da der genaue Zeitpunkt der Tathandlungen unbekannt war – abgesehen vom Drohnenanschlag natürlich, den sie live erlebt hatte –, war die Frage nach den Alibis eine relative. Auch Lichtenberg hätte hinter allem stecken können. Aber wie er so dasaß und wie er sich ihnen gegenüber verhalten hatte – er wirkte, als wäre er selbst am meisten überrascht, dass die Sendung immer noch lief. Sie erinnerte sich an Mieming, wo er nach der missratenen Show entnervt abgerauscht war. Schon vorher, gleich bei ihrer ersten Begegnung, wirkte er ehrlich schockiert über den Tod des Innsbrucker Kandidaten. „Ich bin ruiniert!", hatte sie ihn noch im Ohr. War das Taktik? Und Schauspiel?

„Was glotzen Sie so?", blaffte er und starrte sie wieder an.

Sie schüttelte den Kopf und wand sich wieder den Monitoren zu. *Wo bist du?*, hätte es jetzt im Film geheißen, der Protagonist mit der Nasenspitze an den Monitoren, das Chaos durchschauend, den Täter aus seiner Genialität heraus identifizierend – aber Valerie sah weiterhin nur Ameisen.

„Werfen wir jetzt einen Blick in den Bau des wundervollen Eispalasts, sponsored by Nanniniglace, dem Erfin-
der des Läckerschmäckerbächers ...“

Die böse Souffleuse hielt sich die Ohren zu. Das böse
Wort war gefallen! Valerie ahnte bereits, dass es damit
nicht getan war.

„Schmäckert läääcker, der Läääkerschmäcker-Bächer! ...
Aber wie wurde das alles nur so schnell errichtet? Wie
ist es möglich, eine solche Konstruktion aus dem Boden
zu stampfen, in einer einzigen Woche? Checken wir es
aus.“

„MAZ ab!“, bellte Lichtenberg, und auf dem Hauptmonitor erschien das Gelände bei Tageslicht. Arbeiter
stapelten unter Zuhilfenahme allerlei Bagger und Krä-
ne Kubus über Kubus, zuerst langsam, dann im Zeit-
raffer.

„Da wächst unser Palast auch schon in die Höhe. Die
Blöcke wurden aus Turin geliefert, wo sich ein Spezial-
unternehmen auf die Herstellung von Quadern reins-
ten Eises spezialisiert hat. Zehn, nicht weniger als zehn
Baumeister und Skulpturenkünstler waren tagelang damit beschäftigt, ein Anwesen zu errichten, das unserer
grandiosen Bauerlorette würdig ist. Und es hat sich aus-
gezahlt. Schon bei Tag ist es eine Wucht, man möchte es
kaum glauben, dass hier vor einer Woche noch die grüne
Wiese war – aber bei Nacht, sehen Sie selbst! ... Ich sage
fünf ... vier ... drei ...“

„Live, sieben!“, keifte Lichtenberg.

„Und los! ... Was für ein atemberaubender Anblick.
Der Red Light Palace wird illuminiert von siebzehn LED-
Spezialscheinwerfern, die gleich zu Beginn des Baus in die
untersten Blöcke der riesigen Kuppel integriert wurden.
Jede Farbe wäre möglich, aber Rot rockt doch am meis-
ten, dachte unser Choreograf – und rocken soll es heute

Nacht! Rot ist aber auch die Farbe der Liebe und der Versuchung. Womit wir zum Thema kommen. Atmen Sie tief ein, denn gleich sehen Sie den Star dieser Show, und ich verspreche garantiert nicht zu viel: Sie wird Ihnen die Luft rauben. Hier ist Jackie!"

Valerie fand das, was nun folgen sollte, so einfältig und klischeehaft, dass es fast wehtat, aber was half es. Ihre Sache war die Sicherheit, und sicherheitstechnisch gab es – bis auf die technische Umsetzung, die doppelt und dreifach überprüft worden war – nichts zu bekritteln.

„Die Erde tut sich auf! Pures Magma fließt aus der Bruchlinie, gelbrot flackernd quillt es aus dem Untergrund – die Pforte zur Unterwelt hat sich geöffnet. Da kommt ein pechschwarzer Schopf. Und shady eyes. Dieses süße Stupsnäschen und der knallrote Kussmund können nur einer Frau auf der Welt gehören. Das verruchte Teufelchen ist Jackie, unsere BAUERLORETTE. Sie entfährt dem ewigen Eis von Ischgl, entsteigt der Unterwelt, und ihr Outfit ist heute noch knapper als knapp, da wird selbst dem Beelzebub zu heiß. Ihr rot glühender Dreizack kann aber nicht von ihren wirklichen Argumenten ablenken. Was für ein heißes Korsett. Und diese tighten Hot Pants! Dazu Long Overknee Genuine Leather Boots by AROLLO, feinstes italienisches Leder im europäischen Schnitt, so eine verwegene Komposition hat die Welt noch nicht gesehen. Jackies verruchtes Grinsen sagt doch mehr als tausend Worte. Und da rammt sie ihren Dreizack auch schon in die Erde, dass das Feuer nur so speit, und noch mal, und noch mal. Heiß, heißer, Jackie! Und drei Stichflammen erleuchten die Ischgler Nacht. Drei Fackeln, drei Kandidaten, aber nur eine Frau. Was für eine teuflische Show."

Mein Gott, wir können's sehen!, dachte Valerie zum tausendsten Mal und rollte die Augen zum Himmel. Es war ja schwer in Mode, mit allerlei Diabolischem zu kokettieren. Man fand Untergründiges auf Verpackungen, Büchern, sogar auf Kindergeburtstagen. Mochten Kirche, Gott und Jesus noch so sehr aus der Mode kommen – ohne einen Herrn, der ihn beherrschte, schien der Mensch nicht auskommen zu wollen.

„Status?", funkte Geyer und erntete viermal „Nichts!" und einmal „Niente!" von Eder, dem Clown.

„Drei Feuersäulen, sie symbolisieren unsere drei Anwärter auf den Jackpot. Aber drei sind eindeutig zwei zu viel, und wir wollen ja keine Moralapostel auf den Plan rufen. Deshalb darf es nur einen Mann für Jackie geben. Und damit kommen wir zu den Spielen, die ganz nach unserem heutigen Motto gestaltet sind: In Ischgl ist der Teufel los!"

Ja, es war schlimm. Die Polizei war in die gesamte Planung eingebunden, und Valerie hatte mehrmals befürchtet, einen Hirnschaden davonzutragen. Aber wie hieß es? Wer zahlt, schafft an. Am Ende bekam das Publikum den Mist, nach dem es verlangte. Müßig, sich darüber zu beklagen.

„Unsere tapferen Höllenhunde werden gleich über glühende Kohlen laufen, müssen sich wie Houdini aus einem Eisblock befreien und auf rollenden Baumstämmen im Eiswasser halten, während sie mit Schwimmnudeln gegen einen Yeti kämpfen. Richtig gehört, gegen einen YETI! Daneben haben wir uns noch weitere Überraschungen für Sie ausgedacht, wir wollen aber nicht zu schnell zu viel verraten. Ganz am Ende, in unserer unheiligen Säulenhalle, wird das Urteil gefällt, und Sie, hochverehrtes Publikum, haben es in der Hand. Daumen rauf oder Daumen runter? Welcher unserer Kandidaten wird der Sieger sein? Es wird spannend, sehr spannend, und nach nur einem Spot geht es weiter."

„RABABABAATTSCHLACHT im MÖMMMÖMM-
MÖMMMÖÖÖÖBELHAUS! ... PROZENTEEENTEE-
ENTEEE jetzt im MÖMMMÖMMMÖMMMÖÖÖBEL-
HAUS!"

Valerie fühlte Wut und kämpfte sie zurück. Sie schwor sich erneut, niemals, niemals, niemals wieder neue Möbel zu kaufen, einfach nur aus Prinzip. Werbung, Werbung, Werbung ... sie sah der großen Digitaluhr an der Wand beim Sekundenzählen zu. Zwanzig Uhr einunddreißig und fünf ... sechs ... sieben ... Erst nach Mitternacht sollte der Blödsinn zu Ende sein. *Komm endlich!*, beschwor sie den Täter und erschrak über sich selbst. Aber alles war besser als ...

„Kandidaten auf die Markierungen!", befahl Lichtenberg.

„Der Klapprige ist nicht da", funkte ein Assistent zurück.

„Was?", riefen der Regisseur und Valerie zugleich.

„Der Schmatzerbauer fehlt."

Da hatte sie es. Ansatzlos war ihr Herzrhythmus an der Decke. Valerie wollte laufen, durfte aber nicht, sie musste funken, alle mussten auf ihren Plätzen bleiben – ausgerechnet Schmatz! Wie konnte sie sich nur wünschen, dass ... „Schmatz ist weg!", rief sie ins Mikro, realisierte, dass sie den Funkknopf gar nicht gedrückt hatte, suchte danach, aber ihre Hände zitterten zu sehr, zudem hatte sie kein Gefühl in den Fingerspitzen. Laufen, das konnte sie immer, aber sie musste trotzdem bleiben, musste ... „Schmatz ist weg!", schrie sie panisch, als sie den Funk endlich aktiviert hatte. „Eder, wo ist er? ... Eder, zum Kuckuck! Was ist mit Schmatz?" Eder sollte doch auf ihn aufpassen. *Ich bin wie sein zweiter Schatten*, hatte er versichert. Nichts war er! Nichts als unfähig!

„IN ISCHGL IST DER TEUFEL LOS! Wir sind zu-rück, und vor der eisigen Höllengruft ragen drei Säulen in die eiskalte Nacht, es sind Säulen aus purem Feuer, eine Urgewalt, die unsere fantastischen Bauern reprä-sentiert, die wir jetzt gleich, einen nach dem anderen sehen wer..."

„Ich schau nach", rief Stolwerk ihr ins Ohr.

„Schnell!", forderte sie. Stolwerks Position zwi-schen Bühne und Garderobe war die beste.

„Manfred, du bleibst auf deinem Platz!", funkte Geyer dazwischen. „Die Überwachungskette bleibt aufrecht, wie besprochen. Cobra, habt ihr etwas?"

Die Antwort brauchte ein paar Sekunden. „Negativ."

„Was heißt negativ?", blaffte jetzt Mair, ungewohnt aggressiv für sein ruhiges Gemüt.

„Niki, schaut jetzt endlich jemand nach Schmatz, oder muss ich es tun?", drohte Valerie ihrem Vorgesetz-ten.

„Ist ja gut, verdammt, ich schau nach. Ihr bleibt, wo ihr seid, und haltet die Augen offen. Das könnte ein Ab-lenkungsmanöver sein."

„Wir kommen zum Kandidaten Nummer eins. Jackie zeigt ihn uns. Sie senkt ihren Dreizack, das Feuer erlischt und ... DA IST ER! Toni alias Puita, unser stets gut ge-launter Sonnenschein aus dem schönen Wipptal. Ein per-fekter Gentleman. Aber SO angezogen kann man ja nur siegessicher sein. Er zeigt uns seinen scharfen Blazer by Seitenschneider Couturemanufaktur, dazu Bullet Hole Jeans von ..."

„Äh", kam es über den Äther, ganz kurz nur. Valerie glaubte trotzdem, die Stimme ihres baldigen Schwieger-sohns erkannt zu haben. Oder hatte sie sich getäuscht? Sie drehte lauter. „Schmatz, bist du das? Hallo?", funkte sie und schickte ein Stoßgebet zum Himmel.

„Funkdisziplin!", forderte der Cobra-Offizier.

„Klappe zu!", blaffte sie ins Gerät und setzte nach: „Schmatz! Melde dich noch mal!"

„Einfach superbe. Sehen Sie sich dieses laszive Grinsen in Jackies Gesicht an. Sie senkt ihr Zepter ein zweites Mal – und da ist er auch schon. Was für eine Erscheinung. Hallo, Wastl, Sebastian Ebert – aber hallo, du schöner Wietsch!"

Valerie drehte sich weg, hielt das freie Ohr zu und presste den Knopf fester ins andere. Aber da war nichts.

„Schmatz!", wiederholte sie. „Schmatz? ... Eder! Schmatz! Geyer, wo sind Sie?"

„Die Garderobe ist versperrt!", antwortete dieser.

„Aufbrechen", riet Offizier Besserwisser von der Cobra. Er hieß nicht tatsächlich so, aber der Name hätte wunderbar gepasst.

„Ö-AU-AUSER-LO?"

Das war Schmatz! Eindeutig! War er in Gefahr? Und wieso sprach er so abgehackt? Rannte er? Flüchtete er gerade vor dem Täter? Sie musste ihm helfen, musste zu ihm, aber wohin nur?

„Schmatz, ich versteh dich nicht! Wo steckst du?"

„Oi-ette!"

Sie versuchte, sein Kauderwelsch zu entschlüsseln. Toilette? Wieso funkte er überhaupt? Er war doch gar nicht verkabelt!

„Schmatz, verflucht, ich will einen ganzen Satz!"

„I-äh-ch-weißnich-ie."

Da ging ihr ein Licht auf. Die bescheuerte Funkanlage! „Fester, Schmatz! Du musst den Knopf ganz hineindrücken!"

„Ach so."

„Schmatz!"

„Hm?"

Sie kratzte den kümmerlichen Rest ihrer Nerven zusammen und fragte mit maximaler Beherrschung: „Wo steckst du, Schmatz?"

„Auf der Toilette, Frau Mauser."

„Und wieso, Schmatz? Du bist dran! JETZT!"

„Jaja, Frau Mauser, iiieh!"

„Was?"

„Josef hat sein Headset vollgekotzt!"

„Wo ist er?"

„Sag ich doch schon die ganze Zeit! Auf der Toilette! Dem ist voll schlecht geworden. Weißt du, nicht jeder ist für diese Aufregung gemacht. Ich helf ihm."

„Lass ihn, Schmatz. Du bist dran! Geyer bricht gleich die Tür auf."

„Ach, DER bumpert schon die ganze Zeit dagegen."

„Er heißt eben nicht grundlos schöner Wietsch, und wenn er heute Abend nicht gewinnen sollte, dann kann er sich darauf verlassen, dass ihm die Damenwelt ab morgen die Tür einrennen wird ... Aber aller guten Dinge sind drei, und der dritte Mann im Bunde ist vielleicht der außergewöhnlichste von allen. Ein echter Geheimtipp. Wir präsentieren ..."

„Kandidat nicht auf Position, Kommentar strecken!", fauchte Lichtenberg.

„... einen ganz außerordentlichen jungen Kerl. Wie stehen wohl seine Chancen? Er ist ja erst seit einer Woche dabei. Aber er konnte gleich den ersten Contest für sich entscheiden, das große Bauerlorette Whirlpool Adventure. Oh! Mein! Gott! Wir erinnern uns noch lebhaft an den Triumph, der wohl weniger an seiner optischen Erscheinung lag als dem Unterhaltungswert, den er uns

geboten hat, angefangen mit seiner legendären Papier-
wand-PENETRATION ...“

„Du musst auf die Bühne, Schmatz. Jetzt sofort. Los,
los, los!", funkte Valerie. Nur bei einem reibungslosen
Ablauf hatten sie die Chance, Unregelmäßigkeiten zu
entdecken ...

„Jaja, bin ja schon unterwegs", sagte er tiefenent-
spannt.

„Niki, er kommt raus! Tempo! Und pass bitte gut
auf ihn auf", forderte sie von Geyer. Gleich darauf erkannte sie die beiden auf einer der vielen Kameras.
Schmatz trug ... was zum Geier trug er da bloß? Waren
das etwa ...

„Aber dann hat er seine Liane doch noch losgelassen,
loslassen müssen, und ist ausgerechnet im Becken von ...“

„Dreißig Sekunden noch!", sagte Lichtenberg.

„Aber was erzähl ich das, Sie haben ja alles selber
sehen können. Meine Damen und Herren, hoch verehr-
tes Publikum, wir präsentieren Ihnen den letzten Ritter
unserer Tafelrunde, den grandiosen, verwegenen, unver-
gleichlichen Draufgänger aus Natters bei Innsbruck, den
einzigartigen ...“

„Kandidat ist auf Position!"

„Jackie stößt den Dreizack ins ewige Eis, verbannt da-
mit das Feuer und offenbart uns: SVEN SCHMATZ! ...
Aber was ist das denn? Wie sieht DER denn wieder aus?
WAS für ein Outfit! Da bleibt ja kein Auge trocken. Er
trägt Bat Wings, Fledermausflügel, meine Damen und
Herren, ein Hells Angel will er wohl sein, unser tierlieber
Schmatzerbauer, von Kopf bis Fuß in engem Neopren,
oder ist das etwa Gummi? Will Schmatz uns seinen Fe-
tisch präsentieren? Oh, wie grimmig er schaut, aber seien
Sie versichert: Unser letzter Kandidat könnte keiner Fle-
dermaus ein Haar krümmen.“

Valerie hielt sich die Hand vors Gesicht und spähte durch den Schlitz zwischen Zeige- und Mittelfinger. Schmatz sah furchtbar aus. Selbst sein mittlerweile abgeklungenes Veilchen hätte diesen Anblick nicht mehr verschlimmern können. Der junge Teamassistent war ja schon in natura ein ausgesprochen dürrer, zerbrechlicher Kerl, aber in diesem Anzug wirkte er zehnmal so verhungert. Wie ein schokoglasiertes Soletti mit Kopf.

„Was ist mit Eder?", funkte Stolwerk. „Ist jemand bei ihm?"

„Ich bin hier", antwortete dieser selbst. „Verzeihung, ich war etwas … unpässlich … uuuh."

Valerie fürchtete, dass sie gleich von ihrer Solidaritätsübelkeit befallen werden würde, aber es half nichts. Sie musste wissen, was geschehen war. „Hast du irgendetwas zu dir genommen? Getrunken oder gegessen? Was war, Josef? Ist jemand bei euch gewesen? Hast du etwas gesehen?"

„Ich … pff … jaaa."

Ihr Herz stolperte. „Was, Josef? WEN?"

„Schmatz!"

„Josef, jetzt reiß dich zusammen. Schmatz ist auf der Bühne, alles okay. Was war? Was hast du gesehen? WEN? Wer war da? Raus damit, sofort!"

„Schmatz!", wiederholte Eder nur. „Wie er …"

„Was, Eder? Wie er was?"

„Wie er sich dieses Ding – angezo…"

Einen Würgelaut später war er wieder weg.

37.

Die Entscheidung

„Und jetzt kommt der Moment, auf den wir alle gewartet haben. Gleich wissen wir, wie Ihre Wahlempfehlung per Televoting ausgefallen ist. Das letzte Wort hat natürlich die Bauerlorette, wir wollen ihr ja niemanden aufs Auge drücken. Aber seien Sie versichert, sie wird sich Ihr Urteil, die berühmte Weisheit der Vielen, sehr zu Herzen nehmen. Wer wird es werden? Wer von den dreien ist unser Glücklicher? Der schöne Wietsch? Der verrückte Schmatz? Oder der freundliche Puita? Wer bekommt den Hauptpreis – DIE Hauptpreise, die Traumfrau plus die Million –, und wer muss mit leeren Händen nach Hause gehen? Nur eines ist sicher: Diese Spannung ist kaum noch zu packen."

Valerie gähnte mit der bösen Souffleuse im Duett. Es würde nichts mehr passieren. Der Täter würde nicht kommen. Er konnte gar nicht mehr kommen. Wie sollte er jetzt noch, wenn alle möglichen Opfer in einer streng bewachten Eishalle saßen, umgeben von meterdicken Wänden, die stabil waren wie ein Betonbau? Jacqueline Zipplinger und ihre Kandidaten waren so sicher wie das Gold, das in der Nationalbank lag.

Der Wettstreit, diese unsägliche Aneinanderreihung von Peinlichkeiten, war reibungslos über die Bühne gegangen. Einzig der Schwimmnudel-Wettkampf gegen einen Mann in Yeti-Kostüm hatte Potential. Man kannte das ja aus aktuellen TV-Shows: Gab's ordentlich was auf die Mütze, schaute man gleich zehnmal so gerne zu. *Takeshi's Castle, Ninja Warrior, Big Bounce* & Co ließen grüßen. Auch Valerie konnte sich einer gewissen Schadenfreude nicht entziehen, als sie sah, wie Sebastian „Wietsch" Ebert dem Yeti per Schwimmnudel derart eine überbriet, dass dieser k. o. ging und der Wettbewerb abgebrochen werden musste.

Der Zaubertrick mit dem Eisblock, aus dem sich die Kandidaten befreien mussten, war an Banalität kaum zu überbieten. Was sicher auch daran lag, dass Valerie die technischen Details kannte und wusste, dass rein gar nichts passieren konnte. Und der Rest? So eindrücklich, dass man ihn sofort wieder vergaß.

Eine allerletzte, fast banale Entscheidung stand jetzt noch an. Eins, zwei oder drei? Unerheblich, so lange die Wahl nicht auf Schmatz fiel, denn das hätte sein Leben ziemlich sicher durcheinandergewürfelt. Und damit auch das seiner baldigen Schwiegermutter. Sie seufzte. Die ganze Arbeit, die sie sich angetan hatten, die Besprechungen, der Stress der Vorbereitung, die Anspannung – alles umsonst. Vor ihren Augen wurde der Fall nun tatsächlich zum Cold Case, eiskalt, unlösbar.

Egal. Hauptsache, sie kam bald weg, weit weg von diesem Trubel, dieser Scheinwelt, diesem Idiotismus. Sie starrte auf die große Uhr, die auf null Uhr vierzig zusteuerte, aber mit jeder Sekunde, die verging, schien die Zeit noch langsamer zu laufen, sich zäh wie in einem Dali-Gemälde über alles und jeden zu legen. Der Kommentar eierte nun schon seit Minuten um die Siegerverkündung herum, Lichtenberg schob einen Werbeblock nach dem anderen dazwischen, man versilberte jede einzelne Sendesekunde. *Macht schon!*, dachte sie.

„*Aber nein, natürlich werden die beiden Verlierer des heutigen Abends nicht mit leeren Händen nach Hause gehen. Wir präsentieren unsere Trostpreise ...*"

„MAZ ab!", krächzte Lichtenberg, dessen Stimme sich vor gut zwei Stunden aufzulösen begonnen hatte.

„Zwei knallrot lackierte Fiat 500 Abarth, sponsored by Landmaschinen Haller, genau wie der, den einer von Ihnen, liebe Zuseherinnen und Zuseher, mit etwas Glück heute Abend noch gewinnen wird!"

Etwas viel Glück, dachte Valerie frustriert und schielte auf den Hauptmonitor.

„Abarth. Eine Legende. Einhundertsechzig PS, von null auf hundert in unter acht Sekunden, über zweihundert Kilometer pro Stunde schnell, dabei agil wie ein italienischer Hengst ..."

Italienischer Hengst, mhm, dachte sie. Italien mochte ja für so manchen Hengst bekannt sein, aber die hatten eher zwei als vier ... egal. Schick waren sie, die Autos, wie sie im eingespielten Clip so durch die mediterrane Landschaft rasten. Schmatz musste sie unbedingt mal fahren lassen. Sie träumte sich in vergangene Urlaube, auf Küstenstraßen, in den Sonnenuntergang, Hauptsache, weit weg, mit der offenen Straße vor sich und niemandem, der ...

„Und die zwei!", beendete Lichtenberg ihr Kopfkino.

Das Bild zeigte wieder das Innere des Eispalasts. Jacqueline Zipplinger saß am Tischende, Schmatz an der einen, Ebert und Flickenfand an der anderen Seite, die Herren im Smoking, die Dame im weißen, spitzenbesetzten Kleid, das man auch als Hochzeitskleid hätte bezeichnen können. Vor der Bauerlorette lag nur eine einzige rote Rose. So weit, so durchschaubar.

Ein Assistent trat an Zipplinger heran und reichte ihr einen pastellfarbenen Briefumschlag.

„Die Würfel sind gefallen. Und auch die Bauerlorette wird nun ihre Wahl treffen."

Valerie gähnte erneut. Der Höhepunkt der Show konnte unspannender nicht sein. Daran änderte auch die dramatische Musik nichts, die jetzt im Hintergrund erklang. Jacqueline Zipplinger nestelte am Papier und hatte sichtlich Mühe, an den Inhalt des Umschlags zu gelangen. Schließlich riss sie ihn an der Seite auf.

Nein, da war kein Gift, das herausrieselte, und es explodierte auch nichts. Im Kuvert befand sich ein stinknormales Blatt Papier. Mit Sicherheit hatte die Cobra vorher noch am Umschlag geschnüffelt und ihn durchleuchtet, penibel wie die Spezialeinheit war. Man konnte eben alles übertreiben.

Trommelwirbel.

„Spannung halten!", forderte Lichtenberg. Jacqueline, die wie ihre Kandidaten einen unsichtbaren Knopf im Ohr hatte, damit sie im richtigen Moment das Richtige taten, erstarrte in der Bewegung.

„RABABABAATTSCHLACHT im MÖMMMÖMM-MÖMMMÖÖÖÖBELHAUS! ... PROZENTEEENTEE-ENTEEE jetzt im MÖMMMÖMMMÖMMMÖÖÖÖBEL-HAUS! – Das MÖMMMÖMMMÖMMMÖÖÖÖBELHAUS wünscht der Bauerlorette und ihrem Herzblatt eine wunderbare Zukunft, versüßt mit DIESEM HAUS, ja, richtig gehört, einem GANZEN HAUS, auf einem Grundstück ihrer Wahl, zehn Jahre lang frisch eingerichtet mit den Möbeln der Saison! Aber aufgepasst, wir machen nicht nur die Bauerlorette glücklich, wir haben für jeden etwas, in jedem einzelnen unserer siebenundsiebzig Mööööbelhäuser weltweit, denn jetzt ist RABABABAATTSCHLACHT im MÖMMMÖMMMÖMMMÖÖÖÖBELHAUS! ... PRO-ZENTEEENTEEENTEEE jetzt im MÖMMMÖMM-MÖMMM..."

„Zurück in fünf ... vier ... drei ..."

„Ein Haus, ja, richtig gehört, EIN RICHTIGES HAUS, gesponsert vom Mömmmömmmmööööbelhaus! Und wie sie staunt, die heiße Kandidatin – unglaublich, wie

sich ein Mensch freuen kann. Aber ehrlich, wer würde nicht gerne ein Haus geschenkt bekommen, mit immer frischen Möbeln der Saison? Ich kann Ihnen versichern, sie hat nichts davon geahnt, denn das war bis zum Schluss ein streng gehütetes Geheimnis. Mit wem wird sie dort wohl einziehen? Wer wird ihr Traumprinz sein? Jackie hat es nun selbst in ihrer Hand."

Wieder Trommelwirbel.

„Bauerlorette, es ist so weit."

Es folgte eine überlange rhetorische Pause. Gespannte Stille legte sich über alles und jeden, abgesehen von Valerie, die das Ende nicht mehr erwarten konnte. Doch sogar hier im Regieraum schienen die Menschen die Luft anzuhalten.

„Pschschsch! Halten wir den Atem an. Konzentrieren wir uns ganz auf das Bild. Lassen wir die Bauerlorette mit der Wahlempfehlung und ihrer Entscheidung alleine."

„Ton aus ... Licht dimmen ... Spannung halten, LANGSAM!", rief Lichtenberg. Jacqueline bremste ihre Bewegungen auf Schneckengeschwindigkeit. Im unteren Teil des Bildes erschienen die Logos der Hauptsponsoren der Sendung.

Die Bauerlorette faltete das Papier auf.

„Langsamer! ... Zwei, Close-up, LANGSAM!"

Ein Königreich für eine Zeitmaschine!, dachte Valerie, während sie beobachtete, wie sich die Kamera in aberwitziger Langsamkeit Jacqueline Zipplinger näherte, am oberen Blattrand vorbeischwebend hinaufzoomte, nur noch das Gesicht zeigte, dessen natürliche Schönheit von greller Schminke und falschen Wimpern entstellt war. Man sah Augen, Nase, Mund, dann Augen und Nase, dann nur noch Augen, funkelnde Augen, wässrige Augen, zuckende Lider, einmal, zweimal, Tropfen, die schnell über den Rand ihrer Lider schauten – und abperlten.

„Gott, ist das gut!", krächzte Lichtenberg. „Zwei langsam wieder zurück! Drei, Profil, Tränenspur! Langsam überblenden in drei ... zwei ... eins."

„Was hat sie?", funkte Stolwerk und riss Valerie aus der Starre. Ihr Blick war längst durch den Bildschirm hindurch in unendliche Weiten abgedriftet, ihre Aufmerksamkeit in den Standby-Modus gewechselt. Im Eilverfahren fuhr sie wieder hoch, kombinierte Bilder und Gehörtes, sah die Tränen, legte Zipplingers Verhalten über die Erwartungshaltung – sie sollte wählen, wählen und nicht heulen! Wieso heulte sie? Gut, alles hier war zum Heulen, aber dafür war später noch genug Zeit, in Bauerlorettes Gesicht sollte, ja musste jetzt doch Freude sein!

„Wieso weint sie?", fragte Valerie laut in den Regieraum hinein, sah zum Regisseur, dann zu Else Zipplinger, die große Augen machte, aber nicht reagierte.

„Scheißegal, wieso!", blaffte Lichtenberg. „Das ist pure Emotion. In einer Live-Show! Unbezahlbar! Also Klappe zu, Frau Mauser! ... Haben wir Pianomusik? Großes Drama. Max Richters *Departure*, schnell! Sofort rein damit!"

Die ersten Takte des zeitgenössischen Klavierstücks ertönten. Tatsächlich wirkte das, was auf den Bildschirmen zu sehen war, mit der richtigen akustischen Untermalung sofort zehnmal dramatischer. Jacquelines Augäpfel wanderten schnell hin und her. Valerie hätte schwören können, dass sie das, was jetzt überdeutlich in ihren Zügen geschrieben stand, niemals hätte spielen können: Verzweiflung. Und Trauer. Völlige Zerrissenheit.

„Er ist da", sprach Valerie in ihr Mikrofon. Der Klang ihrer eigenen Stimme ließ sie erschaudern.

Der Täter war da.

Da stand etwas auf dem Papier. Etwas, das nicht zu dem passte, was jetzt kommen sollte. Jacqueline Zipplingers Kinn bebte. Sie kämpfte mit ihren Emotionen und verlor, vor den Kameras in Ischgl und auf den Bildschirmen überall. Die Wimperntusche zerlief, erst recht, als die Bauerlorette mit den Fingerknöcheln der linken Hand versuchte, ihre Augen zu trocknen.

„Ton an! Pegel rauf!", gierte Lichtenberg geradezu danach, das Letzte aus der Situation zu holen. Valerie sah angewidert zu ihm hin, in sein Gesicht, das vor Sensationslüsternheit nur so triefte. Sie hasste ihn. Ihn und alles hier. Kein Geld der Welt konnte aufwiegen, was diese Show mit den Menschen anstellte, die in ihrem Rampenlicht standen.

Jacqueline schniefte, holte Luft, setzte an, etwas zu sagen, zögerte. Einer der Kandidaten, man sah nicht wer, reichte ihr ein Tuch, vermutlich das Stecktuch aus seinem Smoking. Die Bauerlorette nahm es zur Hilfe. Doch ihre Schminke war längst genauso durcheinandergeraten wie ihre Emotionen.

„Weitermachen", sagte Lichtenberg.

Doch sie machte nicht weiter. Sie starrte auf das Blatt und weinte.

Aus den Augenwinkeln beobachtete Valerie, wie der Regisseur nervös mit dem Fuß zu wippen begann. „Weitermachen!", forderte er lauter.

„Was hat unsere Bauerlorette? Ist sie überrascht? Hat sie mit einem anderen Urteil gerechnet?"

Jacqueline war sichtlich zerrissen, wusste nicht, was sie tun sollte, musste etwas tun, etwas anderes als heulen, konnte aber nicht. Dass nicht das Ergebnis des Televotings auf dem Blatt stehen konnte, war klar. Aber was dann?

„Ich will wissen, was auf dem Papier steht!", rief Valerie in den Raum hinein.

„Pff", stieß Lichtenberg aus, griff den Gedanken aber auf. „Drei, hinter sie und Blatt ganz aufzoomen. Wir bleiben auf zwei, verstanden?"

Das Bild von Kamera drei wackelte, bis die geforderte Position erreicht war. Der Kameramann schwenkte das Objektiv nach unten, stellte scharf, aber man erkannte nichts. Es blendete nur. Bis der Kameramann die Belichtung korrigierte.

Die Schrift tauchte auf.

Valerie überflog die Zeilen. Und wurde blass.

38.

„Die Bauerlorette ist unverkennbar überwältigt! Überwältigt ... von ihrer Angst. Was ängstigt sie bloß? ... Jackie, willst du es uns nicht verraten?"

„Mair?", funkte Valerie.

Nichts.

„Jackies Angst, liebes Publikum, hat einen guten Grund. Aber lauschen wir jetzt ihren Worten ... Du willst uns allen doch etwas sagen, oder? Etwas ... beichten?"

„Wo ist die Drohne?", fragte Valerie, weil sie das Bildsignal nicht fand.

Die Frau am Regiepult wies auf denselben Monitor wie vorhin, als Lichtenberg danach gefragt hatte, zog ihren Zeigefinger aber gleich wieder zurück und sagte: „Das ... äh ... versteh ich nicht. Die Drohne ist offline."

„Mair?", schrie Valerie fast, ahnte aber bereits, dass ihr Kollege nicht antworten würde. Sie konnte nur hoffen, dass er nicht ...

„Geyer hier. Was ist los?", wollte ihr Vorgesetzter wissen.

„Lass dir nur Zeit, liebe Jackie. Aber du weißt, es wird etwas Schlimmes passieren, wenn du weiterhin nur auf deine Tränendrüsen drückst. Je früher du gestehst, desto eher ist alles vorbei."

Valerie sah zum Regisseur, dann zu Else Zipplinger, die beide wie in Schockstarre verfallen auf die Bildschirme starrten.

„Ich ...", fing Jacqueline an.

„Ja? Du, Bauerlorette? Was, DU?"

„Was redet die denn da?", schrie Valerie fast. „Und *wer* redet da eigentlich? Die Stimme! Wer kommentiert die Sendung?"

„Das ... äh ...", stammelte Lichtenberg, „das ... äh ... Der Kommentar ist irgendwie plötzlich auf dem Regiesignal drauf."

„WER ist das?"

„Äh ..."

Er wusste es nicht? Die Begleitstimme, die nicht aus der Bauerlorette wegzudenken war, eines der vertrautesten Elemente überhaupt sollte ... was sein? Unbekannt? Ging es ihm noch gut? „Oh verdammt", stieß Valerie aus.

„Sie war einfach immer da", flüsterte Lichtenberg fast.

„Wo ist sie jetzt gerade? Wo ist ihr Platz?"

„Überall", sagte der Regisseur mit vorgehaltener Hand.

Valerie überlegte fieberhaft. Sie erinnerte sich dunkel an die junge Frau mit großem Headset, die sie vor der Whirlpoolgeschichte begrüßt hatte. Wie hieß sie noch? Hatte sie nicht erwähnt, sie sei ... wie hatte sie es ausgedrückt? Valeries Erinnerung war verschwommen, in erster Linie erinnerte sie sich daran, dass die Frau ganz heiß auf Stolwerk war – aber da war noch etwas anderes. Sie hatte etwas erwähnt – etwas mit Sprechen ... Hatte sie nicht gesagt, sie sei Sprecherin? DIE Sprecherin?

„Die mit dem Rossschwanz und der Hornbrille!", bestätigte ein Mann am Regiepult ihre Vermutung. „Sie hat keinen fixen Platz. Sie kommentiert immer von dort, wo sie am besten sieht."

„Wo ist das jetzt?", brüllte Valerie. „Wo ist sie GERADE JETZT?"

„Achtung an alle", funkte sie die Kollegen an, „der Täter ist eine Frau! Die Hintergrundstimme! Stolwerk, du erinnerst dich doch? Sucht sie, sie ist zirka ..." Valerie überlegte, aber da war nichts, das als Beschreibung getaugt hätte. Keine Körpergröße, keine eindeutige Haarfarbe, kein Alter, keine Merkmale. Alles grau in grau.

Valerie setzte neu an: „Ihr wisst schon, die, die das Bild kommentiert. Eine Frau mit Headset und Brille. Die Stimme! Stolwerk, die Tussi aus dem Blubberland, die auf dich steht!"

„Hä?", gab dieser zurück. „Geht's dir gut, V...alerie?"

„SIE ist es!"

„Ist ... WAS?", funkte Eder.

„Die Täterin, verflixt! Sie hat Mair und Falkensteiner. Den, der die Drohne fliegt! Die beiden sind in Lebensgefahr! Sucht sie! Schnell!"

Valerie wollte laufen, genau wie vor Stunden schon beim Fehlalarm mit Schmatz, aber sie konnte nicht, durfte nicht, musste bleiben, musste mitansehen, was geschah, die Kollegen dirigieren, genau wie Lichtenberg es mit seinen Leuten machte.

„Wie heißt sie? Kann mir das endlich jemand sagen?", fauchte sie alle im Regieraum zugleich an.

Betretenes Schweigen.

„Zeit für die Wahrheit. Los jetzt! Gestehe, Bauerlorette – oder er stirbt!"

Jacquelines Gesicht füllte den Bildschirm aus. Sie sah auf, dann hinunter zum Blatt. Kurz nickte sie. „Alles … ist Lüge", begann sie zu lesen.

„Wir gehen raus", murmelte Lichtenberg, der den Text, der folgen würde, auf dem Monitor neben dem Hauptübertragungssignal ablesen konnte.

„Nein!", schrie Valerie ansatzlos. Sie durften die Übertragung nicht abbrechen. Das stand als Forderung ganz oben auf dem Blatt. Gingen sie raus, war es mit Falkensteiner vorbei. „Draufbleiben!", forderte sie.

„Sie haben hier GAR NICHTS ZU SAGEN!", polterte der Regisseur und sprang so schwungvoll auf, dass sein Sessel Else Zipplinger traf und diese glatt umwarf. „Wir gehen raus, raus, RAUS! Werbung, jetzt!"

Valerie blieb keine Wahl. Sie zog ihre Waffe, hob sie – und richtete sie knapp an Lichtenbergs Brust vorbei. So knapp, dass er den Unterschied nicht bemerken konnte. „DRAUFBLEIBEN, sage ich. Befolgen Sie meine Anweisung oder scheren Sie sich aus dem Raum!"

„Sie sind ja wahnsinnig!", blaffte er. „Das wird Folgen haben, das schwör ich Ihnen!"

„Hinsetzen!", sagte sie mit aller Beherrschung, die ihr noch blieb. „Und Mund halten … Sie auch!", gab sie der Mutter der Bauerlorette noch hinüber, für alle Fälle.

Jacquelines Stimme kam wieder über die Lautsprecher. Sie las: „Nichts hier ist echt. Die Bauerlorette ist ein einziger Betrug. Ich bin eine Betrügerin. Ja, die Gerüchte stimmen, ich habe einen festen Freund. Maximilian Falkensteiner. Ich bin Schauspielerin … Aber das ist noch lange nicht alles."

„Ich bin ruiniert!", presste Lichtenberg heraus.

„Habt ihr schon was?", rief Valerie ins Mikrofon.

„Negativ", antwortete der Cobra-Offizier.

„Ich sehe Mair!", funkte Eder. „Er liegt hinter einem Pistenfahrzeug, aber er ... ja, er lebt. Wir brauchen einen Krankenwagen, schnell!"

„Wo ist Falkensteiner?", rief Valerie, aber das Funkgerät blieb still.

„Alle freien Kameras sollen die Gegend absuchen! Los, Lichtenberg, die Dinger sehen mehr als wir." Sie drückte wieder die Sprechtaste. „Cobra, der Helikopter hat ein Nachtsuchgerät, oder?"

„Positiv."

„Er soll starten, sofort! Weiträumig absuchen. Eine Frau, die einen Mann in ihrer Gewalt hat. Vorsicht, sie ist höchstwahrscheinlich bewaffnet."

„Alles klar."

„Ich habe euch alle betrogen", stammelte Jacqueline weiter. „Von Anfang an. Ich bin rücksichtslos und bereit, für meine Karriere über L... Oh Gott, nein, ich kann das nicht weiter vorlesen!", schluchzte sie und vergrub ihren Kopf in den Händen.

„Dann stirbt er."

„Geben Sie mir das Ding", forderte Valerie und deutete auf das Headset, in das Lichtenberg seine Anweisungen sprach. Valerie musste mit der Frau reden. Aber was sollte sie ihr sagen? In solchen Dingen war Stolwerk tausendmal geschickter. Er das Feine, sie das Grobe, so hatten sie es immer gehalten.

„Drei."

„Ich kann nicht!", schrie Jacqueline.

„Zwei."

„Hören Sie sofort damit auf!", brüllte Valerie in Lichtenbergs Mikrofonbügel.

„Eins."

„... für meine Karriere über Leichen zu gehen. Ich habe ... ich habe Roman ... Pokorny ..."

Die Bauerlorette hielt inne. Aber bei dem Namen klingelte etwas. Valerie war sich sicher, ihn erst kürzlich gehört zu haben.

„Oh mein Gott", sagte Else Zipplinger, sprang auf und hielt sich die Hand vor den Mund.

Valerie riss ihren Kopf herum. „Sie wissen etwas, oder? Schauen Sie mich an! Helfen Sie mir. Pokorny, Pokorny ... Irgendetwas war mit Ihrer Tochter und einem Pokorny ... ich erinnere mich daran, was war das?"

„Oh mein Gott", wiederholte Jacquelines Mutter nur.

„Na gut, Jackie, du hast es so gewollt ..."

„Hören Sie auf! Es ist vorbei!", funkte Valerie über Lichtenbergs Gerät, drückte die Sprechtaste des anderen und sagte: „Stolwerk! Hast du was?"

„...chen! Äh ... Valerie, ich ..." Es knackte und er war wieder weg.

„Signal von der Drohnenkamera!", rief eine Frau am Pult.

„Rein damit!", sagte Lichtenberg mit neuem Selbstbewusstsein, schneller als jemand etwas entgegnen konnte.

Valerie brauchte keine halbe Sekunde, um die Situation einzuordnen. Ein Körper war zu erkennen, gefesselt auf dem Boden liegend, in einer Wiese oder einem Feld. Die Kamera näherte sich dem Kopf – es war Falkensteiner. Dann drehte das Bild, man sah das Gesicht einer Frau. Es war tatsächlich die Sprecherin, die graue Maus mit dem Headset. Diese streckte die Minikamera der Drohne weiter von sich weg und filmte sich selbst von schräg oben, wie bei einem Selfie. In Verlängerung ihres rechten Arms blitzte eine Messerklinge auf.

„Akademie Pokorny!", rief Valerie, als ihr die Information von Wikipedia wieder eingefallen war. „Jacqueline ging auf diese Schauspielschule, stimmt doch, oder?"

Else Zipplinger war binnen Sekunden leichenblass geworden. Sie nickte.

„Sie kennen diese Sprecherin, oder?"

Wieder bestätigte sie und flüsterte fast: „Penelope."

„Penelope?"

„Das ... ist ... Penelope", stammelte Zipplinger ungläubig und zeigte auf den Bildschirm.

„Ja? Jetzt reden Sie schon!"

„Veilchen, ich glaub, wir haben etwas!", funkte Stolwerk. Im Hintergrund seines Signals hörte man Turbinengeräusche. Er saß also im Hubschrauber. „Es sind zwei Personen, nicht weit entfernt. Eine liegt, die andere hält etwas in die Höhe."

„Genau, Stolwerk, das sind sie! Sofort hin! Schnell! Sie hat ein Messer! Lenkt sie ab! Tut was! Sofort!" Ihre Beine zitterten. Ging es nach ihnen, wäre Valerie längst aus dem Wagen raus.

„Roger! ... Runter!", hörte sie ihren Partner noch, dann war das Funksignal wieder unterbrochen.

„Penelope Pokorny", sagte die Mutter der Bauerlorette. Dann ging sie in die Knie und wimmerte nur noch.

„Sieh zu, wie deine Liebe stirbt!"

„NEIN!", schrie Jacqueline, las aber nicht weiter.

Valerie musste Zeit gewinnen. „Wieso?", schrie sie in Lichtenbergs Headset. „Frau Pokorny, wieso mussten Innbrüggler und Volderober sterben? Was haben sie Ihnen getan?"

Die Antwort ließ auf sich warten. Dass Valerie sie gerade bei ihrem richtigen Namen genannt hatte, überraschte die Sprecherin offensichtlich.

„Wen kümmert es noch?"

„Uns alle! Zeit für die Wahrheit, das haben Sie selbst gesagt. Wenn schon, dann Wahrheit für alle. Wieso haben Sie die beiden vergiftet?", fragte Valerie, während sie auf ihrem Smartphone herumtippte und erneut auf Wikipedia landete.

„*Ich habe sie nicht vergiftet.*"

Penelope Pokorny

Penelope Pokorny (geboren in St. Pölten; auch: Penny Pe) ist eine österreichische Schauspielerin und Fernsehsprecherin.

Leben

Pokorny ist die Tochter von Hofrat <u>Roman Pokorny</u> und Kammerschauspielerin <u>Bettina Esterhammer</u>. Nach zahlreichen Auftritten und Engagements als Kinder- und Jugenddarstellerin absolvierte Pokorny ihre schauspielerische Ausbildung in der <u>Akademie Pokorny</u> ihres Vaters. [1] Sie arbeitet als Synchronsprecherin und Kommentatorin für das österreichische Fernsehen. [2] …

Penny Pe!, erinnerte sich Valerie an den Namen, sobald sie ihn gelesen hatte. Die Sprecherin hatte sich ihnen ja vorgestellt, damals im Bäderparadies … *Das gibt's doch nicht!*, dachte sie.

„*Ihr seid schuld, dass es so weit kommen musste!*"

Valerie brauchte einen Moment, um sich neu zu konzentrieren. „Warum haben Sie das getan … Penny?"

Nach einer kurzen Pause antwortete diese: „*Wen kümmert es, warum.*"

„Was war mit Ihrem Vater?"

Stille. Penelope alias Penny, die eben noch in Großaufnahme auf dem Monitor zu sehen war, verschwand aus dem Bild.

„Was ist mit ihm gewesen?", setzte Valerie nach, während sie schon den Link zu dessen Wikipedia-Eintrag angeklickt hatte und sah, dass er nicht mehr lebte. Weil nichts von der Sprecherin kam, redete sie weiter: „Er ist gestorben ... und Sie machen Jacqueline Zipplinger dafür verantwortlich. Deshalb wollen Sie sich ..."

„Halten Sie den Mund!", schrie die Sprecherin. *„Haltet alle den Mund!"*

Valerie nahm das andere Gerät und drückte die Sprechtaste. „Stolwerk, wie lange kann ein Hubschrauber eigentlich brauchen, verdammt?"

„Viel kürzer, als du denkst, Veilchen! Huiuiui! Aaaah ..."

„Beeil dich!", forderte sie, drückte die andere Sprechtaste und sagte: „Sie müssen das nicht tun, Penny. Sie müssen gar nichts tun. Erklären Sie mir, was mit Ihrem Vater passiert ist, und ich werde für Sie tun, was ich tun kann. Hören Sie auf mit dieser Selbstjustiz. Damit machen Sie es doch nur schlimmer, Penny. Das wollen Sie doch nicht."

„Was ich will und was nicht, ist meine Sache! Glauben Sie, ich merke nicht, dass Sie Zeit schinden? Nicht mit mir! ... Bauerlorette, sieh zu, wie auch ich dir das Wichtigste in deinem Leben nehme!"

Falkensteiner im Bild. Und das Messer in Penelope Pokornys Hand.

„NEIN!", schrie Valerie und wusste zugleich, dass Worte nichts mehr brachten. Sie hatten verloren, wenn sie nicht augenblicklich einen Geistesblitz ... *Blitz* ...

„Das Feuerwerk!", rief sie dem Regisseur zu.

Dieser nickte. „Finaltusch, jetzt!"

Einer der Assistenten drückte einen Knopf, und augenblicklich ging ein Feuerwerk über dem ganzen Gelände los, das Seinesgleichen suchte. Es blendete, auf welchen Monitor man auch sah. Die Kanonenschläge drangen dumpf ins Innere des Ü-Wagens, kribbelten in Valeries Bauch. Sie konnte nur hoffen, dass das Ablenkungsmanöver gelang. Sie versuchte, trotz aller Reizüberflutung einen Anhaltspunkt zu finden, was nun weiter geschah.

Das Signal der Drohnenkamera war weg.

Oder doch nicht? Valerie ging ganz nah an den Monitor heran, legte ihre flachen Hände seitlich ans Gesicht, um dessen Signal wahrzunehmen. Waren das Beine, die im Neunzig-Grad-Winkel zur Seite standen, Stiefel von Einsatzbeamten? Filmte die Kamera, jetzt auf der Seite liegend, den Cobra-Einsatz mit?

Ging es Falkensteiner gut?

Und was war mit Kollege Mair?

39.

Neunzig Minuten später

Der Rettungswagen brachte Hannes Mair nach Innsbruck. Bis auf eine Platzwunde und eine eventuelle Gehirnerschütterung fehlte ihm offenbar nichts.

Valerie sah dem Fahrzeug hinterher, bis es hinter einer Kurve verschwand. Dann drehte sie sich zu ihrem Schwiegersohn in spe, der leise an ihre Seite getreten war.

„Und?", fragte sie ihn.

Schmatz kratzte sich verlegen hinterm Ohr. „Äh ..."

„Der Smoking steht dir besser als die Fledermaus."

„Mhm", blieb er wortkarg. Unverkennbar schämte er sich.

Das Bild von ihm in diesem pseudoerotischen Batman-Anzug hatte sich in ihr Gehirn eingebrannt. Sie konnte nur hoffen, dass es Luna nicht genauso erging, denn das würde sich schlecht auf die Hochzeitspläne der beiden auswirken. Oder aber sie täuschte sich, wie so oft, wenn es um die Beziehung der beiden ging. Der *Lunaschmatz*, wie Stolwerk die beiden nannte, war eine wirklich merkwürdige Symbiose.

„Ich bin nur froh, dass es dir gut geht, Schmatz!", sagte sie und drückte ihn kurz an sich.

Eine Tomate war nichts dagegen.

Valerie sah zum Hubschrauber, wo Eder und Geyer schon seit einiger Zeit mit Penelope Pokorny alias Penny Pe zu sprechen versuchten. Es hätte sie gewundert, wenn sie heute noch etwas aus der Frau herausbekamen. Egal. Sie hatten die wichtigsten Anhaltspunkte. Der Rest konnte warten.

Auch Stolwerk schien beschäftigt zu sein. Er lehnte an einem Fahrzeug und tippte etwas in sein Smartphone. Sie konnte seinen Blick nicht deuten. Etwas amüsiert, etwas bekümmert – hatte seine Nichte alles im Fernsehen mitangesehen, und er musste sie jetzt beruhigen? *Geht mich nichts an,* sagte sie sich. Sie würde sich bestimmt nicht schon wieder in seine Angelegenheiten einmischen.

Blieben noch die Bauerlorette und ihr Freund. Jacqueline Zipplinger hockte neben Maximilian Falkensteiner auf der Ladekante eines Rettungswagens. Beide hatten Decken über den Schultern. Der Drohnenpilot wirkte blass und zittrig, Jacqueline rieb ihm den Rücken und sprach beruhigend auf ihn ein.

„Geht's?", fragte Valerie, als sie zu ihnen kam.

Die Schauspielerin sah auf und blaffte: „Wir hätten uns nie darauf einlassen sollen!"

„Es tut mir leid."

„Pah! Es tut Ihnen leid!", äffte sie Valerie nach.

Zipplingers Ärger war verständlich. Die Abschlusssendung hätte nicht stattfinden dürfen. Sie hatten das Risiko falsch eingeschätzt. Sie alle. Dabei hatten sie wirklich geglaubt, jede Eventualität berücksichtigt zu haben. Das eigentliche Druckmittel, den heimlichen Freund der Bauerlorette, hatten sie jedoch völlig übersehen.

„Ich habe noch einige Fragen an Sie. Deshalb muss ich Sie bitten, sich zu unserer Verfügung zu halten."

Jacqueline Zipplinger reagierte nicht.

„Wie geht's jetzt bei Ihnen weiter?"

„Das geht Sie überhaupt nichts an."

Falkensteiners Blick blieb auf den Boden gerichtet. Ihm gegenüber wirkte Jacqueline, die immer noch im Brautkleid steckte, wie ein Fels in der Brandung.

Unwillkürlich suchte Valerie die Umgebung nach Else Zipplinger ab, die ihre Tochter sonst nie auch nur einen Moment aus den Augen gelassen hatte. Von ihr fehlte jede Spur. Vermutlich war es auch besser so.

„Alles Gute Ihnen", sagte Valerie, drehte sich um und ging Stolwerk entgegen.

EPILOG

MONTAG, 15. November

Valerie, Sandro und Stolwerk hatten es sich zu dritt auf der Couch in Valeries Wohnung gemütlich gemacht. Vor ihnen standen Bier und Chips. Knapp vor Mitternacht war es endlich so weit.

„Begrüßen Sie mit mir die Frau der Stunde, Jacqueline Zipplinger!"

Riesenapplaus. Die Band spielte die Erkennungsmelodie der Bauerlorette. Jacqueline betrat das ZDF-Studio und schien fast zu leuchten, so hell war sie gekleidet. Blütenweißes Kostüm, weiße Stilettos, das dunkle Haar zum Rossschwanz zusammengebunden. Nur der knallrote Kussmund störte das unschuldige Gesamtbild. Während sie routiniert an ihren Platz stöckelte, winkte sie dem Saalpublikum zu.

Dann verebbte der Applaus und der Gastgeber begann: *„Frau Zipplinger, ich glaube, ich muss Sie niemandem mehr vorstellen, Sie sind gerade in aller Munde. Vor achtundvierzig Stunden gingen die dramatischen Bilder des Bauerlorette-Finales um die ganze Welt. Mit ihnen auch der Zuspruch für Sie als Person. Man braucht kein Hellseher zu sein, um zu wissen, dass Sie in dieser Woche auf den Covers der bedeutendsten Wochenmagazine landen werden. Ihre Gefolgschaft in den sozialen Medien explodiert geradezu, der weitere Weg scheint vorgezeichnet. Sie sind jetzt eine gefragte Frau, ein Top-Influencer, wie es neudeutsch heißt. Womit ich zu meiner ersten Frage komme: Manche würden behaupten, dass ein Aufstieg wie Ihrer unter normalen Umständen gar nicht möglich gewesen wäre. Vor Wochen waren Sie noch – sehr deut-*

lich gesagt – ein Niemand. Innerhalb weniger Tage wurden sie jetzt zum Star. Woran machen Sie das persönlich fest?"

„Das ... äh ..."

„Wetten, dass sie der *Niemand* wurmt und sie sich gerade überlegt, ob sie dagegen protestieren soll?", fragte Valerie zur Seite, bekam aber keine Antwort. Als sie Sandro und Stolwerk daraufhin einen Blick zuwarf, konnte sie es kaum glauben: Beide starrten verträumt in den Bildschirm, hingen förmlich an den Lippen dieser Schaumschlägerin, hatten ihre spitze Bemerkung gar nicht mitbekommen! Männer waren ja so ... so ...

„Ich möchte den Familien der Hinterbliebenen mein Mitgefühl ausdrücken", sagte Zipplinger, faltete ihre Hände und sah zu Boden. So weit, so einstudiert.

Stolwerk seufzte schwer.

Der Talkmaster fuhr fort: *„Genau diese Todesfälle waren es, die zu Ihrer Popularität geführt haben. Stört einen so etwas?"* Der Fragensteller schien es darauf anzulegen, Zipplinger aus der Wohlfühlzone ihres neuen Ruhms zu holen. Valerie hatte so eine Ahnung, dass es gleich interessant werden könnte.

„Das war so aber nicht besprochen", bestätigte Jacqueline den Eindruck, dass dies alles andere als ein Faserschmeichler-Gespräch war, und sah hilfesuchend ins Publikum.

„Zwei Todesfälle, obendrein Schwerverletzte. Wie es aussieht, suchte die Sprecherin der Show, Penny Pe, die ganz große Abrechnung mit Ihnen. Und nun stehen Sie im Rampenlicht. Wie damals schon, in Wien, nachdem Penny und Sie zusammen die Akademie Pokorny besucht haben, die Schauspielschule Pennys Vaters."

Jetzt spiegelte sich nackte Panik in Jacquelines Zügen. *„Ich dachte, wir wollten über ..."*

„Frau Zipplinger. Penny sagte im Finale, Sie hätten ihr das Wichtigste in ihrem Leben genommen. Was war das Wichtigste? Ihr Vater? ... Soweit wir herausfinden konnten, war Roman Pokorny alleinerziehend, nachdem seine Beziehung zu Pennys Mutter in die Brüche gegangen war. Er beging Suizid, kein halbes Jahr, nachdem Sie dessen Akademie mit Auszeichnung abgeschlossen hatten. Eine Auszeichnung, die – verzeihen Sie mir wieder die Offenheit – nicht nur dem Staatstheater Wien Rätsel aufgegeben haben muss."

Das Publikum im Studio raunte auf.

„Der ist gut!", lobte Valerie. Gleich darauf beschlich sie das Gefühl, angestarrt zu werden. Sie drehte ihren Kopf – und tatsächlich: Sowohl ihr Freund als auch ihr bester Kumpel sahen sie an, als hätte sie soeben ein Sakrileg begangen. „Was?", fragte sie, beugte sich zu den Chips vor und forderte Sandro auf, lauter zu machen.

„Woher wissen Sie das denn alles?"

„Ich erzähle nichts, das nicht öffentlich zugänglich wäre, Frau Zipplinger. Wie geht es Ihnen also damit?"

„Das – äh ... geht mir natürlich alles sehr nahe."

„Bestimmt war das auch für Sie keine einfache Zeit. Die Akademie, der Leistungsdruck, die Konkurrenz ... Versetzen wir uns doch einmal dorthin zurück. Was ist geschehen, Jackie?"

Wieder suchte Zipplinger den Sichtkontakt zu jemandem im Publikum, hielt sich jetzt ganz unverblümt eine Hand über die Augen, weil sie die Scheinwerfer blendeten, doch es war überdeutlich, dass sie auf sich allein gestellt war. Sie hätte aufstehen und gehen können. Aber das tat sie nicht. Sie blieb sitzen und wurde von jemandem, der sein Handwerk verstand, immer weiter in die Enge getrieben.

„Penny Pe hat Ihnen Unrecht getan."

„..."

„Ist es nicht so, Jacqueline?"

„Ja, hat sie!"

„Es war alles nicht so, wie es aussieht."

„Nein, war es nicht!"

„Dann erklären Sie es doch einfach."

„Ich ... ich ...", sie machte wieder auf Evita. „Ich konnte nicht anders. Ich musste doch mitmachen. Aber ich ... ich kann nicht mehr darüber sprechen, bitte."

„Hat Roman Pokorny Sie belästigt?"

„Nein, das ... ich ..." Ihre Augen wanderten hin und her. Die Erinnerung schmerzte.

„Haben Sie ihn verführt?"

„Ich ...", fing Jacqueline an, bremste sich aber wieder und schniefte. Eine große Träne kullerte über ihre Wange. Sie konnte nur echt sein.

„Frau Zipplinger. Pokorny war in Sie verliebt, habe ich Recht?"

„Mhm."

„Unsterblich verliebt."

Jetzt übertreibt er's, dachte Valerie, doch Zipplinger nickte weiter.

„Sie waren die Jahrgangsbeste. Und damit öffneten sich Ihnen die Pforten des Staatstheaters. Ihnen und nicht Pokornys Tochter Penny."

Das Nicken ging weiter und mündete schließlich in verzweifeltes Kopfschütteln.

„Frau Zipplinger?"

„Aber was sollte ich denn tun?", sagte sie zerknirscht. „Ich war doch noch ein Kind. Und dann gab es da diesen Mann, der mich abgöttisch verehrte. Er hat mir die Welt versprochen. ... Was sollte ich denn tun? Ich war doch noch ein KIND!"

Valerie setzte sich gerade hin und staunte. Ansatzlos hatte Zipplinger die Kurve gekriegt. Ihr von Tränen zerlaufenes Make-up war die perfekte Untermalung ihrer Worte. *Ich war doch noch ein Kind.* Wenn Valerie sich nicht verrechnet hatte, musste sie damals sechzehn gewesen sein. Nicht gerade ein Kind, aber auch noch nicht volljährig ...

„Roman hat mir alles versprochen. Er war mir ... verfallen."

„Haben Sie miteinander geschlafen?"

Zipplinger überlegte kurz, wog ab – und nickte. Valerie meinte, hören zu können, wie das Publikum Luft holte. Die Stimmung kippte nun voll auf Jacquelines Seite. Das arme, geschundene Kind in den Fängen dieses Unholds ...

„Das gibt's doch nicht!", schimpfte Valerie.

„So eine Schande!", bestätigte Stolwerk, meinte es aber bestimmt anders als sie.

Valerie dachte an die Tonbandaufnahme zurück, in der sich die Zipplingers gegenseitig befetzten. *Du hast schon weitaus Schlimmeres gemacht*, hatte Else zu ihrer Tochter gesagt. Bestimmt hatte sie damit die Affäre mit Roman Pokorny gemeint.

„Er hat Ihnen alles versprochen, sagten Sie eben – Jahrgangsbeste zu werden und damit am Staatstheater zu spielen, gehörte also auch dazu?", machte er seine Vermutung konkret.

Wieder nickte Jacqueline, jetzt beschämt.

„Aber dann, am Theater, lief es nicht wie geplant."

„Nein."

Der Regisseur hat mich belästigt, hatte Valerie Zipplingers Worte im Ohr.

„Sie entsprachen nicht den Vorstellungen des Ensembles", setzte der Talkmaster nach, bevor Zipplinger sich auch im Fernsehen rechtfertigen konnte.

Diese sah erschrocken auf und direkt in die Kamera hinein. *Woher weißt du das?*, stand ihr überdeutlich ins Gesicht geschrieben.

„*Es hieß, Sie seien Ihrer Rolle nicht gewachsen gewesen.*"

Zipplingers Kinn bebte.

„*Sie trennten sich von Roman, und nur wenige Wochen später hat er sich umgebracht.*"

„*Aber das ist doch nicht meine Schuld gewesen!*", schluchzte sie. „*Ich war doch bloß ein Kind!*"

„*Mit Verlaub, Sie waren sechzehn Jahre alt. In Österreich, wo Sie ja auch herkommen, darf man in diesem Alter schon wählen gehen. Auch Sie konnten wählen – und haben sich für den steilen Weg nach oben entschieden. Zusammen mit Roman Pokorny sind drei Menschen tot. Und Sie stehen am Gipfel Ihres Ruhms. Ist das der Preis, den man bezahlen muss?*"

Zipplinger blieb regungslos. Nur ihre Augen wanderten schnell hin und her. Sie suchte nach einem Ausweg und fand keinen.

Valerie schämte sich für sie, wollte nicht eine Sekunde länger bei dieser Schmierenkomödie zusehen – und tat es trotzdem. Denn Zipplinger schien es plötzlich gar nicht mehr gut zu gehen. Ihre Augen drehten sich nach oben. Dann legte sie einen Handrücken an ihre Stirn und simulierte einen Ohnmachtsanfall, für den man sie noch auf der Hintertupfinger Dorfbühne ausgelacht hätte. Ein Assistent eilte herbei und beugte sich über sie. Dann wurde die Sendung abgebrochen.

„Um Gottes willen!", rief Stolwerk.

„Geh bitte!", schimpfte Valerie und erhob sich. Als sie nun in den Straßensneakers stand und die Türklinke in der Hand hatte, rief sie in die Wohnung zurück: „Ich weiß ja nicht, wie's euch zwei geht, aber ich brauch jetzt dringend eine Currywurst. Wer noch?"

DIENSTAG, 16. November

„… die Vernehmung erfolgt im Beisein von Oberstleutnant Valerie Mauser, Chefinspektor Manfred Stolwerk sowie Pflichtverteidiger Doktor Stefan Brock. Ihr Name?", fragte Stolwerk am Ende der Einleitung, die er auf Band sprach.

Schweigen.

„Ihr Name?", wiederholte Stolwerk lauter.

Valerie gab die Unbeteiligte, während ihr Partner die Formalitäten erledigte. Ihr Job war es, möglichst grimmig dreinzuschauen. Sie bemühte sich, den großen Einwegspiegel zu ignorieren, hinter dem Geyer stand und die Vernehmung aus dem Nebenzimmer mitverfolgte.

„Penelope Pokorny."

„Geboren am?"

Die Frau, die ihnen gegenüber saß, hatte etwas Faszinierendes an sich: Sie war auf seltsame Weise unsichtbar. Streng physikalisch gesehen natürlich nicht. Aber es wollte und wollte Valerie nicht gelingen, sich diese Penelope Pokorny alias Penny Pe einzuprägen. Stolwerk, dem Einsatzteam, sogar alten Bekannten und den Leuten, die tagtäglich mit ihr zusammenarbeiteten, ging es offenbar genauso. Als litten sie alle unter einer besonders selektiven Form der Prosopagnosie, der Unfähigkeit, Gesichter zu erkennen.

Penelope Pokorny war aus den Augen und sofort aus dem Sinn. Ganz besonders ohne die falsche Brille, die sie im Rahmen der Bauerlorette getragen hatte. Einheitsgesicht, Einheitsfigur, Einheitskleidung. Ihr Körper bot nicht die geringste optische Auffälligkeit. Kein Muttermal, keine Stupsnase, keine Segelohren, keine besonders bemerkenswerten Augen, Augenbrauen oder

Wimpern, keine schmalen und auch keine vollen Lippen, einfach nichts. Valerie sah dieser Frau ins Gesicht und dachte: *Ja, die hab ich schon mal gesehen.* Aber kaum wandte sie ihren Blick wieder ab, wäre sie nicht in der Lage gewesen, eine Beschreibung abzuliefern, die für ein Phantombild gereicht hätte. Nicht einmal ihre Stimme war außergewöhnlich, so lange Pokorny nicht mit dem erotisch-zweideutigen Ausdruck sprach, den man aus der Bauerlorette kannte.

„Wann haben Sie Johann Innbrüggler den Blutdrucksenker verabreicht?", begann Stolwerk das Frage-Antwort-Spiel.

„Das ist eine Suggestivfrage", warf der Verteidiger ein und ging Valerie sofort auf die Nerven. Sie und Anwalt Brock hatten bisher noch nicht das Vergnügen gehabt, aber der ältere Herr schien einer zu sein, der den aufs Auge gedrückten Job des Pflichtverteidigers tatsächlich erst nahm. So selten wie löblich, aber im Moment gar nicht zu gebrauchen.

„HABEN Sie Johann Innbrüggler den Blutdrucksenker verabreicht?", verbesserte Stolwerk seine Frage.

„Ja."

Valerie horchte auf. Offensichtlich hatten sich Pokorny und ihr Verteidiger auf ein Geständnis geeinigt. Womit zu klären blieb, was sie sich davon versprachen. Andererseits hatte diese Penny ja schon während des Bauerlorette-Finales schlüssig zugegeben, bei den Unglücksfällen nachgeholfen zu haben – was brachte es da noch, zu leugnen.

„Wie und wann war das also?"

Penelope Pokorny erklärte, sie habe die zerriebenen Tabletten ins Dessert des *romantischen Abendessens* gemischt, das vorbereitet in zwei Schälchen im Kühlschrank stand, kurz bevor sie auf Sendung gingen.

„Wie haben Sie sichergestellt, dass Innbrüggler das richtige Schälchen erwischt?"

„Das konnte ich nicht."

Stolwerk machte eine kurze Pause, bevor er leiser weitersprach: „Sie hätten also auch Jacqueline Zipplingers Tod in Kauf genommen!"

„Das ist eine Unterstellung", protestierte Brock.

Valerie sah so kurz wie unvermeidlich an die Zimmerdecke.

„Hätten Sie Jacqueline Zipplingers Tod in Kauf genommen?", formulierte Stolwerk die Frage um.

„Nein!", stieß die Sprecherin aus.

„Woher haben Sie von Innbrügglers Vorerkrankung gewusst?", legte Stolwerk nach.

„Habe ich nicht", antwortete Pokorny, bevor ihr Anwalt etwas sagen konnte.

„Haben Sie nicht?", echote Stolwerk.

„Nein. "

Valerie hatte immer noch kein Wort gesprochen. Vereinbart war, dass sie die Rolle des *Bad Cops* übernehmen würde, falls es nötig war.

Penelope Pokorny fuhr fort: „Es war Zufall."

„Sie wollten ihn töten."

„Hören Sie sofort auf, meiner Mandantin ein Geständnis in den Mund zu legen!"

„Wollten Sie ihn töten?"

„Nein!"

Schweigen. Stolwerk sah zu Valerie, die keine Reaktion zeigte. Falscher Zeitpunkt. Wenn sie jetzt den bösen Cop herauskehrte, war die Vernehmung vorbei.

„Wie genau kam das LSD in Volderobers Kreislauf?", machte Stolwerk weiter, nachdem er ein Blatt mit Laboranalysen aus der Akte gezogen hatte.

Valerie hätte darauf getippt, dass Pokorny ihm eines oder mehrere dieser LSD-Papierblättchen unters Frühstück oder sonst wo hineingemischt hatte. Die Wahrheit war noch simpler: Bei der Vorbesprechung des Sprungs, früh am Morgen auf dem Vorplatz des Haselerhofs, hatte Urban Volderober sie um einen Energydrink gebeten – und Pokorny hatte ihm eine Dose *Red Witch* besorgt, nicht ohne vorher ein paar Krümelchen des Rauschgifts hineinzugeben. Sie gestand den Sachverhalt, ohne mit der Wimper zu zucken, verneinte aber auch hier die Frage nach der Tötungsabsicht.

„Kommen Sie!", warf Valerie ein, der es langsam zu dumm wurde. „LSD und Fallschirmspringen, da muss Ihnen doch klar gewesen sein, dass Volderober auf die Idee kommen würde, fliegen zu können."

„Meine Mandantin hat bereits klar bestritten, den Tod gewollt zu haben, Frau Mauser", ging der Anwalt dazwischen.

Valerie überlegte, wie sie weiter nachhaken sollte, ließ es aber bleiben. Sie hätte nur eine Pattsituation heraufbeschworen und die Chancen verschlechtert, den restlichen Sachverhalt aufzuklären. Wie etwa den Drohnenangriff, den Stolwerk jetzt ansprach.

Er legte das Bild eines Bruchstücks der Drohne vor, auf dem Pokornys Fingerabdrücke festgestellt worden waren. „Erzählen Sie uns bitte die Drohnensache", kürzte er ab.

„Ich ... äh ...", stammelte Pokorny und sah zu ihrem Verteidiger, der sich nicht recht entscheiden konnte, ob er etwas sagen sollte.

„Wir hören?", drängte Valerie. „Sie?"

„Ich ..."

Da wurde es ihr zu bunt. „Frau Pokorny, wieso drücken Sie jetzt so herum, wenn Sie den Rest schon gestanden haben? Sie hatten freien Zugang zu den Requisiten und Geräten. Sie haben Branntler mit einer abstrusen Geschichte auf die Frau Hitt gelockt ... hier", sagte sie und bedeutete Stolwerk, ihr den Zettel zu zeigen, der für den Bauernpoeten bestimmt war. „Ihr Glück, dass er derart liebesblind war, dass er die Geschichte mit der Rose auf der Frau Hitt als Schlüssel zu Jackies Herzen geschluckt hat. Sie wussten, dass er hinaufkommen würde, und haben dann den Angriff geflogen ... Aber wieso Branntler? Was hat er getan?"

Sie senkte den Kopf und sah auf ihre Hände. Dann biss sie sich in die Unterlippe.

„Sie mochten ihn", riet Valerie.

Keine Reaktion.

Valerie dachte an Branntler und ihr Gespräch nach dem verunglückten Dreh in Mieming. Der Bauernpoet hatte etwas in der Art gesagt, dass es da eine Frau gäbe, die sich aktuell für ihn interessieren würde. „Sie mochten ihn sogar sehr. Aber Fritz hat Sie abgewiesen. Und damit hat er Sie gekränkt. ... Und den Tod verdient."

„Unterstellung!", blaffte der Anwalt.

Stolwerk beugte sich vor. „War es so?", fragte er nur.

Pokorny sah auf. Ihr Kinn bebte. Sie mochte vielleicht eine talentierte Schauspielerin sein, aber Valerie glaubte, dass diese Emotionen echt waren. Es brodelte geradezu in ihr. Aber sie sagte nichts, bewegte nur ihren Kopf hin und her.

Valerie grübelte. *Unsichtbar*, drängte sich der Eindruck wieder auf. Eine Frau, der das Schauspiel in die Wiege gelegt war, war mit einem Äußeren gestraft, das sie für Gott und die Welt unsichtbar machte. Die Mutter kaum gekannt, den Vater als vermutlich einzige Bezugsperson ... die Akademie, Jacqueline Zipplinger, die Affäre, das Staatstheater, der Selbstmord. *„Bauerlorette, sieh zu, wie auch ich dir jetzt das Wichtigste in deinem Leben nehme!"*, hatte Pokorny im Finale gesagt.

Und plötzlich tat Valerie die Frau, die ihr gegenübersaß, abgrundtief leid. So sehr leid, dass sie sich schämte, das Motiv überhaupt zur Sprache zu bringen. Aber sie musste es tun. „Jacqueline hat Ihnen den Vater genommen."

Pokorny holte Luft, als sei sie soeben von einem Apnoe-Tauchgang an die Oberfläche zurückgekehrt, und sah Valerie direkt in die Augen.

Diese spürte, wie sich ihr Magen zusammenzog. Aber es gab kein Zurück mehr. Sie mussten den Fall abschließen. „Warum die Kandidaten? Was konnten die dafür? ... Frau Pokorny, antworten Sie endlich!"

Stolwerk schaltete sich wieder ein. „Sie wollten, dass Jacqueline fühlt, was Sie gefühlt haben", brummte er einfühlsam. „Nicht wahr?"

Pokorny nickte und sagte gleich darauf: „Aber ich wollte niemanden töten."

„Ich ersuche, dies konkret festzuhalten", warf der Anwalt ein. „Es gab keinen Tötungsvorsatz. Meine Mandantin wollte Jacqueline Zipplinger nur eine Lektion erteilen. Sie wollte sie vor laufenden Kameras bloßstellen. Sie sollte nachfühlen können, was sie damals mit Penelope angerichtet hat. Laut Aufzeichnungen der Akademie wäre meine Mandantin Jahrgangsbeste gewesen und hätte die Chance verdient. Zipplinger hat nicht nur ihren Vater an sich gerissen, sondern auch ihre Karriere. Die daraus resultierende Gefühlsregung stellt jedenfalls einen Milderungsgrund dar."

„Zwei Jahre später und nicht gegen die Verursacherin gerichtet? Milderung?", wandte Valerie ein. „Sie hätten Fritz Branntler beinahe getötet, nur weil er Sie abgewiesen hat!"

Keine Reaktion.

„Weil er Sie … übersehen hat." Es fühlte sich falsch an, völlig falsch, so als würde man auf jemanden eintreten, der schon am Boden lag. Aber es gab keinen anderen Weg, die Vernehmung fortzusetzen. „Alle haben Sie übersehen. Ihr ganzes Leben lang."

„JA, DAS HABEN SIE!", schrie Pokorny aus Leibeskräften, und brauchte einen Moment, um sich zu fassen. „Wissen Sie, wie das ist? Wenn keiner Sie sieht? Wenn Ihr Vater der einzige ist, den das irgendwie kümmert? Und dann kommt eine völlig talentlose Tussi daher und nimmt ihn mir weg. Aber nicht nur ihn. JEDE Chance, es zu irgendwas zu bringen. Ich KANN spielen. Aber ich kann nicht aus meiner Haut heraus. Ich kann … nicht … aus meiner …" Die Sprecherin zeterte unverständlich und schlug dabei wieder und wieder die flache Hand auf den Tisch.

Valerie und Stolwerk sahen sich an. Sie brauchten keine Worte, um zu einer Einigung zu kommen, ob sie abbrechen oder weitermachen sollten. Stolwerk zog kurz die Schultern hoch, seufzte – und nickte.

„Sie wollten Fritz Branntler töten", sagte Valerie, als Pokorny sich wieder etwas gefasst hatte.

Anwalt Brock holte Luft, doch Pokorny kam ihm zuvor: „Was macht das für einen Unterschied?"

Einen großen, dachte Valerie, was die mögliche Verurteilung betrifft, und legte sofort nach: „Weil er Sie abgewiesen hat, wollten Sie ihn vom Felsen stürzen."

„Ich protestiere!", keifte Brock und legte seine Hand auf Pokornys Unterarm.

Doch seine Mandantin ließ sich nicht mehr bremsen. „Jackie hat ihn genauso geblendet wie Sie alle! Ich habe ihm mein Herz geöffnet. Und wissen Sie was? Er hat mir gar nicht zugehört! Ob ich weiß, wo *Jacqueline* gerade ist, hat er wissen wollen, der Scheißkerl!"

„Deshalb der Drohnenangriff."

„Ja, verdammt!"

„Diese Vernehmung ist beendet!", rief Doktor Brock.

Zu spät. Was sie hatten, reichte für eine Verurteilung. Die Indizien und Beweise, die Fernsehaufzeichnung aus dem Finale, dazu die schlüssige Absicht, Branntler töten zu wollen. Der Tatbestand war nachgewiesen und der Fall geklärt.

Aber das übliche Triumphgefühl wollte sich nicht einstellen.

Wenige Minuten später hielt Stolwerk Valerie die Tür zum Beobachtungsraum auf, in dem Geyer auf sie wartete.

„Gut gemacht", lobte dieser.

Valerie nickte und rieb sich die Arme. Die Wärme tat gut. Im Unterschied zum Vernehmungszimmer war der Raum hier normal temperiert.

Aber ihr schauderte nicht nur vor Kälte.

„Tja, wer hätte das gedacht", schob Geyer eine Floskel nach. „Protokoll auf meinen Schreibtisch", forderte er und verließ den Raum.

Valerie drehte sich zu Stolwerk und lächelte ihn an.

„Gut gemacht, Veilchen", wiederholte er Geyers Lob.

„Jaja, lass gut sein", wiegelte sie ab. „Was für ein Schicksal, hm, Stolwerk?"

„Unsichtbar zu sein in einer Welt, in der sich alles ums Gesehenwerden dreht", philosophierte dieser, und normalerweise hätte er sich dafür eine kleine Breitseite verdient gehabt.

Aber sie nickte nur. „Trotzdem kein Grund, jemanden umzubringen", sagte sie und hielt ihrem Partner
die Tür des Beobachtungsraums auf. „Komm, gehen wir
Bericht schreiben."

Er seufzte schwer – und folgte.

Als sie zusammen die Treppen hochstiegen, fiel Valerie
die vergangene Nacht wieder ein. Stolwerk hatte nicht
zu Hubsis Würstelstand mitkommen wollen, nachdem
sie die Currywurst-Gelüste gepackt hatten. Er, der sie
sonst immer begleitete, und sei es nur für das berühmte
Abschiedsbier, hatte sich nach dem abrupten Ende der
Talkshow einfach in seine Wohnung verabschiedet. Er
sei müde, hatte er behauptet, und dabei merkwürdiger-
weise auf sein Handy gezeigt.

Sein „Gute Nacht, Veilchen!" war dann aber nicht
das Letzte gewesen, das sie in dieser Nacht zu hören
bekommen hatte.

Sie platzte vor Neugier. Und obwohl sie sich bis
eben noch das Gegenteil vorgenommen hatte, musste
sie ihn einfach fragen.

„Stolwerk?"

„Hm, Veilchen?"

„Deine kleine Nichte ist wieder zu Besuch, oder?"

„Öh ... nein, w...wieso?", stammelte er und stolperte
über die nächste Stufe.

Wollen Sie Veilchen näher kennenlernen?
Einfach umblättern →

Oberstleutnant Valerie Mauser

Spitzname: Veilchen

Geburtsort: Wien

Größe: 170 cm

Größe mit Haaren: 183 cm

Haarfarbe: Blond

Augenfarbe: Grün

Besondere Merkmale: Afro-Frisur

Wohn- und Dienstort: Innsbruck

Polizeiliche Funktion: Ermittlerin EB 01
Leib/Leben am LKA Tirol

Vater: Staatsanwalt Doktor Hartmut
Mauser, verstorben in Wien

Mutter: Pauline Mauser, Pensionistin in
Wien

Kinder: eine Tochter, bei der Geburt zur
anonymen Adoption freigegeben, wieder-
gefunden in „Veilchens Blut"

Der Autor und weiterführende Links

E-Mail: joefischler@gmail.com
Homepage: www.joefischler.com
Facebook: www.facebook.com/johannfischler

Facebook-Seite der Veilchen-Krimis:
www.facebook.com/veilchenkrimis

Danksagung

Ich freue mich sehr, dass mit „Veilchens Show" mittlerweile schon der fünfte Fall rund um Valerie Mauser und ihr Team vorliegt. Ohne den tatkräftigen Einsatz zahlreicher Menschen wäre das nicht möglich gewesen. Und so bedanke ich mich ganz herzlich bei Markus Hatzer und dem Team vom Haymon Verlag, bei denen ich immer das Gefühl habe, mit offenen Armen empfangen zu werden. Bei meiner Lektorin Verena Zankl, die mir eine große und kompetente Hilfe war. Bei Lilly Staudigl, die das Hörbuch zum ersten Krimi „Veilchens Winter" eigeninitiativ produziert hat. Bei Linda Müller und Bernhard Aichner, die mit dem Krimifest Tirol eine wahre Bereicherung für die heimische Literaturszene geschaffen haben. Bei den Reisenden, den Buchhandlungen, den Büchereien, der Presse sowie zahlreichen Krimiautorinnen und -autoren, die ich mittlerweile zu meinen Freunden zählen darf. Bei meiner Lebensgefährtin Gabriele für Unterstützung und Geduld, wenn ich mal wieder tief in Veilchens Welt stecke. Und natürlich bei Ihnen, liebe Leserin, lieber Leser. Sie alleine sind es, die dafür sorgen, dass es mit Valerie Mauser und ihrem Team weitergehen kann. DANKE.